品
宋

录

图书在版编目（CIP）数据

品宋录 / 李洁非著 . —北京：人民文学出版社，2023
ISBN 978-7-02-018263-3

Ⅰ．① 品… Ⅱ．① 李… Ⅲ．① 散文集—中国—当代 Ⅳ．① I267

中国国家版本馆 CIP 数据核字（2023）第 174815 号

责任编辑　胡文骏　刘　稚
装帧设计　刘　静
责任校对　杨益民
责任印制　张　娜

出版发行　人民文学出版社
社　　址　北京市朝内大街166号
邮政编码　100705

印　　刷　北京盛通印刷股份有限公司
经　　销　全国新华书店等

字　　数　257千字
开　　本　880毫米×1230毫米　1/32
印　　张　12　插页15
版　　次　2023年10月北京第1版
印　　次　2023年10月第1次印刷

书　　号　978-7-02-018263-3
定　　价　69.00元

如有印装质量问题，请与本社图书销售中心调换。电话：010-65233595

小　叙

　　法国有学者，责其西方同行："惯常妄下结论，以为中华文明是静止不动的，或者至少会强调它一成不变的方面。"[①] 此为西方就中国古代史普遍所持"停滞说"。问题颇有意味。相较世界多地，中国无罹文明殄没之厄祸，未经易宗改教之再造，连混血变种、国灭邦绝等情形都谈不上"真正"发生过，若跟这些沧海桑田、流离播迁相比，所谓中国有"静止不动""一成不变"之状，好像说得过去。

　　变，天之常也。世上没有事物能够无差别存在。自然界有些动物，如斑马、蝴蝶等，体态纹样似乎不分轩轾，其实也非一模一样，惟人眼难予分辨耳。中国历史豹变大抵也属这类。它不像古埃及、古印度、古巴比伦、古希腊、古波斯、古罗马那样，变故突如其来、惊天动地，过后断垣颓壁，而是很隐蔽很内向，以致粗粗打眼，还以为"不变"。

　　由此，中国历史解读亦较费神，来不得空洞粗疏。心情冲动的批判者断言二十五史"易姓"而已，"改朝换代"四字即可括之，独不想此论真可成立，怎么解释约有二千年左右，中国明摆着蹒

---

① 谢和耐《蒙元入侵前夜的中国日常生活》导言，北京大学出版社，2013，页1。

进不止，以至文明与社会发展长久领冠全球？

撇开刻意偏见不说，思想和认识局限尤易使解读失准。古人有局限，今人同样有。一切时代，思维被某些定式所绑缚都无例外。但是，通常后人易于对前人局限洞如观火，而对自己的局限视而不见。历史认知常见误区是"今必胜昔"，以为如今摸索出的"历史规律"放诸四海皆准。"大航海"以来历史哲学突出的偏颇在于，欲以单一模式导述历史，无视文明原本各有延展之道，德国人黑格尔即为荦荦大者。

被指"一成不变"的中国诸王朝间，底蕴、个性、气象及思想、制度、文化都不雷同，甚至泾渭分明。洋人文殊教远，故而不能辨。好比东方面孔差异本彰，洋人猛一看，却傻傻分不清。近年国内网民对洋品牌遴选中国模特的口味大为反感，觉得专挑细长眉眼，是对中国人丑化。其实他们未必视之为丑，抑亦概念化设定了"东方情调"，多多少少受着明清仕女图等书本上的影响，以为中国或东方颇以那种容颜为美。同样的隔阂，相反亦然。英国人、法国人、德国人、意大利人、西班牙人……他们自己一眼可鉴，我们不也眉毛胡子一把抓？说到底隔阂难免，惟目光勿为所障。全球化以前文明千姿百态，安能立一标尺，刻舟求剑论之？

宋人以"十七八女孩儿，执红牙拍板"形容柳词，以"关西大汉，执铁板"形容苏词。自秦汉至明清，历代之殊当不逊此。二十五史，囫囵吞枣也读得，但读法有别、因朝代而异，所得自可更丰。例如，读秦史与读宋史就不应是一种姿态。对前者宜登高望远，览其全局，遗其隔陬；对后者却相反，须求细微，从很多枝节入手。我还曾提出，明史特宜以看客心态，宛如置身勾栏瓦舍以观，尤其到它晚期及终末时刻，非取此种眼光难以会其意。类乎于此，非对历史有血肉之感，恐怕不能至。

我欲染指宋史有年，迟不动手，主要是方式未惬。过往拙著格套，用于宋史都不尽兴，未足传其风韵，直至觅得一个"品"字。两宋宜"品"亦堪"品"，其方方面面、里里外外，非"品"不能通其款曲。形象地说，宋史如茶。茶作为中国之名品，虽非始于宋代，却在此时真正入了千家万户，构成日常生活和社会经济一大项目。无独有偶，两宋历史好像也浸染了茶意，惟细品方知其滋味。

其次，中国旧文化素有一优长，是极在意于细。陈继儒《小窗幽记》句："春云宜山，夏云宜树，秋云宜水，冬云宜野。"张潮《幽梦影》句："春听鸟声，夏听蝉声，秋听虫声，冬听雪声。"皆从微处抉事物特质。就生命体验丰盈细腻言，世上少有能与中国并论者。西洋乃另一种气质，日本倒称得上细敏幽玄，却是深受中国的启迪熏陶。但近代以来因社会剧变、文化转向，中国人自己在精神与美学上的若干长处，反纷纷坠地泯灭，以至如今连文人都浑身粗鄙之气。这影响到很多方面，读书与日常做事也在其中。以史来论，古人讲知人论世。"颂其诗，读其书，不知其人可乎？是以论其世也。"跟西方只重"科学"不同，中国史学不弃"知人"，认为无论治史、读史皆如阅人，实际是强调把历史作为鲜活生命体对待。平时我们接触和认识某人，初仅及眉眼，再往深处，慢慢可知身世来历、品类格调、性情癖好等，渐积至富，方觉一切都生动起来，成为立体的对象。这也可以成为我们触摸历史的方式，就像对自然万物，从生命体验丰盈细腻求之，而不一味待以概念、理论、逻辑，以及科学式的冰冷解剖与实证。中国在所谓正史以外，有大量私撰野史以"小品"式样写成，这肯定不只具有文体的意义。史学，实际是有"文化形态"的。这一层，近代以来渐不体会，使中国史学流失了不少意蕴。我在读史与当下史学思维之间，每每感觉到有此差异。希望借《品宋录》，稍稍朝旧史"文化形态"回归作点滴尝试。

2019年末动笔之初

汴京至临安 上篇

童贯使辽，归次卢沟，有名马植者求见。马植，燕人，仕至辽光禄卿[1]，刻下"得罪于其国"[2]。是时辽天祚帝耶律延禧荒淫失道，东部女真部落反迹已萌。马植既见童贯，献策云："本朝若自登、莱涉海，结好女直，与之相约攻辽，其国可图。"[3]童贯还朝，奏闻。马植遂暗与宋通，数上书于徽宗，深获嘉纳，"赐姓李名良嗣"[4]。时徽宗政和元年1111也。

图辽之议虽现，犹未付诸行，盖辽国情势仍非显明。越四年，阿骨打建国"大金"，上尊号、即皇帝位。是岁三月初，李良嗣密遣人潜至宋境雄州，投蜡丸书，示投奔意。徽宗命议。蔡京、童贯奏称，良嗣弃暗投明"故当收留"。李良嗣遂于四月初一日深夜，

① 陈邦瞻《宋史纪事本末》，中华书局，2018，页531；毕沅《续资治通鉴》，中华书局，2016，页2341。
② 李心传《建炎以来系年要录》，中华书局，2013，页2。
③ 毕沅《续资治通鉴》，页2341。
④ 徐梦莘《三朝北盟会编》，上海古籍出版社，2008，页1。

偷渡界河入宋，得旨赴阙，护往汴京。十八日，徽宗即于延庆殿召见，良嗣以"愿陛下念旧民遭涂炭之苦，复中国往昔之疆"为对。徽宗大悦，恩赐国姓，"姓赵，授朝请大夫秘阁待诏"。[1] 以政和五年1115用赵良嗣为界，北宋亡国大幕启矣。

蔡、童受命备兵，兴支用，厉行茶盐法以增收，严督州县按历年最高额搜刮租赋，且大扩粮储，不数年民力疲甚。[2]

政和七年1117七月，登州守臣王师中奏：辽民船两艘载老幼二百余抵至文登县，为首者名高药师。询之，知因渤海变乱、女真侵暴，欲往高丽避乱，不意为风漂来于此。[3] 蔡京、童贯以为赵良嗣之策终遇良机。八月三日王师中被诏，选将吏七人携高药师等，以兵船往女真。[4] "涉海结好女直"开始实施。按：宋与女真间海上原有"故道"。宋初，太宗征辽亟需战骑，"屡市马女真"[5]，女真人乃频频泛海至登州。后征辽不利，复虑"其地接诸蕃"，遂"禁商贾舟船不能通，百有余年矣"[6]，"故道虽存，久闭不通"[7]。眼下百年之禁忽欲废弛，议者谓："一旦启之，惧非中国之利。"然而"不听"。[8] "不听"原由有二。其一，经海路联络女真乃唯一可避辽国耳目之途径；其二，未知女真虚实前，市马名义绝佳，能进退，走漏风声亦便于

---

① 徐梦莘《三朝北盟会编》，页3。

② 同上。

③ 同上书，页1。

④ 同上书，页3。

⑤ 同上书，页1。

⑥ 陈邦瞻《宋史纪事本末》，页531—532。

⑦ 毕沅《续资治通鉴》，页2388。

⑧ 李焘《续资治通鉴长编》，中华书局，2004，页1299。

掩饰。八月二十二日，高药师等号称商旅，"赍市马诏"① 启行。

此虽援于故事，而却不堪回首，且颇具难言之隐。当年太宗市马女真征辽，结果略如王船山十六字所述："天子亲将，倾国大举，死伤过半，亟议寝兵。"② 雍熙三年986歧沟惨败后，对辽决战之念泯灭，转求"选使通好，弭战息民"。③ 复历十八载，真宗景德元年1004十二月宋辽盟约达成。互录誓书，昭布天下，载明"所有两朝城池，并可依旧存守"，"誓书之外，各无所求。必务协同，庶存悠久。自此保安黎献，慎守封陲，质于天地神祇，告于宗庙社稷，子孙共守，传之无穷，有渝此盟，不克享国。昭昭天监，当共殛之"。④ 史称"澶渊之盟"。其性质，与现代国家间所签国界协定＋友好条约相仿。宋承诺放弃对石敬瑭所割燕云旧汉地领土要求，而与辽订为兄弟之邦。辽以兄礼事宋，宋视辽为弟，平等相待。又约宋对辽"以风土之宜，助军旅之费"⑤，岁予绢二十万匹、银十万两仁宗时修约增至五十万匹两。味其字眼有军事赔偿之意，惟措词为"助"，非"纳"非"贡"。实质略同于近世借经援名义，掏钱买和平及友好。翌年，真宗遣使贺辽国太后生辰，所赍正式国书自称"南朝"，称辽"北朝"，彼此对等。史馆官员认为乖乎经典、不合体统："《春秋》外夷狄，爵不过子，今从其国号，足矣，何用对称两朝！"⑥ 真

---

① 毕沅《续资治通鉴》，页2389。

② 王夫之《宋论》，中华书局，2012，页49。

③ 陈邦瞻《宋史纪事本末》，页90。

④ 李焘《续资治通鉴长编》，页1299。

⑤ 同上。

⑥ 陈邦瞻《宋史纪事本末》，页147。

宗未予理会。以往"中国"断不能容"夷狄"平起平坐，至是一大变。过后，赵宋于盟约颇能信守，辽方虽有反复，总体亦未生大滋扰。验诸实效，因双方主要利益均获满足，澶渊之盟造就和平长达百年。自辽国言，其生产力水平较低，赖之有所输血；宋付出岁币，一则避战，二则得以解散天下休息之，长远看反大有利于国内发展。从理性角度，结果对双方十分平衡，各有所得而无输家，洵然"双赢"。太宗以来宋历六代君主，对辽战略由战而非战，再至于和为贵，初出乎不得已，终则蜕演为对时势与自身利益之清醒审视。真宗当时战况非不利而毅然订盟，自是跳脱一时一境，以长远目光作澄明之选，而后百余年历史则证明其正确。眼下徽宗重出"市马诏"，不惟将百年明智抉择丢弃，更将经受一严峻挑战：面前横亘一纸盟约，其为国家信誉所系，没来由予以背毁，必陷失信泥坑。

果然，反对声四起，廷议纷陈背信弃义万不可。朝散郎宋昭奏："两国之誓，败盟者祸及九族。陛下以孝理天下，其忍忘列圣之灵乎！"[1] 所论即盟约原文"子孙共守，传之无穷，有渝此盟，不克享国。昭昭天监，当共殛之"，直指背盟为不孝。徽宗不悦，将宋昭除名。太宰郑居中试图以凶吉阻其事，认为本朝坚守誓书"一百十四年，四方无虞。今若导主上弃约复燕，恐天怒夷怨"[2]。名将种师道谏："今日之举，譬如盗入邻家，不能救，又乘之而分其室焉，无乃不可乎！"[3] 从日常做人角度，批评夺燕图谋理亏缺德。辽国闻报，遣使如宋，

---

[1] 陈邦瞻《宋史纪事本末》，页537。

[2] 徐梦莘《三朝北盟会编》，页3—4。

[3] 陈邦瞻《宋史纪事本末》，页536。

让曰："救灾恤邻，古今通谊"，宋"射一时之利，弃百年之好，结豺狼之邻，基他日之祸，谓为得计"。[①] 不特辽国齿冷，同谋者金国实亦为此暗怀睥睨。后来宋金反目，金人恰是以爽约成性为借口伐宋。

谏劝另一重点，在愚智去就、利弊权衡。中书舍人宇文虚中与种师道打了同样比方，而着重强调联金攻辽非智："譬犹富人有万金之产，与寒士为邻，欲肆并吞以广其居，乃引强盗而谋曰：'彼之所处，汝居其半；彼之所畜，汝取其全。'强盗从之，寒士既亡，虽有万金之富，日为切邻强盗所窥，欲一夕高枕安卧，其可得乎！"[②]"今舍恭顺之契丹，不封植拯救，为我藩篱，而远逾海外，引强悍之女真，以为邻国 …… 臣恐中国之边患，未有宁息之期也。"[③]宋昭见与此同，要言不烦，归于八个字："辽不可攻，金不可邻。"[④]更堪警醒者，是属国高丽之敦劝，其与女真为邻久，颇知究竟，特忠告："闻天子将与女真图契丹。苟存契丹，犹足为中国捍边；女真虎狼，不可交也。"而徽宗"闻之不乐"。[⑤]

为使徽宗转意，群臣乃至细算经济政治账。蔡京透露图辽起因之一是"上厌岁币五十万匹两"，郑居中就此奏："岁币五十万匹两，比之汉世和单于尚给一亿九十万、西域七千四百八十万，则今与之岁币未为失策。"[⑥]以具体数字对比，说明相较汉代和边支出

① 陈邦瞻《宋史纪事本末》，页537。
② 同上书，页536。
③ 同上书，页535—536。
④ 同上书，页537。
⑤ 同上书，页532—533。
⑥ 徐梦莘《三朝北盟会编》，页4。

近二亿，本朝年予辽五十万百余年合计约四五千万价不甚昂。继而讲："用兵之道，胜负不常，苟或必胜，则府库乏于犒赏、编户困于供役，蠹国害民莫过此也。"①亦即岁币毕竟属于明确、可计账面数字，而战争代价无法估算；即便战而胜之，国与民亦必倾尽所有，何况战败？总之，无论算经济账、政治账，战争皆下下之选，但有非战争选项一定比开战合算。又有知枢密院事邓洵武"疏伐燕利害二十七条"，此疏今未见，揣以字眼当是就"伐燕"细算二十七项得失。《三朝北盟会编》述其事，将邓疏所附赵普《谏太宗北征疏》全文照录，可借以转窥邓疏。当年赵普反对兴兵燕云，立足得失严重失调，"何异为鼷鼠而发机，将明珠而弹雀，所得者少，所失者多"②，围绕于此从农业、民口、税费、输纳等逐一论之。

余若"以史为鉴"之类泛讽，自更不乏。布衣安尧臣③"昧死裁书"，重温始皇"贪戾而欲广大也，故功未立而天下乱"、汉武"资累世之积蓄，财力有余，士马强盛，务恢封略，图制匈奴"而终"至于用度不足，算及舟车，因之以凶年寇盗并起"等教训，乞请当朝引以为戒。④

诸般苦口婆心，徽宗不闻不恤。"通金"照计施行，使团依旧跨海而去。

历三月有余，政和八年正月初三日，高药师等回到青州——

---

① 徐梦莘《三朝北盟会编》，页4。
② 同上书，页6。
③ 进士未授职，上书后补为承务郎。见《建炎以来系年要录》卷一。
④ 徐梦莘《三朝北盟会编》，页10。

有司奏闻"虽已到彼苏州今大连，辽时属东京道界，望见岸上女真兵甲多，不敢近而回"，竟空跑一趟。徽宗"赫怒"，将所派"将校一行并编配远恶"。临岸不登，固属畏葸，然使团非驴非马及诸事粗漏少筹画，亦是实情，即登岸料应不为金人所纳。徽宗不弃，命重作准备，再建新使团。今番筹画相对周全，武义大夫马政领衔，呼延庆副之，配译员，随行将校七人兵丁八十人，仍由高药师领航。八月四日下海，九月九日达北岸。金人执缚以行，经十余州送至其国主驻地。未获阿骨打接见，粘罕完颜宗翰等出面。马政告曰："契丹天怒人怨，本朝欲行吊伐，以救生灵涂炭之苦，愿与贵朝共伐大辽。"金国君臣共议数日，决定扣宋方数人为质，遣使李善庆等偕马政如宋。[1]

至金国遣使回访，宋金结盟之箭终于离弓，射向不可知未来。

到最后翻脸前，宋遣使赴金先后十一次。交涉内容包括商定夹攻方案、互谈条件与利益分割，及两国相待礼仪等。几乎所有事乃至琐屑末节，于双方友谊均未起增进作用，反为未来交恶作铺垫，观之历历如凿。

金使李善庆来，"赍国书"[2]及礼物。待其回程，宋遣使同行。与前两次"赍市马诏以行"探路之旅不同，作为正式订交后首度出使，一切规格须予明确。因此徽宗命"议报女直仪"，为今后以何礼仪待金作决断。图燕始作俑者赵良嗣主张"以国书，用国信礼"，亦即视女真为完全平等之国。身为辽旧臣，良嗣素知"蛮夷"之所

---

① 徐梦莘《三朝北盟会编》，页3—15。

② 同上书，页15。

忌嫉，而力主此议。直秘阁赵有开却说："女直之酋止节度使，世受契丹封爵，常慕中朝，恨不得臣属，何必过为尊崇，用诏书足矣。"[1] 诏，《广韵》释为"上命"，"自秦汉以下，唯天子独称之。"[2] 用诏书不用国书，是以臣属视金。最终，朝廷"从有开言"，不听良嗣，且以赵有开为此行正使。[3] 赵行至登州，不料意外病亡。与此同时接获谍报，称金辽暗中修好。徽宗不爽，临时更降一格，撤回副使马政、王瓌与整个使团，改差呼延庆"持登州牒送李善庆等归"[4]。地方移文女真，是直以其为府州矣。前述真宗以来，使辽例用国书；眼下待金，先拒用国书礼，继而撤回使团、改为地方移文，是不特明示金不如辽，以至暗含不认女真为国家之意。阿骨打、粘罕君臣俱极恚恨而当面质问呼延庆，一责宋方"中辍"中途撤销使团，二责"登州移文行牒之非"。出于报复泄忿，呼延庆遭到扣留。半年始放归，召而告之："跨海求好，非吾家本心。共议夹攻，匪我求尔家。尔家再三渎吾家。吾家立国已获大辽数郡，其他州郡可以俯拾。所遣使人报聘者，欲交结邻国，不敢拒命。暨闻使回不以书示，而以诏诏我，已非其宜。使人虽卒，自合复差使人。止令使臣前来议事，尤非其礼。"严申金宋结盟必以对等、尊重为前提，"果欲结好，同共灭辽，请早示国书。若依旧用诏，定难从也"。[5]

只此一事，迭误以三。置女真于"奉诏"，一误；使团既出，

[1] 毕沅《续资治通鉴》，页2407。

[2] 班固《汉书》高帝纪第一下注，中华书局，2002，页53。

[3] 毕沅《续资治通鉴》，页2407。

[4] 同上。

[5] 徐梦莘《三朝北盟会编》，页24。

中道撤回，二误；以地方移文公开贬辱对方，三误。此三误也，起初是倨傲自大，后则对人出尔反尔、肆予羞薄。金人怒言"再三渎吾家"，反感溢乎言表，仇怨自兹盖已暗结。蒋廷黻先生谈鸦片战争有警句，"在鸦片战争以前，我们不肯给外国平等待遇；在以后，他们不肯给我们平等待遇"[1]，大可用诸此。宋"通金"本欲结友，观其行则竟相悖，友未结而新敌已树。当国者依何逻辑处事，实不可稽陟。

俟赵良嗣出使，虽未"以国书，用国信礼"，然"付以御笔"[2]，持徽宗亲笔信前往。此次宋使获阿骨打亲见，终于开展实质对话。要点有五：一、按约定之期夹攻辽；二、以旧汉地还宋；三、宋以付辽岁币许金；四、均不得对辽乞和；五、夹攻不如约则地不可得。

后来，第一、二、五点各生事端。

关于旧汉地所指与范围，谈判过后金致国书于宋，记录了协商内容，《三朝北盟会编》可见全文，相关一语曰"燕京并所管州城，原是汉地"[3]，明限于今北京周边即当时所谓"山前"诸地，而未及"山后云中府地"。嗣后，宋遣马政持国书赴金报聘，国书正文亦作"所有五代以后所陷幽蓟等州旧汉地及汉民，并居庸、古北、松亭、榆关，已议收复"，与对方无差异。然所附"事目"相当于备忘录却写："昨来赵良嗣等到上京计议，燕京一带以来州城自是包括西京辽西京即今大同在内。面奉大金皇帝指挥言：'我本不要西

---

[1]　蒋廷黻《中国近代史》，岳麓书社，2012，页10。

[2]　徐梦莘《三朝北盟会编》，页25。

[3]　同上书，页27。

京，只为就彼拿阿适辽主小字去，且留着，候将来拿了阿适都与南朝。'"随之事目提出，"山后云、寰、应、朔、蔚、妫、儒、新、武皆系旧汉地"，将所指及范围从今北京周边扩至晋北。这番话之所以不写入国书、只见诸事目，是因对方国书但云"燕京并所管州城"，未提"山后"。同时，事目特别叙以差"昨来赵良嗣等"，示其据自赵良嗣口头汇报。以上处理皆属严谨有分寸。惟金方断然否认事目所述为实，"不认所许西京之地"。后赵良嗣在《燕云奉使录》中，记与阿骨打会谈内容："阿骨打云'西京地本不要 …… 待与南朝'"，是此事除事目外另一记录，然同样出诸赵良嗣，金方则从头至尾否认。[①]真相终成悬疑，《续资治通鉴》作者毕沅就此说："金主不认此语，岂果彼之食言乎？或云，此良嗣实为奸以罔上，致事妄求，为国家之祸本也，此说得之。"[②]暗示阿骨打食言可能性小，而赵良嗣编造邀功可能性大。毕沅身事清室，为阿骨打讳、以媚满人之嫌或不能洗，然而史上"奸以罔上"故事却亦着实不少。

到后来，许还地是兼含燕云还是有燕无云已不重要，金人连"山前"诸地也加以克扣压缩。宣和四年1122十二月，金方通知宋使赵良嗣，决定仅归还燕京府与蓟、景、檀、顺、涿、易六州，且强调此犹属念及友好、网开一面："今更不论夹攻元约，特与燕京、六州、二十四县汉地、汉民。"

何欤？"以出兵失期"[③]。

①　徐梦莘《三朝北盟会编》，页25—29。
②　毕沅《续资治通鉴》，页2424。
③　同上书，页2452。

宋金立约，以对辽夹攻为先决条件；不如约则地不可得，是谈判五要点之一。阿骨打反复说"夹攻不可违约，不如约，则难依已许之约"，并于国书中写明"贵朝不为夹攻，不能依得已许"，赵良嗣《燕云奉使录》亦有记录。[①] 宣和四年三月，金人来约夹攻，徽宗遂命童贯为河北、河东路宣抚使，领十万军马发兵，诏云："已遣领枢密院事童贯董兵百万，收复幽燕故地，与大金国计议，画定封疆，大信不渝，中举外应。"[②] 以上俱有案可稽。五月，童贯麾兵于白沟、范村二路侵辽，而竟不堪一击，辽军反追至雄州城下。十月，童贯复点刘延庆、郭药师将兵十万，出雄州、渡白沟，至于良乡，辽萧幹仅以万人拒。黎明火起，刘延庆"以为敌至，即烧营遁，士卒蹂践死者百余里，幹因纵兵追至涿水而去"，"自熙、丰以来所储军实殆尽"。[③] 两次进军俱以惨败告终。金兵则连克连捷，十二月初完成围燕，五日阿骨打亲临，辽诸臣奉表降。[④] 不久赵良嗣前来交涉还地事宜，金遂责宋失约，告知只许一府六州，复藉国书陈之："所谓夹攻者，宋朝自涿、易二州等冲要处进兵至燕京，金国自古北口、乌鸦岩冲要等处进兵至燕京。至日临期，当朝兵马攻下居庸直抵燕城即日款降外，贵朝兵马从无一人、一骑、一鼓、一旗、一甲、一矢，竟不能入燕，已被战退。"语极蔑，然无一字非事实。

① 徐梦莘《三朝北盟会编》，页26—27。
② 同上书，页36。
③ 陈邦瞻《宋史纪事本末》，页538。
④ 脱脱等《金史》，中华书局，2013，页39。

待人失礼有歧视，立约不践无担当，国格迭隳。眼下彼作馈贻之态，暗居恩赏，许以一府六州，而与宋原则立场出入极大。从维护尊严计，该当续申前言，拒不接收才是。实际不但觍然受之，复又隐忍对方节外生枝新要求。金以"己力下燕"而燕京"每年租六百万贯"为由，索部分租税为补偿，宋竟同意岁币外，"每岁更加燕京代税一百万缗"。[①] 屈辱如此却苦果强咽，皆因徽宗欲将"复燕"奇功揽入怀中。

此事，太祖、太宗不能致而己成就之，徽宗以为足可光耀千秋。数月前，彼已深陷"复燕"喜悦和想象难以自拔，十月九日"御笔涿、易八州并赐名"，亲自为回归版图后燕地州县逐一定名，十三日举典受百官殿贺，面聆诸臣"王者大乎一统，有开必先。天方授我以故疆，虏自窜身于穷漠"，"陛下性备尧仁，智兼汤勇。诞敷文德，同四海之车书；肃将天威，辟三王之境土。凡此濯征之策，仰系独断之神，料纤悉于九重，契几微于万里……"歌颂赞美，而其答诏亦可谓踌躇满志、顾盼自雄："将尽复燕云之故疆，聊共成祖考之昔志。君臣有庆，中外交欢。"胡吹海讴之余，又宣布"新复州县"将大赦、蠲除全国民户税赋积久所欠等[②]，以助其兴。实则此时前线童贯宋军继五月折戟后，正经历二次攻辽惨败，惟京师尚未闻讯耳。

初，金实不知宋虚实强弱，一来二去，渐窥本相而欺心遂生，几将柳河东"黔之驴"演为人间活剧。继于五十万岁币外平白敲得

---

① 毕沅《续资治通鉴》，页2459。

② 徐梦莘《三朝北盟会编》，页71—72。

一笔"燕京代税一百万缗"后，女真人再起波澜："粘罕欲止割涿、易两州，阿骨打不允"①，斥之"海上之盟，不可忘也。我死，汝自为之"②。拜阿骨打不肯食言，粘罕始未得逞，而徽宗"复燕"美梦未至破碎。但粘罕等终是不甘，亮出强盗嘴脸，将"富民、金帛、子女……尽掠而去"。最终，徽宗"复燕"伟业真实结局是："竭天下之财以北征，仅得七空城。"③宣和五年1123四月九日，金使杨朴赍誓书以燕京及六州来归。八天后童贯等入燕山府；暌隔近二世纪，这座名城总算回归汉族怀抱，而史家再次强调，"所得者空城而已"④。为粉饰真相，徽宗生生将沮折办成喜事。命童贯以胜利姿态"班师"，命满朝文武五月七日诣文德殿称贺，继而大封"功臣"——王黼授太傅进楚国公、郑居中授太保进燕国公、蔡京子蔡攸授少师、童贯加节钺仍以太傅领枢密院事，"余进秩有差"⑤。

燕地一府六州交割毕，宋金联合图辽之事告一段落。两国对其结果表示接受认定，为此互致国书，又专门签署誓约，为以往作结，为今后立则。誓约写明："不得密切间谍，诱扰边人"⑥，立有"各不收纳叛亡"⑦之禁。

然而不久，宋再度违约。此番失信，终致金人彻底反目。

① 徐梦莘《三朝北盟会编》，页113。
② 陈邦瞻《宋史纪事本末》，页541。
③ 同上。
④ 毕沅《续资治通鉴》，页2464。
⑤ 徐梦莘《三朝北盟会编》，页118。
⑥ 同上书，页109。
⑦ 毕沅《续资治通鉴》，页2479。

　　起因是平、滦、营今河北卢龙、滦县、昌黎三州。宋将其置诸所求旧汉地内，而金以三州乃当年辽国以兵自取、非石敬瑭所割让，无关"归还"，故不允。是时，辽崩析未久，情形犹乱。平州由辽节度使张毂管治，此人虽已降金而暗存异心。宣和五年五月，张毂执杀金吏，对宋示归顺意。宋守燕之臣王安中，认为平州"形胜之地""张毂文武全材，足以御金人"，"劝朝廷纳之"。徽宗虽惧失信金人，又难拒嘴边肥肉诱惑，而御笔亲示："本朝初与金国通好，彼此著誓甚重，岂当首违？""理当速示羁縻。"羁縻即遥控与笼络，暂缓纳入版图。不料，王黼、蔡攸等建功心切，竟许张毂"纳土来归"，拜之为泰宁军节度使世袭平州。赵良嗣闻讯大惊，"力争，以为不可，恐必招女真之兵"，然而"不从"。其间，金人因张毂执杀其吏兴兵问罪。张毂敌之，金人以军少，未交锋退却，留书："夏热且去，秋凉复来。"金人不战自去，张毂却"声言战败金人，杀伤甚众，妄申宣抚司以大捷闻"，宣抚司"厚以银绢告敕赏其军"。"告敕"二字乃是大祸根。两月后，金兵果再来，围平州，张毂弃城走，而"所赐诏书尽为金人所得"。① 诏书被人缴获，宋"收纳叛亡"、背盟失信行径无从狡辩。张毂逃入燕城，王安中将他藏匿。金军至，急索张毂。"王安中取貌类毂者，斩其首与之"。被识破，索益急，威胁攻燕。"朝廷不得已，令安中缢杀之，函其首，并毂二子送于金"。②

　　平州事件至此收场，时为宣和五年秋。从诏书被获到献出张

①　徐梦莘《三朝北盟会编》，页124—129。
②　毕沅《续资治通鉴》，页2471。

毅首级，宋朝弃誓违约两大铁证已握金人手中。实际此时金人灭宋决心已定，之所以暂未南伐，乃因辽残余势力有待尽殄。

平州事件除注定招致金军南侵，对内还造成一大后患，即郭药师兔死狐悲，最终反戈。

郭药师，辽末大将。宣和四年九月以涿、易二州降宋，所部号"常胜军"，战力为当时宋军翘楚。张毅死后，郭药师口出一语："金人欲毅即与，若求药师，亦与之乎？"尽显物伤其类之态。后来金军南下，郭药师果速降于斡离不_{完颜宗望}，且在整个伐宋过程中发挥重要作用。"常胜军"曾是粘罕等惟一顾虑，直至接获谍报，"常胜军惟郭药师有南向心，如张令徽、刘舜臣之徒，以张毅故皆觖望"，这才"决意南伐"。宋所侦知者亦如此。童贯忧"常胜军"尾大不掉，问马扩_{马政子}，亦数使于金"欲消之，如何"。扩答："今金人未敢肆而知有所忌者，以有此军也。"足见"常胜军"叛变，对宋如釜底抽薪，而溯其因则张毅事也。[1]

越二载，宣和七年₁₁₂₅八月四日，金军俘获耶律延禧。辽末代帝就擒，竟敲响了北宋丧钟。是时金太祖阿骨打已死，太宗吴乞买在位。八月五日以其事告太祖庙，两日后解延禧见太宗，降封海滨王，辽亡。仅隔五天，吴乞买迅下备征令："命有司拣阅善射勇健之士备南伐。"[2]此距徽、钦被掳北迁，只剩一年八个月。

起1111年讫1127年，满打满算十六载_{若自政和七年高药师等赍市马诏往女真起算则只有十年}北宋亡国。其间，宋无一谋属善，无一举称

① 毕沅《续资治通鉴》，页2484—2489。
② 同上书，页2487。

智，步步自取灭亡。抉其致亡之由，比比矣，而以"失信"为特著。在前，若守约而不失信于辽，犹可岿然自存免于惹火烧身；在后，若守约而不失信于金，又岂至授人以柄、引狼入室。

要之，"北宋亡于失信"并非史论批评，而为一桩史实，惜此点未被史书标明与凸显，无论元修《宋史》及汉人史撰，于北宋之亡皆泛泛以言，而未确指其事实经过，以致后人率视二帝北迁为界。其实二帝北迁并非北宋政权终结标志，之前另有重大情节发生，北宋就此亡，二帝北迁实为其后续结果之一。此即《三朝北盟会编》所称"大金皇帝圣旨指挥"[①]，与《建炎以来系年要录》记为"金主诏书"者。二书并有南宋官方色彩，皆叙其事，惟均未照录原文而留遗憾。《三朝北盟会编》叙录重心置于宋方留守人员辩请情形，《建炎以来系年要录》所存史料相对直接齐全，既于"金主诏书"内容转述较具体，亦就下达时间及经过有详切记述，而钦宗付诸留守官员之亲笔"手札"尤为重要。兹据后者，将北宋"亡国"确切史实经过，复原如下——

丙寅日靖康二年二月初六日夜间，粘罕召宋钦宗"传其主之命"，地点在端诚殿。时钦宗滞于金营，既获召见，"从官皆喜，谓果得归矣"。及至，"则已望北设一香案，随驾官于百步外排立，帝独前下马"，金臣高庆裔读诏，宣布赵氏为"待罪之人"，决定"议立异姓"。读诏毕，高庆裔下令钦宗"易御服"，以致撕扯，"金人迫上脱去赭袍，尽皆扯裂"。[②]随后连夜通报外间宋方留守官员，此

<hr />

① 徐梦莘《三朝北盟会编》，页593。
② 李心传《建炎以来系年要录》，页38。

处对"金主诏书"内容转述较具体：

> 是日夜漏下二鼓，金人以檄来议立异姓，且令迁都。金主诏书略云：宋之旧封，理宜混一。然念举兵，且非贪土。请前宋在京臣僚，一面请上皇并后妃儿女亲眷王公之属出京，仍集者老军民，共议荐举堪为人主者一人，不限名位高卑，所贵道德隆茂、众皆推服、长于治民者，从军前备礼册命。①

"混一"犹"统一"，自金而言即"吞并"之意。诏书声称，伐宋无关"贪土"仅为问罪，故不拟吞宋疆土而许"宋之旧封"存续，但二帝及整个赵氏作为罪孽不能享其国，宜由异姓者代之。与获知"金主诏书"同时，宋方留守诸臣得见钦宗一函亲笔"手札"：

> 渊圣皇帝亦附手札，略云：今于元帅府拜受大金皇帝诏书，以屡变盟誓，别立异姓。自惟失信固当如此，犹许旧地、别立贤人，其于万姓为幸非细。②

"金主诏书"或所谓"大金皇帝圣旨指挥"相当于战胜方对战败方之审判，而钦宗"手札"盖即承认和接受审判之君命。靖康宋金战争，因以作结。审视其关节，明确在"渝盟失信"四字，赵宋皇室以此

---

① 李心传《建炎以来系年要录》，页39。
② 同上。

自去合法性而被勒令"别择贤人以王兹土"①。

据上，援钦宗"自惟失信固当如此"为证，北宋亡国确切历史表述，可以且应该固化为"亡于失信"。就此来论，北宋被灭，道理却在金人一边。

获知金帝"指挥"、钦宗"手札"后，宋朝官员与庶民多有辩请，以期挽回。奔走最力者为同知枢密院孙傅，率众联名请愿先后凡六次。资政殿学士张叔夜、御史中丞秦桧亦甚积极。后来他们都为此触怒金人，被逮送北地。递状不约而同提出三点。第一，承认宋"渝盟失信"罪责乃客观事实；第二，何人应该担责，秦桧指为"奸臣"，孙傅表示"今来渝盟失信止是上皇，与前主其子及支属并不干预"，即责任惟在徽宗，钦宗新立无罪可咎；第三，关于易姓，强调现政权虽眼下"罪在不赦"，但赵氏王朝"自祖宗以来，德泽在人"，于民功大于过，总体不至失国。②

孙傅等保赵努力虽然失败，但所辩实有历史支撑。大宋立国百六十余年，总体的确配称"德泽在人"。即以"失信"论，徽宗之前宋非但无此恶习，反而内外皆能守信。太祖"勒石立戒"，意在导子孙以守信，"终宋之世，文臣无欧刀之辟"，足见信而能守。对外，与辽盟约既订而守之如初；与西夏边衅屡开当战则战，但从无背毁劣迹。国格堕地，实惟徽宗一朝有之。景德以来，宋因守信百年承平；政和已后，宋以失信十载倾覆。金人借十年否定百年，明显以偏概全；假徽宗一人之过灭赵氏全国，亦自别有用心。

① 徐梦莘《三朝北盟会编》，页594。
② 同上书，页593—600。

职是故也，后人多指女真虎狼其性而实以亡宋，非宋自取，纵无徽宗及其一班佞臣，金人亦必灭宋而后快。

然而却有相反例证。曩时阿骨打起兵反辽，西夏非但不事苟且，反助辽抗金，将兵三万以援，公然与金为敌。孰知金人竟不以为逆，转生敬意。斡离不呈书其主曰："夏王，辽之自出，不渝终始，危难相救。"[1] 建议本国，"若能如事辽之日以效职责，当听其来，毋致疑贰"。辽既亡，金夏果然相安。"自天会议和，八十余年与夏人未尝有兵革之事。及贞祐之初，小有侵掠"。[2] 西夏续其国祚复有百年，直至被蒙古所灭。实际上，与金为邻百年竟是西夏版图最稳固时期之前与宋、辽多有拉锯。

宋通金而成仇雠，夏助辽反赢尊重。两个例子截然相反。自前者言，金人虎狼成性、难以共处，断然矣；自后者言，此说明显不足论。我们剔却意绪、抉以理性，从中惟一所见应乃"信义"不可弃。不弃，人不之欺。弃，人怒天怨。靖康二年金人对赵宋确有赶尽杀绝之心，然溯至早前，终是徽宗执意自蹈覆辙所致。

有关徽宗作以自毙，之前还曾提及一点，即早先女真对宋不摸底细，颇存忌惮。宋，堂堂上邦，文明昌盛。乃至宋朝军力，金人亦因不详而未敢轻视。宣和二年十一月，金人曾就对宋策略"帐前月余议论不决"。当时强硬如粘罕尚且认为："南朝四面被边，若无兵力，安能立国强大如此？未可轻之。"[3] 《三戒》形容虎于驴

① 脱脱等《金史》，页2865—2866。
② 同上书，2876。
③ 徐梦莘《三朝北盟会编》，页29。

由"庞然大物也",而"稍近益狎",进悟"技止此耳",绝然金宋关系演进写照。设若徽宗不图侥幸,自持自重,金人多半不敢妄逞其图。然徽宗既相与"荡倚",继又反复言而无信,直至将不堪一击本相暴露无遗。试问金人如何不从"未可轻之",终至于"跳踉大㘎,断其喉,尽其肉"?

金太宗下备征令,便是"跳踉大㘎"那一刻。

以下无须细说。宣和七年十月,斡离不、粘罕从冀晋分两路入寇。宋帅童贯得讯即走,自太原逃归。十二月廿一日,徽宗忽以太子桓为开封牧,示禅位之意。三天后,书"传位东宫"四字付蔡攸,禅位诏乃下。不十日"宣和"改"靖康",钦宗立、徽宗退居上皇。烂摊子一旦推卸,赵佶随即奔命,正月初四日已抵亳州,元宵节逃至镇江。佞臣童贯、蔡京等,俱以护驾名义南行,百官亦多潜遁。正月初七日,斡离不扑至汴京作围攻之势;旋以宋主内禅、祸首退位而同意和谈,边攻边谈。条件是:一、赔付金五百万两、银五千万两、牛马万头、绸缎百万匹;二、尊金帝为伯;三、归还燕、云之民在汉者;四、割中山、太原、河间三镇之地;五、以亲王、宰相为质,送大军过河北还。宋廷集议,决定接受所有条件。拟誓书,包括称"伯大金皇帝""侄大宋皇帝"并金银、割地、遣质等,悉依金方。二月九日,金军引去,汴京解严。钦宗遣李纲迎上皇归,四月三日还至京师。冥冥中,此事神差鬼使,对宋朝可谓幸与不幸参半。设若赵佶执意不还,则明年金人就不能将二帝尽掳于北,令宋室几濒香烟断灭绝境;反过来,赵佶明明已是逃网之鸟却重入阱渊,这才根除其复辟可能,使赵氏移祚于高宗而另辟中兴新局。至于钦宗,从被父亲抛出当替罪羊到沦为阶下囚、最终死在苦寒北国,人生悲惨已极，而其处境，确亦无可奈何。虽然金军撤后，似有大半年时间以寻转圜，其实余地可怜。所允金人财货，远超支付能力，割地则不甘予之。若谓"三十六计走为上"更谈何容易，弃子民与社稷于不顾，非君主所宜行。钦宗眼前惟有"拖延"而已。一直拖到初秋，对金承诺毫无兑现。金人遣使来索而逾月不果，只是软磨硬泡滞金使不归。金副使赵伦含恨，乃以诡计害宋。此人应是汉人出身，假装通宋，称金有辽降将耶律伊都，"领契丹兵甚众，贰于金人，宜结之使南向，宗翰、宗望可袭而取也"。宋竟信以为真，而致密信于耶律伊都，"使为内应"。斡离不得信即奏，"金主大怒，复议南伐矣"。[1]靖康元年十一月，金军再围汴京，闰十一月廿四日城陷。之后数月穷搜狂刮，以偿前约之所欠。翌年三月廿七日，斡离不撤，掳走徽宗。四月初一日，粘罕撤，掳走钦宗。

有关自汴京陷落至徽、钦北去史事，《靖康稗史笺证》辑有史料七种，多为亲见实录。取读是编，北宋亡国情形可知以概。显著者在三方面。

一、金军大索金帛不止。靖康元年闰十一月三十日，钦宗以降君入金营，而后金人日以勒逼财货为能事。《瓮中人语》对此逐一记录。如"虏索马七千余匹出城"，"虏索绢一千万匹，军民般赴南薰门交纳"，"开封府报纳虏营金十六万两，银六百万两疑误，《靖康要录》卷一五记为'银二百万两'"，"虏索府库绢四百余万匹"，"虏入内廷，搜取珍宝器皿出城"，"虏掠内藏库"等。[2]

---

① 毕沅《续资治通鉴》，页2535。

② 《瓮中人语》，确庵、耐庵编《靖康稗史笺证》，中华书局，2010，页72—87。

二、徽、钦以下，宋皇族男女尽掳于北。钦宗与金人初议尚见余地，第一条"准免道宗北行"①，允许徽宗留下，后全变。靖康二年二月也即金帝"指挥"下达后，金帅府命开封府清点一切宗室人员，遂有《开封府状》。此件堪称绝无仅有之史料，人数、性别、年龄、婚配等细节务求准确，一国王族情形纤毫毕现，通常正史"宗亲世系"所记远不能比。例如"少帝即钦宗妃嫔"条下，"严使令十四岁，名莺簧"，"姜使令十四岁，名田田"，"卫使令十三岁，名猫儿"②……宫秘外泄，何尝至于此？"自康王外，实皇子二十三人，近支亲郡王七人"③一句尤触目惊心，直褐赵构若未只身逃脱，宋室皇脉便将一网打尽。金军排查所有宗室，于其男性成员显为斩草除根计。至于女眷，起初似乎是作"抵债"之用。金军规定，所有金银"须于十日内"缴纳，"如不敷数，以帝姬、王妃一人准金一千锭，宗姬一人准金五百锭，族姬一人准金二百锭，宗妇一人准银五百锭，族妇一人准银二百锭，贵戚女一人准银一百锭，任听帅府选择"④。"抵债"虽为用途之一，然而目的恐不止于此。《南征录汇》一笔记载暴露了隐秘真相。靖康二年二月十六日金帅府下令，已献宋女"即改大金梳装，元有孕者，听医官下胎"⑤。原来，凡女眷均须验身，已有孕者一概堕胎。可见，对宋室宗亲男女一个不放过，阴谋都是斩草除根。

....

① 《南征录汇》，确庵、耐庵编《靖康稗史笺证》，页136。
② 《开封府状》，同上书，页114。
③ 同上，页89。
④ 《南征录汇》，同上书，页136。
⑤ 同上，页154。

三、以上金帛财货之损与宋室几遭灭门两点，非真正灾难。"天地不仁，以万物为刍狗。"将历史视为周行不殆之客体，类乎金帛财货得而复失或失而复得，盖属常情。至于宋室被掳异邦或死或奴，则仅为赵家之厄而于文明无伤。北宋亡国，华夏文明劫在别处。《宋史》钦宗本纪末尾：

> 夏四月庚申朔，大风吹石折木。金人以帝及皇后、皇太子北归。凡法驾、卤簿，皇后以下车辂、卤簿，冠服、礼器、法物，大乐、教坊乐器，祭器、八宝、九鼎、圭璧、浑天仪、铜人、刻漏，古器、景灵宫供器，太清楼秘阁三馆书、天下州府图及官吏、内人、内侍、技艺、工匠、娼优，府库畜积，为之一空。[①]

赵宋作为中原权力承继者，接收、汇聚且负责保管、守护过往华夏文明积累与遗存。而在1127年，所有一切，莫论有形无形，从器物、技艺而人杰，被金人席卷而去。这损失实非一朝一代而已，是整个中华文明永不能找回与弥补者。姑举其一隅，宋初灭南唐李氏，"得金陵藏书十余万卷，分布三馆及学士舍人院。其书多雠校精审，编帙完具，与诸国本不类"[②]。人类印书晚唐始创，兴乎五代、精于两宋。后世宋版书价逾黄金，更何况这十余万卷南唐官藏？史载极明，这批无价之宝宋贮于"三馆及学士舍人院"，质诸钦宗

---

① 脱脱等《宋史》，中华书局，2011，页436。
② 夏承焘《唐宋词人年谱》引马令《南唐书》，浙江古籍出版社，2017，页85。

本纪"太清楼秘阁三馆书"一语，明其落诸金人之手无疑矣。而后迄今九百年，南唐珍庋片纸不存、人无见者，盖已绝迹。类似劫难，又可藉赵佶私藏窥之。赵佶为君昏聩，但在某一领域，他乃旷世奇才亦无须论，仿宋体即由其瘦金书化来，工画晓音，品位奇高，在位二十五年，私下搜纳之物绝然官藏之外一大宝库，而同样悉收金人囊中："上皇平时好玩珍宝，有司及军前莫能知也。内侍梁平、王仍辈曲奉金人，指所在而取之。珍珠水晶帘、绣珠翠步障、红牙大柜、龙麝沉香乐器、犀玉雕镂屏榻、古书画、珍珠络绎于路。"① 可想见诸宝岂止材质珍稀，亦必技艺超绝。我国文明以秦灭六国后一段最创巨痛深，而若聚焦于亡国一瞬，则无过乎金人所为。汴京，彼时人类最繁富之都市，百多年后马可·波罗旅杭州以为所见史无前例，却不知在宋人眼中全不能与汴梁相提并论。这座人间无尚之都，三月内被金人掏之一空。钦宗本纪所述据自《三朝北盟会编》卷第七十七而有简省，后者原文自"车辂卤簿仪仗"以下，记被掠品类、数目更细，读之益知"浩劫"云何：

> 礼经礼图、大学轩架、乐舞乐器、舜文王琴、女娲笙、孔子冠图识、竹简、古画、教坊乐器乐书乐章、祭器、明堂布政图、闰月体式、八宝、九鼎、元圭、郑圭、大器合台、浑天仪、铜人刻漏古器、秘阁三馆书籍、监本印板、古圣贤图像、明堂辟雍图、皇城宫阙图、四京图、大宋百司并天下州府职贡令、宋人文集、阴阳医卜之书（内元白并元祐诸名人文尤爱慕）、

---

① 徐梦莘《三朝北盟会编》，页596。

诸科医工百七十人、教坊乐工四百人、金玉杂伎诸工（如消、碾、染、刷、绣、棋、画、针、线、木、漆、帽、带、皮、铁之类）、课命卜祝、司天台官、六尚局、搭材修内司、广固诸司、诸军曹司……①

从坟典宝器到国家档案，以及大宋科技、医疗、伎艺、匠作、营造、工程等百业顶尖人才，一概"打包"发往北地。其中最高学府国子监，不光"监本国子监刻印书称监本印板"被盗，甚至"大学轩架"亦即梐栏、书架也拆除运走，直恨不能将汴梁全部搬迁而去。据实论，徒以"野蛮""贪婪"斥金人行径，有失简单。"野蛮"背后有文明向慕之心，"贪婪"无度亦因妄想借掠夺令己之文明躐阶而进。此可藉金军某人身影加以品味，其名完颜宗宪，本名阿懒，粘罕弟也。《金史》本传云："未冠，从宗翰伐宋，汴京破，众人争趋府库取财物，宗宪独载图书以归。"② 彼作有《大金武功记》述伐宋期间亲历，于"三月初四日"记："阿懒监押书籍、礼器千五十车北渡阳武。"③ 千五十车！ 豪夺规模使人瞠目。汴京文物浩劫竟由一"未冠"少年主导，跌足扼腕之余，我们颇感五味杂陈。金国制度礼乐"往往因仍辽旧"，过后此人提出"当远引前古，因时制宜，成一代之法，何乃近取辽人制度哉"，而深获"器重"。④ "前古"便即中原汉地文明，适足表明阿懒"豪夺"之所居心。女真有人眼光抱负如

---

① 徐梦莘《三朝北盟会编》，页584。
② 脱脱等《金史》，页1615。
③ 《南征录汇》，确庵、耐庵编《靖康稗史笺证》，页162。
④ 脱脱等《金史》，页1615。

许，不必说实堪刮目；又设若汴京之劫当真可促另一民族新生，似乎历史也不算白白付出 …… 现实却是，金人毕竟甫离茹毛饮血未久，纵然涌现出来阿懒式个别人物，其民族整体对高级文明虽知仰羡，终无力持守。仅一个世纪，当大金惨遭灭国，完颜氏立回部落原形，遁迹山林，重拾穴居生涯。回看1127年汴京劫难，华夏文明诸多千辛万苦流传之物竟只落于"烟消云散"四字。那女真少年阿懒，反因爱慕而摧残了文明。

《顾氏画谱》中的宋代景象

——有关配图

古籍收藏家郑振铎先生编有别致的《中国版画丛刊》《顾氏画谱》即其一种。『版画』在此不同于后来专业的版画家创作，而几乎都是书籍本身内容一部分。中国古时印书用雕版，凡有图形，悉经刻工付样。郑振铎先生延今名称『版画』无不可，但应强调它们的实际意义更在于印刷文明，而非美术。

《顾氏画谱》编刻者是明万历间杭州的顾炳。他的创意，一因中国历代名画保存维艰，极易湮灭；其次收藏与持有者外，普通人绝难有缘瞻玩。为此，乃甄选六朝我国绘画从此趋盛以来直至本朝的名作，椠刻于板，荟成一书，俾经典永存、广为观赏，及醉心绘艺之人得有范本揣摸与师法。

其宋代部分收录三十余人，各取一件代表作。万历名宦、书画家朱之蕃《顾式画谱序》第一句写：『天地自然之文，惟画能寓其形而并载其理。』道出了古人对绘事认知不像今天限在『自我』一隅，而须与物通、得天地理韵，以物我交融涵纳气象格局。古之文学有感应说，戴复古诗句『文章随世作低昂』，钱谦益讲『夫文章者，天地变化之所为也。天地变化与人心之精华交相击发，而文章之变不可胜穷』，俱内外感应之论。这自非文学的独家看法，画家施绘同抱此心。我们展古人画卷，无论所绘何物，山水也罢、鸟兽也罢、居处也罢，从不例外感觉到时代性的整体意态于其间跃然纸上。

《品宋录》原未备图，经建议适当增入，以利读者观感。考虑到本书写法与格调，决定配图统一取自《顾氏画谱》宋代部分，他者不与。之如此系出三点。一是形态独特，制为雕版的宋画极能唤起对宋代作为人类印刷文明界碑的这层特殊意义的体认。二是此二十五图惟线条与黑白色，单纯线描更显原画构图、意趣、节律与细节的高妙，甚堪于『品』，把玩性极强，其线条之生动、多变、流畅、富于活力虽置现代毫不逊色，而彼时世界远在中古之世，品其味自知宋代人文之超躐。最后是这些画面虽未必刻意表现宋世，但宋人对自然、生活与情趣的感应、理解、追求，从中纷然并呈、扑面而来，在尚无影像资料留存的时代，也算间接提供一番活的形象展现，借为径而与本书的述说参差映鉴，或有助于走近宋代风韵和况味。

李洁非

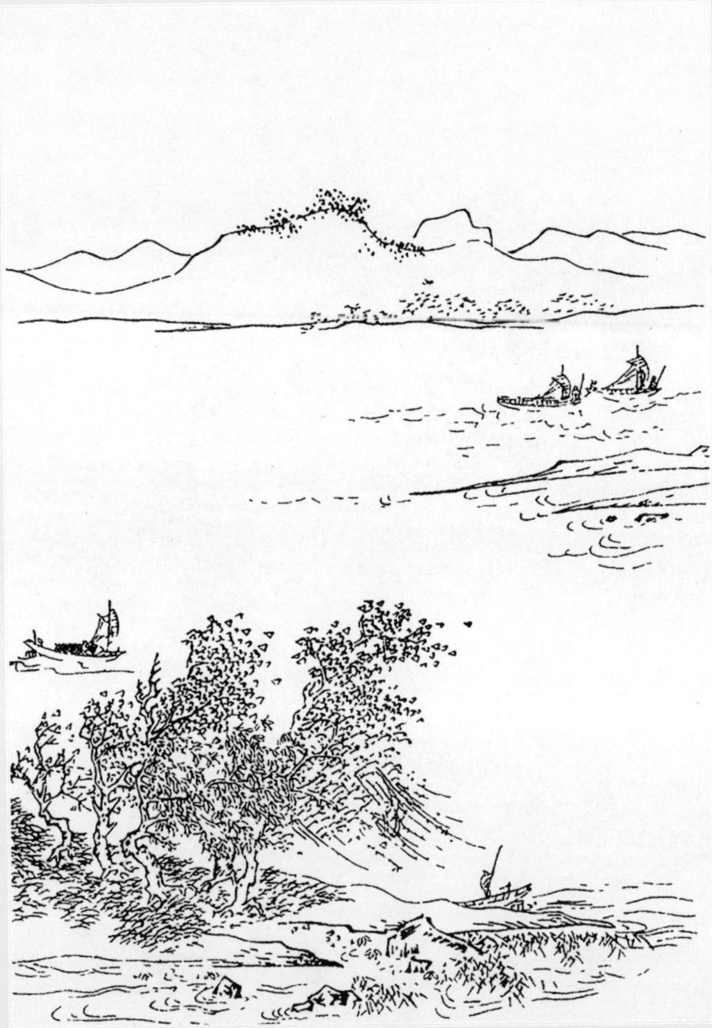

汴京至临安中篇

康王在金营，宋将姚平仲"欲夜叩金营，生擒宗望斡离不，奉康王以归，而其谋泄，金先事设备，故反为所败"[1]。是时金军首犯汴京，议和，请以亲王、宰相为质，乃遣康王、张邦昌往。事发，金人召宋使切责。李心传《建炎以来系年要录》记之：

> 张邦昌恐惧涕泣，王不为动。金人因惮王，不欲留，更请肃王。[2]

毕沅《续资治通鉴》则截止于"王不为动"，以下"惮王"云云略去。毕氏拾综诸家史述而多有考辨，不留"惮王"字样，或因疑为南宋美化高宗之笔。要之，此处康王大义凛然，与后人心中高宗一贯摇尾乞怜形象相去实远。

----

[1]　毕沅《续资治通鉴》，页2512。
[2]　李心传《建炎以来系年要录》，页14。

康王讳构，母韦氏。徽宗骨血颇裕，男即"三十四子"[①]，康王行九。无人能料最终三十四皇子仅存康王一人，而赵氏国祚赖以续。徽宗有子既多，于康王应不甚了了，父子日常交集《宋史》本纪无一语述及，康王儿时情忆尽系母亲韦氏，此点于后事埋下一定伏笔。

康王生长，本纪以所据不多，寥寥数语。所谓诞时"赤光照室"显系俗套，以外可瞩目之笔有两处。一为好读，"读书日诵千余言"；一为力壮，"挽弓至一石五斗"。[②] 宋制一石逾百斤，挽弓一石五斗，臂力几近一百八十斤。去岳飞"力能挽弓三百斤"[③]自不及，然较如今普遍所想高宗"弱懦"形象亦相迥异。无独有偶，本纪写姚平仲劫营失利、康王淡对金人盛怒，斡离不反应同样是"异之"[④]。似其身心内外每有出人意表处，而将预设打破。

彼浮出历史地表颇赖金人。若非金军铁骑南来，彼当以一空名隐没于《宗亲世系表》漫长名单，不被人知。

靖康元年春正月，金人"邀亲王、宰臣议和军中"，康王"慷慨请行"。此时，除六位早亡者外，徽宗诸子俱在，康王之上还有其兄郓王楷、肃王枢等，而未闻有"慷慨请行"之举，此可为康王其人不乏勇毅品质之证。他也因此"出列"于史，后更一跃为主角，将未来三十余年历史舞台揽作独擅胜场。

---

① 脱脱等《宋史》，页7729。
② 同上书，页439。
③ 毕沅《续资治通鉴》，页2548。
④ 李心传《建炎以来系年要录》，页440。

　　个中似有天命、天意，上苍起码安排了两次脱险以助其历史使命。一次，即金人不论因"惮"或"异之"将其纵归，"更请肃王"，遂使金军北撤时携去且从此不知下落者，乃是肃王枢，而此运原本应属彼身。第二次，靖康元年十月金人以钦宗未践前约再度南攻，中间议和，斡离不点名"须康王亲到，议乃可成"①，似于前所纵归有悔。于是，"命康王构使宗望军"②。行至磁州今河北磁县，为守臣宗泽力阻，"百姓遮道谏王勿北去"③，且杀副使王云此人负责与金交涉且促成钦宗派康王赴金。康王中断行程，旋由汪伯彦迎往相州今河南安阳。此番若非最后一刻生变，康王定是有去无回。谚云"福无双至"而独于康王不能验，细想原委尤属不可思议 ——"须康王亲到"之坚请，貌似祸厄实则反救他一命，倘不奉使离京，康王下场盖如其他赵氏皇族，以被掳北地、客死他乡为终。而前后两次逢凶化吉，竟皆斡离不予之，亦一奇矣！

　　汴京第二次被围，宋室阖族为瓮中鳖，康王独在外。势益危，亟须建节衔命以总勤王兵，钦宗乃遣内臣秦仔"持亲笔蜡书，缒城诣相州，拜王河北兵马大元帅"④。曩者彼虽贵为亲王，向未握有权力。此任不特予以前敌总指挥地位，更为其未来登基发挥培土奠基作用。古代途远路阻，事每滞后。靖康元年闰十一月三十日，钦宗以降君入金营，同日秦仔始抵相州。"于顶发中出蜡书黄绢三

① 　毕沅《续资治通鉴》，页2543。
② 　同上。
③ 　同上书，页2548。
④ 　李心传《建炎以来系年要录》，页19。

寸，王读之呜咽。"①以外还曾接获两次朝命。一为侯章"自京师至，传命尽起河北一路兵，守臣自将"，一为刘定"持蜡书趣王入援，且言京城且破"。②之后与朝廷消息彻底断绝。时金人亦欲寻获康王下落，初"闻王在河北"，后似侦知其在相州，以军犯。帅府"恐金人知王所在"，遂命宗泽"以万人进屯澶渊，扬声王在军中"为掩护，由汪伯彦奉王移山东。③

正月初四日，钦宗"诏谕河东北诸州守臣，令趣降"④，是为正式投降令。若捧此诏，康王不能不降。所幸朝廷已不知其去处，投降令无从送达。为此，金人至少两次逼钦宗派出使者："壬辰，金人复趣召康王，遣中书舍人张澂赍诏以行，以前此曹辅往迎，不见王而还故也。"⑤大元帅任命顺利送达，投降令则悬空未落。一出一入，上苍不动声色，默启大宋一线生机。康王既开府，散于各处兵力辗转聚拢。初，王"所部千人"⑥。在相州，募义招亡"有兵万人"⑦，副元帅宗泽"以所部二千人先诸军至"⑧，"中大夫知信德府梁杨祖以兵万人、马千匹继至"⑨，大盗杨青诣相州降"有众万人"⑩。

---

① 李心传《建炎以来系年要录》，页20。
② 同上书，页21。
③ 同上书，页22。
④ 同上书，页23。
⑤ 毕沅《续资治通鉴》，页2559。
⑥ 李心传《建炎以来系年要录》，页18。
⑦ 同上书，页20。
⑧ 同上书，页21。
⑨ 同上书，页22。
⑩ 同上书，页23。

移驻山东东平府，"知冀州乐寿权邦彦以勤王兵千人至帅府"，"高阳关路安抚使黄潜善自将本路兵二万五千人至东平"①……逮翌年二月济州时期，"元帅府官军及群盗来归者凡八万人"②。未三阅月，中兴础石已现。韩世忠、张俊、苗傅、杨沂中、田师中等"皆在麾下"，千古将星岳飞亦以受募义勇随枢密院官刘浩见王于相州，"以为承信郎"③，置帐中敛光待发。

同时伴以另一重要历史线索。

康王移济州半月前，金军在汴传其主诏："宋之旧封，理宜混一。然念举兵，且非贪土。"正式明确南下惟事吊伐，无意侵吞领土。此于1127年前后历史格局至为关键，宋室南渡与中兴，宋金分立最终达成，包括其间高宗种种决断最突出者即岳飞冤案，悉繇乎是。设若女真民族也如百年后蒙人一样，对征服与拓土不知有餍，神州盖不难于变成别一图景。一年中两捣汴京如探囊取物，已证其以武力灭宋略无悬念。金人未乘胜殄灭残余、吞宋全境，非不能也，是不欲也。而所以不欲，惟一可找见之由似乎是气候。当年张毂降宋，金人兴师问罪，以"夏热且去，秋凉复来"退去。平州犹如此，更南可想以知。既不宜居，取之何益？除了性惧溽热，气候因素更深层影响与马有关，金军行动必待"秋高马肥"就反映这种规律。北方游牧民族生命编码深嵌马背，无事不取决乎马，而长城以南早铸农耕定居生态，没有牧草，处处稼穑，至无寸土

---

① 李心传《建炎以来系年要录》，页28。
② 同上书，页58。
③ 毕沅《续资治通鉴》，页2548。

可改牧场，此种地域自他们看来未免如鸡肋。但凡事并非一律，后起蒙人同为马背上民族，却于拓土不问所利，惟思征服。所以十二世纪大金何以将到手之中原，抛弃不要、全军北撤，我们实难确解。我们但见其于宋土彷徨踟蹰、面有难色，是取是弃、举棋不定。很长一段时间，他们欲得者惟中山 今河北正定、太原、河间三镇，据为南北屏障乃足，以外非所图，两次渡河入中原腹地，全都匆匆撤回，灭人国而却其地，赵氏既降，仅作"易姓"处置，但思不与为邻，乃以造设恭顺政权为餍足，张邦昌败，继立刘豫，不纳版图、执意宗藩，直至"大齐"亦告倾覆才终于接盘自理。且其扶植傀儡亦甚漫不经心，尤其对张邦昌，草草"易姓"后溜之大吉，既不谋求军事存在以施掌控，也不"扶上马，送一程"略事撑腰，任其生灭。

金人思维怪异难解，但其"且非贪土"云云，确与所行相验。这是南北宋转承不能忽视之背景，高宗"中兴"思路与若干重大事件处置实因此来。然历来史家和论者既未作为重点加以突出，甚至极少审忖，有意无意避而不谈，直至今日仍属盲点。

话回当初。张邦昌既立，处境极尴尬。金军人去市空，未留兵卒以羽翼，无置耳目以监控，而宋室旧臣环绕周遭、康王近在肘腋、汉家兵马日渐麇集。如此傀儡天命已定，邦昌亦甚自知，遂迭出异旨以为退路。一、避用"圣"字。"邦昌下令曰：夫圣，孔子不居，则予岂敢"，不以"圣旨"自称，称"面旨""中旨"等，同时避用"诏"，手诏称"手书"。二、不御殿、不受朝。坐殿乃"临朝称制"表征，邦昌下令凡天子之礼、至尊之仪概不用，"引对百官于延康殿小轩"，议事则"坐议"，规定内部"言必称名"而邦昌自称"予"不用"朕","遇金人至，则遽易服"，惟当金使来始以帝王仪制瞒之。三、不改元、去年号。帝王即位必改元而邦昌无此举，"不书年，但系月日"，不改元示未弃宋之正朔，去年号以避金人疑忌，首鼠两端情状表现无遗。[①] 余如"不山呼""于禁中诸门，悉缄锁，题以'臣邦昌谨封'"[②] 等。

与其说张邦昌心中有宋，不如说逼不得已。金人"其行甚遽"[③]，惟他这孤家寡人"茕茕孑立，形影相吊"与残落汴京为伴。此时汴京无复《清明上河图》之盛，凋残衰败，魍魉昼行，"城中猫犬残尽"，"一鼠亦直数百"[④]，既无粮来亦无兵。处此现实，何人能以居帝位自恬？ 难怪这位"大楚皇帝"，在金军撤走当天，立令有关官员"速来议复辟事"，竟一日而不欲缓。[⑤] "癸亥四月初四日，邦昌请元祐皇后入居延福宫"[⑥]，迈出复辟第一步。元祐皇后孟氏，哲宗废后，之前金人索逮赵氏宗亲，"后以废处外宫，故金人不为指取"[⑦]，因祸得福，留汴未北迁。初八日，邦昌"以'大宋皇帝之宝'至济州"[⑧]，寓归政之意。初九日"请元祐皇后垂帘听政，以俟复辟"[⑨]，权力已经交还，此距金人离去尚不满十日。垂帘是为康王铺路，钦

① 李心传《建炎以来系年要录》，页71—77。
② 同上书，页105。
③ 同上书，页92。
④ 同上书，页93。
⑤ 同上。
⑥ 同上书，页94。
⑦ 毕沅《续资治通鉴》，页2565。
⑧ 李心传《建炎以来系年要录》，页101。
⑨ 毕沅《续资治通鉴》，页2570。

宗无传位之诏，须太后命下使登基才合法。孟氏即刻遣使"持诏往济州迎康王"，并手书告天下："繇康邸之旧藩，嗣我朝之大统。汉家之厄十世，宜光武之中兴；献公之子九人，唯重耳之尚在。兹为天意，夫岂人谋！"[1]

旬日复辟已成，略无窒碍，确可叹为"兹为天意"。但这"天意"并不"烟涛微茫信难求"，反而一目了然：实金人颟顸以自取！"初，有传金人以郭药师为枢密使，留兵万五千以卫邦昌者，王忧之。"[2]然而只是传闻。举手之劳金人竟不为，诚乃天不亡宋。

四月廿四日，康王自济州抵于南京应天府今商丘。五月初一日，"兵马大元帅康王即皇帝位于南京"，改元"建炎"，是为高宗。惯例，新君翌年改元。此时国难当头，亟须以得天下而传天下知之，而未循旧例，遂使1127年既是靖康二年亦为建炎元年。为此南宋修史曾有争论："或谓建炎元年无春，当依旧文，用靖康二年纪事"[3]，认为五月前当用靖康年号，以后书建炎毕沅《续资治通鉴》即依此。

钦宗四月初一日北狩，高宗五月初一日即位，刚好一整月。

践阼选择南京而非汴京，起初及表面原因是安全考虑。汴京劫余残破如前述，而宗泽认为还有其他隐患："邦昌久在敌中，范琼为邦昌握兵权亦是草泽中起，恐其阴与敌结，未可深信。"[4]南京为

① 毕沅《续资治通鉴》，页2571。
② 李心传《建炎以来系年要录》，页99。
③ 同上书，页1。
④ 同上书，页103。

太祖"兴王之地"故名"应天府",正位于兹不失得体。但高宗不还汴,并非出于一时。自1126年冬奉使离城,至1187年冬在临安登遐,漫漫六十年他不止一次有机会可回,却再未踏入一步。

大宝初登,他做了三件事。

其一,发表李纲为尚书右仆射。是为高宗首度择相稍早任命张邦昌尚书左仆射,出于笼络可不论,而所用李纲素以强硬著称。"先是,右谏议大夫范宗尹力主议和,乃言纲名浮于实,而有震主之威,不可以相。"章凡三上皆"不报",以示态度坚定,俟纲面驾,复亲口告之:"朕知卿忠义智略甚久,在靖康时尝欲言于渊圣。使远人畏服,四方安宁,非相卿不可。今朕此志已决,卿其勿辞。"[1]

其二,宽容张邦昌事及围城中人。即位例有大赦,臣工所草赦文"诋斥围城士大夫有愤怒意",高宗亲命"改定",代以"围城士大夫一切不问"字句。[2]后李纲施政纲领《十议》,第三条"议赦令"和第四条"议僭逆"直指张邦昌及围城中人,欲行彻底清算;翌日,高宗"出其章付中书","惟僭逆伪命二章不下",借扣发方式婉转否定。[3]

其三,以宗泽守汴。此事应李纲所请,宗、李并为当日两大主战领袖。康王任大元帅以来,宗泽向称柱石,之前多在前线。六月初十命下,十七日宗泽到汴,廿七日正式委为"延康殿学士开封尹东京留守"。

---

① 李心传《建炎以来系年要录》,页141。

② 同上书,页116。

③ 同上书,页145。

南京头尾五月，为高宗数十年君主生涯开篇。以上三事，如登台所吟"定场诗"，状若随口而字字精心。一边倚用李纲，一边却贷僭逆、伪命于"不问"，人或目为拿捏平衡。此貌似有识，却是蟪蛄之见。高宗二举并出，背后思路高度统一，均因深谙当务之急在于收拾人心、抚平裂痕。重用李纲，以"忠义"故耳。高宗坚持相位非李莫属，尽在"朕知卿忠义智略甚久"一语中。李纲深孚民望，宋室初复，正宜树作旗帜以聚人心。与此同理，"围城士大夫一切不问"亦在息事宁人。汴京之劫致满朝撕裂，围城中有人僭逆有人受伪命，即无以上劣迹，于纲常角度严格讲也都难抹污点。此事涉及面广而高宗极细敏，明示"一切不问"。高宗虽未亲释其由，我们却可试析于下：大宋死而复生，伤口惟待愈合，不宜加深；围城中人不乏资深有能辈，人财两空之际，不可为渊驱鱼；包括张邦昌在内都对复辟出过力，不加宽贷有失宏量；复辟虽甚和平顺利而仍多暗暧不明，须防致生激变。

以宗泽守汴，最是煞费苦心。汴京国都，委能吏治之使恢复安定，可树新君威望。宗泽忠君爱国有声，以为京兆犹如李纲拜相，利于提振民气。以上效果尚在明处，暗中，高宗实有更深用意。

南京非久留之地，何去何从，是暂寄南京期间唯一当决之事。对此，高宗先已认定"中兴"之地非中原，汴京不复是国都之选。这判断他从未说之于口，只将其化作实际行动，以不再踏入汴京决绝示之。高宗心中汴京沦为弃都废都，系从全局研判而来，至少涉及时运、地理、气候、粮食和历史经验五大考量。他有此定见应早于南京登基，所未定者惟迁往何处耳。基于金军"秋高马肥"行动规律，决断须在数月内做出。

然而此事极为敏感。国之有都，在中国有特殊含义。外国王者所居则为都，中国此为其末。"天下有王，分地建国，置都立邑，设庙、祧、坛、墠而祭之。"① 中国治政，"礼"为础石，王者实亦其附庸。置都立邑重心在一套秩序及设施表象，至今北京犹见旧时都城规制，帝后所居宫殿外，有太庙及祖陵帝寝，有社稷、先农、天、地诸坛，凡此共同构成都城涵义，赋予其政治伦理系统性体现。帝王权力继承及合法性，与之紧密绑缚。大如巍峨殿堂小至瓦纹椽藻，皆帝王华服之织体，一旦脱离其间，帝王岂止是孤家寡人，抑类乎赤身裸体。历史上宋钦宗坐而被囚、明思宗无奈缢死煤山，均未弃都，今人愕眙难解，当时则有其大不得已。眼下高宗若要避免重蹈父兄覆辙，他迁乃不二之选，此点一目了然，臣民未必不知却难以是之，皆因都城与"礼"铸成一体，比如都内宗庙，忍而弃之实与亡国无异，必加谏阻。更何况汴京弃与不弃，对抗金守土还有一番象征意义，万不能轻率从事。

以宗泽守汴，正是高宗破题之术。之前迁都传言已不胫而走。六月上旬喻汝砺见驾，"因对论迁都利害，以为敌可辟，都不可迁"②，是"迁都"字眼首见诸载籍。喻汝砺自汴京来，特奏此事，说明都中人心惶惶。高宗随即作出宗泽守汴决定。派有力人物整治汴京，极易造成印象，似乎在为还汴做准备。宗泽莅任时间点也很关键，距秋末冬初约三月有余，尚属从容。一俟浮嚣稍戢、百姓安堵，高宗便为心中计划争得了时间和空间。

---

① 马端临《文献通考》第五册，页2779。
② 李心传《建炎以来系年要录》，页154。

高宗已抱迁都之志，表述却为别样。他公开所讲，一为"京师未可往"，此点有目共睹；二是"为避敌之计，来春还阙"，暂时巡幸别处、过后还都。对此，群臣也难有异议，反而各献其所是。涉及去向主要有三：幸陕西、幸豫南、幸东南。主张陕西者称："长安四塞，天府之国，项羽弃之高祖，李密弃之太宗，成败灼然。"① 依据无非是一些老旧故事。然而陕西地接山西，直面金军威胁，以避虏计之最不可行。李纲本亦视幸陕西为上选，认为"自古中兴之主起于西北"，"天下之精兵健马皆出于西北"，但明知现实不许可，于是改促高宗幸豫南："为今之计，纵未能行上策，当暂幸襄邓，以系天下之心。夫襄邓之地，西邻川陕，可以召兵；北近京畿，可以进援；南通巴蜀，可以取货财；东连江淮，可以运谷粟。"高宗一度接受了此方案，"上乃许幸南阳，以观文殿学士范致虚知邓州，修城池，治宫室"，充实其钱粮，乃至指定黄潜善"提举巡幸一行事务"。② 可是"朝臣多以为不可"。卫肤敏认为豫南"城不高池不深，封域不广，不足以容千乘万骑，而又逼近河朔，敌易以至"，应"观察时变，从权虑远"，与时俱进作出符合历史趋势选择，力主幸东南："建康实古帝都，外连江淮，内控湖海，负山带海，为东南要会之地。"刘珏亦以"当今之要，在审事机"暗讽李纲泥古不变，"臣闻近臣有欲幸南阳者，南阳密迩中原，易以号召四方，此固然矣，然今日兵弱财殚，陈、唐诸郡新刬于乱，千乘万骑何所取给？ 南阳城恶，亦不可恃。夫骑兵金之长而不习水战。金陵天险，前据

---

① 李心传《建炎以来系年要录》，页159。
② 同上书，页184—185。

大江，可以固守。东南久安，财力富盛，足以待敌。"一时，幸东南成为压倒性廷议，"士大夫率附其议"，而枢臣中"汪伯彦、黄潜善皆主幸东南"。①

只有宗泽坚持还都、反对巡幸任何其他地方。从受命守汴之初，宗泽就不断呼吁"回銮"，六月至九月为此章凡九上，十月初四日再奏第十疏，言其到任以来与"当职官吏协心并力"，整治"濠河楼橹与守御器具"，"浸皆就绪"，痛陈"京师乃我祖宗基命，肇造二百年大一统基业本根之地"。殊不知，此时圣驾登舟离南京，已二日矣。②

事实证明，陕西、豫南确非善选。陕西不久落入金人口中，豫南则反复拉锯、争攘甚烈。宋室终因择处东南，才站稳脚跟，再续一百五十年基业。根据后来一些史料，三种去向中高宗心属东南并非偶然。绍兴七年六月，"因言众论谓南兵不可用，帝慨然曰：'赤壁之役，曹操败于周瑜；淝水之战，苻坚败于谢玄。北人岂常胜哉！越王勾践卒败吴王，兵强诸国，亦岂北方士马耶！'"③同年十月又说："兵无南北，顾所以用之如何耳……项羽以江东子弟八千横行天下，以至周瑜之败曹操、谢玄之破苻坚，皆南兵也。"④对历来北强南弱之说，弹其反调，似乎已有一番历史新视野。

三个多月时间，除了斟酌去向，还要未雨绸缪，为变迁有条

① 李心传《建炎以来系年要录》，页188—189。
② 同上书，页229—230。
③ 毕沅《续资治通鉴》，页3135。
④ 同上书，页3153。

不紊做准备。七月十三日，命人"提举迎奉元祐皇后一行事务"[①]，是时孟太后尚居汴京，迎之以为弃都做准备。十九日，派兵部、太常寺官员和内臣"奉迎所藏太庙神主赴行在"[②]。九月初七日，"命知扬州吕颐浩修城池 …… 以将南巡也"[③]。十五日，"诏遣官具舟奉迎太庙神主赴扬州"[④]。廿二日，诏"暂驻跸淮甸，捍御稍定，即还京阙，不为久计"[⑤]，托言权宜，实际上是将南渡决定正式周知子民。

另有两大举措：张邦昌赐死、李纲罢相。当初，李纲欲诛邦昌而高宗不纳，自有其由，至此"上将南幸，而邦昌在长沙，乃共议赐邦昌死"[⑥]亦属不免。"金人以废邦昌为词，复犯界"[⑦]，邦昌不除终是后患。罢李纲，直接原因是他坚阻幸东南，至言"当以去就争之"，"遂有并相之命"，以李纲、黄潜善分守尚书左右仆射，不久进而罢之。[⑧] 其实，即无南迁争执，罢李纲亦为迟早之事。高宗用李纲，因其"忠义"可感天下，以外盖无所重。所奏《十议》多高蹈之论而乏中肯之策，有的甚至不合时宜。后来李纲为备战，欲行招军买马，劝民出财物助国，更被目为"胡可为也"[⑨]，很是脱离

① 毕沅《续资治通鉴》，页2610。
② 李心传《建炎以来系年要录》，页186。
③ 同上书，页214。
④ 同上书，页216。
⑤ 同上书，页222。
⑥ 同上书，页224。
⑦ 同上。
⑧ 同上书，页198—203。
⑨ 同上书，页169。

实际。李纲又提出"步不足以胜骑，而骑不足以胜车"①，认为车战可以克制金军。当时高宗看法未详，几年后却曾谈道："车战可用否？ 古法既废，不复闻有车取胜。"② 明指车战思路过时。藉此知在高宗眼里，李纲品质诚悫却义高才绌，对现实投不出有效药石。难怪一经罢去，终身不复引入中枢。

"冬十月丁巳朔1127年11月6日，上登舟幸淮甸，翌日发南京。"③ 史所称"南宋"一页，就此真正掀开。

南京五月，仅占高宗在位三十五年的八十四分之一，所为颇显胸中沟壑及取舍去就之识，且于设思谋划，款款施行、步骤井然。尽管时间极短，但借以观之，高宗治才较徽宗、钦宗已经迥出其上。

随后扬州一段，却大相径庭。建炎元年十二月，金军果如所料第三次大举南来，自山东、河北、陕西分攻而下，好在乘舆先行远避，未受惊扰。翌年夏初金军收兵北还，此次南侵仍属惩罚性质，以为张邦昌一事之报复。但就在这年夏天，金主目标有变，决心"平宋"，下令"康王当穷其所往而追之"，彻底消灭赵构势力。④年底金军第四次卷土重来，并将扬州列为主攻。此时高宗驻维扬业有一年，碌碌度日，载记甚至乏所可陈。左相黄潜善、右相汪伯彦尸位素餐，漫无措画，百官虽相警劝，俱被一笑置之。金帅粘

① 李心传《建炎以来系年要录》，页167。
② 毕沅《续资治通鉴》，页2935。
③ 李心传《建炎以来系年要录》，页229。
④ 毕沅《续资治通鉴》，页2681。

罕取道山东,"将自东平历徐、泗以趋行在","谍知行在不戒"。[①]
建炎三年正月廿七日、三十日,徐州、泗州相继陷落,扬州已失屏
障,朝中仍无所备。一直以来,"所报皆道听途说之辞,多以金缯
使人伺金之动息"[②],谬乱不堪。二月初三日,高宗自遣内侍去天长
侦觇,始知"为金人至","遽奔还"。闻报,高宗仓皇"走马出门",
随从五六骑,"过市",无遮无蔽径穿市廛,至"与行人并辔而驰",
帝王之尊扫地一空。[③]朝廷仪物皆弃,太祖神主亡失道中。自瓜洲
过江,登岸京口,"至镇江,宿于府治,从行无寝具,帝以一貂皮
自随,卧覆各半",如此打发了当晚。狼狈之状,高宗一生仅有,
而可谓咎由自取。顾其扬州一年,为时不短,诸事应当有为,却
呆若木鸡、无所事事,相较南京循循有条,划然两者。我们看之前
及以后,高宗均不缺少决断力,却惟独在扬州进退失据。此中由头,
稽诸史录可以检得两条线索。其一,各地群盗遍起,未卜当适何处。
建炎间,东南成规模盗乱即有浙江陈通、赵万、徐明,皖赣丁进、
张遇,闽叶浓,荆楚刘忠、曹端、桑仲、孔彦舟、钟相,两淮李成、
张用、王善、邵青、薛庆、郭仲威等,其中不少是军校逃卒作乱,
势焰往往一起即炽。例如杭州,未来择为行在,而建炎元年八月
至十二月,竟为乱卒陈通所据,"执帅臣叶梦得,杀转运判官吴昉
等"。[④]面此纷嚣,驾辇蛰止扬州,也是情有可原。其二,离扬本

---

① 毕沅《续资治通鉴》,页2699—2700。
② 同上。
③ 同上书,页2710。
④ 陈邦瞻《宋史纪事本末》,页660—663。

身乃一难题。高宗一行非小小旅行团可比，橐负甚重，有内帑库藏，有太后与六宫，有宗庙神主，有全套朝廷仪物……惟当下一站确定无疑，始可再动。但目标何在，一年来迟不能决。除上述原因，推敲上佳之选本身也很让人头疼，宜酌处极多，而各种意见都有，有请幸金陵者，有请幸杭州者，还有请幸巴蜀或长沙者。高宗倾向于金陵、杭州二选其一，以孰为是则徘徊甚久。从建炎三年春至绍兴八年春，帝来回两地，时而临安，时而建康，整整九年未决，更遑论扬州一年欤！

高宗仓皇出扬州，从镇江逃往杭州。好在此次金军止步瓜洲，无过江打算。逮至同年冬金军第五次南侵，换帅兀术，渡江，下建康、趋临安。高宗避于明州今宁波，入海。御舟一度被兀术水师追袭迨三百里。所有金军南侵，以这次涉足最远，至于北纬28度。宋室也是这次最近穷途末路，高宗遁海、临安被焚。

更大忧患起于内部。建炎三年三月，苗刘之变发作。大将苗傅、刘正彦在杭州拥兵造反，斩重臣王渊，捕内侍百余人皆杀之，围行宫，从而逼迫高宗逊位太子，请出孟太后听政，改元"明受"。多亏苗刘皆鼠辈，智不济事，加上在外卿将吕颐浩、张浚、韩世忠、张俊、刘光世等反应劲疾，宰相朱胜非在内斡旋有方，仅月余苗刘收手"反正"，太后下诏还政，高宗复位。这场祸生肘腋之变，将两宋间政权危机推于顶端，高宗为之刻骨铭心。

挺过两次重击，南渡固有隐患仿佛利空出尽。宋室大难不死，峰回路转，终于走出踉跄时光，渐能驻足。绍兴五年后，各处盗乱基本讨平，境内安堵。中兴愿景只剩一个最大障碍没有扫清。

那就是对金关系。

当兀术纵横江南，金军虽将武力之强演于极致，揆于实效却近乎无果而终，归途更陷铩羽之窘。在南国，金人真切了解到敌我短长已因地域而逆转，兀术"南军使船如使马"之叹道尽此况。迭破建康、临安两大都会，战绩固可矜骄，所吃苦头也大超北地。韩世忠、岳飞均曾给予重创。尤其世忠于镇江"以八千人拒兀术十万之众，凡四十八日而败"，令彼没齿难忘，"自是不敢复渡江矣"。①

建炎三年三月，金军开始扶植前宋济南知府刘豫及其子麟统治豫鲁。九月，正式创建"大齐"国，立刘豫为帝。十二月，"以陕西地界刘豫，于是中原尽属于豫"②。这显然是"汴京既得则立张邦昌"③故伎重演，说明金人仍未弃"易姓"政策，不打算将宋土吞而并之以为己地。

第五次南侵大大消耗了金人傲气，嗣后不复闻其灭宋叫嚣，乃至每年秋冬必举兵南下规律亦暂告消歇攻蜀除外，只将陕豫鲁交予刘豫维持。反观宋室，止住一味奔逃步伐，掉头反图。其间，张浚经略关陕、吴玠保蜀、岳飞规复中原，成效不一，却都显示南朝今非昔比。于是，高宗再次面临十字路口。与南京不同，彼时只是为乘舆何所适而择地，今番则须厘清未来赵宋究竟该当怎样安身立命。

一位关键人物不失时机现身。若非此人，高宗所图定难施措。当时举目所及，高宗身边找不到第二个类似人物。彼不现身，不

---

① 陈邦瞻《宋史纪事本末》，页647。
② 同上书，页674。
③ 同上。

单绍兴十二年大转捩不能如期而来，以后百年历史演蜕抑亦迥于已知。但他恰在这当口，神秘登场，毫无征兆，唯可解释为历史老人从幕后舞其魔杖。

此人即秦桧。靖康元年，他因抗议强迫易姓触怒金帅，与孙傅、张叔夜等被逮北地，通常来说盖将终死远方，而从史上一晃而过。但是建炎四年十一月，秦桧突然现身临安，且举家俱归。当初押至燕北，金主将其赐予亲贵挞懒完颜昌，颇为所用。金军第五次南侵，秦桧随军参谋并任转运使，"挞懒攻楚州今淮安，桧与妻王氏自军中趋涟水军"①，遂由涟水军宋将派人经海道护送来浙。此事匪夷所思，先前俘北者逃归确切之例，只有马扩被斡离不释放后在真定伺机逃入山寨，另有信王榛高宗之弟据说从掳北途中脱身，但是否果系其人始终未证实。② 现在秦桧不单逃脱成功，且经过更加离奇，"桧自言杀监己者，夺舟来归"，又杀又夺，一介书生如何办到？以故，"朝士多疑之者"。这个"疑"字，直指其是否作为间谍而受金人派遣。但人们也觉得这个怀疑有说不通处："就令达兰即挞懒纵之，必质妻属，安得与王氏俱归？"③ 事情疑点丛丛，迄无定论。综合所有线索，笔者推断秦桧并非间谍，而是挞懒私予纵归，未来助其实现对宋媾和，以增权力资本。此点，后藉宋金折冲及金国内部权斗史料，再具其眉目。

秦桧之归，人虽生疑，可是他往日事迹深受敬重，故而范宗

---

① 陈邦瞻《宋史纪事本末》，页724。

② 毕沅《续资治通鉴》，页2661。

③ 同上书，页2864。

尹等几位大臣"力荐其忠"。入见高宗前，"先见宰执于政事堂"，加以审询。十一月初七日得以面圣，秦桧亮出以下观点："如欲天下无事，须是南自南，北自北"，"且乞帝致书左监军昌求好"，左监军昌即完颜昌挞懒。[①]翌日，高宗命秦桧"试礼部尚书"，并传话："桧朴忠过人，朕得之，喜而不寐。"[②]

一个来月后便是新年，元旦日发布改元诏书。旧年号"建炎"寓意抗金，以火能克金也。新年号"绍"字为接续、承继之意，"兴"当指中兴。对比新旧年号，重心从制敌相抗转而强调国祚延存、自我兴昌。诏书回顾国家"艰危是蹈""生灵久困于干戈，城郭悉残于煨烬"后，强烈表达"共图休息之期，绍奕世之宏休，兴百年之丕绪"之愿景。[③]明显传递了转向信号，而这恰恰发生在秦桧归朝背景下。若再考虑到秦桧任职礼部，则改元动议与诏书起草，或都与彼有关。

仅过了八个月，秦桧竟已拜相，发表为尚书右仆射同平章事兼知枢密院事。然未及一载，罢之。从喜出望外到忽然冷落，高宗态度貌似大起大落，但追索幕后，也无太过曲折之由，主要因刻下尚非用秦之时。大致到绍兴五年以前，朝廷集中精力于两件事：平盗、拒伪齐。前者尤繁重，匪患遍各地，有些已壮大。而金人自江南败归后目标移诸陕蜀，正面之敌惟有伪齐。高宗既侦其确，知媾和非当务之急，相位宜属他者，于是寻个借口罢去，转用赵鼎、张浚等。直至六年八月，因谋划议和将秦召回，稍复其官。又经一年七个月，终于第二次授予相柄。观秦桧黜用前后过程，显然尽出高宗胸次，当弃则弃、当用乃用，俱各以时。

虽然正式开展议和还须等上几年，试探却早就有。"自帝即位，遣人入金，六七年未尝报聘。"①绍兴三年下半年，金人意态始有转变。六月，宋以吏部侍郎韩肖胄"充大金军前奉表通问使"率团北去，十一月，粘罕遣九人"与肖胄偕来"。这是高宗践阼后金方首次派出使者，从拒不理睬转为愿意交涉，似乎预示着从必欲消灭变作可能承认高宗政权。但此时立场必然相距遥远，金方坚持"画江以益刘豫"，高宗绝不接受。他对近臣"从容"言道："今养兵已二十万有奇"，"未闻二十万兵而畏人者也。"②所以，虽现重要转机，双方却仍待进一步摸底，来确认各自止归。金人不断借刘豫伪齐军侵扰，窥测南朝心态；宋军则于剿匪之余腾出手反击刘豫，为自己增加筹码。到了绍兴四年九月，鉴于刘豫难获优势，金军亲自出马，调兵五万，第六次南下。高宗高调迎敌，"朕当亲总六军，临江决战"③，果然御驾亲征，次于平江今苏州，而且"下诏暴刘豫罪"，斥以"叛臣""逆臣"。刘豫僭立以来，"朝廷以金故，至名为'大齐'。至是，始声其罪以励六师"。此次金军裹足江北，年底困顿乏食，继因金主病笃，遂引还。④之后高宗继续保持强硬，由于内部匪患

① 毕沅《续资治通鉴》，页2995。

② 同上书，页2998—2999。

③ 同上书，页3025。

④ 陈邦瞻《宋史纪事本末》，页678—679。

基本平定，于绍兴六年二月制订了全面图北方案，将主要军力投入对伪齐作战。韩世忠、刘光世、张俊、杨沂中、岳飞诸部，自东而西沿淮联动。高宗亲自手抄《裴度传》付右相张浚，以唐元和间定淮功臣裴度事迹激励文武。[1] 六月高宗发动了第二次亲征，前后历时年余，并将驻跸地推至建康上次驻平江。经与伪齐在皖中决战，败之。面对新气象，张浚尝言于高宗："三岁之间，赖陛下一再进抚，士气从之而稍振，民心因之而稍回。"[2]

沿淮一线对抗，高宗迎难而上。这种不甘示弱姿态，为其一生仅见。考诸后事，明显是强烈透露以下决心：划江不可、淮南必争。

一边，南朝不肯俯首听命；另一边，北朝上下对灭宋皆怀倦意。倦意并不限于主和派，例如首次遣使南来系粘罕拍板，而他就并非所谓主和派。嗣后帝祚变动、权斗加剧，这种倦意又作为政治砝码被加以利用。波澜兴于绍兴四年、五年之交，太宗吴乞买病危，不久殂于宫中，完颜亶继位，亲贵角逐趋于白热化。挞懒与宗磐、宗隽等公开结成主和派，"倡议以废齐旧地与宋"[3]，兀术、宗宪、宗幹等执不可。先是主和派得势，从而紧锣密鼓推进其方案。绍兴六年末刘豫"密知金人有废己之谋"[4]，七年十一月被废。八年十二月，金使张通古如宋，挞懒等竟将所倡当真兑现。九年初，南宋

---

① 毕沅《续资治通鉴》，页3087。

② 同上书，页3112。

③ 脱脱等《金史》，页1764。

④ 毕沅《续资治通鉴》，页3118。

开始恢复中原失地统治权，三月十六日新任东京留守王伦与金人"始交地界"[1]。首次媾和结束，高宗成为大赢家，疆域一度回到靖康间，但只是转瞬一逝。媾和加速了金主和派垮台，宗磐、宗隽很快伏诛，挞懒"自燕京南走，将亡入于宋"[2]，被兀术追至祁州今保定杀之。权力一旦翻盘，金立即以兀术为都元帅，重新对宋用兵，"再定河南、陕西，伐宋渡淮"[3]。之后两年，你来我往互有胜负。最后高宗乞和，金人许之，双方"画淮为界"，第二次也是永久达成协议。

媾和始末略如上，而其复杂、艰巨及跌宕，粗线条勾画难具万一。两宋代际于兹走到分水岭，高宗如何应对，不单于宋室，于整个中国史皆有卜居意味。其间是非得失参伍错综，善恶曲直交织混杂，乃古代极难分解之一幕。时光虽逝近千年，却仍有必要深察细究。

① 毕沅《续资治通鉴》，页3209。
② 脱脱等《金史》，页1754。
③ 同上书，页1765。

汴京至临安下篇

　　绍兴四年冬，金军南侵，以助刘豫。宋使魏良臣过江至挞懒军中，挞懒及其左右数次语及秦桧："秦中丞何在？"[1]"秦中丞安否？此人原在此军中，煞是好人。"[2]"本朝事体，秦桧皆知，若未信，且当问之。"[3]强烈暗示秦桧重要，传递缔和意愿。此事，魏良臣还朝不可能不奏闻，高宗却仍将秦桧闲置。

　　堪予注目者有二。一、曩往秦桧在挞懒军中，两人必有深入交谈，就未来所是取其共识。二、高宗暗地虽已认定和为上此应由高宗自我形成而无待秦桧归来，但在绍兴四年、五年尚不以为急，他心中也有一盘棋，将按部就班、徐图而进，以俟时机成熟。

　　随后三四年，高宗二度亲征刘豫，金主和派则趁帝位更迭之机在国内得势当权。绍兴七年十一月，金废刘豫。宋则于四个月后，

---

① 毕沅《续资治通鉴》，页3029。
② 同上书，页3031。
③ 同上书，页3042。

重以秦桧为相。宋金明显有所唱和，相向而行，一齐朝和谈迈进。到八年年底，金使张通古如宋，宣布以豫陕之地还宋，首次缔和完成。

斩获这种成果，固因金主和派急于建功，亦与高宗折冲得法不无关系。然高宗并未被冲昏头脑。客观讲，金人让步过大，与双方武力对比不符，宋超出其所应得，金则近乎靖康以来白白付出，故而内部迟早会有反动。对此，高宗不无思想准备。故当金人迅速悔约，他没有措手不及、惊慌失据。结合各种信息看，收复中原实不在高宗计划内。其真实底线是力保淮南，此所必争，为之不惜搏命。两度亲征刘豫，以及兀术悔约后于沿淮一线奋起反击，都证明着这一点。

对于和战前景，高宗有个基本判断——缔和绝非宋单方所愿。后来宋金终战，世谓高宗"屈己"致之，其实古来无和平乞求能致，凡化干戈为玉帛，皆因双方同有其需。将宋金成和说成前者乞讨、后者赏赐，而罪高宗惟知屈膝，颇置史实于不顾。高宗整体表现，以"知进能退"述之始较客观。

几年前挞懒暗送秋波，高宗不为所动，反两次亲征刘豫，以秀肌肉。他渴望成和，但当条件不足则不贸然从之。如果宋所得既少，且未来处境堪忧，虽和亦高宗不取。对挞懒不退反进，意在迫敌更新认识，同时自添筹码。收效果然明显，金人敛其轻宋心态，而知"今者南兵非昔之比"[1]。直到金主和派当权、刘豫被废，局面大为改观，高宗这才重起秦桧为相，认真着手议和。

---

[1]　毕沅《续资治通鉴》，页3252。

而当和约被毁，他重新示以强硬。十年六月，高调出檄文，指名道姓罪兀术之状："惟彼乌珠，号四太子，好兵忍杀，乐祸贪残。"[1] 又为擒杀兀术专立赏格："两国罢兵，南北生灵方得休息，兀术不道，戕杀其叔，举兵无名，首为乱阶""将帅军民有能擒杀者"赏格自"银绢五万匹两、田一千顷"至"授以枢柄"不等。[2]口诛笔伐同时，更从战场上予以还击。十年六月至次年正月，宋军于扶风、凤翔、顺昌、京西、天兴、淮阳军、泾州、长安、郾城、朱仙镇、宝鸡、庐州等战，迭克金军。此段战事，金军虽总体稍优，所遭重创却远超既往。尤其郾城一战，岳家军"轻骑"出战，以"麻扎刀入阵"破兀术"拐子马万五千"，杨再兴"单骑入敌阵……身被数创，犹杀敌数百人"，兀术为之"大恸"。[3]

史实如上而谓高宗摇尾乞怜，可乎？反制兀术期间，他有一番谈话：

> 帝谓大臣曰："中外议论纷然，以敌逼江为忧。殊不知今日之势，与建炎不同。建炎之间，我军皆退保江南……今韩世忠屯淮东，刘锜屯淮西，岳飞屯上流，张俊方自建康进兵前渡，敌窥江，则我兵皆乘其后，今虚镇江一路，以檄呼敌渡江，亦不敢来。"其后卒如帝言。[4]

① 李心传《建炎以来系年要录》，页2178。
② 徐梦莘《三朝北盟会编》，页1444。
③ 毕沅《续资治通鉴》，页3260。
④ 同上书，页3273—3274。

从容论今昔不同，成竹在胸，对后事也不盲目。

将高宗求和归诸卑怯，错在遮蔽、扭曲了当时大势。高宗不必躄媚邀求，是因金人欲和之切，实不亚于宋。金宋强弱分明，毋庸论也。此格局直到两国议和，仍未根本动摇。然十余年来，强弱对比已从碾压性质降至相对而言，靖康间那种悬殊不复存在，金强不足以灭宋，宋弱已不至必亡，甚而强者有所弱、弱者有所强。这些变化，识者能见。当时孙近论曰：

> 金人自破大辽及长驱中原⋯⋯地广而无法以经理⋯⋯又，老师宿将死亡殆尽，幼主权分，有患失之虑，此所以讲和为上也。[1]

从建炎至绍兴，金于灭宋手段遍尝而不能遂，宋则渐有还手之力。其间，兀术过江无果、刘豫覆灭、岳飞规复中原、和谈毁约则痛击之⋯⋯诸多事实可证，金人"以讲和为上"非虚陈。乃至其于讲和不惟"上选"，亦属不二之选。彼虽有和战两派，但观以究竟，所争只是方案与姿态，到头来虽挞懒等被诛、强硬派上台，也仍回到谈判桌。宋金大势盖如上。惟媾和极不得人心，于其功过是非难以平心而论，"众口铄金，积毁销骨"，遂至渲染为"乞"。

媾和之孤立不可名状。当初秦桧归来，高宗"喜而不寐"，即因苦无其人而意外得之。"南自南，北自北""天下无事"诸语，对高宗如空谷足音，立感未来必赖此人。八年，时机一到，即重起

---

① 毕沅《续资治通鉴》，页3191。

秦桧守尚书右仆射、同中书门下平章事、兼枢密使。秦桧复引数人，安插在台谏、大理寺等处为干将。此外，军方张俊亦因嫉忌岳飞而走近秦桧相呼应。以上，几乎就是拥和势力全部阵营。这样一个"小集团"，孤悬之境可借《秦桧传》一笔记述窥知：

> 十月绍兴八年，宰执入见，桧独留身，言："臣僚畏首尾，多持两端，此不足与断大事。若陛下决欲讲和，乞颛与臣议，勿许群臣预。"帝曰："朕独委卿。"桧曰："臣亦恐未便，望陛下更思三日，容臣别奏。"又三日，桧复留身奏事，帝意欲和甚坚，桧犹以为未也，曰："臣恐别有未便，欲望陛下更思三日，容臣别奏。"帝曰："然。"又三日，桧复留身奏事如初，知上意确不移，乃出文字乞决和议，勿许群臣预。[1]

秦桧重掌丹枢系出高宗决计媾和，此无须试探。其所坚请，在"颛与臣议，勿许群臣预"。"颛"与"群"二字面面相觑，我寡彼众，穷形尽相。高宗亦甚了然，立答"朕独委卿"，而秦桧仍三请高宗各留三日冷静期，以供沉淀反思。盖秦桧深知"我寡彼众"不只在拥和反和人数悬殊，更将有惊涛骇浪不久胡铨事件、岳飞案即是，故必待高宗彻立觉悟，真正做到义无反顾。

阻力如此大，原因有三。

一、徽宗、钦宗问题。古人谓之"君父之仇"，不共戴天、其恨必雪。靖康后，宋臣民泣血之愿首在"迎还二圣"，然历次交

---

① 脱脱等《宋史》，页 13752—13753。

涉均遭辞拒。盖自金人言之，二帝以渝盟失信成为阶下囚、缚送北地，身份等同"服刑"，放归意味着翻案，断不可允。到了绍兴五年四月，徽宗崩于五国城，宋人心头遂刻永久伤痕。后世俗论对于讲和未以"迎还二圣"为前提，颇谓高宗自私，为保帝位予以回避。此甚无据且与事理相乖，"二圣"还否，与高宗帝位实无关涉。徽宗内禅为钦宗时事，高宗嗣位自钦宗，故知徽宗、高宗无涉也。而钦宗移诸高宗则尽循伦常、程序正确，若加改变反而有悖礼法。尤其绍兴九年四月，此事理论上最后一丝含混亦已厘清：

> 癸亥，御史中丞廖刚言："今先帝已终，而朔望遥拜渊圣皇帝之礼如故，此盛德也。然礼有隆杀，方兄为君，则君事之，及己为君，则兄之而已。望免抑圣心，自此浸罢，岁时自行家人礼于内庭可也。若远在万里之外，每尊之为君，比其反也，则不归政，恐天下有以议我也。况此拳拳之意，于渊圣何益？万一归未有期，尤非所以示远人。"事下礼部、太常寺。侍郎吴表臣、冯楫，少卿周葵等，请遇朔望日，皇帝用家人礼遥拜于禁中，群臣遥拜于北宫门外，从之。①

廖刚指出仍以皇帝礼遥拜钦宗欠妥，建议今后高宗以家人礼拜于禁中，群臣在外拜以旧君礼。此非"逢君"之论，相反，从礼法纲常角度于理颇正。礼部、太常寺审议后皆无异见，奏请旨准。由此，

---

① 毕沅《续资治通鉴》，页3212。

钦宗身份完全明确为"旧君",即便还朝,与高宗仅为"家兄弟"而已。故谓高宗以一己之私弃迎钦宗,只是好事之言。

二、"夷夏观"根深蒂固。孔子始辨夷夏,重心在区分文明野蛮,"夷狄之有君,不如诸夏之亡也"①,诸夏虽亡犹胜夷狄有君,强调"有君"不如"知礼",含先进思想因素。但到南北朝时,顾欢以"夷夏之防"阻佛教入华,撰《夷夏论》,按种族划分文化和文明,仅因佛教乃"夷狄"之物便加贬拒。"夷夏观"至是变味,渐染种族歧视意味。宋人排金,主要即出此眼光——金乃"蛮夷",陋且贱,只可仰事天朝。故一听与之谋和,且宋反居其下,盈朝激愤、宁为玉碎。排夷已是盲目执念,而不问实际、不由分说。《易经》:"亢之为言也,知进而不知退,知存而不知亡,知得而不知丧。"②从宋到清,凡当涉"夷"皆陷此冥惷,如出一辙。

三、弃复中原。此点最难解,涉及各种变化与内情,亟非一眼可看清。比如,议和时间点。假使议和开展于建炎年间,乃至绍兴五年以前,舆情都将不同,"恢复中原"尚难构成强烈痛点。建炎三年五月,以洪皓使金,高宗致书粘罕,"愿去尊号,用正朔,比于藩臣"③,屈辱有过日后议和,彼时朝堂却未闻异议。只因绍兴八年以降,情形非昔比,宋于两淮不落下风,锋锐甚至探入中原,当此势头大好之际与金止戈议和,军民将士情何以堪?然而,弃复中原被骂偏安也有失简单——设若事确可为,高宗岂不欲中原

① 朱熹《四书章句集注》,中华书局,2013,页82。
② 《周易正义》卷一,《十三经注疏》,中华书局,2013,页30。
③ 刘时举《续宋中兴编年资治通鉴》,中华书局,2015,页37。

回归版图？姑不高蹈义理，仅从帝王自私角度，多一方土地多一份赋税，亦将却之不恭。简单推理可知，高宗主观上无弃复中原之理；放弃，必因经过了判断。而说到判断，才触碰到真正难点。彼君臣所见，隔如霄壤。朝臣主流，眼见绍兴五年以来节节利好，刘豫垮台、豫陕一度归还、兀术毁约屡屡折戟……凡此皆证金人不足惧，而亢奋心态普遍抬头，不特进取中原可期，甚至北上扫尽腥膻亦非奢望。绍兴六年十二月，第二次亲征刘豫犹未毕，张浚"乞乘胜取河南地，擒刘豫父子"，左相赵鼎以为"不可"："豫倚金人为重，不知擒灭刘豫，得河南地，可遂使金不内侵乎？""强弱不敌，宜且自守，未可以进。"[1] 这当中，赵鼎所虑显而易见，张浚豪言之前却浑然不顾。二三年后，随着处境益发向好，乐观情绪有增无减。高宗却从未至此，一直偏于冷静谨慎。君臣心态反差实堪探究，却未引起多少注意。胡铨事件发作时，高宗讲有一句："道路未详其本末。"本末即端委、底细或真相。高宗直指，大庭广众并不真正了解现实实际。欲知其意，得从制度讲起。郡县制以来，中国在中央集权轨道上日益深入。宋代集权发展，严耕望先生简括为："以下层机构分权之方式，达成上层机构集权之目的"，"又以中书、枢密院等机构分权（相权三分），达成皇帝集权"；又，"政治上皇帝虽集大权于一身，但皇帝与大小臣僚接近，有群臣轮对之制（轮流与皇帝讨论政事），群臣得尽所欲言。"[2] 亦即，宋代集权一面增重皇权，一面保持建言空间和政策纠错余地，从而兼顾

---

[1] 毕沅《续资治通鉴》，页3113。

[2] 严耕望《中国政治制度史纲》，上海古籍出版社，2014，页181。

效率与公正。但客观上，势必惟皇帝掌握全局，独自和真正了解所有信息；以下，从中央到地方，不论中书、枢密与地方路司，悉因分权而所知片面割裂。"道路未详其本末"一语与宋代体制关联在于，各种情报不单金方，也包括宋朝自身军政财储所有真实信息汇于皇帝，他是全部真相垄断者，以外之人最多窥其一角。正是从这一位置，高宗说他根本无从理解"道路"之乐观。在他，"恢复中原"不可以空喊口号，所有都得落到实处。从宋军武力胜算几何、财政能否支撑及可撑至何种规模与时间，到孤掷一战存在哪些隐忧隐患、胜与败其后果分别如何……是一份漫长问卷，而每道题目皆非泛思可答，必须一五一十精核细算，才能水落石出。"道路未详其本末"，高宗冷静，其在此乎？总之事涉两种视角，一为"道路"，一为高宗所独见与独知，区别就在对于"本末"详与未详。高宗所讲"本末"，当时"道路"不详，我们遥隔近千年更不能详，但抓住一点总归不错——江山是他自家江山，若能多取，何苦谢让？

三大难题俱系死结。议和甫行，矛盾立刻爆发，引出胡铨上书。

绍兴八年十一月，国使王伦归。枢密院编修胡铨即进《上高宗封事书》，厉予痛骂。骂王伦"本一狎邪小人，市井无赖"，骂秦桧与参政知事副相孙近"欲导陛下为石晋"，要求"断三人头竿之藁街"。至有一段，指着鼻子骂高宗：

> 陛下尚不觉悟，竭民膏血而不恤，忘国大仇而不报，含垢忍耻，举天下而臣之甘心焉。就令敌决可和，尽如伦议，天下后世谓陛下何如主！

结语尤烈："臣有赴东海而死耳，宁能处小朝廷求活耶！"①

胡铨不止疏入了事，还做成副本四处散发，造成集体抗议事件。"都人喧腾，数日不定。"② 高宗大为伤怀，至言"朕本无黄屋心，今横议若此"。黄屋指帝王权位。高宗自谓无意做皇帝③，为社稷万民勉担此任，却被说得这样不堪。不过，转天诏答秦桧，他已克制心灰意冷，决言："朕志固定，择其可行。中外或致于忧疑，道路未详其本末。至小臣轻诋柄臣，久将自明，何罪之有！"④ 自信清者自清、浊者自浊；时间可澄清一切，与金讲和绝非历史罪人。这是继上月"三确认"后，高宗再次提到"朕志固定"。

而当高宗横下心，一场英雄悲剧遂亦启其序幕。

在此期间，岳飞奏疏至自鄂州："金人不可信，和议不可恃，相臣谋国不臧，恐贻后人讥。"⑤ 文官横议固令高宗介怀，犹未至于忧虑，岳飞抗言则不同。一来其乃大帅名将，分量极重、影响特殊；二来当时所有武将，高宗对岳飞之器重珍视，一人而已，之前倾心托付，只有信任，岳飞作此反应，高宗感受惟"痛心"可表。

初见驾，岳飞仅为义勇，补承信郎。绍兴元年1131，以平江淮功居第一加神武右军副统制，步入高级将领行列。三年秋，命为

---

① 胡铨《上高宗封事书》，《澹庵文集》卷三，《影印文渊阁四库全书》第一一三七册，台北商务印书馆，页19—21。

② 毕沅《续资治通鉴》，页3195。

③ 从享年八十一岁，却于五十六岁禅位，坚决裸退、不干政、不遥控论，"本无黄屋心"语未夸张。

④ 毕沅《续资治通鉴》，页3195。

⑤ 同上书，页3197。

神武后军都统制，跻身五军领袖之一，与韩世忠、张俊、刘光世、杨沂中平起平坐。四年，授节度使、予子爵。五年，加少保、封侯爵同年再晋公爵，"又令湖北、襄阳府路自知州、通判以下贤否，许飞得自黜陟"①，全权决定地方官任免。七年，拜太尉、升宣抚使。十年左右自列校拔至大帅，位列三公，全军仅此一例。

感情上，高宗流露于岳飞亦较他人为多。手书"精忠岳飞"，赐之制旗，"精忠"旗遂为岳家军独有标记，每战必随。七年，以王德、郦琼部隶飞，亲嘱二将："听飞号令，如朕亲行。"② 又曾当面言于岳飞："进止之机，朕不中制。"③ 对手握重兵之将倚信至此。还曾将岳飞召至"寝阁"，在极亲切氛围中说："中兴之事，一以委卿。"④ 殷殷眷望，确非作态。关怀以至事无巨细。岳飞在洪州今南昌醉殴手下几死，高宗亲自"戒飞止酒"⑤，岳飞果亦就此罢饮，君臣呵爱翕如胜似家人。古有所谓"爱将"，如《三国演义》关羽斩颜良，袁绍指刘备怒曰"汝弟斩吾爱将"。但袁氏口中"爱将"，不过猛将、良将，所爱在武艺。高宗"爱"岳飞则自外而内，爱其武艺，更爱其品性。这有故事为证。

高宗善马，对此道精有研究。七年正月，宰相张浚献马匹为贺，高宗命其先勿露详情，由自己"区别良否、优劣及所产之地"，结果"皆不差"。张浚趁机求证一则传闻："臣闻陛下闻马足声而能知

---

① 脱脱等《宋史》，页11385。
② 同上书，页11386。
③ 同上。
④ 同上。
⑤ 毕沅《续资治通鉴》，页2987。

其良否。"高宗回答："虽隔墙垣可辨也。"① 高宗爱相马是因可以知人。史家"知人论世"，高宗则"知马论人"。他经常以马喻人："人，犹马也。人之有力，马之能行，皆不在躯干之大小。"② 不久岳飞入见，高宗余兴未减，与谈，以马为话题：

> 帝从容问曰："卿得良马否？"飞曰："臣有二马，日啖刍豆数斗，饮泉一斛，然非精洁则不受。介而驰，初不甚疾，比行百里始奋迅。自午至酉，犹可二百里。褫鞍甲而不息不汗，若无事然。此其受大而不苟取，力裕而不求逞，致远之材也。不幸相继以死。今所乘者，日不过数升，而秣不择粟，饮不择泉，揽辔未安，踊踊疾驱，甫百里，力竭汗喘，殆欲毙然。此其寡取易盈，好逞易穷，驽钝之材也。"帝称善，曰："卿今议论极进。"③

与岳飞聊马固是兴之所至，却亦含有其他用意。一来试试岳飞知马几何，二来谈马见心性，不妨借提问以寓期待。而岳飞果不让他失望，对"致远之材""驽钝之材"体会到位。高宗大悦，"卿今议论极进"，颇有知音之慰。

假使时间凝止于绍兴八年，彼君臣一待以信，一事以忠，近乎水乳交融。

---

① 毕沅《续资治通鉴》，页2120。
② 同上书，页3153。
③ 脱脱等《宋史》，页11386。

也有小隙。岳飞奉母至孝；高宗以韦太后故，于此心有戚戚。绍兴五年，荣封岳母"国夫人"，以示恩渥。翌年四月，岳母亡故。守制期间，以军务急迫数降旨夺情。不久，岳飞就淮西军由何人总制，与宰相张浚争执。张浚拟用王德，而岳飞以王德、郦琼素不相和，"一旦扼之在上，势所必争"。张浚再问："张宣抚张俊如何？"岳飞回答："暴而寡谋，且琼素所不服。"张浚改口杨沂中，岳飞又反对："沂中视德等耳，岂能驭之！"张浚怫然："固知非太尉不可！"此语严重刺伤岳飞："都督以正问飞，飞不敢不尽其愚，岂以得兵为念哉！"[1]大怒，"即日上章乞解兵柄，终丧服，以张宪摄军事，步归，庐母墓侧"[2]，以终丧为由，将军权交张宪暂领，自己回庐山母墓侧畔居孝。据说他"不俟报，弃军而庐墓"[3]，擅自离任。就事论事，张浚指责性质恶劣，岳飞确应回击，然举止未免任性。好在张浚果铸大错，郦琼以所部叛投刘豫，淮西一时危殆。事后，高宗密询谋臣如何处置为妥。左司谏陈公辅一席言很关键："昨亲奉圣语，说及岳飞前事，采诸人言，皆谓飞忠义可用。然飞本粗人，凡事终少委曲。臣度其心，往往谓大将或以兵为乐，坐延岁月，我必胜之。又以刘豫不足平，要当以十万横截金境，使金不能援，势孤自败，则中原必得。此亦是一说。陛下且当示以不疑。"[4]认为岳飞虽做法不当，衷曲却尽出报

---

① 毕沅《续资治通鉴》，页3131—3132。
② 脱脱等《宋史》，页11387。
③ 毕沅《续资治通鉴》，页3137。
④ 同上书，页3132。

国，应予保全。高宗是其言。"帝累诏趣飞还职，飞力辞，诏幕属造庐以死请，凡六日"，给足面子，示以极大耐心。最后，岳飞"趋朝待罪"，"帝慰遣之"。[①] 未加任何责罚，但高宗亦未忘把当讲之话讲明：

> 帝谓飞曰："卿前日奏陈轻率，朕实不怒卿。若怒卿，则必有行遣。太祖所谓'犯吾法者，惟有剑耳'。所以复令卿典军，任卿以恢复之事者，可以知朕无怒卿之意也。"[②]

此事高宗始终体谅，言亦磊落，有明君风。

议和甫始，故事陡转。高宗岳飞离心离德，竟尔走上不归路。

换言之，议和所致危机是首先从内部将宋统治集团撕裂。冲突如此严重，对立如此激烈，除前述三大难题背景，还因具体过程中带出了两项争议。一是宋礼遇卑削、国格受损。一是金人不可信、纸上和平靠不住。

礼遇、国格问题，确有其事。金人遣使不用国信礼、避用宋国号、自称"诏谕"、欲以"册封"方式承认高宗政权等，皆是。总之金人居高临下，置宋于卑屈，故遭胡铨怒斥"含垢忍耻""小朝廷"。高宗亦恶"使名未正"，命秦桧就"改江南为宋，诏谕为国信"[③] 等交涉。金方有所让步，然直至张通古已抵临安，仍存不少

---

① 脱脱等《宋史》，页11387。
② 毕沅《续资治通鉴》，页3137—3138。
③ 李心传《建炎以来系年要录》，页2009。

分歧未谈妥。例如逼迫高宗亲受国书，暗含折节为臣之意。高宗不肯，金使遂拒不奉交国书。高宗为此亲召王伦，"责以取书事"。当晚，"伦见使人商议，以一二策动之，使人惶恐，遂许明日上诏宰执就馆见使人，受国书纳入"。[1] 王伦如何"动之"，细节不知，总之金人同意"帝不出，桧摄冢宰受书"。然又另生枝节，"索百官备礼以迎"，仍是自居高出一格。秦桧予以满足，"命三省、枢密院吏朝服乘马导从"。宋人怨其"致亏国体"，"观者莫不愤叹"。[2] 以上经过，取诸宋方史著，而《金史》所书截然相反。张通古传中，"桧摄冢宰受书"根本不存在。通古不让步，坚持高宗以拜诏姿态亲受国书："索马欲北归。宋主遽命设东西位，使者东面，宋主西面，受诏拜起皆如仪。"[3] 所述如水火，必有一方失实。毕沅主信宋方："当时南宋犹能立国，则代受诏书，自是实事，《金史》或不免夸词也，今从《宋史》。"[4] 分析在理。不过，《金史》却未必是故意窜改事实。考虑到当时金主和派势焰，极可能他们为了捞取资本，急于成和，而嘱其使者便宜行事，对内则将真情隐瞒，导致《金史》形成了那种记述。

礼遇卑削、国格受损虽有其事，关键却在如何看。

古无国家平等说，必序尊卑，或为上邦或居藩从，此为"惯例"。换言之，国与国以主从上下相处，正常事体。但一般只体现

---

[1]　李心传《建炎以来系年要录》，页2024。
[2]　毕沅《续资治通鉴》，页3202。
[3]　脱脱等《金史》，页1860。
[4]　毕沅《续资治通鉴》，页3202。

于"礼",从礼遇、国格区别名分,并不意味着丧失独立、成为傀儡对傀儡无涉于"礼",如张邦昌伪楚、刘豫伪齐。实际上,古代恰以尊卑为绳墨而有国家间相安共存。或者说,尊卑是一种约束,为建立和维持国家正常关系发挥契约作用。尊有道、卑有分,共恪其守;失此绳墨,则反可任人操其生灭。尊卑缘大小、强弱、富贫来定,小国、弱国、贫国俯身于大国、强国、富国,以朝聘、纳贡、接受册封、奉宗主国正朔等方式相安共处。古代东方,尊卑不惟具"国际秩序"之实,而且益大于弊,除了造就和平,还延伸出来国际贸易方式朝贡,使"天下"有良性互动。反观同期欧洲、中东与北非,同样无国家平等观,又无尊卑之序,一切遂听命于战争,不论文明冲突例如基督教与伊斯兰教或国家冲突例如英法,一概诉诸血与火,动辄延绵百年甚至千年,中世纪他们于兹受累实深。回论金人对宋欲视藩属,不过当时之所通行,无深意可挖。汉人将其志为国耻,只有一个原因——中原王朝历来被尊天朝上国,环列诸国朝鲜、占城、交趾、安南、缅甸、南洋、琉球以至日本等率皆奉表称臣。眼下,惯常情形颠倒,别国熟习之事落在汉家王朝头上,如此而已。今人勿将古代问题现代化,这点至关重要。宋金之所计较及龃龉,丝毫无关平等古无国家平等说,实质仅在尊卑界定与反转。一部宋金关系史,无非是尊卑变迁史。从前,徽宗连属国礼遇亦不屑于予金,直以州府视之;而今金人既居强者,逼宋奉诏受册,未必蛮横有过徽宗。胡铨喋喋于"含垢忍耻""小朝廷",我们若知绝非"争平等",而是痛心大宋对"蛮夷"竟不再高高在上,方为正解。后来宋金最终成和,三大条款中,划定界域与岁币二十五万匹两皆属次要,最大要点是赵构称臣和金主"命尔为帝,国号宋,世服臣职，永为屏翰"①，两国所争终在此耳。

另一焦点是议和有无意义。颇多宋人指和谈必将竹篮打水，所得无非一张废纸。岳飞即为代表，所言"金人不可信，和议不可恃"犹当首份和约订立前，而灵验异常。挞懒等刚垮台立成事实，"勿谓言之不预"若为此设，后世颇讶彼先见之明如是而叹其睿智。

然而岳飞并非预测。倘其且征且引，依据导出结论，确可视为杰出预见。惜其表文原件，《三朝北盟会编》及《建炎以来系年要录》均未查见，而《秦桧传》谓秦氏曾毁于己不利文字，"诏书章疏稍及桧者，率更易焚弃"②，岳疏或在其中。现据后来经人转述者看，岳飞信口而出，未辅论析，且逻辑亦甚简单，上下句互为因果——以"金人不可信"而指"和议不可恃"。至于金人何以"不可信"，正待娓娓道来，却未置一词。之如此，或因无须说明或"不证自明"。自古，汉人已抱定见："蛮夷"如禽兽，未经教化、不知信义。汉武征匈奴，自命"德及鸟兽，教通四海"③便是此意。"不可信"乃"蛮夷"必带属性，何遑多论。岳飞援于此义，蹈袭而已；他在首次成和后另一辞谢庆功表文中说，"盖夷虏不情，而犬羊无信，莫守金石之约"④，显然如此。赶巧，金人也主动配合，背约，遂使"金人不可信，和议不可恃"俨若神算。但此番错中错，实令宋人自己在误区陷之益深。一口咬定金人"不可信"已属盲目，继

---

① 毕沅《续资治通鉴》，页3310。
② 脱脱等《宋史》，页13760。
③ 班固《汉书》，中华书局，2002，页160。
④ 徐梦莘《三朝北盟会编》，页1388。

以金人背约证前误为是，更错上加错。错就错在用道德解读利益问题。金人毁约，明明是因其主和派让步过大，恚乎得不偿失，与"道德属性"风马牛不相及。史迁述匈奴习性，"利则进，不利则退，不羞遁走"①，"不羞"二字妙极。"野蛮人"憨朴，不知虚荣。他们不会因被尊"君子"能战而不战，也不会因被贬"禽兽"该和而不和。彼所依违，惟在实利。不利，虽有约而可毁；利，虽不甘又何妨相与盟歃。宋人去就本亦应视乎此，却硁硁于"君子""禽兽"，在执念中迷失现实。

当时南宋君臣，颇用得着那句话："君子喻于义，小人喻于利。"群臣"喻于义"，昂扬蹈厉；独高宗"喻于利"，患得患失。"道路未详其本末"之叹，就反映着他在和战之间斟酌沉吟、精打细算。当他独自作此权衡之时，必感周遭有欠理智与清醒，而又无奈，深知原因错杂、不尽以个人愚贤，且非朝夕可变。

古今相隔，很多方面已成盲点。如"君君臣臣"四字，今人未必能会其意。古代君臣概念，非仅在权力、地位高下，还有恪守本分、各尽其道之义。有些事，惟君主可考虑、臣子不可。有些想法，臣子必须有、君主不必有。先前高宗拟弃汴京，不论是否合理臣子都要力谏，即为一例。同理，眼下与金讲和、搁置恢复中原和迎还"二圣"，凡忠正臣子，出于本分亦必泣阻。这些俱系伦理所限。认知中国旧史，须于"伦"之一字抠得紧。伦，条理之谓。有条理则不乱，不乱乃治，于家于国皆是。古人念念于"伦常"，实因奉为治道，而使许多事情以此为根源，"君君臣臣"即是。照儒

---

① 司马迁《史记》，上海古籍出版社，1997，页2183。

家伦理，同样"敬事以忠"，臣子以忠君为本分，唯此为大，然后论其他；君主则天命在"民"，孟子解释"舜有天下"曰"天与之"，而对"天与之"，则引《泰誓》"天视自我民视，天听自我民听"曰"此之谓也"[①]，亦即君主尽忠对象是"民"。臣道与君道，内容上各成系统，有时互洽，有时却不免扞格与冲突。从忠君角度，宗庙、祖宗基业、君主安危及荣辱等，皆应至死守护。但此一语义却可能置"民"于无地，因为广义上普天之下莫非王臣，忠君义务不惟百官，"民"亦有之，矛盾如何解决？惟一希望在君主，君道本分"自我民视""自我民听"，"民为贵，社稷次之，君为轻"[②]，"百姓不足，君孰与足"[③]，是君主应奉伦常，当君民利益冲突时，为君者须作正确抉择，使相协调。

说高宗"小人喻于利"，只是调侃。他所斟酌之"利"，虽有小私迎归韦太后，总体却是从万民利益与福祉取舍定夺。简而言之，宋君臣牴牾是"君君臣臣"所致，君有其责，臣有其伦，如此而已。迎二圣、复旧疆，乃臣子所当讲，媾和委弃不论，必争。而君之本在民，守"爱民如子"为至德，高宗欲做合格君主，就要将民生置诸首位。核之载记，高宗横下心议和，首当其冲出于恤民悯生。此类言谈举止屡见，原非可轻易忽视，历来却少有理会。

六年十一月，杨沂中战伪齐军奏捷，言及"俘戮甚众"，高宗愀然："此皆朕之赤子……念之心痛！"几天后又对宰相赵鼎说：

---

① 朱熹《四书章句集注》，页312—313。
② 同上书，页375。
③ 同上书，页136。

"他时事定，愿不复更用兵革。"① 十二月，诏曰："朕惟养兵之费，皆取于民。吾民甚苦而吏莫之恤，夤缘军须，掊敛无益，朕甚悼之！"② 他因父皇徽宗殄民亡国教训，对奢欲深恶痛绝。曾有地方官进献"螺钿椅桌"，高宗大怒，"亟命于通衢毁之"③，抬至大街当众捣毁。很长一段时间，临安"大内"宫中，"上日所御殿，茅屋才三楹"④。八年二月，驻跸建康召张俊论边事，谕之："朕更有一二事戒卿：朕来日东去，慎无与民争利，勿兴土木之工。"俊环顾行宫，"见地无砖面，再三叹息"，高宗乃谓："艰难之际，一切从俭，庶几少纾民力。"⑤ 十一月，金使萧哲至临安议和，诏大臣就此奏其所宜，把"南北军民，十余年间不得休息"列为必答问题之一。略前韩世忠数上疏阻和，帝赐手札，亦有"十余年间，民兵不得休息，早夜念之，何以为心"一语。⑥ 同月又说："若使百姓免于兵革之苦，得安其生，朕亦何爱一己之屈！"⑦…… 显然，战争漫无止境，不欲百姓苦撑，是高宗两大心念。

古来国家耗费最钜，无过兵革。反之，统治者凡思省兵必因体念苍生，少有例外。战争实仰钱物为支撑，"不惜一战""不惧一战"之类，出唇易，真正落实则无不化作民之膏血。但能知此，

① 毕沅《续资治通鉴》，页3110。
② 同上书，页3116。
③ 李心传《建炎以来朝野杂记》，中华书局，2000，页31。
④ 同上书，页77。
⑤ 毕沅《续资治通鉴》，页3168。
⑥ 同上书，页3192。
⑦ 同上书，页3195。

对战争也就懂得理性对待，将意愿与把握相辅证，量力而行，不求一时之逞。已知难胜，却不弃战，是将民生、民力、民物平白付流水。如前所述，高宗对此明显做过反复估衡，并确认金无把握灭宋、宋亦无把握胜金，与其旷日持久，长年兵荒马乱，不如"两国各自守境，每事不相关涉"[1]高宗原话。以上思想过程脉络清晰，萦绕颇久，直到想深想透，才终下决心，再三表示"欲和甚坚""意确不移""朕志固定"。

为何应该郑重看待高宗表述，而不视作帝王嘴里几句漂亮话？除思想过程清楚、厉衷可历，还有其他背景。高宗非盲目用权之辈，比较勤学，喜思君道，可称儒学皇帝。绍兴七年十月，就胡安国《春秋》研究与赵鼎谈：

> 赵鼎进呈，因言："安国昨进《春秋解》，必尝经圣览。"帝曰："安国所解，朕置之座右，虽间用传注，能明经旨。朕喜《春秋》之学，率二十四日读一过。居禁中亦自有日课，早朝退，省阅臣僚上殿章疏，食后，读《春秋》《史记》；晚食后阅内外章奏，夜读《尚书》，率以二鼓。"[2]

此其日常为学记录。胡安国是当时《春秋》学泰斗，高宗将其著"置之座右"，对思想学术动态跟踪紧密。余如二十四日读《春秋》一过，常年反复阅读《史记》《尚书》，及每日讲学安排等，都看出用

① 毕沅《续资治通鉴》，页3198。
② 同上书，页3151。

功程度与鉴史崇儒意识。这种思学对话，高宗与大臣名儒间时有，所谈以至专深。我们犹记本纪说他自幼尚学，"读书日诵千余言"。清初，吕留良后学曾静斥历来帝王"不知学"，是"光棍"、无赖。从朝代讲，宋代皇帝多不在此列。宋学承前启后、大开复兴，不止因硕儒辈出，亦与皇帝乐学勤思有缘。高宗有理念支撑、有价值追求、为君保持反思习惯，没有涂脂抹粉。他在那种历史关头，以恤民悯生审择去就，不是乔模乔样。

以往对绍兴变局，未曾挖掘高宗理念，是重大疏忽。绍兴十二年前后南宋迎来整体转折，根源在于高宗欲循自己追求与理解，实现"中兴"愿景。此亦为何变局不只有媾和，同时还伴有另一件大事"解兵权"。后者历史意义及影响不逊前者，且内涵一致——"求和安民"动机，也完全验于"解兵权"。

建议最早由前宰相张浚提出，"以诸大将久握重兵难制，欲渐取其兵属督府，而以儒臣将之"[1]，当时他与岳飞为此生嫌。十一年四月，方当媾和之中，高宗正式下诏：

> 宣抚司并罢，遇出师，临时取旨。逐司统制官已下，各带"御前"字入衔，且依旧驻札；将来调发，并三省、枢密院取旨施行。[2]

宋宣抚使掌"抚绥边境及统护将帅、督视军旅之事"，作为皇帝临

① 毕沅《续资治通鉴》，页3281。
② 同上书，页3282。

时代表，集一方军政大权。原由文臣充任，南渡后始委诸大将。"武臣非执政而为宣抚使，实自光世始"，"韩世忠、张俊、吴玠、岳飞、吴璘皆以武臣充使"。[①] 武人手握重兵而充宣抚使，权比诸侯。此番解兵权涉两项内容，首当其冲裁撤宣抚司，其次"收诸帅之兵改为御前军"，出兵"临时取旨"。

解兵权较易引起两种联想。一为"狡兔死，走狗烹"，二是"削藩"以固皇权。二者俱系帝王保"家天下"惯伎。考虑到建炎"苗刘兵变"，就解兵权迅速想到"削藩"，也很自然。

然对宋代徒以惯常思维忖之，或失表浅。建隆二年七月，太祖"召守信等饮，酒酣，屏左右谓曰 …… 明日，皆称疾请罢"[②]，是为"杯酒释兵权"。赵匡胤平生功业知者颇寥，惟此事家喻户晓，以致后来竟以阴谋家形象播于众口。一代统治，盖有所致之由。古人称之"天命"，王夫之《宋论》开篇讲：

> 宋兴，统一天下，民用宁，政用乂，文教用兴，盖于是而益以知天命矣。[③]

以"宁""乂""兴"，指认宋代特征。三字亦可并作"太平"一词。中国历代重视"太平"，无有过宋代者。君主以之为年号，士大夫举旗"开太平"砥砺前行，后人亦以宁、乂、兴三字赞其治。欲问

① 脱脱等《宋史》，页3957—3958。
② 李焘《续资治通鉴长编》，页49—50。
③ 王夫之《宋论》，页1。

宋为何有此情态，必先溯诸残唐五代百年大乱。此番乱世，规模程度均超汉末三国。宋既将其终结，痛定思痛，亟念"太平"之不易，幡然触悟，"欲息天下之兵，为国家长久计"[1]，遂有"杯酒释兵权"一幕。表面上赵匡胤拾刘邦之余唾，实则动因大相径庭，此点观其后续乃知。嗣后宋沿此思路，深入探索求治新途，引出制度和文化之变，核心在于对和平与战争、军队利害、用兵养兵等认识异乎往代，而鼎革兵制府兵改募兵，进以"右文"为指针，对政治重新建构。凡此，其历史意义至今尚未正确解读，街巷于"杯酒释兵权"故事徒以弄权视之，独不思太祖之"仁"，以及历史沉痛教训。从深层看，宋人节慎兵革，不特出于防战避乱，还因真正树立起了轸悯民生意识。中国历次大乱过后，"与民休息"王朝不在少数，但将偃武恤民坚持不懈者，惟宋而已。以故宋君多爱"算账"；"太祖躬见五代重敛斯民之困，尝语近臣曰：'更一二年仓廪有储，当放天下三年税赋。'"[2]几时可纾民困几分，一点一滴，随时"算账"。南北宋上下三百年，真正肆意挥霍、重困斯民者，只有一位徽宗神宗"理财"致增民负，不宜等视于徽宗。

至此，不单太祖旧事重新看过，对于高宗解兵权目光投向何处，亦自得有正解。宣和、靖康以来，举国为战争所累近三十年，此于素以"承平"为欣忻之宋人几乎绝无仅有。南渡后，"右文"国策虽未动摇，然久战之下武人势力日益坐大，军阀作风、拥兵自重心理凸显，将领钩心斗角严重。绍兴四年，祠部员外郎范同

[1] 李焘《续资治通鉴长编》，页49。
[2] 晁说之《景迂生集》卷一，《影印文渊阁四库全书》第一一一八册，页10。

警告军中已呈"始由小嫌，浸成大衅"趋势，表现是"或享高位而忌嫉轧己，或恃勋劳而排抑新进"，不加抑制，则"必有重贻圣虑者"。①所举"忌嫉轧己"之例，有刘光世之于韩世忠；而"排抑新进"典型，便是"岳飞自列校拔起，颇为世忠与张俊所忌"。岳飞所受打压触目惊心，他作为后辈"屈己下之"，数致书韩、张，而"俱不答"，逮至平荆湖巨匪大胜，分献战利品与韩、张，"世忠始大悦，而俊益忌之"。②关键在于，武人自雄、诸将互忌并非仅致彼此有其龃龉，而是已经危及战局和国家利益。六年，宰相张浚出为都督领导"渡淮北向"战役，竟陷不能调动军队之窘："世忠辞以兵少，欲摘张俊之将赵密为助。浚以行府檄俊，俊拒之，谓世忠有见吞之意。"③再者，武人钩心斗角类乎癌细胞，有无穷扩散之能量，连健康肌体也被侵蚀。比如岳飞，原本毫无私心杂念且一直努力谦让，后亦因张俊妒态不减、变本加厉，经幕僚屡谏"勿苦降意"，而不再一味隐忍，"于是飞与俊隙始深矣"。④七年，积重难返之下，武人自讧终于酿成大祸——大将郦琼率部叛投伪齐，淮西失守。

　　武力失控，岂仅置皇权于险境，亦必贻害百姓。考宋代建政本意，"右文"国策植根于此。故当绍兴十一年，媾和大计既定，高宗一并出台解兵权举措。媾和解外忧，解兵权弭内患，寄意皆

---

① 毕沅《续资治通鉴》，页3015。
② 同上书，页3069。
③ 同上书，页3091。
④ 同上书，页3125。

在乂安天下。二者暗相契投，缺一不可，体现出整体思维是敉宁战祸、还民安福。

　　难点在岳飞悲剧。岳案因反议和生，却非以此获罪，实际借解兵权定谳。八十年后，宁宗嘉泰间韩侂胄对金用兵，追封岳飞，文曰："属时讲好，将归马华山之阳；尔犹奋威，欲抚剑伊吾之北。遂致樊蝇之集，遽成市虎之疑。虽怀子仪贯日之忠，曾无其福；卒堕林甫偃月之计，孰拯其冤？"①将岳案原委，讲得较为清楚。此系构陷诬罔无疑，然其内外善恶斑驳、白黑错叠。据《宋史》本传，岳飞先后"六触忌"于高宗。其中三次涉嫌不尊朝廷或桀骜不驯，而尤以解兵权事为甚。彼时，秦桧以行赏为名，召三大宣抚使赴行在此与"杯酒释兵权"如出一辙；"韩世忠、张俊已至，飞独后"②，原订次日"率三大将置酒湖上"，遂被迫推后；秦桧坚持"姑待岳少保来"，"如此展期以待，至六七日"。③此经过岳飞的确有所忽怠，而秦桧阴险，将其行迹放大。高宗于是露出狠绝面目，纵容秦桧罗织，明知岳飞桀骜不驯仅因心中郁结，绝非怀有异志，却断然拿他开刀，以儆效尤、慑服旁者。必须强调，岳飞之死尽出高宗宸断，"赐死狱中"④四字载之极明。后铸秦桧像跪于岳庙，甚无谓矣。俗众但唾秦氏以为快，不亦愚乎？另外，今所普遍传说的秦桧以"莫须有"为辞强杀岳飞，亦误。这三个字，系秦桧回答韩世忠质

①　叶绍翁《四朝闻见录》，《全宋笔记》第六编，九，大象出版社，2013，页369。
②　脱脱等《宋史》，页11392。
③　毕沅《续资治通鉴》，页3281。
④　脱脱等《宋史》，页13758。

问时所讲^①，态度确甚蛮横，但岳案实际上并非如此定谳，而有举报、有证词。案由是岳飞与张宪等"谋反"，作证者则有岳飞帐下王俊等多名部将。后来，王明清寻获"王俊首岳侯状"原稿，将它录入《挥麈录余话》，全文可查。^②然而，所谓"举报"、所谓"证词"，一切俱属构陷。无论案中与平生，岳飞品质无瑕，近乎无可指摘。古来中国武将若有所谓"完人"，我意独属武穆，且无论其"民族英雄"美誉是否因时过境迁而避于语及，他都是我心中光明磊落、风姿从不稍减的永恒英雄。如此全璧之人、武家典范，高宗杀之，是帝王薄情寡恩之证无疑。高宗于本案无辨忠奸，但问其效。人谓逐二兔者不得一兔，高宗独曰不然，既要为议和止息嚣论，又欲解兵权畅行无碍，遂视岳飞为绝佳牺牲品，以收一箭双雕之效。帝王冷酷如斯，思之惟觉厌恶。然而其间是非，辄非厌恶二字可了。归根结底，媾和与解兵权二事，衷曲无关私欲，盖在百姓社稷，此其一。进以历史事实为验，高宗所行确令战祸止已，宋民重拾安宁，过后总体续有和平百余年，南宋文明渐复，最终昌茂未输北宋，此其二。高宗一面双手沾满岳飞鲜血，一面却乂安其民，而将"中兴"诺言兑现。历史于兹所呈者盖即"两难"，西人讲"悲剧"内涵："悲剧冲突不仅是善与恶的冲突，而且更根本的是善与善的冲突。"^③抑斯之谓欤？

---

① 脱脱等《宋史》，页11394。

② 王明清《挥麈录余话》，《全宋笔记》第六编，二，页54—58。

③ 布拉德雷《牛津诗歌演讲集》，转自朱光潜《悲剧心理学》，人民文学出版社，1985，
页124。

绍兴八年，岳飞悲剧苗头显露。《高宗本纪》同年记曰："是岁，始定都于杭。"① 两点貌似巧合，而实有攸关。正是在这一年，高宗想清了一切，也下定了决心。《建炎以来朝野杂记》"中兴定都本末"条，回顾了高宗登基以来辗转无定之状，写道："八年二月，复奉上还临安 …… 自此不复迁都矣。"② 汴京至临安，南宋接北宋，到此已历十二载。建炎三年七月，"升杭州为临安府"③，稍早为江宁"改府名建康"④。过后对于究竟择何为都，高宗一直踟蹰，至是乃决。"建康"，古都名，孙权将"秣陵"改"建业"，晋代避愍帝讳再改"建康"。"临安"之名虽非新拟，本钱镠故里，小县而已，高宗竟去"杭州"古名，径以代之，或寄"跸临而安"之意，天下物议却不免以"临时苟安"暗相讥诮。高宗岂不知此而仍不弃，终于择定为都。这背后，谶微兴许就起自于一个"安"字。

① 脱脱等《宋史》，页538。
② 李心传《建炎以来朝野杂记》，页31。
③ 同上书，页467。
④ 同上书，页465。

丹青寄世

画虽小技，颇足鉴世。

1917年，康有为"中外环游后"，著《万木草堂藏画目》，序文首句悲惜"中国近世之画衰败极矣"，后再叹"中国画学，至国朝而衰弊极矣"。"国朝"仍指清朝，其以遗老自居，故云。当谈到何以振疲，则说："郎世宁乃出西法，他日当有合中西而成大家者，日本已力讲之，当以郎世宁为太祖矣。如仍守旧不变，则中国画学应遂灭绝。"[①] 俨然视郎世宁为有清一代画之翘楚，指中国画希望惟在"合中西而成大家"。

郎世宁，米兰人氏，天主教耶稣会修士，以画艺供奉清廷。《清史稿》有传：

> 郎世宁，西洋人。康熙中入直，高宗尤赏异。凡名马、珍

---

① 康有为《万木草堂藏画目》序，乔继常选编《康有为散文》，上海科学技术文献出版社，2013，页240—242。

禽、琪花、异草，辄命图之，无不奕奕如生。[1]

彼本僧侣，绘事实其余技。是时，欧洲画坛已次第诞生过达·芬奇、拉斐尔、丢勒、鲁本斯、伦勃朗、委拉斯凯兹诸巨人，郎氏焉堪一提？然一旦入华，其技迥出，惊为天人。乾隆帝《题画》诗曰"写真世宁擅"，并自注："郎世宁西洋人，写真无过其右者。"[2] 郎氏引起的骀愕，更可借年希尧知之。希尧，年羹尧兄，官安徽布政使、署广东巡抚等，有艺术天赋，工画，精于制瓷。他结识郎世宁后从之学透视法，所著《视学》为中国首部研究透视画法专著。雍正己酉年1729，述与郎世宁交往经过：

> 余曩岁即留心视学，率尝任智殚思，究未得其端绪。迨后获与泰西郎学士数相晤对，即能以西法作中土绘事，始以定点引线之法贻余，能尽物类之变态。[3]

六年后1735再谈认识：

> 予究心于此者三十年矣，尝谓中土工绘事者，或千岩万壑，或深林密箐，意匠经营，得心应手，因可纵横自如，淋漓尽致，而相赏于尺度风裁之外。至于楼阁、器物之类，欲

① 赵尔巽等《清史稿》，中华书局，2014，页13912。
② 白金《乾隆帝巡幸盘山御制诗》，天津古籍出版社，2011，页307。
③ 韦宾《清代画学文献（下）》，《书画研究15》，江西美术出版社，2016，页178。

其出入规矩，毫发无差，非取则于泰西之法，万不能穷其理而造其极。[1]

年希尧虽称绘事若欲真确，不用西法"万不能穷其理而造其极"，犹未对中国画优长尽失信心。将近二百年后，到康南海那里，中国画已然只存糟粕，"群盲同室，呶呶论日"，"摹写四王、二石之糟粕，枯笔数笔，味同嚼蜡，岂复能传后，以与今欧美、日本竞胜哉！"[2] 其说当时或显过激，愈往后愈无奇，而为普遍论调。中国画惟有走中西结合之路，不单是共识，更主宰着百年来绘画实践。迄至于今，纯粹的中国画实不可见，无论从精神、从意识、从技法、从取材、从构图、从形象等方面，都或明或暗借师西画含苏联，浸染其风。

康氏警言我们已不新鲜，中国画相对西画之没落，也可谓彰彰明甚。然而康文还有一些话，颇不寻常却不易被注意。本文实以此引出。

他先提出一个见解："今欧美之画与六朝、唐宋之法同。"稍后具体论道：

画至于五代，有唐之朴厚，而新开精深华妙之作。至宋人出而集其成，无体不备，无美不臻；且其时院体争奇竞新，甚至以之试士，此则令欧、美之重物质尚未之及。吾遍游欧

---

① 韦宾《清代画学文献（下）》，《书画研究15》，江西美术出版社，2016，页178。
② 康有为《万木草堂藏画目》序。

美各国，频观于其画院，考其十五纪前之画，皆为神画，无少变化。若印度、突厥、波斯之画，尤板滞无味，自郐以下矣。故论大地万国之画，当西十五纪前，无有我中国[1]……鄙意以为中国之画，亦至宋而后变化至极，非六朝后所能及。如周之又监二代，而郁郁非夏殷所能比也。故敢谓宋人画为西十五纪前大地万国之最，后有知者当能证明之。

提其要，盖谓十五世纪以前世界绘画皆不足与中国媲美，而宋画尤称巅峰。

有比较才有鉴别。康有为并非中国最早从中西比较角度谈画者，但大概是首位大量直击西画原作的中国行家。其人虽无擅画之名，门下却有徐悲鸿、刘海粟等，称之"行家"不为过。其次，他是在"遍游欧美各国，频观于其画院"基础上，谈其"宋人画为西十五纪前大地万国之最"观感。由这样的人提出如上鉴断，自非泛泛可比。

我又油然想起二十岁左右所读一本当时"内部发行"的费正清博士著《美国与中国》。这主题为政治的书，从文化比较入手，让人耳目一新。它在开篇不久谈及中西绘画，指出宋代山水画里人物都非常渺小，微如豆芥，淹没在巨大的自然背景之下；反观"意大利古画"，却"是以人物为中心的"。作者认为，这说明了"人"或个体在中国的不重要。[2]

---

[1] 此句疑有缺字，应作"无有如我中国"。

[2] 费正清《美国与中国》，世界知识出版社，1999，页14。

彼时，这像指点迷津，令我对文化之别初有所悟。然多年后，阅识渐不贫乏，始知费博士亦有其误。虽然从现代的意义上，中国文化对"人"或个体重视不比西方，这观点仍可成立，但他用"意大利古画"与宋画比较为依据，则问题颇多。其笼统所称"意大利古画"，只能是文艺复兴时期作品，对应中国，应为元明而非宋代。若以宋代所处的十至十三世纪论，意大利绘画根本谈不上"人"居于"中心地位"或"以人物为中心"。最早露此迹象的乔托，1266—1337年在世，其作为画家的活跃年代约当中国元朝中期，且即便乔托笔下，"人的觉醒"亦止初萌而已。美术史家称："乔托作品中的人物的感受，范围是相当有限的。人还只是刚刚开始取得自己的尊严，他还没有骄傲的自我意识和人文主义的个性理想。"[1]费正清所谈的那种作品，真正相符者当以波提切利为标志，而《维纳斯的诞生》约绘于1485年，此时中国已是明朝成化年间。故费正清以晚出西画之"有"，证中国所"无"，未免有"关公战秦琼"之嫌。他的不当又在于，单单用山水画指证中国文化忽视"人"。实际上，宋画题材极广，符合大写的"人"或将人物置于"中心"的画作，宋代不但有，山水画以外还可谓信手拈来。

费氏之误，尽在康有为"皆为神画"四字。对于"神画"，读者勿错会其意，以为是"画技如神"。"皆为神画"译作白话，即"清一色宗教题材绘画"。康有为据其"遍游"和"频观"强调，十五世纪前欧洲只有此类画作，而"无少变化"。此一事实，费正清作为哈

---

① 阿尔巴托夫《帕多瓦阿累小礼拜堂乔托壁画中的人的形象》，《美术史文选》，人民美术出版社，1982，页114。

佛教授自非不知，他的"失误"应是为牵就自己论点有意含糊所致。

至于"皆为神画"意味如何，则说来话长。

因地理与文化遥远隔膜，国人对欧洲史认知每有粗忽。比如，既睹《断臂维纳斯》美轮美奂，遂推想整个欧洲的艺术都具此水准，通常又将古希腊罗马认作欧洲文化一脉相承之祖。然这两点并误。在《断臂维纳斯》时代，希腊 — 罗马文明或所谓"希腊化"，基本限于欧洲东南一隅。当时，它对日后欧洲心脏地带的影响，还不如对北非与西亚的影响。过后，希腊 — 罗马文明还从罗马以西完全失落，一直到文艺复兴才重新找回、接续。整个欧洲与希腊 — 罗马文明之间，真正谈得上以等号相连，大致得到十四、十五世纪。

这是因为，四世纪时罗马帝国君士坦丁大帝改宗基督教，扭转了文明方向。而欧洲大部嗣后才逐渐开化，其中包含如今最称繁盛的英、法、德、西及北欧诸国等，以上现在欧洲主体部分，基本皆啜基督教乳汁以长成。"在与罗马帝国发生接触之前，这些民族都目不识丁"[1]，而他们接触的并非希腊化之古罗马，而是已经皈依了基督教的罗马帝国。改宗所以造成欧洲文化断层，系因基督教有强烈的思想排他性。设若基督教有儒佛之中庸、平和，事情或犹别样，而它一旦立为官方宗教，即视过往文化为"异教"加以排禁。不觉间，"希腊文明大多已失落了"[2]，待至东西罗马帝国分裂，与古代分割更彻底，形同陌路。在此所谓"中世纪"，除与土耳其

① 朱迪斯·M. 本内特、C. 沃伦·霍利斯特《欧洲中世纪史》，上海社会科学出版社，2014，页36。
② 诺曼·戴维斯《欧洲史》，世界知识出版社，2014，页105。

相邻的一小块地方，全欧对希腊 — 罗马文明所知，或不及远东的中国人^{毕竟中国史籍犹见一些相关记载}。他们终于"重新发现"古典，要再过好几百年，有俟十字军东征的开展。[1] 那时，千辛万苦的"西方人"，跋涉至小亚细亚一带，意外寻获久违的希腊文典籍，由此钩沉出烟波缥缈的往事。但这过程自亦不能一蹴而就，从迻为拉丁文，到加以阅读、领悟和传播，都颇需些时间。总之，欧洲自废绝古典到迎其"复兴"，前前后后耗掉了千年之久。

在此断层中，不单《断臂维纳斯》那样的杰作完全绝迹，而且欧洲文化从所有领域倒退。幅度之大，堪比饱学蜕于文盲。中世纪前期，学术、文学和美术竟然皆乏制作。晚期渐有所苏，然质地甚粗。以近世欧洲矜傲的画艺论，几可谓一无是处。题材单调、感情空洞、技法低幼，甚至比例失调。日后世界拜其脚下的透视画法，根本没有踪影。

我们往往以为透视法，西方古已有之。此亦一误。1983年，中意政府合办《意大利文艺复兴时期的艺术与文明》展览举于北京展览馆，笔者往观而将配展说明书珍藏至今。册内第二文，题《文艺复兴时期的一项革新 —— 透视画法、一系列情景绘画的伟大作品》，其言如下：

---

[1] 《欧洲中世纪史》提及六世纪时罗马宫廷有位哲学家波伊提乌，因见古希腊文化"正渐渐失传"，而独自做挽救努力，将柏拉图和亚里士多德的著作从希腊文译成拉丁语，盖此时西方尚有极个别能希腊文的残余人士。但只翻译了"很少一部分"，甚至波伊提乌其人在后世也"鲜被提及"。见该书42页。

> 文艺复兴时期的透视法，有史以来，最高地，最革命地肯定了在历史和可见空间中人是第一性的道理。1424—1429年马沙绰在卡尔米内教堂作的壁画被视为透视法初期绘画实践之一，这些作品进一步证明了人的实质性作用，即人是历史的主角。①

明指透视法为文艺复兴造物，前此欧洲人并未识之。而其发明，恰以挣脱神学、将人和人性摆到首位为前提，若仍取神的视点则将永无透视法。

可见文艺复兴以前，对应于宋代时期的意大利古画，费正清谓之"人 …… 居于中心地位"②，必属没影子的事。文艺复兴的酝酿，时间线索大致如下：1095年，罗马教皇乌尔班二世发布远征令，号召骑士们背起十字架，去拯救遥远的耶路撒冷。首次东征翌年成行，却相当惨淡，"有的人还没赶到君士坦丁堡就死了，大多数人在到达君士坦丁堡之后不久也死了"。第二次1147—1148和第三次1189—1193略有起色，但仍是"出发时士气高涨，回来时损兵折将"。第四次1201—1204终于达到高潮，十字军占得上风，攻克君士坦丁堡，"大多数将士都满载而去，回到欧洲。他们从这座拜占庭大都市抢去了数不清的珠宝黄金"，更重要的是"征服了君士坦丁堡，就相当于为欧洲打开了一扇能够接触到希腊和拜占庭文明

----

① 《意大利文艺复兴时期的艺术与文明》展览说明书，意大利外交部组织编写、香港印制，1983，页9。
② 费正清《美国与中国》，页14。

的大门"。① 此时中国已至南宋中期，文艺复兴却只端倪始露，离真正睹其风景还有十万八千里。

欧洲文化因基督教所受禁锢，关键在思维方式。基督教将宇宙分割为"此岸"与"彼岸"，置之对立和相互否定的关系。马克思说"谬误在**天国的**申辩一经驳倒，它在**人间的**存在就陷入了窘境"②，又说"如果想在天国的幻想的现实中寻找一种超人的存在物，而他找到的却只是自己本身的**反映**"③。品透这两句，可抉基督教思维根柢。基督教并非为否定人而否定人，而因人乃有限"此岸"一内容给予否定。进以言之，凡现实或有形、具象存在皆属"此岸"，以此判为不真、不善、不美。举如心之所感、目之所视、耳之所聆、鼻之所嗅、舌之所尝、肤之所触……都不洁不纯、满是谬误，甚至有罪。基于此，基督教否定人及其肉体、感官，进而否定本乎感官知觉的艺术。

中世纪曾有著名的"圣像之争"。按基督教观点，"神是脱离一切凡间事物的"④，不可能采取或表现于任何"有限"的形式，故若假雕塑绘画赋予神圣以人形，不惟无稽，也是公然亵渎。在《旧约》《新约》中，"偶像崇拜"为"异教"的典型特征。《罗马书》指出神是"眼不能见"的，将"神的荣耀变为偶像"，是以神仿诸"必朽坏的人和飞禽、走兽、昆虫的样式"，而拜偶罪孽在于"去敬拜侍奉

---

① 朱迪斯·M. 本内特、C. 沃伦·霍利斯特《欧洲中世纪史》，页244—249。
② 马克思《〈黑格尔法哲学批判〉导言》，《马克思恩格斯选集》第一卷，人民出版社，1973，页1。
③ 同上。
④ 朱迪斯·M. 本内特、C. 沃伦·霍利斯特《欧洲中世纪史》，页76。

受造之物，不敬奉那造物的主"。^① 出于敌视"偶像崇拜"，八世纪拜占庭帝国发动了大规模"偶像破坏"运动。利奥三世717—741以后几代皇帝，禁用圣像，将所有圣像砸毁。但西部的罗马教皇对此不认同。大抵当时西欧颇为整体文化状况所窘，尚需借圣像布教，"不仅是不识字的人习得基督教信仰的途径，而且因为圣像就代表了圣人，所以也能够激起非常强烈的宗教精神"^②，东西教会为此争执愈演愈烈，最后竟至在1054年，罗马教皇与君士坦丁堡大主教互相开除对方教籍，发生大分裂。我们透此事件，重在了解基督教对具象有形事物的排斥。这是根本。拜占庭禁，罗马教皇不禁，仅关"信仰的辅助物"^③ 有无必要，而无涉艺术之容留、提倡、保护与喜爱。"宗教偶像从来没有被描述成艺术作品"^④。即便罗马以西，宗教形象得以寄诸教堂壁间，也极其呆板僵硬，绝难视为审美对象。

意大利中部小城阿西西，有一座圣方济各教堂，建在1228—1253年间。其弥足珍贵，尤仰后所增绘的壁画，乔托与奇马布埃并为两位主要作者。时已中世纪晚期，而文艺复兴之光晨熹微露。整个壁画规模壮阔、宏富绚丽，显现欧洲文采开始走出中前期的寂寥黯淡，焕发血色与活力。纵使如此，也明显不敌早上好几百年的敦煌。同为壁画，同为摹写宗教，后者灵动、自由之远胜，从线条、构图、造型、姿态、气韵、色彩各方面一目了然。圣方济各

① 《圣经》，新约，罗1：20、23、25，中国基督教三自爱国运动委员会、中国基督教协会出版发行，2017，页168—169。
② 朱迪斯·M.本内特、C.沃伦·霍利斯特《欧洲中世纪史》，页77。
③ 诺曼·戴维斯《欧洲史》，页223。
④ 同上。

教堂壁画中奇马布埃所绘，笔触颇精，画技已工，较以往进步巨大，然若欲捕捉绘者心灵悸动，仍为难事。乔托笔下有别，人物眉宇间及肢体姿态已有"情态"流露，是奇马布埃明显不及，惟犹拘谨，竭力克己不逾矩，虽"情动于中"而不敢放以手脚。费正清讲"在意大利的古画里，自然景物只是后来添上去的背景"①，借圣方济各教堂壁间观之，确如其言，但原因却非对"人"的重视超过"自然"，相反，是当时欧洲对"自然"仍漠然无感，不具表现能力。欧洲方从惟知仰视"神"稍稍注目于"人"，对"自然"则仍索然不知味。圣方济各教堂数十幅画面，除开神、天使、圣徒形象，以外景物极少，且单调，多为楼宇等人间造物，纯自然景象只有山坡、树木、鸟禽、马匹，寥寥无几而又形态呆拙、比例怪异、了无生意，全非跃然其间、栩栩欲活，确似硬贴上去的赘物。乔托《泉水的奇迹》《向小鸟布道》两幅有对山、树和飞鸟的描绘，已很难得，然而山形猥陋、树不成样、鸟虽飞而其状僵死。《泉水的奇迹》两棵树长在山崖，依形应为成材大树，但与旁边匍匐于地的人物相比竟小似盆景，比例匪夷所思。《向小鸟布道》有树被画在人物头上，仿佛自其后脑长出，观感不可名状。②须知，这已是中世纪末期的制作，却犹然如此。欧洲"爱自然"的情怀远在"人的觉醒"之后。他们懂得精细观察描绘动植物，迟至十六世纪；至于美术教学设静物为基础及风景画单独为一画种，还要略晚。

---

① 费正清《美国与中国》，页14。
② 圣方济各教堂壁画具体情形，可阅李军《跨文化的艺术史：图像及其重影》第一章，北京大学出版社，2020年。

　　曹雪芹写"刘老老醉卧怡红院"，"西洋景"晃瞎了中国乡间老妪的眼，"就像到了天宫里的似的"[①]。倒推五百年，这故事得反过来。彼时，若有欧洲远客赴临安造访皇家画院，眼花缭乱必有甚于刘老老。如今法国卢浮宫为画藏胜地，一千年前，这种去处非两宋皇家画院莫属。绘事在人间美不胜收、风姿绰约，惟此可见。只是这样的事实，中国人很少意识到。

　　古代美术，以雕塑与绘画为两大领域。雕塑多凿石以成，中国不擅。古文明中埃及人能此，次则希腊人挟为长技，继经罗马人传诸印度，西元后随佛教东来，造像始行中国。绘画则不同。康有为赞宋画"集其成，无体不备，无美不臻"，是说它将中国画艺推诸顶峰，而这之前，全球绘画就已经可说"于斯为盛"。

　　古时中国引领绘画风骚，不在于早。从较严格意义上，中国今存最早的画作出诸四世纪顾恺之，如著名的《女史箴图》。再予前推，有年代约二、三世纪的汉砖画波士顿美术馆藏，毛笔施绘，彩色，画上两名男性作交谈状而背景空白，线条与构图已具中国画骨架，列诸绘画史绝不牵强。长沙出土的前三世纪帛画，亦可视为中国画较确切的始祖，以后绢本盖启于是。如谈滥觞，则早至新石器时代半坡彩陶纹绘。起初，中国绘画应即如此寄诸各种物体，如壁间、柱梁、漆器、织物等。先秦"画栋"之风已盛，叶公"钩以写龙，凿以写龙，屋室雕文以写龙"是其写照。惟此类物体多易朽圮，后世不能见，难以依其确考绘画史足迹。而从全球讲，其他古文明绘画肇兴时间基本相当，中国不得谓之占有先机。

---

① 曹雪芹、高鹗《红楼梦》，人民文学出版社，1981，页511。

但中国后有三项发明至关重要，令绘画的发展得天独厚，从而出乎其类、拔乎其萃。其一毛笔，其二丝绢，其三纸。毛笔塑造了中国绘画艺术的基本面貌。绢易于藏存，质高者历久不旧，至今故宫所藏赵佶绢本《听琴图》，虽千年仍光鲜如新。纸则在绢的基础上，具其优点同时更为廉价，可以大量制造、使用，损弃不足惜，大大拓展了创作的容错性与尝试空间。再者，绢纸画极大好处是轻便、可随意携览。汤显祖《牡丹亭》有"拾画""玩真"数折。画作路途可拾，且不受限制挂览赏玩——此等情形，欧洲很晚才可体验，中国却早已捷足先登。

内中甘苦，惟身体力行者知。在环地中海地区，绘画发生虽不晚于中国，以古埃及之早熟，更有可能拔得头筹；然而他们却因材质制约，备尝限辛。早期创作多依托木板，以颜料结合胶质施绘其上。现知埃及法老时代古画至六世纪基督教圣像，率为木板画。这种作品想要久存，盖属万里挑一。除了抗拒时间、空气与水分的侵蚀，还得祈求白蚁一类蠹虫嘴下留情。当中国已以绢纸为媒脱离羁绊，他们仍束手无策。后来壁画所以是主要画种，即有此无奈在内。但壁画克服了木板画难以久存的缺憾后，创作难度却又倍增。以运用较广的"湿壁画"为例，其法以石灰混合沙浆抹墙，趁半干，迅速以水溶颜料施绘，颜料渗入涂层起化学反应，待干燥凝为碳酸钙，使所绘固诸壁表。这样的创作必须一次完成，不容出错、修改，于绘者技能体力均为考验，同时画作发生与存在处都深受限制一般只有宫廷和教堂。此法古罗马已用，降至文艺复兴，乔托、米开朗基罗、拉斐尔等辈仍沿用之。今人观览西斯廷教堂《创世纪》、梵蒂冈大教堂《雅典学院》诸湿壁画名作，叹其技艺

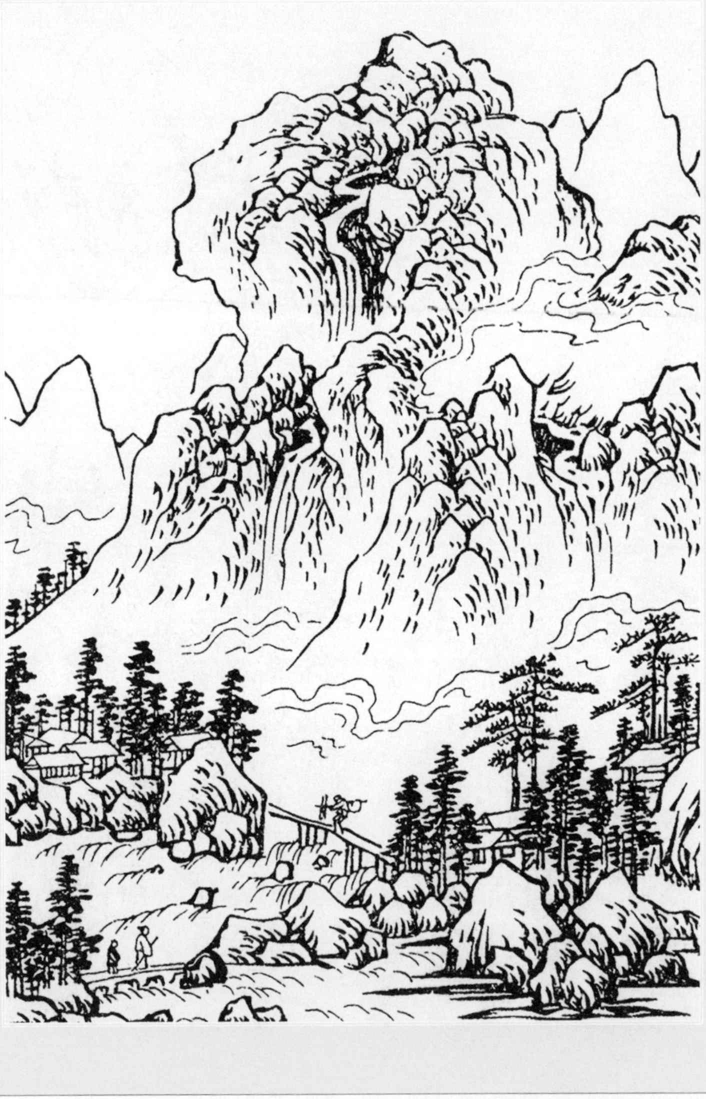

超卓同时，更当知画者不易。欧洲挥别壁画、踏上坦途，一直要到十五世纪，尼德兰的艾克兄弟经多次试验就油画做出关键性变革，此后欧洲始如中国那般，免其援笔立成急就之窘，得以间歇、从容施绘，及修改、覆盖，并使绘画从教堂、宫室等处解放，自由出现在任何空间。①

以上，为绘画所关"技术文明"。在此方面中国一时无两，故独能精进不已。但技术文明仅为条件之一，且若认真计较，尚非最重要的条件。中国绘画繁荣发展，约一千多年举世无出其右，真正根基另有所在。

言及是，非得深入绘画实践，细察各种具体表现不可。康有为"敢谓宋人画为西十五纪前大地万国之最"，冀望"后有知者当能证明之"。笔者不揣猥薄，试予应之。前已就彼时西画不足观约略有论，下面转谈宋画自身，看它是否果然堪言"大地万国之最"。

费正清的比较，只提到宋代山水画。山水画确以宋最具代表性，逶迤至元不衰，"宋元山水"遂为中国绘画一大标签。而费正清字里行间有贬，意以山水画来证中国的"人性"自渺于"自然"。其实他说反了。山水画始于晋，隋唐势起，至宋蔚然。而放眼以望，则知山水画放兴非惟有绘画上的原因。东晋时期，中国出现了伟大诗人陶潜，"性本爱丘山"，所作诗文多寄怀自然，以咏天籁之韵。五柳先生外，谢灵运更称"山水诗之祖"，一生大部分光阴耗于山水漫游，以为最高精神享受，至为之发明"谢公屐"。到唐代，

① 有关欧洲绘画物质技术变迁，进而可参邱立丰《绘画材质》，辽宁美术出版社，2016；游二川《绘画材料与技法研究》，重庆大学出版社，2013。

对陶谢的文化认同达空前热度，林泉高致与山川游历，是文人士夫普遍所尚，山水诗文创作遂为一大潮流。中国诸艺每为诗文之余，山水画的先河确实也在山水诗文那里，故而我们说此事在中国，与其说是纯美术进展，毋宁谓之一种整体文化追求的折射。

人与自然，是哲学一项人性基本命题。概以言，人对自然的情感非"畏"即"爱"。畏，出于恐惧，因畏生敬，而神秘之、膜拜之，以人自身的渺小，陷于无力、无奈诸感，最后导向宗教，对自然"敬"而"远"之。爱，则必于恐惧有所克服，不复以自然为人的对立面或异己，转而就中觅见自我，唤起由衷的愉悦，从而物我互洽、泯然，结为一种美学的关系。

所以费正清把话说反了。陶谢风显系自然之"爱"而非"畏"，中国的山水诗、文、画以此兴，岂为"人性"匍匐"自然"之证？其实恰是生命较从容自由的体现。人类总是生存愈从容自由，愈知自然之趣。如今发达国度，普通民众喜近自然的意愿，一般高于欠发达国家；中国古人知慕自然，是同一缘故。以往解释偏玄奥，从老庄探其源，实际原因可能却很浅显——中国社会与生产发展，使一定规模人群生存景况相对宽松、略多余裕，而有以致之。虽然现在谈唯物史观较少，但物质决定精神之说未可尽废。例如有个现象，古代很多地方的哲学、道德或宗教，有严厉的"禁欲"主张，而中国独无，儒家至予肯定"饮食男女，人之大欲存焉"，墨家最多讲"节用"，道家最多讲"去奢"，均不言之以"禁"。这文化差异背后，是不是"社会存在决定社会意识"呢？中国开发较充分的农工商，实令"禁欲"亡其必要。"欲"无须禁，恰当、适度即可。基督教为何能于罗马帝国胜出？最大原因是社会景状太坏，人"对现世的兴趣渐渐消失，转而关心来世的生活"[1]。恩格斯谈"基督教拨动的琴弦"，言以三点："时代的败坏、普遍的物质贫乏和道德沦亡"[2]。不妨更明确地讲，基督教在其伊始，是因穷苦大众欢迎而得势。它的崛起，反映着这种社会物质现实。在自然观方面，基督教将它神秘化，导人敬畏而非审美，也呼应着那里的生产力水平。所谓"忧心忡忡的穷人甚至对最美丽的景色都**没有什么感觉**"[3]，欧洲对自然去魅，不以神秘之思而以常心知爱有爱，有俟"物质贫乏"改善，变得较为宽弛，才能实现。

因此宋山水画放兴，不只是一种绘画题材走俏，应从中看到当时中国世俗生活，在人与自然关系这个层面上，达到更和谐更融洽状态。此类宋画，人今多易想到王希孟"承旨"所绘《千里江山图》。自尺幅千里、气象万千、瑰丽壮美言，它确称扛鼎作，但若欲领略宋人文化气息，却要移步另外的作品。

如刘松年《秋窗读易图》辽宁省博物馆藏。画中半民居半山水。民居乃一院落，掩于岩石、古松、花丛，外则清流、远山环绕。院落极精洁，屋舍青瓦白壁，造设甚工而格调素雅，堂上一屏风一绣墩稍显奢意，院围竟以枯枝为之，门亦柴扉，惟编结铺设甚具美感。人物惟二，童仆立于檐下门侧，布衣儒者凭案坐窗前，且确如费正清言皆甚微小，然形象清晰、情状生动。书作摊开状，儒

① 朱迪斯·M. 本内特、C. 沃伦·霍利斯特《欧洲中世纪史》，页16。
② 恩格斯《布鲁诺·鲍威尔和早期基督教》，《马克思恩格斯全集》第19卷，人民出版社，1979，页335。
③ 马克思《1844年经济学哲学手稿》，《马克思恩格斯全集》第42卷，页126。

者举头望窗外。书，应即画题所指的《易》。窗外，则清风拂过之流水，与淡抹如烟之远山也。画中一切细节，都诉说了宋山水画的精神：人与自然融合，投身山川、草木、清风至美极适的怀抱，而文明《易》是其象征与天地万物和谐相通，表达着从"返朴"枯枝作墙、柴扉等体会生命真与美的意识……借山水描绘，寄托了异常鲜明的文化自觉。此种寄意乃至见诸更含蓄、不易觉察的方面，例如色彩。《秋窗读易图》并非墨画，设色，然着色极吝，惟于人物衣着与屋外枫叶用之。刘松年为孝宗至宁宗间画家。当此十二世纪，人类绘画对色彩运用知以节制而不滥施，十分少见。宋人独将色彩运用提至哲学层面，底蕴即在自然观，见素抱朴、恬淡为上。

马远《梅石溪凫图》故宫博物院藏。山角一湾春水，老梅虬枝斜出其上，白花缀于枝头，一队群鸭从下方顺流浮过。是借冬末春初，写春回大地、众生欣愉之意。彼时中国人心灵的柔软和细嫩，在马远笔下淋漓尽致。尤其对群鸭的描绘，与前所提及的乔托《向小鸟布道》中小鸟两相对比，一生趣盎然，一苍白干瘪，可谓判然有别。鸭凡十只，或前或后或长或幼，排队厮跟，井然有序。有的偎于长者眷眷相随，有的相互戏耍追逐。内有老鸭翘首回望，神情似甚关切，视线所及则有一鸭在后方作振翅追赶状，显系贪玩掉队者。两图并观，忽生一念——乔托当日倘若有缘得睹马远所绘，会有怎样感受？我对此很是好奇。

夏珪《雪堂客话图》故宫博物院藏。天色暗晦，山势沉静，平滩铺展，阔水默然。左下水流过滩穿崖处，瓦屋两间栉比筑其上。窗前支棂撑起，两人坐内对酌相晤。河上一扁舟，有披蓑顶笠者独钓。时大雪方已，满纸素白，万籁俱寂，高洁清泠之意扑面。

绘者欲借雪景，一写隐者胸臆，二写故人知己重逢暖意。饮者、钓者三人，复如费正清所说身形渺小，淹没在巨大自然背景下。然而观者面此，若不能体会画家心中分明有大写的"人"，也让人徒叹奈何。画中人物虽微如豆芥，面目难辨，但他们的人格心灵，早已融入大自然本身，敛在山峦、林木、水泊与白雪之中。诚然，洋先生会因文化之隔，错失某些细节的领悟，例如瓦舍后那片茂密多姿的竹林是何情怀，例如"孤舟蓑笠翁，独钓寒江雪"典出于柳宗元……尽管如此，整个画面极力突显的大雪覆裹下屋内临轩对饮的那番人情暖意，理应一眼可以捕捉。无论如何，十三世纪初世界绘画，如此富于人性之光的作品世间难觅。而夏珪画艺之伟大亦足与其人性深度匹配，漫山遍野雪意竟纯以水墨写之，除山间、枝头稍施白色数点状其晶莹，以外悉用墨笔衬出，而雪原质感如触，神笔也！

　　小其人而广其天地，将心灵外化、托诸自然的意识及视点，在宋山水画里很普遍。作为艺术手法，源头是诗文"比兴"传统；而精神底蕴则为中国已达成这样的人性观、人性论：大自然绝非人性的压抑者、摧戕者，相反，是人的自我的观照物，甚至是人性升华与解脱途径。苏子游赤壁，言其感悟曰"是造物者之无尽藏也，而吾与子之所共适"即此。费正清面对宋山水画，体会不到人在自然中的大欣慰、大放脱，体会不到天人合一、物我泯然之意，反将二者割裂开、论以自然的压抑，不足谓"知画"。我们不妨更挑明了说：宋山水画不但绝非人匍匐于自然的产物，相反，一草一木、一石一流莫非人性之表达与刻画。夏珪《梧竹溪堂图》故宫博物院藏写竹木簇拥下，一人兀坐于敞轩茅屋，独对淡抹如烟的山影。山影之淡，实是独坐者心境"冲和"之象。马麟《郊原曳杖图》上海博物馆藏，一袍服者携童仆行至山前水岸，扬脸远看，而左近山峦线条极平宁，以至舒缓如水，无疑又是"内心叙事"。画中出彩处又在于，袍服者扬脸远看，童仆却垂首随于其后，似对周遭景色"无动于衷"，其于人心世相精细如此，乃至略有"阶级意识"。马麟另一《楼台夜月图》上海博物馆藏甚至彻底"无人"，空山冲旷，清辉放洒，无风无拂，高柳垂丝，极力营造至静极寂的自然意境；然近景处造工甚精的楼亭步廊，终使"无人之境"并非真正"无人"。画家摈却人形，只以人类精美造物与空山默默相对，意在表现人工与自然两种美相谐共融、合二而一，貌似"无人之境"，其实却把"人"之存在，借比兴转为一种含蓄的诗意形式。从一开始，中国山水画即已注重诗意、意境的开发。欧洲后虽渐知留心自然之美，而有风景画种，但偏写实与客观，其于诗意、意境有所悟，直至印象派稍始求之。而我们从宋人笔下却看见，这追求竟已臻于极致。朴庵《烟江欲雨图》上海博物馆藏写雨前二渔夫弃舟登岸归家，水汽迷漫，云雾低垂，群林渐隐，山峦若现。画家不特明显以审美眼光，凝神于大自然这朦胧瞬间，更兼具表现其诗意的卓越技巧，仅以湿墨晕染使云遮雾锁跃然纸上，绘出有如玻璃呵气的朦胧虚离。欧洲绘画具此笔意，尚待十九世纪末之莫奈。我们当然不以为这只是技巧而已，惟有深刻感知到自然的美感，心胸为之浸解，才能转化为画技的神妙，那无疑是马克思所说人的"丰富性"、人的"本质力量"之证。

前因《美国与中国》之故，我们一直只谈山水画，其间但以"宋画题材极广"一语微示"草蛇灰线"。以下就此展开。

首先接续宋山水画话题中未竟之处。有部分作品，过去笼统归在山水画范围，但我个人觉得格调有别，宜单独列为一类，姑名之"风景画"。这类作品仍是写景，但明显提升了人间世相的比例，甚至置为重心。如无款《柳塘泛月图》故宫博物院藏，钩月下，岸上古柳垂拂，一对夫妇隔着果盘对坐舟中，船头一仆持篙撑船，船尾又一仆侍于书匣后。水面莲叶如盖，蓬蓬勃勃，闲适生活气息甚浓。又一无款《柳阁风帆图》故宫博物院藏，右侧万柳长丝如披，一楼阁为其簇拥，耸出群绿之上，内有人影似为游客凭窗观景，下方有拱形木桥与林中小径相通，二三行人穿行焉，而画面上方及左侧，水天一色、宽阔无边，惟两艘大船鼓满风帆，凌波而行。此二图，称"风景画"较适宜，称"山水画"已稍勉强。中国将文化、习俗简称"风"，如风气、风物、风尚等，搜集民情亦谓之"采风"。故"风景"一词有生活情态嵌于内，以此别于"山水"。中国文学对"风"的重视由来已久，周天子置官振木铎采诗、《汉书》艺文志就小说引孔子"虽小道，必有可观焉"之语，皆基于此，反映出借文学以观民间"风景"的意识。绘画有同样意识则相对迟晚。以往绘画属于象牙塔艺术，要么供奉宫廷，要么作为绘者自我心性载体，与社会普通生活几乎无关。它开始具有类乎小说那种"街谈巷语"的"稗官"视角，即自宋代始。那是因为，市人社会此时有了一个空前大发展。故而宋代山水画登峰造极之余，渐有少量画家作品，情不自禁在山水笔触里添加人间世相元素，使自然山水或多或少夹杂日常人烟之迹。在此必须提及一幅无款《山店风帘图》故宫博物院藏。作者虽佚而不知何人，然借所绘山、石、树笔力以观，厥为山水画一流高手。但此画令人印象最深刻处尚不在此，而在画家从山水画外观下，对世俗的谙熟描摹。山窐处几间屋，显系客栈。屋内有人打尖歇脚，外场上，有人正从推车卸货，还有骆驼卧地，以及车夫刍秣牲畜。栈外巉岩下有崎岖转角山路，五辆牛曳轿车大小不等、接踵而来，颇显拥挤繁忙，驭夫皆作奋力挥鞭状。这是典型的宋世写照，只有宋代那样发达的商贸流动，才能提供这种图景。从画中情绪明显看出画家饱含热切，被一种火热现实深深触动。

我们自未遗忘张择端《清明上河图》故宫博物院藏。这件北宋季代杰作，甚至将"风景画"的界域完全打破，成为纯粹的生活景状"纪录画"。张氏命笔立意明确在"记录"，原原本本地将汴京市井一日之情形，照写于丹青，意识与新闻记者无异。现代电影有"纪录片"品种，我们也觉得《清明上河图》惟名之"纪录画"，才反映其特色。其间汴城众生相，既包罗万象又纤毫毕呈，对此后人咸为绝倒。但更重要的一点，其实是它背后的历史或时间概念。张择端身跨两宋，时约十一世纪末至十二世纪中叶。我们可循此范围遍搜世界画苑，看中国以外可还有类似作品？结果必茫无所获。这不足怪。方其时也，论生产的开发、商品交换的活跃、社会组织的紧密与生活幅度的宽广，举世再无一地可如宋朝一般。费正清仅自山水画一隅，遂言"人"如何被淹没、消失于"自然"，而独忘乎《清明上河图》是怎样一幅人流涌动、人声鼎沸的情景！

《清明上河图》固甚珍稀，我们却勿以之为宋画中的偶然。即我所知，就还有一例相同属性的作品，熙宁间郑侠《流民图》。此画"绘所见流民扶老携幼困苦之状"[1]，写王安石变法殃民现实，当

---

① 脱脱等《宋史》，卷三百二十七，页 10548。

时影响巨大，径致介甫第一次罢相。它的创作意识与《清明上河图》无异，都是"纪录画"，且年代无疑早于后者，惜未传世，不然必以人类最早的民生写实画卷，为美术史之瑰宝。

宋代绘画又一宜当瞩目处，是对动植物的细致观察、广泛描摹和杰出的写实能力。举如猎犬、鸡雏、枇杷、白蔷薇、竹雀、橘、鸳鸯、野鸭、瓦雀、蝶、猿、鱼、蜻蜓、合欢花、水仙、碧桃、鹌鹑、荷花、豆荚、秋兰、蜀葵、海棠、锦雉、黄鹂、蜂、蜗牛、蜥蜴、芦雁、孔雀等靡所不具，大千世界、万类生灵纷呈于图，且状物极准、细节一丝不苟、历历可识，堪比后世动植物科学图谱。

这一切意义何在？我们知道十八世纪法兰西有"百科全书派"，抨击迷信、愚昧、无知，力倡客观、理性认知与博识，是为启蒙运动。在这之后，"多识于鸟兽草木"才在欧洲蔚然成风，博物学的趣尚及对植物、昆虫、鸟类等观察、科考、归类、谱志之举接踵而至，终有达尔文那样的硕果。而当中世纪，生灵万物在彼等眼中，却如乔托所绘"小鸟"虽飞而其状僵死，自然界一片沉寂、了无生理。知此，乃可体会宋画里的欣欣向荣、万类霜天竞自由，是何等生机勃勃！宋人的精神视野，是何等开阔自由！仰以观天，俯以察地，无论空中之猛禽、草间之蝼蚁，尽收眼底而绘诸丹青，尺幅间满是生意生趣。观此类画，最拨动心弦的是宋人心灵质地的柔软，处处留情，无不抱以怜惜。对草木鸟兽，不特观察状写精细准确，更能深入各种生命的内部，捕捉、传达其神魄。故而吴炳《竹雀图》上海博物馆藏里的竹雀，非呆立竹枝，而写侧首喙梳羽毛之状，甚是欣怡乖巧。无款《蛛网攫猿图》故宫博物院藏，一猿攀在枝头，探其长臂，伸向远处树梢正在结网的蜘蛛，显是蜘蛛的悸动挑起了猿猴的玩心，大自然生命气息瞬间跃然纸上，而高超的晕染笔触则将猿猴毛色绘得茸茸可触。无款《疏荷沙鸟图》故宫博物院藏，莲蓬弯枝自荷塘探出，有鸟抓立其上，侧首回头，目光极锐、聚精会神，只见一只飞虫掠过，鸟儿正待出击，那种千钧一发被画得充满张力，鸟儿姿态及全身紧绷感、稍纵即逝的飞虫、纤细但又弯曲似可助鸟儿弹起的莲枝，三者间构成一种力的美学，细品妙不可言。无款《群鱼戏藻图》故宫博物院藏，未施丝毫笔墨画水，而水流之状却极分明，悉借游鱼与水藻姿态写出，尤其鱼之身形，溜长优美，画家对于何谓"流线型"知之深矣，作者传为刘寀，以善画鱼著称，我们从此图可想见，他所下的功夫，仅睇鱼一事就得用去多少时间，而那又绝非多花时间就可办到，必全身心浸在"鱼水之欢"，以知"鱼之乐"。

对万千生灵情真意挚的同时，宋人还有一种突出情怀，是极度喜爱儿童，于童稚、童心、童趣情不能抑。宋代人物画里，"婴戏图"占有显著位置，纯真天籁的孩童，似最引起画家摹绘的热忱。李嵩《货郎图》美国克里夫兰博物馆藏，游走乡间的货郎甫至，即被一群光着屁股和身子的顽童团团围住，尤其在琳琅满目的货架之侧，一童露出半个身子和脸庞，吮着手指，面对架上各种新奇玩意儿满脸痴迷，稚子之气浓郁醉人。苏汉臣《婴戏图》天津市艺术博物馆藏，两髫龄小儿扑蝶，一童蹑足趋近花尖上的落蝶作捕捉状，右侧之童则以团扇遮地，显已扑住一蝶，同时回首注视，似对同伴能否成功不胜关切。陈宗训《秋庭戏婴图》故宫博物院藏，三男孩儿使枪弄棍，做着"骑马打仗"游戏，其中两童双双握住一矛奋力争夺，似乎"战斗"正处于不知鹿死谁手的关键时刻。无款《小庭婴戏图》

故宫博物院藏情形相仿，却非假扮对手两将互搏，而是日常最多见的小孩子家"玩恼了"那一刻，一童似刚从别人手里抢走玩具，被抢者径扑上前、不依不饶，另两童却含笑睨视，一副作壁上观神态。无款《蕉荫击球图》故宫博物院藏，两个男孩儿在地面击球比试技艺，年轻母亲则携着他们的姐姐，从旁边桌案后静静观看。无款《蕉石婴戏图》故宫博物院藏竟同时描绘了十几位男童女童，环绕假山和炎炎芭蕉，尽情玩耍，其乐融融，整个庭院充溢着天真烂漫。

宋人对儿童世界情有独钟，不仅出自对新鲜生命的感动与礼赞，亦含其他感悟。这在李嵩《骷髅幻戏图》故宫博物院藏中表现最充分。画中，年轻的母亲伸手作欲扶护之状，地上一男童正以奔跑姿态急切向前，在前方，有衣冠骷髅席地而坐，其手中还以线绳操控着另外一具小骷髅，而骷髅身后又坐着一位丰腴少妇，半敞胸怀哺其婴儿。这场景本身应系某种木偶类幻术表演，但画家却利用它，来演绎对生死的抽象表达。啜吮母亲乳汁的婴儿、刚刚能跑的幼童，连同尚具青春丰采的女人，距离枯骨都不过咫尺之遥，生命如此短暂，鲜嫩的肉体转瞬即逝，怎不令人怜惜！初睹《骷髅幻戏图》一霎那，我即为之一震。现代象征派绘画不过如此，而身处十二至十三世纪的宋画院待诏李嵩，竟已实启其迪。

顺以谈谈宋代在人物画方面的表现。所谓山水画人物皆小，是"人"居微弱地位的表征，此说我们业以多种分析给予否定，同时讨论了此种情形有其文化、哲学、美学和艺术上的特定原因。现在我们进而强调，在专门的人物画领域，宋人有无数直接突出描绘"人"、以人为"中心"的作品，"婴戏图"即为一例。其次，宋代人物画水平如何，也是应谈的话题。历来世界对中国画的兴趣，都在山水画，抑或"富于诗意"的那一面，于人物画不甚留意，似不值一提。相对讲，中国确不以人物画见长，中国画最知名的是山水、花鸟，人物画虽有仕女为一代表种类，然形式雷同、感情苍白、缺乏个性。但这印象，多以明清时代为基准，以与世界绘画相比较，没有考虑和引入时间概念。我们一再提到，宋之世代当西元十至十三世纪；谈宋代人物画必须以此时间轴，在世界范围来考其情形和水准。明确了这一点，我们将不惮于指出，宋人物画水准不在当时任何地方之下，甚至拔迥其上。我曾见今藏美国大都会博物馆的《毕世长像》，纯肖像画，纯写实，人物面相、表情、姿态至其衣袂线条，无不栩栩欲活，足称"这一个"。有此为证，即使在一般通认中国所不重视的"写真"方面，宋人物画功力也是领先当时世界的。另外，《毕世长像》并非孤件，它是仁宗间所绘《睢阳五老图卷》一部分，以外还有杜衍、王涣、朱贯与冯平四像，拆散后流于美国，分藏三家博物馆，我只见到《毕世长像》，其余四像既出同一画家之手，可想水准无差。此作年代明确，仁宗至和三年1056，是年九月之后改元嘉祐翰林学士钱明逸为之序，是其时图已绘就无疑。这是什么时间概念？若有人不以为然，乞为指出当时世上比它更为美妙的人物画例证。诚然，文艺复兴后的欧洲人物画，中国望尘莫及，但幸勿以此混淆了元以前情形。康有为说宋为中国画的"集成"时代，"无美不臻"，明清以降则"枯笔数笔，味同嚼蜡"；他眼中的这种反差，其他方面不好说，就人物画而言我完全抱同感。宋代人物画，还未滑至徒以"形意"为标榜，画家仍普遍在写真写实方面展现出色能力，线条仍极精确细致，而非以借虚墨漫漶摄其所谓神意。这些特点，从故宫博物院现藏无款《槐荫消夏图》《杂剧打花鼓图》《杂剧卖眼药图》等，均可鉴之。而且写实写真造诣仅为宋人物画技艺层面，若论对人性、生活的覆盖，彼时世界更无从相提并论。宋人笔下，午后小憩可入画，艺人做场可入画，推销卖货可入画，妇人妆梳可入画，驯马师可入画，郎中出诊可入画，古人古事更可入画 …… 世间百态，无所不摹，摹必生气盎然。十至十三世纪人物画，这样繁花似锦、自由活泼，"惟宋有之"四字是我不怯于出唇的。

法国学者谢和耐就宋代写道："中国无疑是当时最先进的国家，它具有一切理由把世界上的其他地方仅仅看做蛮夷之邦。"① 我们不必在意或沉迷"蛮夷"字眼的含义，但当时中国社会及文化的先进性，毋庸置疑。宋画登顶为康氏所谓"大地万国之最"，原动力在宋世。本文虽只谈画，宋世精神风貌却能睹其荦荦，拟题"丹青寄世"此之谓矣。

---

① 谢和耐《蒙元入侵前夜的中国日常生活》，导言，页7。

币　变

　　NHK"大河剧"与织田信长相关者不少，观众每于织田军旗、帐幔或武士盔甲、背旗上赫然见"永乐通宝"钱纹。此其军徽也，信长乃日本战国间最重商之大名，特用以炫己富。人于货币，日常反应都是"钱"字，仅关贫富，其实那是较不重要的意义。

　　货币，因人类社会趋于复杂而生。起初，生产惟自奉自给，从事何种劳动即因所获为食养，以外不能致。后当分工出现、交往扩大遂知交换，以我所有易以所无，己所不产亦因得之，然仅物物相换。俟交换再迎质变，由"商品"引出"买卖"概念，货币这才登上历史舞台：

　　　　神农列廛于国，以聚货帛，日中为市，以交有无。虞、夏、
　　　　商之币，金为三品，或黄、或白、或赤；或钱、或布、或刀、
　　　　或龟贝。[①]

----

① 马端临《文献通考》第一册，中华书局，2011，页189。

此暂不宜视如信史毕竟"神农"之国及虞、夏都还难以征考，然所叙之事仍具要领。关键词为"聚"为"市"，都是货币发生的必要条件。若是个别分散的易物，"抱布贸丝"即可，惟当"聚"而有"市"，品类既多、流动性大增从货物到人员，中间媒介物方显迫切。总之就发生与功能而言，货币最大意义在于"通"，犹人有血管，财货赖以通，社会遂为活力四溢的整体。

对此，古人认识颇到位。钱，泉也。古时中国，钱别称"泉"，而称政府相关职能机构曰"泉府"。"谓之泉者言其形，谓之金者言其质"，"'泉'之文借为泉水之泉"。①直揭货币本质是流动，滔滔汩汩如泉，然后生效用。汉语"利息"一词亦具此意，"以'息'为生息之息，或以'息'为休息之息"②，从而益世利民。

货币外观，在形与质。

关于币形，班固《食货志》："太公为周立九府圜法 …… 钱圜函方。"③指外圆内方始自周钱。南宋洪遵著中国第一部钱币学著作《泉志》，于"虞钱""夏钱""商钱"图示，亦作此形。④然与后世考古发现不符。中国现有最早铸成之币是春秋早中期的"布币"，并非孔方兄模样，而为铲形。这与《说文》对"钱"字的解释，倒相吻合。"铫也。古田器。"⑤即"钱"字本义为农具，并举《诗·周

---

① 马端临《文献通考》第一册，页190。
② 同上书，页191。
③ 班固《汉书》食货志第四下，页1149。
④ 洪遵《泉志》卷第一，《续修四库全书》———二·子部·谱录类，上海古籍出版社，2001，页198。
⑤ 许慎《说文解字》第十四上，嘉庆藤花榭刻本，页二，中华书局影印，2017。

颂·臣工》"庤乃钱镈"为证。余冠英认为，"《周颂》产生于西周前半"[1]。看来那时"钱"字犹为原义，而布币铸成铲状布镈同音通假似与东周农业的壮大有关。现存圜钱年代都偏晚，属于战国魏、赵、秦等地。史载秦灭六国，尽去铲、刀、蚁鼻诸器形，统一为圆形方孔。班固说："秦兼并天下 …… 铜钱质如周钱，文曰'半两'，重如其文。"晋初臣瓒注之："言钱之形质如周钱，唯文异耳。"若用此说，则钱币形制自姜子牙而嬴政中历一番变迁，复归于"钱圜函方"。过程是否确如此，有俟"周钱"考古证之。现所知者惟秦以后式样不变，沿用至清末民初。

次而币质。中国甫有铸币，质即为铜。金银固为宝货，而不直接用于铸币。可想见的原因是，金银贵金属，物既稀缺，开采亦少。然而同等条件下世间古文明，却独有中国只用贱金属铜制币，从而造成一个铜币文化圈，构成了独特风景。别人囊有金银，我们兜内摸出的却是铜板。莫非中国繁富，不敌于通行金银币之别处？其实相反。

币质贵贱，关乎货币供应量，古代金银开采量所能支撑的经济规模相当有限。以白银为例，其大量供应是自十五世纪殖民者"发现"美洲后形成，在这之前，白银产量无法适应较为发达较大规模的经济，而中国恰恰属于这种情形。《白银资本》介绍西方学者的研究结论，"美洲白银的1/3最终流入中国"，甚至"可能有一半美洲白银最终流入中国"。[2]弗兰克本人在统计一组数据后推

---

① 余冠英《诗经选》前言，人民文学出版社，1985，页6。

② 弗兰克《白银资本》，中央编译出版社，2000，页207。

断，"1800年以前的两个半世纪"即十六世纪中叶至十八世纪间，中国约吸纳了全球白银总产量的一半。[①] 可见所谓"全球主义"时代前，以中国的经济规模若欲采用银本位，实甚其难。

而中国经济绝非十六世纪后才达到那样的规模。中国除农工商开发俱早，还早早步入了中央集权。前221年，秦"平定天下，海内为郡县，法令由一统，自上古以来未尝有"[②]。事实证明，这种制度对经济发展意义重大。近代以来，世界各国普遍废弃封建制、改行中央集权，以适应新的经济要求。我们近邻日本，明治四年1871废藩置县，学者谓"废藩置县，其影响于农工商民者，至为重要"[③]，"维新之大政至是乃定"[④]，对日本有如再造。中国迈出这一步，则比日本足足早了二千零五十年。

此一时间差，大致也是中国经济独步和领跑世界的区间。纪元前三世纪，中国虽无从谈以工业化，但即使当时条件下，"海内为郡县，法令由一统"建构对经济的促进效果，仍极显著。秦创中央集权后不久，很快在西汉迎来农业生产大提高以及第一次工商高潮。中国明显是用此制度创新，一跃为世界头号经济体。

去秦不远，西方也有近似之例，那就是罗马帝国。纪元前后，罗马帝国成形。其中央集权及郡县制罗马称"行省"与秦朝不尽相同，然大致有其形。故而中国最早提到它的史书《魏略》，名之"大秦"，

---

① 弗兰克《白银资本》，页208。
② 司马迁《史记》秦始皇本纪第六，上海古籍出版社，1997，页161。
③ 陈恭禄《日本全史》，岳麓书社，2013，页129。
④ 同上书，页130。

盖以二者国势制度相类而目作"西方秦朝"。虽在我们看来，罗马帝国兴许只是"准集权"，但同样于公元一、二世纪所谓"罗马和平"鼎盛期，衢通八方、市廛繁荣。惜好景不长，既因自身制度之不周，复以蛮族入侵，维持四五百年即告式微。

简言之，那"自上古以来未尝有"的中央集权，古时惟中国贯穿始终、未尝废辍。制度兼幅员之广，造成了中国经济总量遥遥领先万国，而超大经济规模则迫使中国货币不得不用较为低廉易得的铜为原料。无独有偶，经济亦属可观的罗马帝国同样间用铜币。"帝国时期有金币、银币、黄铜货币和青铜货币。黄铜铸的塞斯忒提乌斯成为货币的基本单位。"[1] 不同之处是中国惟行铜币。事实上，随着经济总量进一步放大和经济成分进一步变化，中国后来甚至铜币亦不敷用，以至发生"钱荒"。

深究之，以铜铸币还关乎"制度隐秘"，亦与中央集权有关。日本学者指出：

> 在中国历代王朝，钱为政府管理、统制价格与物流的手段。正由于被赋予这样的使命，钱才选用铜这一贱金属为原料，铜钱的面额价值由政府故意与原材料价值分离开来而决定、操作。[2]

反观金银，"仅凭原材料的信用而流通，而且其价格纯粹由市场的供需关系决定"，是"民间主导型"，"起不到作为经济统制手段的

----

① 诺曼·戴维斯《欧洲史》，页133。
② 高桥弘臣《宋金元货币史研究》，上海古籍出版社，2010，页142。

作用"。换为日常表达，金银难以人为操弄，铜钱则易做手脚。对一个集权政府来说，总会设法控制一切。以铜为原料铸币，便于借其轻重变化，暗中支配价格、化解财政困境、维系自身权力。这在中国各朝，例子不胜枚举。

货币具政治功用，是中国古代特别鲜明的认识。《文献通考》"钱币考"说，货币之一物"握之则非有补于暖也，食之则非有补于饱也"，不可御寒、不能果腹，本可谓"虚无"，而"先王以守财物，以御人事而平天下，是以命之曰'衡'"。[1] 如此辩证地理解货币"虚实"，自是对货币"看不见的手"的特质了然于胸。历代王朝主动采取货币干预行为，以达成各种目的。这在当时尚属少见。以英国为例，"爱德华一世之后的300多年里，历代国王都没有大规模地重新铸造货币"，坐视货币"磨损严重"以至"货币的图案完全消失"而无所事事，货币数量亦于一二百年间毫无变化，"中世纪英国流通的货币数量大致为：1300年，90万镑；1470年，90万镑"。[2] 类似记录不可能见于中国。

在中国，"钱关世变"允非虚言。一世一代迁嬗起落，每可借币变窥之。历史内部蜕迹，总能从货币层面直观显现。逮于南宋中叶，叶适说："三代之世，用钱至少，自秦、汉以后浸多，至于今日，非钱不行。"[3] 寥寥数语勾勒出简明线条。由"少"而"多"，进至于"非钱不行"，是中国历史与社会的三级跳。其间经历十几

---

① 马端临《文献通考》第一册，页189。

② 施诚《中世纪英国财政史研究》，商务印书馆，2010，页117—119。

③ 马端临《文献通考》第一册，页256。

次朝代更迭，制度由封建而帝制，又四度出现大的分分合合春秋战国、三国、南北朝、五代。历史千头万绪，论者却可仅借货币的观察，对之一语以蔽。

内中，货币化率或社会对货币的依赖度，为最显著的指标。由叶适所言，我们应知中国已处何种时代。如今社会彻底商品化，人对"非钱不行"习以为常。但在古代自然经济条件下，钱非必需品，许多世代务农者或终生不知钱为何物。故当叶适言以"非钱不行"，这区区四字的内容实甚惊人。

宋代生活与货币如胶似膝，可先借一些数字稍窥。国内研究者指出，"宋代（主要是北宋）是中国历史上铜钱发行数量最多的时期"，"铸钱额一般年份也远远超过百万贯，最高年份铜钱铸造额接近500万贯。这在中国历史上可能是空前绝后的"。[1] 而日本学者强调："北宋时代，与清代并驾齐驱，在中国史上铸了数量最多的铜钱。"[2] 宋清版图迥异，北宋国土面积未足三百万平方里，较清代疆域约止四分之一。同时，两代相隔四五百年，生产力状况不可同日而语。人口方面，各取其中期数据，北宋仁宗天圣七年统计为"口二千六百五万四千二百三十八"[3]，清乾隆二十九年"二万五百五十九万一千一十七口"[4]，几差十倍。上述种种条件下，二者铸币量竟然"并驾齐驱"！即便将清代货币部分转为白

---

[1] 汪圣铎《两宋货币史》，社会科学文献出版社，2003，页25—26。
[2] 高桥弘臣《宋金元货币史研究》，页2。
[3] 马端临《文献通考》第一册，页297。
[4] 赵尔巽等《清史稿》食货一，页3487。

银考虑在内，也仍可称之奇观。

这不只是经济自然增长所致，更有中国独特制度的作用。此前由于中央集权，货币层面已发生两次重大变化。祖龙以"秦半两"，构建了中国版图与社会的"大一统"。武帝"悉禁郡国毋铸钱"①，意味着汉初"无为而治"政策作古、君权益隆，及算缗、榷酤、盐铁等一揽子财政制度创更。经此两变，中国从"用钱至少"渐至"浸多"。唐宋间又有第三次重大变化，将中国一举推入"非钱不行"的时代。

这就是两税代租庸调。

"租庸调法以人丁为本"②，人丁背后是田亩，国家依授田之额征赋。及玄宗后，唐初人丁田亩的原貌面目全非，略即钱穆先生所言："民避徭役，逃亡渐多。田移豪户，官不收授"，"创建租庸调制度的意识与精神全不存在"。③朝廷岁入既为所累，民间输纳亦失公平。终于在德宗建中元年 780 八月，宰相杨炎奏行两税法。"两税"，夏、秋各征一次，"夏税无过六月，秋税无过十一月"。④ 要点为：

> 凡百役之费，一钱之敛，先度其数而赋于人，量出以制入。户无土客，以见居为簿；人无丁中，以贫富为差。⑤

① 徐天麟《西汉会要》，页610。
② 马端临《文献通考》第一册，页58。
③ 钱穆《国史大纲》，商务印书馆，2013，页416—417。
④ 王溥《唐会要》，上海古籍出版社，2012，页1820。
⑤ 同上。

一是改征物为征钱，二是征收对象从定居人口土户改为实住人口不分土客，三是征收依据从丁口人头改为实有资产。马端临总结为两句话："以钱输税而不以谷帛，以资力定税而不问身丁。"[1] 这里关键是"以钱输税"。实物改货币，致"物轻钱重"[2]。农户普遍有物无钱，不得已"末业日增"[3]，钱缺之虞遂现诸史。只是唐时钱量实难以支撑"以钱输税"，所以到了宪宗元和十五年820，中书门下奏请"天下两税、榷盐、酒利等，悉以布帛丝绵任土所产物充税，并不征见钱，则物渐重，钱渐轻"，得旨"宜依"[4]。后还有其他变化，如文宗大和四年830五月，四川地方奏请"两税钱数内三分，二分纳见钱，一分折纳匹段"，亦为旨允。[5] 总之，税止征钱初衷当时虽未贯彻到底，但两税取代租庸调仍成定局，经五代至宋延续下来。它所变革或开辟的，是国家赋税从实物形式包括役法所含人工出力部分向货币形式转移、转化之路。此路一开，历史很难继续行于旧轨道。北宋"自熙宁以前，民间两税皆用米麦布帛，虽有沿纳诸色杂钱，然皆以谷帛折纳，盖未尝纳钱也"，但王安石变法"民间出钱免役，又出常平息钱"，赋税自此渐从纳物向纳钱过渡。[6] 到南宋时期，基本都已货币化。如高宗绍兴二十三年，"是

---

① 马端临《文献通考》第一册，页57。

② 同上书，页68。

③ 同上。

④ 王溥《唐会要》，页1825。

⑤ 同上书，页1826。

⑥ 苏辙《乞借常平钱买上供及诸州军粮状》，《栾城集》卷三十八，《影印文渊阁四库全书》第一一一二册，页427。

时，两浙州县合输绵、绸、税绢、茶绢、杂钱、米六色，皆以市价折钱。"① 孝宗淳熙四年，就输钱占比过重致增民负下诏："比年以来，五谷屡登，蚕丝盈箱 …… 尚念耕夫蚕妇终岁勤动，价贱不足以偿其劳。郡邑两税，除折帛、折变自有常制，当输正色者，毋以重价强之折钱。若有故违，重置于法。"② 光宗绍熙元年有臣工反映："古者赋租出于民之所有，不强其所无。今之为绢者，一倍折而为钱，再倍折而为银。银愈贵，钱愈难得，谷愈不可售，使民贱粜而贵折，则大熟之岁反为民害。"③ 都说明输钱已是两税主干。

与此相应，许多事情悄然生变，例如俸禄。支俸以实物钱币并用虽不自宋始，却在宋代发生比例颠倒。《新唐书》载，一品月给禄七百石④、俸八千即八贯⑤；宋则同品级月"奉禄"三百千即三百贯⑥、"禄粟"一百石⑦。实物越来越少，主要发钱。神宗时大臣张方平曾说：

> 凡公私钱币之发敛，其则不远。百官、群吏、三军之俸给，夏秋籴买谷帛、坑冶场监本价，此所以发之者也。屋庐正税、

---

① 脱脱等《宋史》食货上二，页4215—4216。
② 同上书，页4219。
③ 同上书，页4219—4220。
④ 欧阳修、宋祁《新唐书》食货五，中华书局，2013，页1393。
⑤ 同上书，页1396。
⑥ 脱脱等《宋史》职官十一，页4101。
⑦ 同上书，页4119。

茶盐酒税之课，此所以敛之者也。①

养士、养吏与养军，费用大半靠钱支付。宋官僚阶层膨胀已逾往代，同时因行募兵制，百万军队人人皆由国家养至终身。仅此二项，财政对货币的依赖即超想象。其中"群吏"俸给还涉及新的情况。沈括记：

> 天下吏人素无常禄，唯以受赇为生，往往致富者。熙宁三年始制天下吏禄，而设重法以绝请托之弊。是岁，京师诸司岁支吏禄钱三千八百三十四贯二百五十四，岁岁增广，至熙宁八年予为三司使日，岁支三十七万一千五百三十三贯一百七十八。自后增损不常，皆不过此数。京师旧有吏禄者及天下吏禄，皆不预此数。②

宋代官、吏有别，吏是政府低微职员，以往这部分人不给薪，生计实际靠受贿，神宗为清洁吏治，开始给他们发放"禄钱"。仅仅五年，岁支从三千余贯增至三十七万余贯。这是沈括于三司使任上亲手经办之事。他还强调，此数仅计"京师诸司"，并未包括"天下吏禄"。

为货币依赖推波助澜的，又有禁榷制。禁榷即国家专营，萌芽是管子相齐始征盐铁，助桓公成霸业。此时止于"征榷"，亦即

---

① 张方平《论率钱募役事》，《乐全集》卷二十六，《影印文渊阁四库全书》第一一〇四册，页275。
② 沈括《梦溪笔谈》，上海古籍出版社，2015，页84。

抽税。汉武帝更进一步，置盐铁官，将"征榷"升格为"禁榷"，实行大宗产品国家垄断经营，之后延诸历代。宋代禁榷涉及面更广，大者如盐、酒、茶，年入数千万贯，至王安石变法无形中扩于无边。均输、市易，以国家化身商业钜子，挤压民商、尽纳诸利。当时，神宗即"闻市易极苛细，人皆怨谤，如榷货鬻冰则民鬻雪者皆不售，市梳朴则梳朴贵，市脂麻则脂麻贵"①。故知宋人日常，连针头线脑也得以钱换购，"钱"的身影可谓无所不在。

以故叶适才有"非钱不行"的感慨。中国发生"金钱依赖症"，以及人民普遍养成"用钱"习惯，时间点就在宋代。今人观览《清明上河图》咸叹其市廛繁聚，那只是直观印象，稍作深想当会意识到此一图景的底处及内里，有巨量现金川流不息，做着往返循环的运动。应该说，张择端真正描绘的，是北宋末年高度货币化的社会情形。

以上仅为宋代社会自身变化，而宋代货币需求却不只体现于国内因素。中国以其丰饶，向为古代的世界贸易中心。自唐代始，因穆斯林崛起，"海上丝绸之路"形成，取代陆地"丝绸之路"，贸易量大增。唐宋两代对此俱持开放态度，宋室南渡后尤视为一大财源。绍兴七年，高宗谕曰："市舶之利最厚，若措置合宜，所得动以百万计，岂不胜取之于民？朕所以留意于此，庶几可以少宽民力尔。"② 即致亏损，官员献疑，高宗仍坚定指示："市舶之利，

---

① 马端临《文献通考》第一册，页577。

② 梁廷枏《粤海关志》卷三前代史实二宋，《续修四库全书》八三四·史部·政书类，上海古籍出版社，2001，页485。

颇助国用，宜循旧法，以招徕远人，阜通货贿。"① 然而外贸放大的副作用，是钱币外流加剧。近代考古的发现可窥一斑。1827 年新加坡掘出中国铜钱，"多数为宋钱"；1860 年爪哇发现中国铜钱，"亦过半为宋钱"；1888 年"英人于非洲东岸之桑给巴尔"，"掘土得宋代铜钱"；1898 年"德人于同洲东岸索马里滨海"，"亦掘得宋代铜钱"。② 遥远的世界各地纷现宋币，足证宋代"海丝"辐射之广，以及钱币外流严重性。古时一国货币，本仅供己用，而当万国辐辏竞至，争相求致，势必平白加重货币紧缺。单单日本，高桥弘臣所述史料已足注目：

> 铜钱 …… 通过海上贸易向日本、高丽、东南亚诸国流出 …… 这些国家的人驾驶巨大的船舶开展贸易，因此一次带出的铜钱金额巨大，并且以高于原价的高价收购铜钱。如日本船，据说淳祐二年（1242，日本仁治三年）西园寺公经派遣的船只带回了 10 万贯铜钱，之后还有淳祐九年（1249），倭船将出境时被宋的水军追踪，追回铜钱 2 万贯之事例 …… 某泉州商人乘夜色驾小船，想携带 10 万缗铜钱出境，但因过重和强风，沉入海中。当时以船舶携数万至数十万贯铜钱出境者并不罕见。

时谓"倭所酷好者，铜钱而止"。为搜积宋币，倭商不惜"将携带

① 梁廷枏《粤海关志》，页 487。
② 桑原骘藏《蒲寿庚考》，中华书局，2009，页 23—24。

的出口品竟以十分之一的价格贱卖"，以黑市手段与宋民私下交易。① 此情此景，很像幕末时期洋人在日本所为："时日本金价，四倍于银；欧美金价，十六倍于银，贩卖者其利四倍，而日本人瞢然不知。欧美商人，羡慕其利，重载银来，购买日金，甚至公使官吏，亦逐其利。"② 其与倭商酷求宋币，不亦类乎？ 可见当时宋币之珍奇，盖有比于后世黄金。

因了多重内外原因，史所未见的"钱荒"现象在宋代发生。

庆历三年1043欧阳修奏："闾里编民，必无藏镪，故淮甸近岁号为钱荒。"③ 汪圣铎先生断之为"'钱荒'一语首次出现"④。

较诸语词，钱荒的现实应出现更早。《宋史》食货志：赵宋既平蜀地，于开宝年间"悉取铜钱上供"⑤，同时"禁铜钱入两川"⑥。既将川地铜钱搜刮一空，又严禁铜钱反向流入川中。这样做，原因和目的有三：一、后蜀孟昶铜铁钱并铸，具备使用铁钱基础；二、抽血以削蜀地实力；三、全国其他地区铜钱不足。

既有"钱荒"，随之就有"钱禁"。涉及两个层面，一是禁钱外流，其次就铸币原材料铜发布各种禁令。

北宋禁钱外流主要针对北部边界，自太祖起已有禁令，开宝

① 高桥弘臣《宋金元货币史研究》，页184—185。
② 陈恭禄《日本全史》，页97。
③ 欧阳修《论乞不受吕绍宁所进羡余钱札子》，《文忠集》卷九十九，《影印文渊阁四库全书》第一一〇册，页42。
④ 汪圣铎《两宋货币史》，页227。
⑤ 脱脱等《宋史》食货下二，页4376。
⑥ 同上。

元年九月，"诏曰：'旧禁铜钱无出化外，乃闻沿边纵弛，不复检察。自今五贯以下者，抵罪有差；五贯以上，其罪死。'"[①]一文不可出境，五贯以下有各种处罚，以上死刑。后依情况律条有更，如仁宗朝的规定："一将铜钱出中国界者，河北、陕西、河东不满一百文杖一百，一百文徒一年，每一百文加一等至徒三年，决讫刺配远恶州军牢城，一贯文以上为首者处死……"[②]南渡后又增海禁，且渐以后者为重。宁宗嘉泰二年1202八月右相谢深甫等上《庆元条法事类》[③]，次年七月颁行[④]。除延续旧时禁"以铜钱出中国界"所拟之罪，还专门新增这样的内容："诸以铜钱与蕃商博易者，徒贰年，五伯百文加一等过，徒三年，壹贯加一等，徒罪配二千里……"[⑤]"诸将铜钱入海船者杖捌拾，壹贯杖一伯百，柒贯徒二年……"[⑥]即专门针对口岸商贸而订。

外流堪忧，不仅在于钱币短缺。常人以为铸币何难，钱少，增铸便是。且不说造币容不得随心所欲，即以原材料所限，宋廷也没法想造多少造多少。前面讲中国货币用铜不用金银，系因后者难以适应经济规模；那么到了宋代，连铜也面临类似困境。宋代铸币数量既达历史峰值，而所探明与开采的铜量俱已吃紧。太祖

① 李焘《续资治通鉴长编》，页207。
② 张方平《论钱禁铜法事》附《嘉祐编敕》，《乐全集》卷二十六，《影印文渊阁四库全书》第一一〇四册，页274。
③ 汪圣铎《宋史全文》，中华书局，2016，页2493。
④ 同上书，页2497。
⑤ 《庆元条法事类》，《续修四库全书》八六一·史部·政书类，页336。
⑥ 同上书，页340。

利用五代川蜀铜铁钱并行，尽解铜钱于内地，把川蜀变成单纯铁钱区，恐怕也是即予增铸，铜币都难以满足全国。所以整个宋代，一边防钱外流，一边厉行"铜禁"，对铜严加管控。计有四条：一、原铜采冶悉由国家控制；二、禁止私造任何铜器；三、不论原铜、铜制品，乃至含铜矿石，一概不准出境；四、严禁毁钱"销毁作器用"①。管控之严，乃至高宗时期缺铜已使百姓生活受扰，高宗不得不亲自号召："铜器虽民间所常用，然亦可以他物代之。"②

"钱荒"之上，迭以"铜荒"，终于逼出宋代一个破天荒的创造：纸币。

就此，首当其冲的疑惑是：币变为何落于"纸"，而非别物？铜既匮乏，不还有其他量多而易得的金属？比如铁。

其实，最初想到的确是以铁代铜。五代孟昶治蜀，苦于缺铜，遂以铜铁钱并行。太祖平蜀后顺水推舟，干脆将川地变作单一铁钱区，以此实用性地应对铜钱匮乏。后来，铁钱曾扩大到陕西、河东，乃至南宋孝宗间也尝试在淮南和江北行铁钱。但以铁代铜，问题多多。纸币最后横空出世，恰是铁钱不便促成。

此亦为何人类的纸币，是由被变为单一铁钱区的川蜀首创。

四川天府之国，物产丰饶，商旅亦盛。当时，四川诸多产品"奇货可居"，比如宋代方兴未艾的茶叶经济，蜀地首屈一指。人类茶饮始自巴蜀，陆羽《茶经》从"巴山峡川"写起，种植及制茶亦是此地开发最早，日后其他名产地如福建此时尚不能与之争，所

---

① 李心传《建炎以来系年要录》，页2977。
② 同上。

以神宗间黄儒《品茶要录》讲："说者尝怪陆羽《茶经》不第建安之品，盖前此茶事未甚兴。"[1] 而茶叶只是其中一个突出例证。唐宋之际，经济重心南移，南北出产悬殊。长江流域几为物资净流出地区，黄河流域则几为净流入地区，凡如米、盐、茶、药材、丝织品等，北地皆仰南方输送。

偏偏这地方，被强制使用铁钱。铁钱最大问题是沉重。《宋史》食货志略谓"患蜀人铁钱重，不便贸易"[2]，宋人笔下有更具体的描述："蜀用铁钱，其大者以二十五斤为一千，其中者以十三斤为一千，行旅赍持不便。"[3] 铁钱过重甚至使人动了"歪脑筋"，而被利用于其他目的，"川蜀每铁钱一贯重二十五斤……小民镕为器用，卖钱两千"[4]，以一贯铁钱熔铸铁器，售价达二千文，可赚一倍。然而不利一面却更突出，"街市买卖，至三五贯文，即难以携持"[5]，三五贯钱至少可半百斤，做买卖已非挣钱发财，分明是当苦力。又若川商只是坐地以售，倒还罢了，关键是往往要长途贩运，往返南北。而在北货既售罄，得钱，却极少有换购货品返销南方的必要。将钱如数带回，不但成本高昂，且担极大风险，更况宋朝严禁"铜钱入两川"。总而言之，"货款两讫"之时，即川商一筹莫展之日。

难题唐代已生。当时固无铁钱作梗，但将现钱运回的烦恼如

① 黄儒《品茶要录》，《茶经（外三种）》，上海古籍出版社，2014，页105。
② 脱脱等《宋史》食货下三，页4403。
③ 吕祖谦《历代制度详说》卷七，《影印文渊阁四库全书》第九二三册，页957。
④ 王林《燕翼诒谋录》卷三，中华书局，1997，页25。
⑤ 李攸《宋朝事实》卷十五，《影印文渊阁四库全书》第六〇八册，页173。

出一辙。宪宗时，出现一种办法：

> 时商贾至京师，委钱诸道进奏院及诸军、诸使富家，以轻装趋四方，合券乃取之，号"飞钱"。[1]

商贩将货款交与各地"进奏院"相当于驻京办事处或权富之家，换得票据，轻装返乡，"合券"后取回相同钱数，谓之"飞钱"。

"飞钱"只是凭证，并非货币，但却开启了具备信用担保、可执行流通功能的纸质价值符号思路。

明显受此启发，北宋真宗年间，历经太祖、太宗两朝而苦于铁钱不便久之的川人，发明了真正的纸币：

> 蜀民以钱重，难于转输，始制楮为券。表里印记，隐密题号，朱墨间错，私自参验。书缗钱之数，以便贸易，谓之交子。[2]

楮是纸的代称。记载明指"交子"替代铁钱、直接用于贸易，是货币本身无疑，而非"飞钱"一类兑换券。"书缗钱之数"，是指与铁钱对应，作面额面值之标定。而其印记、密识、墨色等防伪设计与查验方式，皆颇缜密。

"交子"初创后，其一二十年的发展变化，具官史性质的《续

---

① 欧阳修、宋祁《新唐书》食货四，页1388—1389。
② 曹学佺《蜀中广记》，《影印文渊阁四库全书》第五九二册，页120。

资治通鉴长编》于仁宗天圣元年₁₀₂₃十一月条下记曰：

> 初，蜀民以铁钱重，私为券，谓之交子，以便贸易，富
> 民十六户主之。其后，富者赀稍衰，不能偿所负，争讼数起。
> 大中祥符末，薛田为转运使，请官置交子务，以榷其出入，
> 久不报。寇瑊守蜀，遂乞废交子不复用。会瑊去而田代之，
> 诏田与转运使张若谷度其利害。田、若谷议废交子不复用，
> 则贸易非便，但请官为置务，禁民私造……戊午，诏从其请，
> 始置益州交子务。①

至此，人类首个纸币的创建宣告完成。其初为民间自发，由蜀地
"富民十六户"组成类乎私人银行的组织，替"交子"发行提供担
保，不久即陷经营不善，仅以富民之力不能继，时四川地方曾有
收归官办之设想，及仁宗初年几经争论，认定"交子"有利贸易，
遂正式设立官方机构"益州交子务"。

还有个情节，李焘未提到。《宋史》食货志：

> 真宗时，张咏镇蜀，患蜀人铁钱重，不便贸易，设质剂
> 之法……谓之交子。②

所本为《湘山野录》《古今源流至论》《群书考索》《鼠璞》等宋人

---

① 李焘《续资治通鉴长编》，页2342—2343。
② 脱脱等《宋史》食货下二，页4376。

著述。此与"富民十六户"说，似相矛盾。笔者倾向于将文中的"设"字，解释为张咏作为地方长官，对民间请求给予了批准。如此，"富民十六户"所为始非犯上作乱。

除了铁钱沉重，纸币由川人首创还另有其渊源。

那就是造纸技术。此于纸币发明权必握中国之手，实已注定。当中国把纸变成货币时，世界以外地方不过刚刚了解纸的存在，甚至仍无所知。至少，此时欧洲尚无纸的踪影。罗马帝国时代用纸草，后来这种材料消失，转用羊皮纸。今存最古的拉丁文《圣经》，年代约为七、八世纪，所用"精制犊皮纸是由1500头小牛或小羊的皮制成的"[①]。笔者亦于东京参观过一个中世纪手抄书展，张张散页，皆甚精美，而质地尽系羊皮纸。造纸术西传，先经阿拉伯人之手，"是中国人教给了阿拉伯人如何造纸"[②]，时间总在唐中期之后。别处抢先以纸制币，几率近乎于零，这很好理解。但通常所不知的是，中国发明纸币由四川拔得头筹也有相当必然性。

宋代的造纸，四川为翘楚。明清以降，"文房四宝"佳者集中在长三角，宋时不然。宋人著述谈及纸币，每曰"必资蜀楮"[③]。这并不只因纸币最早产自蜀地。后来国家接管了纸币印制，从北宋到南宋，也都"尽用川纸，物料既精，工制不苟。民欲为伪，尚或难之"[④]。此语揭示出"必资蜀楮"的缘故，在于川纸之精良径关纸币防伪。

① 诺曼·戴维斯《欧洲史》，页263。
② 艾田蒲《中国之欧洲》，广西师范大学出版社，2008，页35。
③ 许应龙《东涧集》卷六，《影印文渊阁四库全书》第一一七六册，页476。
④ 脱脱等《宋史》食货下三，页4403。

谢元鲁先生有文《宋代四川造纸印刷技术的发展与交子的产生》，讲川纸与纸币的关系。川纸所长在"楮皮纸"宋称纸币为楮币由此来，属皮纸类。此类纸"是从四川地区发展起来的"，且"在全国居于领先地位"，特点"坚韧耐久，细白光滑"，为"印制纸币的最佳用纸"。①

南宋晚期理宗朝，有个两任监察御史的徽州歙县人吕午，反映"自四川破，十八界会子及关子用徽州纸，易破烂"②。会子、关子也是宋代纸币名称。"自四川破"指宋蒙在四川的长年战争。当时因为战乱，川纸供应中断，不得已用徽州纸替代，结果"易破烂"。可见徽州纸用于造币，质地甚劣。有趣的是，这事实还由一徽州人，亲口道出。

借此由头，即就宋代纸币防伪展开一谈。这是我们所普遍好奇的问题。现代纸币制造运用各种尖端技术，犹难尽防不法之徒，何况千年前？南渡后，高宗拟于东南发行纸币。有大臣说：

> 今之交子，较之大钱，无铜炭之费，无鼓铸之劳，一夫日造数十百纸，鬼神莫能窥焉。真赝莫辨，转手相付，旋以伪券抵罪，祸及无辜。③

担忧集中于纸币防伪，包括造假简便，过程更隐蔽、不易觉察，以

---

① 谢元鲁《宋代四川造纸印刷技术的发展与交子的产生》，《中国钱币》，1996年第3期。
② 方回《监簿吕公家传》，《左史谏草》附，《影印文渊阁四库全书》第四二七册，页412。
③ 李心传《建炎以来系年要录》，页1659。

及百姓少有辨别能力。这些担忧中，最实际的是百姓识假能力。当时纸币虽无从谈以高科技，但民间制假能力实亦有限，难达官方水准。所以最大问题，倒不是纸币本身"真赝莫辨"，而是使用者对于真赝莫辨。那时文化程度普遍不高，文盲占绝大多数，对真假币辨识是不小的困扰。

撇下此点不论，如单说宋纸币防伪本身，却已从诸多层面暗设种种机关。

一是上所言及的纸质。"民欲为伪，尚或难之"。理宗间一士子说："昔取纸于蜀，独可辨认；今新局造楮，真赝莫辨矣。"① 与前引吕午说法相吻。可见单是纸质一项，之前即足防假，"真赝莫辨"的麻烦，换纸后才成为现实。或许官府已经设法督造川纸，乃至形成了造币"专用纸"，亦未可知。

其次用墨。上面对造币"专用纸"还只是猜想，但用墨方面我们已找到了确凿证据。朝廷印币用墨，实施定点采购，有一处定点地在黎州今四川汉源，地近吐蕃。绍兴末年，其知州李石上《乞减科买墨烟札子》，反映上级为印纸币下达的墨烟采购量，超出生产能力，请求将"所买墨数，量行裁减"②。故知印币用墨不但定点生产，且其产量官供犹感不足，断无流入民间的可能。

以及图案、印章鉴记的复杂设计。时谓真假纸币差别"不曰字画之不尽摹，则曰贯缗之不尽类"③，显然纹章构成了纸币重要特征。

① 王迈《臞轩集》卷一，《影印文渊阁四库全书》第一一七八册，页463。
② 李石《方舟集》卷七，《影印文渊阁四库全书》第一一四九册，页599。
③ 王迈《臞轩集》卷一，《影印文渊阁四库全书》第一一七八册，页463。

可惜宋代纸币实物今无一存，具体形制惟借文字材料略知。宋末元初刘一清，曾描述南宋末年"关子"：

> 其关子之制，上黑印如品字，中红印三，相连如目字，下两旁各一小长黑印，宛然一贾字也。银关之上列为宝盖幢幡之状，目之曰金幡胜，以"今代麒麟阁，何人第一功"为号。①

仅印鉴即八颗，再辅以色彩和纹饰变化，所有细节均可鉴伪。我们还知道，每界纸币必变式样。比如图案，有时用人物，有时用植物、花瓶之类，使造假者疲于应付。

最后还有一关。南宋中叶楼钥记载，纸币印造已成特殊工种，匠人手中握有特殊工艺。楼钥之兄楼锡，孝宗年掌会子库，负责造币事务，"凡事皆立成规"，"日造万纸无不精好"。其间一度罢停纸币，楼锡为此面谒宰相提出忧虑：罢停后"吏曹失业散之四方"，"此曹无聊，若冒为之，智者不察也，愿择可用者分隶官司，使得以自活"。这些人任其流散，万一参与制假断难防范。他提出将骨干暂且安置在其他部门养起来。意见上报孝宗，即获采纳。②工匠技艺之具体情形虽不详，但有关纸币真伪则无疑。就此顺带指出中国发明纸币的技术基础，造纸居其一，印刷术居其二。印刷术发明在唐季，宋代已臻精深，以至是纸币印造最具技术含量的环节。

---

① 刘一清《钱塘遗事》卷五，《影印文渊阁四库全书》第四〇八册，页993。
② 楼钥《攻媿集》卷八十五，《影印文渊阁四库全书》第一一五三册，页329。

　　宋发行纸币引入了"界"的概念，是以往金属币所无。"界"即流通期限，"以三年一界换之"①，期满作废、换旧为新。"界"有防伪意图，但非主要。最初，这一设置主要因质地所限，纸币宜有合理时长。但实践中朝廷很快发现换界可寓调控功能，以控制纸币的发行及存量。至于作用是善是恶，因时而异。当国家财政欠佳，不免借跨界发行、新旧币换取价差暗中褫夺民财，直至滥印滥发。这在遇有战争以及王朝末期，会相当严重。

　　那属于极端情形，通常无须担心。纸币实际只是铜钱替代物，取代后者流通故其面值作"文"作"贯"。换言之，纸币发行必以铜钱为准备金，有国家金储为本钱，信誉不成问题。如高宗时，"令榷货务桩垛见钱，印造关子"②。孝宗间湖北会子，"令措置于大军库堆垛见钱，印造五百并一贯直便会子，发赴军前，当见钱流转"③；或江淮都督府会子，"于建康府置务，桩垛见钱，专充会子本钱"④。

　　终究来讲，纸币取代金属币，积极正面作用为主。其在三点：一、提升了流通效应；二、拓展了货币使用空间及功能；三、大大便于远距离结算。

　　在如此早远的年代，中国能以通透思维，挣脱币质与币值的直观理解，尝试一种形如"废纸"的全新货币符号，实属超前。迈出这一步，固是经济、社会背景水到渠成，但政府处置得当与否亦

① 释文莹《湘山野录》卷上，《影印文渊阁四库全书》第一〇三七册，页229。
② 马端临《文献通考》第一册，页246。
③ 同上书，页251。
④ 汪圣铎《宋史全文》，页1988。

关成败。就此，宋廷推出两大政策。

其一，纸币与铜钱自由兑换，并定以合理比价，一贯纸币兑七百七十文铜钱。如宁宗庆元间"诏江浙诸道必以七百七十钱买楮币一道"[①]，嘉定间"新会并要作七百七十文足行使"[②]；理宗景定间"诏行关子铜钱法，每百作七十七文足"[③]；度宗咸淳间"以近颁见钱关子，贯作七百七十文足"[④]。这比价，是将纸币、铜钱原材料及工本计算在内后形成。当然，实际市场会有波动。最高"一时会价增至八百以上，闻者莫不称快"[⑤]；信心低时，辄惨跌至一百五十文。

其二，纸币可向政府支付，用于缴纳赋税。南宋中期彭龟年指出纸币成功原因有二：

> 夫会子不过数寸纸耳，而乃与泉货埒权者，此无他，官司许作见钱入纳，而市井兑便者稍众也。[⑥]

"市井兑便"指纸币符合市场客观需要，"许作见钱入纳"则是国家接受并保障以纸币完纳赋税。后者即所谓"钱会中半制"。高宗绍兴三十一年七月：

---

① 洪迈《容斋随笔》，页372。
② 《宋会要辑稿》职官五二，页3569。
③ 脱脱等《宋史》本纪第四十五，页888。
④ 同上书食货下三，页4409。
⑤ 卫泾《后乐集》卷十五，《影印文渊阁四库全书》第一一六九册，页678。
⑥ 彭龟年《止堂集》卷一，《影印文渊阁四库全书》第一一五五册，页769。

乙未，诏新造会子。许于淮、浙、湖北、京西路州军行使。除亭户盐本钱并支见钱外，其不通水路州军，上供等钱，许尽用会子解发。沿流诸州军，钱会各半。[①]

孝宗乾道六年闰五月九日重申：

敕诸路总领监司州军，受纳解发钱贯，须是会子见钱各半。[②]

强调各州军解发钱贯须将"会子若干，见钱若干"写明，"各依实声说，不得虚装会子之数，日后违戾以违制论"[③]，防止官员强纳铜钱，保证"钱会中半"落到实处。宋朝发行纸币的同时铜钱并未作废，实际流通中纸币铜钱并行，所以"钱会中半"是合理的，使百姓手中两种货币都花得出去。而特殊时候朝廷为提振纸币信心，甚至改"中半"为尽收纸币，如理宗嘉熙三年八月：

以楮轻，诏户部下诸路州军，应税赋征榷，其一半见钱听民间以全会折纳，严戢欺抑等弊。令监司、御史台察其违者劾之。[④]

① 李心传《建炎以来系年要录》，页3203—3204。
② 《庆元条法事类》，《续修四库全书》八六一·史部·政书类，页383。
③ 同上。
④ 汪圣铎《宋史全文》，页2736。

理宗皇帝亲口讲，纸币之事"朝廷以为重，则人自厚信"①。允许纸币自由兑换与可向政府支付，都为纸币注入了公信力。

货币从金属而纸质，跨越如天堑。如今，手攥纸币已不心里发虚，宋朝却在千年之前。方其时，收入、财富纷纷化作张张薄纸，对全社会都是巨大挑战。本质上货币皆"虚"，自有此物以来，其作为价值符号如何保值，始终是难解的心结。漫长岁月中多将希望寄诸币质，想象贵金属或可免其贬值之忧。时至于今，仍有人走不出黄金迷信。"大妈"疯狂购金以期避险增值，贪官秘密藏金亦望可降减纸币空置的损失。与此同时，时下却又悄然有纸币向虚拟数字货币的转变。可见就币质与币值执迷，实为认识问题、观念问题。宋朝从金属币跨向纸币，以至南宋纸币"事实上变为全国性货币"②，是了不起的探索，思维跳脱性或不逊于未来数字货币对纸币的取代，足证宋人精神之进取。

此一精神反差，不久见诸宋朝和将它灭国的蒙人之间。后者所建元朝，从头到尾几乎单行纸币，却非观念先进，而出掠夺之思。彼人酷爱金银，其于王公赏赐必用金银，诸贵胄亦以饱获金银而称快。是时，蒙古骑兵横扫欧亚，其西亚一带自古重商，且以金银为本位，尤仰银为主币，而供应量不垺市场所需。蒙人既殄南宋，遂极力搜罗中国之银，支付西亚货款，以致"在银曾消失的西亚东部地区，1260年左右突然涌现出大量的银，银在一段时间之内恢复了作为通货的地位"，这些新涌入的银，成分含中国特征，从而

---

① 汪圣铎《宋史全文》，页2845。
② 高桥弘臣《宋金元货币史研究》，页282。

推定"是用中国银改铸的"。① 与此同时，元朝统治者利用中国已有的使用纸币习惯，于中统元年1260发行"中统钞"，就此贯彻"专用纸币的货币政策"②。元钞初行，以金银为储备金，在各处设平准库；然至元十三年1276以后，"诸路平准库中的金、银开始被收往中央"③。时人王恽指此"自废相权之法"致钞法于"虚一"境地，造成纸币涩滞"物重钱轻"。④ 同是推行纸币，宋元立意盖有别矣。蒙人以纸币掠夺汉地，阴影久在，明人犹记；否则我国古代纸币探索，未必会随元朝垮台而寝湮。

"大都市肆，四方所集，不复有金钱之用，尽以楮相贸易。"⑤ 叶适所绘此景，值得载入人类经济史册。念及朱熹、陆游与我辈一样怀揣纸币，时空恍如消失。宋代纸币从民间自发首创，到政府准允、肯定直至接管，顺应了历史进程。上下二百余年，纸币既非昙花一现亦未中途夭折，其间有起伏及教训，但整体平稳且切实促进了经济。尤其南宋以近乎夹缝处境，而不坠茂昌丰采，不可不知背后有纸币的身影。

① 高桥弘臣《宋金元货币史研究》，页128。
② 同上书，页327。
③ 同上书，页291。
④ 王恽《论钞法》，《秋涧集》卷九十，《影印文渊阁四库全书》第一二〇一册，页309。
⑤ 《历代名臣奏议》卷五十四，《影印文渊阁四库全书》第四三四册，页528。

偃　武

　　了解中国古代史，必问其治理体系。国人历史目光，每在一二"明星帝君"或所谓强弱盛衰。此趣味涉猎影视故事、煽情网文无碍，若欲抉寻历史脉络盖将茫然失落。中国历史根脉绝不在那些地方，而在"求治"之思，和为之锲而不舍、群贤踵继的探索。

　　就此言，先前约两千年中国傲于同列，"秘密"可指于一字。其笔画仅四，至简且初即如此，数千年从无变化。但恰恰这简单一字，凝结了中国历史最贤明、最可贵的遗产及众哲殷殷心血。

　　此字即"文"。

　　世上诸多国家，历以千秋不能悟、不能致者也只是它。日本自绳纹而弥生时代，文明渐有，迨借汉字书成《古事记》《日本书纪》，算是步入有史时代。然而，过后耗其千载，迟迟不能达成偃武修文，从来武夫当道、军人治国，其间德川氏崇奉儒学，试予变轨，然文弱所积根深蒂固，明治维新后武人跋扈复又令人发指，直至二战给予彻底教训，方能洗心革面、转求文治。此路径与模式非独日本为然，欧洲老牌国家古时亦皆类之，惟觉悟与蜕变有早有迟。

爱国而情牵"强弱"，话题非不足论，重要的是不可错辨明暗。中国所"强"与所以"强"究在何处，应审慎其思。明显地，中国文明与中国社会，之以致盛，之以久安，并保持充沛生命力，从来在文治。而乃近世独昧乎此，但言去疲振衰，群愿悉在"富国强兵"，延颈以待，却少有鼎革典章制度之思、修更律政纲常之谈。孔子以还，文治精神滑落盖未至于是。

历代尊孔曰"圣"曰"师"，所指固多，倘若一以蔽之，内核仅在于"文"。是孔子将此字提升为中国社会进退依据及标准。方其时，天下靡乱，争霸争雄，恃强凌弱，惟孔子独揭大道在"礼"不在"力"。"礼云礼云，玉帛云乎哉？"对时代所提问题如此，思考方向如此，而历史卒证其是，令中国在一十字路口幸得未入歧途。所以后世封赠孔子率谥以"文"，专以此字表其功德。

"周监于二代，郁郁乎文哉"是孔子所提取的周代经验。其实，成周一代还谈不上以文为枢。"畏严大武，曰维四方，畏威乃宁。"[1]周朝不特创自武功，嗣后亦恃武威慑宁。"爵位不谦，田宅不亏，各宁其亲，民服如化：武之抚也。"[2]其统治用封建，借封建制达成权力认同和秩序，背后依据全在军功，所谓"作《武成》，封诸侯"[3]，所谓"于是封功臣谋士"[4]，裂土以缑武人也，故曰"武之抚"。立基于武，并是周衰之由。申侯勾结犬戎攻镐京，"幽王举烽火征

---

① 黄怀信、张懋镕、田旭东《逸周书汇校集注》，上海古籍出版社，2014，页122。
② 同上书，页94。
③ 司马迁《史记》，页86。
④ 同上。

兵，兵莫至"，申侯卒"杀幽王骊山下"①，与唐代藩镇之乱如出一辙，且有过之无不及。迨平王迁洛，则群雄并起，天下征伐自诸侯出。所以，"周监于二代，郁郁乎文哉"，与其说是对周代的客观描述，不如说是孔子"托古"所极力推崇的个人政治理想。支撑此一话语的并非整个周史，而只是其中一位特殊人物。周公姬旦于成王年幼时摄政当国，大量制订典章制度，以一己之力将周室文治提至高格。但周公遗产实际是"人亡政息"，仅"成、康之际"维系两代，嗣后昭王、穆王之世，史迁连书"王道微缺""王道衰微"②，业已坠泯。应该说中国就"文治"铸成信念，实赖夫子倡引，塑周公为史魂年代相近的老子于周公无所提及，墨子偶有论，然仅列古贤之一未赋予特殊意义，从中抉得善根，为未来指此之路。"甚矣吾衰也！久矣吾不复梦见周公。"朱熹注："孔子盛时，志欲行周公之道，故梦寐之间，如或见之。至其老而不能行也，则无复是心，而亦无复是梦矣。"③此即孔子怀揣和欲打造的"中国梦"，为之颠踣半生，奔走吁请，然而处处碰壁。眼见无望于当世，遂借教育散播火种。"子以四教：文，行，忠，信"，试图潜移默化，于民间雕镂精神、改造人心。所幸星星之火，终于燎原。五百年后，"文治中国"道路隐约有成，由窄渐宽，持续伸向未来。

孔子居功甚伟，但止暴抑武观念非其独有。华夏文明创想勃发之际，惟法家歌美武力强权，诋讦"以文乱法"，诸先贤皆唱反

---

① 司马迁《史记》，页100。

② 同上书，页91。

③ 朱熹《四书章句集注》，页94。

调。墨家夙愿，一在"尚贤"，一在"非攻"；"国有贤良之士众，则国家之治厚"①，"将欲求兴天下之利，除天下之害，当若繁为攻伐，此实天下之巨害也"②。老氏去兵心愿尤分明，视"强兵"为不美及否定对象，所谈在在皆是："以道佐人主者，不以兵强天下，其事好还。师之所处，荆棘生焉。大军之后，必有凶年。"③"兵者，不祥之器，非君子之器。不得已而用之，恬淡为上，胜而不美。而美之者，是乐杀人。夫乐杀人者，则不可以得志于天下矣。"④ 他的理想国是：

> 小国寡民，使有什伯之器什伯即十百，指军队而不用，使民重死而不远徙。虽有舟舆，无所乘之；虽有甲兵，无所陈之；使人复结绳而用之。甘其食，美其服，安其居，乐其俗。⑤

有军队而不用，有甲兵而不陈，美好国家宜如是。

　　续加挖掘，复见华夏文明早有一心结与生俱来。《易·系辞》："上古结绳而治。"⑥ 亦即打"结绳"时代起，中国已以"治"为期盼。"治"与"乱"对；《庄子》："始乎治，常卒乎乱。"⑦《孙子》："以治

① 吴毓江《墨子校注》，中华书局，1993，页66。
② 同上书，页222。
③ 楼宇烈《老子道德经校释》，中华书局，2012，页77—78。
④ 同上书，页80。
⑤ 同上书，页192。
⑥ 《十三经注疏》—周易正义，中华书局，2013，页181。
⑦ 《诸子集成》三，《庄子集释》内篇人间世第四，中华书局，2015，页七三。

待乱。"①治即秩序，其所侧重是平靖、和顺、安宁。上下相协、内外咸和为治。小治则小安，大治即大顺。对我民族来说，世上无任何事情比"治"更好。人类很多似乎是最原始本能的欲望，例如征服欲、战胜欲、奴役欲、掠夺欲等等，在这片土地上不很强劲，虽也有所表现，然与其他民族和文明比较，总有点相形见绌。视乎攘夺、敌视和冲突，我们宁肯执诸"和"。"和也者，天下之达道也。"②《中庸》此语，堪称中国的千年愿景。我们向往的最优现实，是驱逐欺压、毁伤、残虐，以相对合理的秩序照顾不同利益，"致中和"，化解矛盾，使能和谐 —— 儒家谓之"大同"，老子谓之"挫锐解纷""同光和尘"。

放眼古代，惟中国以"治"为要，奉作国家鹄的、政权天命。而古代别的民族，或崇巫觋，或逐财利，或尚斗勇，或嗜侵掳，各秉人性自然禀赋，穷其所逞，皆不曾如中国以社会协调为群愿与共识。"不欲以静，天下将自定"③，讲的正是社会和美安怡高于一切。华夏文明为何于伊始即能独重于"治"，所源难以确知，但它的确是顽强持久的历史内驱力。古之贤人爱国忧国必言"治"，余皆下之。"强"也好，"盛"也罢，若与"治"违，概不足取。例如孔子对当时诸霸列强以为不清明，斥之"乱邦不居"。又如始皇之秦不可谓不强，武帝之汉不可谓不盛，史迁同样不致忭悦之意，反而各予针砭。

---

① 《诸子集成》六，《孙子十家注》卷七，页一二一。

② 朱熹《四书章句集注》，页18。

③ 楼宇烈《老子道德经校释》，页91。

　　正因切切"求治"，中国走出了独一无二之路。十九世纪，法国雨果曾言"在绝对正确的革命之上，还有一个绝对正确的人道主义"[1]，将人道推于苍穹，以之裁量所有，哪怕貌似正义无比的革命，亦须受其检验。这种人道至上信念，导引近代欧美轨迹，使它在纷扰下克服迷失，直至洗垢自洁。古中国实亦有类似尺度。以治为本，就是评判一切是非的最高依据。周秦大变革以秦之倾覆告终，刘汉并未简单给予否定、走封建回头路，而是一面延续皇权郡县制基本法政模式，一面以"治"为绳衡，检视得失。时高祖对每每为说《诗》《书》的陆贾不胜厌烦，骂之："乃公居马上而得之？安事《诗》《书》！"陆子随口反问："居马上得之，宁可以马上治之乎？"一语点出兴亡枢柄。高祖恍悟，"乃谓陆生曰：'试为我著秦所以失天下，吾所以得之者何，及古成败之国。'"陆子遂作《新语》，凡十二篇，"每奏一篇，高帝未尝不称善"。[2]此正所谓"言治"之书，它中肯指出："秦非不欲治也，然失之者，乃举措太众，刑罚太极故也。"秦政亦望求治，可是具体所为——举措太众、刑罚太极——全都走到治的反面。而真正的治当如何？陆子以为"道莫大于无为，行莫大于谨敬"，统治者自身收敛及对人民抱持敬意，是最基本的两条。又各举成功之例。"昔舜治天下，弹五弦之琴，歌南风之诗，寂若无治国之意"，此为"道莫大于无为"。"周公制作礼乐，郊天地，望山川，师旅不设，刑格法悬"，此为"行莫大

---

① 北大西语系资料组《从文艺复兴到十九世纪资产阶级文学家艺术家有关人道主义言论选辑》，商务印书馆，1973，页328。

② 司马迁《史记》，页2056。

于谨敬"。① 可见陆子主张的"治",杂糅儒道,兼用其旨。归结起来,"求治"必须"下马",马上得天下,不可马上治之,文武转换是达治必由之路;经此转换,一在省审权力由来使能上合天道,二在臻备典章使能下顺民心。总之对"秦所以失天下",陆子认定是以"治"失,具体即"文"的方面不足或犯有错误。

公平讲,秦本是干成了大事的王朝,更创实多,只可惜脚跟不正。其中既有秦地自带蛮昧传统的原因,亦有对整个旧时代欠缺批判惩革能力之故。所以,虽干成不少大事,终仍落得个短命下场。

秦以速亡留下教训,也是一种贡献,对历史的帮助不可小觑,此后两千年都作为生动镜鉴垂警历代,汉代方兴之际更是一笔财富,令刘氏较易看清去就择从。中国由此开始重大转型,"文治中国"目标认识变得清晰,政治、社会诸多基本维度水落石出,国家观、历史观、文明观遂趋成形。吾族称"汉族"、后世中国以"汉地"别于他邦,职是故也。此大势之所在,即令间或再有一二妄自求逞之强主,也不得不随波逐流、削足适履、改头换面以顺应历史。汉武帝、隋炀帝、明成祖者流,皆为其例。

刘彻气质与赢政相类,尤其好大喜功和耽迷谶术两条,如出一辙。然历史格局已异,这互相可引为同志的两人,不得不形诸差别。武帝一面穷兵黩武,一面搞"罢黜百家,独尊儒术"。似此"崇文"之举,始皇不屑,武帝则应景为之。同时,武帝"崇文"虽顺其专横性情走了"予罢立独"路线,却仅限就国家意识形态或政治指导思想有所指定,相较始皇尽焚《诗》《书》百家语、彻底禁

---

① 王利器《新语校注》,中华书局,2017,页68—71。

言禁学，亦已不可同日而语。武帝或抱无奈，而历史则于其间坚定前行。武帝死后起来纠其过失的，恰是被他一手扶于"独尊"的儒家"贤良""文学"。这与其说是讽刺，不如说是历史转型无可挽回之证。新格局下，政治已获弹性，错可自纠，失能复得。回看当年始皇一死，"戍卒叫，函谷举，楚人一炬"，社会惟以暴力了却怨愤，即知文治既兴而中国宽余。始皇积愆只能清算无从拗转，武帝之过犹可补而救之。此后中国，很少一下走到不可收拾的地步。只要不处乱世，王朝统治多能维系二三百年。如今厌者每据此形容中国历史一潭死水，至名"超稳定结构"，以状变革之难。那些从自身历史习于纷扰的洋人自更少见多怪，反讥"中国社会停滞不前"。其实真情无非是，中国"文治"致其制度较为周到，调节性强，事情每可转圜，而使人民久享安然，生产不受破坏和保持增进。这在世界古代史时期，明明是多地向往而不能有的现实。

　　替武帝纠偏的"贤良""文学"，正是"文治"转型的典型产物。高祖十一年前196二月下诏征贤："贤士大夫有肯从我游者，吾能尊显之，布告天下，使明知朕意。"时已高祖末年，很可能就是《新语》所推动的结果。[1]高祖使之层层下达直至郡守，若访得贤才，有司"必身劝，为之驾，遣诣相国府"，登门求贤、公车迎至，且以事迹、仪范、年龄等上报，地方官知贤不举一概免职。[2]是为史上首个"国家察举令"。其后，文帝诏"举贤良方正能直言极谏者"而"上亲策之"[3]，

[1]　《新语》具体著作年月不详，但肯定是在高祖末年。
[2]　班固《汉书》高帝纪第一下，页71。
[3]　同上书文帝纪第四，页127。

除皇帝亲自面试，应征者且须"著之于篇"①，亦即有书面答卷，全面引入和使用考试方式，较高祖又进一步。武帝使之成定制，并增"明经""明法"科。后又"岁举孝廉"，其与"贤良""明经""明法"注重识见政才区别在于，专以德操拣选；初用荐举，至东汉也转由考试来定，"儒者试经学，文吏试章奏"②。以上，俱系国家抡材之典，而为科举制滥觞。

凭藉科举，中国建成了文官治理体系。这是重大创新，古代只此一家。当时有稳定国家文明史处，自泰东日本至泰西英伦，率藉武士拱治，间用神职领某事。只有中国经考试遴选授以公职，为人类开了"专家治国""精英治国"先河。科举产生的"专家""精英"虽难比现代教育，知识视野尚窄，然而方向一致，无论如何远胜舞剑挥矛与诵经祷祝之人，社会清明良以赖之。

考试取士同时，汉代还就国家人才储备创设重要基础设施，以济"文治"。"建武五年十月，营起太学。"③建武五年乃公元29年；"太"即"大"，"太学"便是"大学"。严格讲，东汉太学是人类创办大学的确切起点。希腊柏拉图"雅典学院"，虽有其说，事则微茫。据云地"在雅典城门前"④，乃户外一片林子，无固定场所，明非定制矣，故朱光潜称为"学园"⑤而非"学院"。东汉太学全然不同，其前

---

① 班固《汉书》晁错传，页2290。

② 范晔《后汉书》胡广传，中华书局，2003，页1506。

③ 徐天麟《东汉会要》，上海古籍出版社，2012，页158。

④ 卢文迪《希腊史》，岳麓书社，2011，页59。

⑤ 朱光潜《译后记——柏拉图的美学思想》，《柏拉图文艺对话集》，人民文学出版社，1980，页333。

身可溯至西汉"立博士十有四家，设甲乙之科，以勉劝学者"，惟犹未立"太学"之名及起营造，至是皆有之。校址在都城洛阳开阳门外，距皇宫八里；"造立横舍"[①]、"起太学博士舍"[②]，建学生宿舍及"内外讲堂"，"讲堂长十丈，广三丈"[③]。此为初建规模。至顺帝更修扩建，"凡所造构二百四十房，千八百五十室"[④]。太学落成初开，光武皇帝亲幸其典，后亦曾往视察，"会诸博士论难于前"[⑤]，现场聆听学术辩论。此种崇隆，和帝、安帝、灵帝、献帝等多所效行。太学日形其盛，逮东汉中晚期，"游学增盛，至三万余生"[⑥]，置诸今日体量亦属惊人。以至于政界，太学生已成有生力量。"党锢之祸"时，声援士夫，与阉宦相抗，千余学生被捕，是中国也是世界上最早的学潮。

　　曩者子曰"学而优则仕"，励弟子学以致用，实际只是私衷而已。彼时"学而优"，鲜为统治者所用。仕途首先为世卿把持，就算平民可以进身，"军功"也是比"诗书礼乐"更好的捷径。在汉代，孔子愿景开始真正变成现实。统治阶层核心，正在从世家、功臣向智识群体转变，政治取材途径正从世系、门阀、军功移诸思想、才学及受教育程度，抵于隋唐，随着科举成为"正途"，国家用人制度中出身、等级等不平等因素基本扬弃，"学而优则仕"是不折不扣的唯一尺度，虽贫寒子弟亦可叩仕途之门，兑其抱负。对照世

----

① 《东汉会要》，页159。
② 同上书，页160。
③ 同上书，页158。
④ 同上书，页162。
⑤ 同上书，页159。
⑥ 同上。

界上情形，平民"翻身"外国虽非全无，在英国是成为教士，在日本是成为武士，而机会均甚微少，统治集团主干以世袭沿承。"学而优则仕"彻底否定了世袭，后虽残留少量"世恩庇荫"，但此类出身通常难获重用。借"考试面前人人平等"，中国基本实现了"任官惟贤才"①。这是时代的超越，如今一切社会奉为"公序良俗"，中国则二千年前已能行之。早早挣脱"打天下者坐江山"束缚，使权力不被特殊利益集团拥为禁脔，关键在"文治"。任人唯贤，乃"文治"必有之义。"贤"，明慧有才之谓。"文治"的内在要求，就是国家应由有觉悟、见识和才能的人治理，举贤以任，以外不论。东汉太学于兹，乃极好的象征。国之栋梁自"学校"出，不自血统、门第出。这是重要开端，虽然彻底转变尚待时日。

顺便谈谈古时中国等级观之变迁。所谓"贵族"，消失极早。先秦公侯、两晋门阀等势力，隋唐后盖已荡然，惟外来异族矜此遗风，比如满清入关后将"八旗"养为贵族，但社会却并不如何买账，旗人虽不劳而食，其所谓"尊贵"不过架着鸟笼自娱而已。类乎英伦爵爷生来高人一等的风度，中国自古已杳。种姓、血统之类壁垒更无影无踪。帝王与民女为配，九五之尊生母或为村姑。欧洲王室基于血统与利益，近亲通婚而时时怪病缠身。我们近邻日本，直到十九世纪后期将军欲迎天皇之女，仍被目为莫大辱没，至于"尊王倒幕"间有所触。此类烦扰，中国皆无。当然，中国多有"仗势欺人"，但那是特权妄为，宜与"生而不平等"分清。中国藩篱尽拆，原因即"文治"催成"惟才有荣""能者为尊"之尚。王侯将

---

① 《尚书正义》卷八，《十三经注疏》，中华书局，2013，页350。

相宁有种乎？有才足以蔑富贵。恃才傲物历来是美谈。李白命近幸脱靴、用贵妃研墨，或有穿凿，然其背后价值观并不虚妄。

自汉迄清，帝制中国都走偃武右文道路，轨迹不变。其间文治益隆，武力日隳。李唐之后，"汉族中国"几无拓地之能。版图扩张的元、清两代，俱系"夷狄"所立。严格讲，连李唐是否"纯正"汉族血统亦不无疑诘钱穆认为"李唐世系之深染胡化，不容诤论"[1]。故"汉族中国"武力之盛，汉代恐成绝唱。此情势极其醒目，到了近代因国运不振，遂成众矢之的。视偃武右文为中国"衰弱"祸魁的论调渐形其盛，晚来更有"狼性""羊性"之思，疾呼中国涤去"温良敦厚"转而膜拜"狼图腾"。

人于史果然难逃功利二字。怨艾偃武右文泯没"中华雄风"，独不思以往二千年，我们祖先正因之世代久安。放眼古代，地球从东到西、自北而南，几无处不战祸频仍，欲致五十年以上和靖，亦为奢求。独我中华，每"不知兵"，每"承平日久"。远且不论，姑取近譬：日本史题材制作，中国粉丝不少，其战国故事与人物尤为乐道，必知其中每位"英雄"凤愿抱负皆在"太平"，那是整个大和民族苦盼而累代不能有之物。进而涉览日本史其他段落，更见与太平之暌隔，非战国时代特有，竟为常态。都说中日同源同种，而何以冰炭若此？明显在中华"文治"有成，扶桑则被武人当道死死缠定。就此言及二战后日人心理，我们恐怕未能细品。赖麦克阿瑟隳武改制，日本终尝"文治"滋味，民间普遍感激涕零，故当麦氏解任离去，东京机场万众泣别，如送恩人。自那时迄今尚未

---

[1]　钱穆《国史大纲》，商务印书馆，2013，页448。

八十年，日人惟幸躬逢晏清，畏惕重蹈覆辙，其民心如此，纵有一二余孽妄想复活军国主义，终将蚍蜉撼树。反观我中华，久为"文治"所庇，蕃衍生息、枝繁叶茂，于今不知怀恩反欲加罪，直所谓"久在芝兰之室，不觉其香"。思之每觉今人胸中明暗尚不比古时"蛮族"。分别于十三、十七世纪灭"汉族中国"的蒙人与满人，本都能征惯战，一旦入主却都见贤知齐，受"文治"感召，轻则自抑野性，甚者脱胎换骨。更早，打南北朝起，凡"蛮族"在中国做皇帝，概行文进武退之变，以致右文热忱有时甚于汉族。原因很简单，中国文治的美善，一目了然。我们先前讲过靖康间女真贵族少年阿懒随军攻汴，撤时"监押书籍、礼器千五十车北渡阳武"的故事。作为"夷狄"，阿懒目光从汴京所受吸引，全不在金银财宝，而在文教礼仪亦即大宋的"文治"。

纵是如此，中国修文之路也不能一帆风顺，而布满坎坷、数阅沉浮。社会有种种不平，人性亦存天然之恶，全都难以根除，积攒以时总会重新发作。一遇乱世，暴力必又荼毒天下，血膏原野。汉后，这种时光有两段最惨。一是魏晋南北朝，一为五代。前者历时久，后者斫伤重。五代所致沦丧，可藉人口减损略知。天宝十四载，安禄山起兵当年，唐朝民口"总五千二百九十一万九千三百九"[1]。宋初，考虑到太祖、太宗间犹在纳土过程中，姑取真宗天禧五年数据："口一千九百九十三万三百二十"[2]。亦即安史之乱以来，每五人可有三至四人葬身。

---

[1] 马端临《文献通考》第一册，页280。

[2] 同上书，页297。

彼时山河残破，直观莫过于一事。

从历史角度看，定都汴梁几近匪夷所思。此地公认的建都史起自战国魏惠王，因北方游牧族压迫自山西南迁至此，其为国都实属权宜。等到秦灭六国，王贲引黄河水吞大梁，竟化泽国，时列国都城之惨无过于此。以后千年再无王朝以为都，直至五代天下崩解，方有后梁、后晋、后汉、后周几个割据政权，姑以寄身。显然，史上建都汴梁多出被动，且遭际及所谓"运数"颇呈不吉之相。赵氏重并宇内，广有天下，创一大朝代，而竟择处此地，后人咸以为非智，深感诧怪。其实宋人当时已目为下策，而婉转议其非。例如郑樵指出，汴城虽有黄河在前，但"地当四战之冲，无设险之山"，洵非王者之选。扼腕之余，他归咎于太祖身边谋臣，指斥他们蠢骏"无周公宅洛之谋"。[1] 然而郑樵所见，太祖与其谋臣岂有不知？问题不在汴梁不佳，而在佳处何觅。中国古时立都，有两条规律。"自开辟以来，皆河南建都，虽黄帝之都，尧、舜、禹之都，于今皆为河北，在昔皆为河南。"为防范和缓冲北方游牧族侵扰，立都必在黄河之南，此其一。其二立都首选中原，以便控制全国，除非中原不保才退迁南方。循此前提，结合具体地理形势，自然、历史地形成了两个主要建都地长安与洛阳。长安不必说，"阻三面而守一面"[2]，绝然上选。洛阳"左据成皋，右阻渑池。前面嵩高，后介大河"[3]，亦足以恃。所以，自古"崤、函有帝王之

---

① 　郑樵《通志二十略》，中华书局，2012，页562。
② 　顾炎武《天下郡国利病书》，上海古籍出版社，2016，页1981。
③ 　同上书，页1361。

宅，河、洛为王者之里"①。自汉迄唐，惟东晋因失中原，过江以金陵为都。至于北京后来成为主要建都地，另当别论。那时情势已非、异族横行境内，旧有建都规律失去意义。回论赵宋当时，明明长安、洛阳两地理想，又累代久为帝都，"或历数百载，或禅数十君，高城深池"②，究竟为何弃而不就？我们熟知明、清至现当代，每当新政权接收北京，宫阙仍旧、城制如初，几可"拎包入住"——宋人何不也如此这般，于长安、洛阳二者择一而居？实因他们无此幸运。长安在晚唐至五代，损毁极重。唐末博士朱朴，为此已献迁都之议，说"广明巨盗，陷覆京阙，高祖、太宗之制荡然矣"③，难以续为帝都。至于洛阳，一则六世纪北魏孝静帝被迫迁邺后元气已失，《洛阳伽蓝记》作者杨衒之彼时"重览洛阳"，记以"城郭崩毁，宫室倾覆，寺观灰烬，庙塔丘墟。墙被蒿艾，巷罗荆棘"④，二来其后隋炀帝虽另起新城以为东都，但从当时诏称"今所营构，务从节俭，无令雕墙峻宇复起于当今，欲使卑宫菲食将贻于后世"⑤看，难复往昔之盛，并且这座新洛阳，也被唐太宗"初平东都之始，层楼广殿，皆令撤毁"⑥，尽管唐高宗陆续建有上阳宫等，终甚有限。总之，以朱朴当时所叹："臣视山河壮丽处，多故都已盛而衰，难可兴已。"⑦

-------------------------------- --------------------------------

① 顾炎武《天下郡国利病书》，页1361。
② 郑樵《通志二十略》，页561。
③ 同上书，页562。
④ 杨衒之《洛阳伽蓝记》，中华书局，2010，页25。
⑤ 魏征等《隋书》，页63。
⑥ 王溥《唐会要》，页642。
⑦ 郑樵《通志二十略》，页562。

无论长安、洛阳，俱处"难可兴已"之状。须知此时尚未经受五代半世纪战乱涤荡，俟宋新生，自更无枝可依。所以都汴虽非佳选，起码仍合地处中原、黄河以南两前提，加之先后为后晋、后汉、后周之都，不必白手起家，新建一城。此点或更关键。时赵匡胤心中当务之急，是结束战乱、与民休息，绝不重致民负。中原名城惟汴梁相对完好，可副此心。随后改建也说明这点，注重实用以减省兴造，目的仅限加强城防。很长时间汴京都保持这种朴实，直至神宗修葺，"第增陴而已"。宫室宏奢，乃徽宗时事：

> 蔡京擅国，亟奏广其规，以便宫室苑囿之奉，命宦侍董其役。凡周旋数十里，一撤而方之如矩，墉堞楼橹，虽甚藻饰，而荡然无曩时之坚朴矣。[1]

择都汴梁，已见赵氏宅心。弋获大宝于支离破碎，宋室自认天赋一种使命。王夫之论其政权合法性，提出十二个字："德足以绥万邦，功足以戡大乱。"[2]认为若满足这一要求，赵匡胤的黄袍加身即合乎正义。实际表现如何？船山亦有一评："宋兴，统一天下，民用宁，政用乂。"[3]回答全然肯定，着重强调宋代统治以安宁为特色。宁，是太平无事。乂，是安定贤明。用这两个字概括宋治，实属精当。北南两宋各曾以异族入侵而危岌，似乎并不安泰，然

---

① 岳珂《桯史》，中华书局，1997，页9。

② 王夫之《宋论》，页1。

③ 同上。

而那是外因所致。若专注其内政，则前后三百一十九年，宋诸帝确系历代最少生事，昏君极个别。治下大多时间人民安堵，古代顽疾"民乱"次数既少，规模也远未达于汉黄巾、唐黄巢、元红巾、明闯献、清洪杨之地步。另一老大难问题"奄祸"，除了元、清两代异族政权，三大汉家王朝汉、唐、明一概为害极烈，惟宋代近乎绝迹……

交出如此成绩单，追根究柢，是赵氏立国之初真情实意就唐末五代乱世痛定思痛，认真记取教训。"以史为鉴"云云从未曾像宋代那样，不是和尚念经般地嘴边飘过，而深刻凿诸行动。《资治通鉴》编撰，司马光承命于英宗，书成英宗已逝，由神宗赐名，强调"以著朕之志焉"，又借御序寄望是编"于荒坠颠危，可见前车之失"。[①] 这样的立意非出偶然，其善根自赵匡胤即已种下。历代开国皇帝当中，赵匡胤极另类。王夫之谓其得国前"未尝有一矢之勋"，全出无名。无论刘邦、刘秀、杨坚、李渊李世民父子、朱元璋……中间哪一位他都比不了，乃至局地性王朝开创者曹操、刘裕等人功勋，他也"百不逮一"。然而，这毫无底蕴、"乱卒控扶以起，弋获大宝"的幸运儿，所创朝代并未"譬如朝露"转瞬即逝，而是"底于大定，垂及百年，世称盛治"，很不合情理。船山努力探其因，终归结于"唯其惧也"。赵匡胤怕之何来？ 畏于何处？ 明显是乱世惨痛，使他"恻悱不容自宁之心，勃然而猝兴，怵然而不昧"，丝毫不敢松懈，时以"不昧"自警。[②] 由此，这个最无"本钱"

---

① 《御制资治通鉴序》，《资治通鉴》，中华书局，2011，页31—32。

② 王夫之《宋论》，页1。

的开国皇帝，反而是责任心最重的开国皇帝。一旦践阼绝无劣迹，桩桩件件皆出光明正大之心。

在此，必为其"释兵权"一事洗诬。自私，狡狯，险刻，权媚，一股脑堆诸彼身，就连戏台上脸谱亦寓此意。主调红色，眉则黑白相间，而白在脸谱中从来象征阴险疑诈，眉间这一抹白即潜讽赵某夺权柴家、猜忌功臣。然真相至简，世于所蔽未知辨也。取宋明两位太祖同观互鉴，可立白于天下。

第一，赵匡胤以"杯酒"释兵权，怀柔无害人心，朱元璋则"血洗"宿将，视如仇雠；这是初心与居意不同。第二，赵匡胤所为，释兵权即止，未戮一人，诸节度使俱各善终，而当朱元璋撒手人寰，明初功臣略无孑余，必斩草除根始高枕安卧；这是目标与图谋不同。第三，赵匡胤其时，兵权确握节度使手中，释之有必要，朱元璋杀功臣则明兵制已定，"节制者不得操兵，操兵者不得节制"[1]，诸将无权，杀人不但无名且多构陷；这是有理与无理不同。第四，赵匡胤非但全人性命，且待勋旧极厚，使享尊荣，朱元璋却铲锄功臣同时，每每株连其族，黑心辣手，无稍恕悯；这是性善与性恶不同。

综上，两位太祖粗看一丘之貉，细辨貌合神离。一屈己曲求，一满腹狠戾，其心灼如。根由须于一念所生找寻。

黄宗羲斥帝王之恶，首在"屠毒天下之肝脑，离散天下之子女，以博我一人之产业"[2]，这是他身为大明子民、冤死忠臣遗属所

---

① 黄宗羲《明夷待访录》，《黄宗羲全集》第一册，浙江古籍出版社，2005，页34。

② 同上书，页2。

尝切肤之痛。而太冲必知宋太祖不可列此行列。一次与赵普闲谈，太祖问"天下何物最大"，许久未答，"再问如前"，赵普乃出四字："道理最大"。太祖甚为惬怀，过后每提及，"屡称善"。[1]普不遽言，以有冒君之嫌；帝屡称善，是不以为忤。这身居"九五之尊"而坦然接受"道理最大"的人，当着五代余烬犹在，心中除了"致太平"，焉能有他？

有关宋祖"释兵权"，但指其初心拨乱反正、拯民于水火，远远不够。实际他所做的针对性极强，是认准现实、对症下药。

泛泛而论，偃武皆为避免战乱，但武力衍至战祸由来并不一律。春秋战国是因列强争霸，汉末起自阶级矛盾，南北朝则民族冲突所致。惟唐末五代战乱视往不同，是确切以武人坐大所酿苦果。来龙去脉约即"自唐渔阳之乱，藩镇擅土自殖，迄于割据而天下裂"[2]，唐府兵制渐弛，节度使崛起，武人得于地方尽拥军政大权，以至覆水难收。明乎此，始知宋朝偃武着眼处，及举措之所出。

前代偃武，多以崇文曲线为之，加强文化建设、提升文人地位、培育慕文观念及风尚，厚此薄彼以收其效，宋朝亦然。然宋朝有一事前代所无，就是通过各种手段，打压、控扼武人，铲除军阀滋生土壤、以防若辈再生尾大不掉之势。偃武思路至此一大变，从主要作为一种价值取向转而切实形诸政策制度，从原先基本诉诸意识形态延伸于上层建筑。世所聚焦的"杯酒释兵权"，仅其富于戏剧性之一幕，瓦肆勾栏争说以耸听闻，实则宋代偃武意远虑细，

---

① 沈括《梦溪笔谈》，页225。
② 王夫之《宋论》，页47。

史家形容"制兵之有道，综理之周密"①，是由历史反思引导的综合治理。

乾德元年963，改制渐次推出。

——"初以文臣知州事"②。唐末地方藩镇武臣独大，不但统兵，亦总民事，"节度使多兼按察、安抚、度支诸使，土地、人民、甲兵、财富皆有之"③，及至五代更是跋扈无忌，以至朝廷有命拒不奉诏。宋初偃武，先由此入手，"释兵权"其实不止收兵柄，而是军政大权并收：

> 宋初革五季之患，召诸镇节度使会于京师，赐第以留之，分命朝臣出守列郡，号权知军州事，军谓兵，州谓民政焉。④

"朝臣"即中央派遣儒臣，"其赋役、钱谷、狱讼之事，兵民之政皆总焉"，后调整为"文武官参为知州军事"，规定地方军事方面由文武职参决，使更合理。

——"设通判于诸州"⑤。是再添一道保险。通判品位不崇，而分量不轻。"知府公事并须长吏、通判签议连书，方许行下。""凡兵民、钱谷、户口、赋役、狱讼听断之事，可否裁决，与守臣通签书施行。"地方要务与政令，必经长官与通判联署始合法有效。又，

---

① 脱脱等《宋史》兵一，页4570。

② 陈邦瞻《宋史纪事本末》，页9。

③ 钱穆《国史大纲》，页447。

④ 脱脱等《宋史》职官七，页3972—3973。

⑤ 陈邦瞻《宋史纪事本末》，页9。

"事得专达""得自奏事",直通中央,故于当地文武上下级"善否及职事修废,得刺举以闻",负有监察之责。设置通判,尤侧重约束武臣。一般大州设二员,小州一员,"州不及万户不置";然而"武臣知州,小郡亦特置焉",或径"试秩通判兼知州"。①

——"置诸路转运使"。唐天宝以来藩镇屯重兵,地方租税就地留用,多不上交,时称"留使""留州",五代乃至榷场所入亦纳藩镇私囊。财大气粗,实武人势焰之所恃,至是釜底抽薪。"凡一路之财,置转运使掌之,虽节度、防御、团练、观察诸使及刺史,皆不预签书金谷之籍,于是财利尽归于上矣。"②将财权单独剥离,交转运使"经度",独立审算管理,或入国库或支供地方军政。马端临视转运使崛起与节度使衰颓,互为因果:"惩五季之乱,藩臣擅有财赋,不归王府,自乾德以后,僭伪略平,始置诸道转运使,以总利权"③,复引吕祖谦所论"转运使于一路之事,无所不总……转运使权可谓重矣"。④

——"选诸道兵入补禁卫"⑤。此即"拣选之制",始于建隆初。"其自厢军而升禁兵,禁兵而升上军,上军而升班直"⑥,不知者以为只是军中正常选拔,无关宏旨,其实大有文章。唐末"天下之兵

① 脱脱等《宋史》职官七,页3974。
② 陈邦瞻《宋史纪事本末》,页10。
③ 马端临《文献通考》职官,页1846。
④ 同上书,页1848—1849。
⑤ 陈邦瞻《宋史纪事本末》,页10。
⑥ 脱脱等《宋史》兵八,页4825。

分置藩镇，天子府卫，中外校卒，不过十余万"①；战斗力亦相悬殊，诸藩或用胡人，或编残寇，能征惯战，皆为劲卒。天子弱不能制，宋人称之"内轻外重"②。推"拣选之制"，即为彻底扭转此势：

> 建隆元年，诏殿前、侍卫二司各阅所掌兵，拣其骁勇升为上军 …… 诏诸州长吏选所部兵送都下，以补禁旅之阙。又选强壮卒定为兵样，分送诸道，其后代以木梃，为高下之等，散给诸州军，委长吏、都监等召募教习，俟其精练，即送阙下。③

"宋惩五代之弊，收天下甲兵数十万，悉萃京师"④，上等兵源选送禁军，确保禁军无论数量或质量远优于地方。据载，仁宗庆历全军"总一百二十五万九千，而禁军马步八十二万六千"⑤，占比近八成。

——"令诸州奏大辟案，委刑部详覆"⑥。大辟即死刑。为何刑法更改亦关偃武？因为五代诸侯嚣张，至于枉法杀人，"朝廷置不问"。这种方镇专杀情形，实乃割据者作威作福之表征。太祖先作此规定，地方死刑必须上报刑部核准批复，以后延伸到军中，"往时军士犯法，将官得专决遣 …… 自州县官预军事以来，动多牵制，

---

① 脱脱等《宋史》，页4840。
② 王明清《挥麈录余话》，《全宋笔记》第六编二，页22。
③ 脱脱等《宋史》兵一，页4571。
④ 同上书，页4840。
⑤ 马端临《文献通考》兵刑，页4558。
⑥ 同上书，页4975。

不得自裁"①，军人犯案已不能军内自决，地方"文臣"也要参预。治狱从来是统治立威的手段，限制将领这方面权力使不专擅，可有效削弱其地位。故而我们看见，后来岳飞部将王俊出首，不走军内系统，而诣湖北漕司荣茂世，茂世不受，又"从总领汪叔詹陈其事"②。

——"收天下犷悍之兵，以卫良民"③。是即"召募制"，宋代最重大的军事改制。历来的"兵农合一"，一变为"养兵千日，用在一时"。募兵之行，基于多方考虑与需求。比如创建和增强禁军，"收天下甲兵数十万，悉萃京师"，必致国家直接给养，府兵旧制自无复立足。比如使平民不再"既出常赋，有事复裹粮为兵"④，"戍边者无虚数，父子、兄弟、夫妇长有生离死别之苦"⑤，脱此宿命，专心致力生产。比如"既取强健无赖者养以为兵"⑥，"或募饥民以补本城，或以有罪配隶给役"⑦，天下失业无职之人收纳于军，兼养兼管，间接起社会维稳作用……更要紧的是，募兵可使朝廷完全彻底掌控军队。募兵要义既在于"养"，则一切费用悉自国库出，国家直接握住了军队命脉。台湾学者雷家圣有文，专论南宋总领所与供军财赋的收支。总领所，"负责提供军需财赋者"，其时于淮

① 脱脱等《宋史》兵二，页4630。
② 王明清《挥麈后录》卷十一，《全宋笔记》第六编一，页224。
③ 马端临《文献通考》兵刑，页4555。
④ 同上书，页4556。
⑤ 同上书，页4559。
⑥ 同上。
⑦ 脱脱等《宋史》兵七，页4799。

东、淮西、湖广、四川建有四所，各设粮料院、审计院、大军仓、御前封桩甲仗库以至药局、抵当库等九类部门，覆盖了从军资到将士衣食住行所有方面。"粮料院监官要审核官员、军士的官等阶级，以及军士招收、离职、死亡等数字，按个人俸禄之多寡发放'券'，官员、军士再持券经审计院审核后，领取钱米。"不但巨细靡遗，职权也极重，以至"负有收诸帅兵权、集权中央的'监军'之权"所以王俊出首岳案最后告到了湖广总领汪叔詹那里，而中央对总领所事务则监检至密：

> 对于总领所供应御前诸军之财赋，朝廷中央监督甚严，乾道三年，孝宗下令："外路军马，降式下诸路总领所，逐月开具，并非泛支用之数以闻，永为定式。"可见总领所要将开支之明细，按月详细禀报中央。①

国家借由"养军"，使军队一呼一吸俱仰鼻息。

以上，宋朝偃武举措之概。细节上还有更多策驭，例如对军队功能的区分。宋军有禁军、厢兵、乡兵、蕃兵四大类；禁军相当于国防军、野战军，厢兵则"诸州之镇兵"②，乡兵"在所团结训练，以为防守之兵也"③，蕃兵由边地少数民族组成，"具籍塞下内属诸

---

① 雷家圣《南宋四总领所与供军财赋的收支》，邓小南等主编《宋史研究论文集（2010）》，湖北人民出版社，2011，页208—226。

② 脱脱等《宋史》兵三，页4639。

③ 同上书兵四，页4705。

部落，团结以为藩篱之兵也"[1]。除了禁军，余者功能皆予弱化。仅次于禁军的厢兵，"罕教阅，类多给役而已"[2]，用途是镇守地方，防乱足矣，不要求有很强战斗力，平时主要打杂、出苦力。直至仁宗间，枢密使王曙提出"天下厢军止给役而未尝习武技，宜取材勇者训练，升补禁军"[3]，始于厢兵较为精壮者安排操练。此与"选强壮卒"送都下一致，避免"内轻外重"。反观禁军，"月奉五百以上，皆日习武技"，全时习武；以下人等，亦给役与习武参半。提升禁军战斗力常抓不懈同时，对他们的警惕也最高，特立"更戍法"：

> 太祖惩藩镇之弊，分遣禁旅戍守边城，立更戍法，使往来道路，以习勤苦、均劳逸。故将不得专其兵，兵不至于骄堕。[4]

通过部队频繁调动，来消除隐患。"文革"曾有"八大军区司令员对调"，其源盖出于此。惟赵匡胤手法相反，调动军队而非统帅，因他的目的不止防军事强人出现，还要防士兵骄堕，乃至平时也设法劘砺：

> 国初，诸仓分给诸营，营在国城西，给粮于城东，南北

---

① 脱脱等《宋史》兵五，页4750。
② 同上书兵三，页4639。
③ 同上书兵九，页4853。
④ 同上书兵二，页4627。

亦然。相距有四十里者，盖恐士卒习堕，使知负担之勤。①

睹种种细节，益知《挥麈录余话》此语之恰切："一兵之寡，一米之微，守臣不得而独预。其防微杜渐深矣。"②

最后说一下宋朝军事系统运转的基本程序。军队首脑部门，为禁军所谓"两司"，即殿前司与侍卫司，负责直接调兵遣将。但它们却非军令发出者，而仅为传达、执行者。军令来源，在御前枢密院。马端临引叶适曰：

> 则两司不独为亲军而已，天下之兵柄皆在焉。其权虽重，而军政号令则在枢密院……此祖宗之微意，非前世所可及也。③

军令降至"两司"，处置是"边境有事，命将讨捕，则旋立总管、钤辖、都监之名，使各将其所部以出，事已则复初"④，一切属于临时授权，事毕收回撤销，部队与将领绝无固定隶属关系。钱穆谓之"兵不习将，将不习兵"⑤，这是对唐"开元以来，边将久任，十余年不易"⑥情形的彻底改变。

① 脱脱等《宋史》兵八，页4841。
② 王明清《挥麈录余话》卷之一，《全宋笔记》第六编二，页24。
③ 马端临《文献通考》职官考十二，页1739。
④ 同上书，页1740。
⑤ 钱穆《中国历代政治得失》，九州出版社，2014，页98。
⑥ 钱穆《国史大纲》，页447。

宋代偃武以制度变革与改造为特色，亦以此影响最深。取黄宗羲《明夷待访录》述明代兵制三篇以读，即知基本沿袭宋代。宋代也有不少从制度外挫抑武人的做法，至以尊严有差示崇贬之意。宋朝文臣，备极恩荣。比如宰相地位极高，皇帝于政府相当尊重，较日后明清隔如霄壤。不只宰相，宋室对大小文官应有话语权皆予保障，尤其是谏臣的言论自由。太祖有著名的不杀文官铁律：

> 本朝法令宽明，臣下所犯，轻重有等，未尝妄加诛戮。恭闻太祖有约，藏之太庙，誓不杀大臣、言官，违者不祥。

此事久传，但太祖手示外臣无从得见，直到徽宗亲证其实：

> 太祖誓言，得之曹勋，云从徽宗在燕山，面喻云尔。勋南归，奏知思陵。[1]

所以，"国朝待遇士大夫甚厚，皆前代所无"[2]，是有口皆碑的。仁宗时，以至"诏臣僚之官罢任，所过山险去处，差军士防送"[3]，时承平日久，此举无实际必要，纯属呵护有加。反过来对武职却可谓苛峻。《燕翼诒谋录》作者王栐，记其叔父"知贡举"，有两位中武举的友人来祝贺，"仲父问之曰：朝廷设此科以择将帅，而公等

---

① 王明清《挥麈后录》卷之一，《全宋笔记》第六编一，页89—90。
② 王栐《燕翼诒谋录》，中华书局，1997，页46。
③ 同上。

不从军，何也？答以不堪笞箠之辱。仲父因奏孝宗皇帝，乞更旧制，申饬三衙、沿江军帅待以士礼。至淳熙十四年，事始施行，进士皆愿从军。"[1] 我们知道明朝常打文臣屁股，宋代则仅武官受此凌辱，原因王栐言之甚明——待武人不循"士礼"。名将狄青数事尤显武臣之卑微。时韩琦在定州出为元帅，狄青于手下任"总管"。一日狄青会客，招妓佐酒，妓中有名白牡丹者，醉讽狄青"面有涅文"。涅文即以墨刺字，是五代以来军人脸上标记，罪犯亦有，故《水浒》里骂犯人曰"贼配军"。转天，狄青"遂笞白牡丹者"。为何堂堂上将，妓女也敢不尊？随后的事可为之注。不久狄青旧部焦用违纪，韩琦欲诛之，狄青急往救：

> 魏公不召，青出立于子阶之下，恳魏公曰："焦用有军功，好儿。"魏公曰："东华门外以状元唱出者乃好儿，此岂得为好儿耶？"立青面而诛之。青甚战灼，久之，或曰："总管立久。"青乃敢退。

过后狄青大忿，而曰"韩枢密功业官职与我一般，我少一进士及第耳"[2]。

凡事利弊相随、顾此失彼，是一定的。

宋代偃武无论深度与广度俱超往代，所造成的局限自然也很明显，前文间有触及。特言之，则如养兵至百万仅部分战力强劲，

① 王栐《燕翼诒谋录》，页45。
② 王铚《默记》，中华书局，1997，页15—16。

甚至承平百年后，连禁军也变得浮肿虚弱。募兵制军为国养，费用浩繁，以致难支，"绍兴中，军旅之兴，急于用度，度牒之出无节"[1]，朝廷竟靠出售度牒筹措军费。兵不习将、将不习兵虽有效防范武人坐大，却产生很多副作用，如"将帅不敢言振恤士卒"[2]，部下"视主将如路人，略不顾恤"，宣和末年榆次失利溃散，主将种师中竟"不知存在"，所部无一勠力相救，诸将不顾主帅"相继而遁"。[3] 又，自收诸镇之权以来，军中事务分权而治，以为肘掣，然一至缓急"兵寡无总之者"而无所响应，"靖康召兵，卒无应者"，北宋竟以此亡。[4] 对武人蔑视打压，"奉之若骄子，用之若佣人"[5]，养遇甚厚而情意至薄，自相矛盾，军心难聚……

然而宋朝偃武，大节不容抹煞。赵氏得国于乱世疮痍，而"底于大定，垂及百年，世称盛治"，偃武实有大德于万姓苍生。这是需要牢记的，后人却往往见偃武致宋"积弱"，将此大德遗忘。五代战乱之世，毫不夸张讲就是人间活地狱。前述当时每五人有三至四人丧生只是抽象数字，若言具体情形，盖将不忍听闻。活活饿死已属"幸运"，许多人直接被吃掉，"人吃人"竟为家常便饭。"括城中妇人食之，继以男子老弱"[6]，"城中乏食，樵采路绝，宣州

---

① 赵彦卫《云麓漫钞》，《全宋笔记》第六编四，页139。
② 脱脱等《宋史》兵八，页4843。
③ 同上书兵七，页4817。
④ 赵彦卫《云麓漫钞》，《全宋笔记》第六编四，页222。
⑤ 脱脱等《宋史》兵八，页4849。
⑥ 司马光《资治通鉴》，页7156。

军始食人"[1]，"宣军掠人诣肆卖之，驱缚屠割如羊豕"[2]，"杀老弱以充食"[3]，"脯其尸而啖之"[4]，"市中卖人肉，斤直钱百"[5]，"城中食尽，丸土而食，或互相掠啖"[6]……《资治通鉴》述晚唐五代，这类记载累累，军阀以至养成吃人"嗜好"：

> 赵思绾好食人肝，尝面剖而脍之。脍尽，人犹未死。又好以酒吞人胆，谓人曰："吞此千枚，则胆无敌矣。"及长安城中食尽，取妇女、幼稚为军粮，日计数而给之。每犒军，辄屠数百人，如羊豕法。[7]

武力失控祸世，其状如此。史家屡言"宋惩五代之弊"，即指这幅景象。所以，决绝偃武乃安定天下必有之义，其心确在解民于倒悬。阅乎两宋，由北而南，其运固蹐，其地益仄，而靖世安民初心不改，二三百年坚持兑以所诺。以种种客观条件论，赵宋所给予子民和历史的，业可谓竭其所能以最好。

---

① 司马光《资治通鉴》，页8479。
② 同上书，页8484—8485。
③ 同上书，页8536。
④ 同上书，页8559。
⑤ 同上书，页8707。
⑥ 同上书，页8781。
⑦ 同上书，页9538。

中华文艺复兴

"文艺复兴"一词，倘若望文生义，易有误解。《不列颠百科全书》词条强调的是，"其标志在于对古典学术和价值观产生浓厚兴趣"。[1] 其初确自文艺显其迹，但当发展起来，远逾乎此，最终使整个欧洲文明重生再造。眼下欲借为镜鉴，来谈宋学与中华文明的关系。

先稍事题外之谈，作为铺垫。

华欧文明分处东西，面目迥然，人多以差异以至对立视之。其实二者有极大共同点，久为不察 —— 它们是唯二两种穿云渡水，持续从古代延至于今，从未中断寝废的文明。

单说早与老，华欧皆非佼佼，但那些更古的文明无一能存，或另起炉灶，或改弦更张，或湮踪灭迹。反而这两位相对后进者，各自顽强生长，屡新屡进，直抵当前。此点远比差异重要。尤当拿具体史迹相对照，不谋而合处频现，有至巧遇奇缘，诚不可解。

[1] 《不列颠百科全书》国际中文版，第十四册，中国大百科全书出版社，2000，页213。

前五世纪左右，中华百家争鸣、诸子竞起，希腊也群贤辈出、学派纷立。迨雅典有"柏拉图学园"，齐国亦有"稷下学宫"为呼应。

秦汉中华一统，皇帝君临天下。未几，欧洲同样诞生罗马帝国，亦行以帝权，将环地中海郡县之。故而中华闻知，赠称"大秦"，以为等视中国。

始皇"车同轨"，"为驰道于天下，东穷燕齐，南极吴楚"，"道广五十步，三丈而树"[1]；罗马帝国同有是举，乃留"条条大路通罗马"民谚于后世。

中国筑"长城"以拒蛮族，罗马如出一辙："罗马人沿莱茵河、多瑙河和北海建起了筑有堡垒和要塞的边界线"，"122年，哈德良皇帝修建了著名的城墙，从泰恩河上的纽卡斯尔一直到卡莱尔，长约117公里"，此"哈德良长城"建在不列颠省，今犹可于英格兰见之。[2] 我国批评家曾以"国墙"讽万里长城，指为"封闭"产物，殊不知罗马人同有此好。

嗣后第四世纪，中国罹"五胡之乱"，晋室南渡，北方十六国纷立，旋入南北朝。中华地分南北，欧洲似不欲其独行，稍晚几乎同时，以日耳曼、汪达、匈人等入侵，帝国重心东移，不久西部土裂，化作蛮族十国……

以上约千年，华欧史迹如影随形，神奇保持相似节奏，所行所止、所驻所进，以至大小缓急之幅度、抑扬顿挫之跌宕、起承转合之机节，皆相暗投。

---

① 班固《汉书》卷五十一，页2328。

② 维姆·布洛克曼、彼得·霍彭布劳沃《中世纪欧洲史》，花城出版社，2012，页11。

实际这种投契，中晚明犹有其踪。二十世纪五六十年代，我国史界比附欧洲社会轨迹，热衷讨论明季"资本主义萌芽"。当时生搬硬套嫌疑固不可辞，但若全然谓之张冠李戴，亦非尽是。取明末社会、政治、经济和人文精神以观，骚动、变异以至解放趋势颇形其盛，惟是否套用"资本主义"名义可另推敲。历史嬗变，名义在其次，重要的是思想有无展现新维度，社会有未欲往新方向。放眼世界中近古之交，除欧洲开始奔向"资本主义"，中国从另一不相干地方，独立自发有其转型迹象，当属客观存在。

而就本文所论，欧洲文艺复兴十四世纪起势，对应中国约当元朝。是时，中华民分四等蒙、色目、汉人、南人[1]，九儒十丐，与欧洲枯木逢春、蒸蒸日上划然两样，欲寻"文艺复兴"之迹，自不能有所获。

宋以元殄，明为清亡。数百年间"汉族中国"两度沦落，但以往考察世界的"脱古入现"历程，对此重视不够。外侵致文明受扰、变异甚而扭转之例，不惟有之，且赫赫其彰。梁启超所称"四大古文明"之一的埃及，今已伊斯兰化，法老时代杳无遗响。中世纪千年，希腊—罗马传统在西欧断线，亦由外侵始作其俑。俄罗斯一地，自蒙古统治过后"亚细亚生产方式"影响浃沦肌髓，骨子里

---

[1] 所谓"四等人制"，稽诸元朝诏令并无所见。而学者蒙思明的研究表明，"然从零星之命令与记事，则确有可得而详考者也。大约言之，元代之种族等级，即蒙古人居首，色目人次之，汉人又次之，而南人为最劣"，见所著《元代社会阶级制度》，上海人民出版社，2006，页46。另外《元史》志第三十五百官一，则载"内外之官……其长则蒙古人为之，而汉人、南人贰焉。于是一代之制始备"，说明至少政治上元朝有按种族或地域区分人群的做法。

竟不复是"欧洲国家"。异族入侵影响中国往往忽略不论，有其特殊原因。中原文明一家独大，不像地球别处，文明交错兴替，竞争激烈，侵攘每令文明位移魂夺例如环地中海地区；职是之故，中国历来"化胡"能力超强，入侵者多以"入我彀中"收场，历史不致有伤筋动骨的扰乱。然并不总是如此。随着历史节点与主题生变，这种忽视或无形中带来盲点。自晚清而民初，就所谓"中华落伍"号脉问诊，普遍着眼的是中华文明自身不足，于此处"挖根"，指为文化先天所铸。是即1923年梁启超"三期说"所概括的，"五十年中国进化"先自"器物"感觉不足，继于"制度上感觉不足"，最终"从文化根本上感觉不足"。[①] 这"文化决定论"论调，当时甚获膺从，而未留心历史考析，实证地从中华历史迹印求一检验。

彼时，不肯翕受"文化决定论"，于历史辨识有所尽力者，乃日本学人。其中内藤湖南"唐宋变革说"最属空谷足音。谷川道雄谓其于"上个世纪20年代首唱"[②]，其实还要早些。1910年内藤《概括的唐宋时代观》一文，发表在《历史与地理》第九卷第五号，文末明指"中国中世和近世的大转变出现在唐宋之际"[③]。内藤之不盲从东西文明优劣论，历史学家的身份至为关键。他以充分史实为依据，实证地指出，"以中国为中心的东亚世界，是一个独立的文

---

① 梁启超《五十年中国进化概论》，《梁启超文集》，北京燕山出版社，1997，页450—451。

② 谷川道雄《〈中国史学史〉中文版序》，内藤湖南《中国史学史》，上海古籍出版社，2016，页1。

③ 内藤湖南《概括的唐宋时代观》，刘俊文主编《日本学者研究中国史论著选译》第一卷，中华书局，1992，页18。

明世界"①，"古代史"概念下的中国，社会发展变化不但不附骥于西方，且依自身规律推进，往往肇新还能先行一步。"唐宋变革"在中古向近世转化中，正表现着这种情形。

将中国近世起点推至"唐宋之际"，是就极早的萌蘖言之。我个人对唐基本目为中世纪，不以为有多少实质变异。但宋代多方源出唐代，如中书门下为核心的政治体制、财政"两税法"、文化上的"古文运动"等，都是重要头绪。惟唐代头绪虽现，条件未具。若干新因素，须再经一二百年方能水到渠成，真正带来历史推进。这里拈出两条。

其一印刷术。其文明颠覆改造之功，不逊当代计算机。晚唐初创，威力尚小，宋则彻底步入印刷时代，出版业之发达业可比肩现代，品类丰多，层次磊叠，既有官家"监本"，又有民间"坊本"，另如专为低价所出的建安"麻沙本"，以及方便携带的袖珍"巾箱本"等，广泛覆盖社会人群与需求。私家藏书大盛，积万卷者比比，某宗室"聚书七万卷"、叶梦得"逾十万卷"，皆超国家馆阁。具体情形，可读柳诒徵《中国文化史》第十七章。要之，中国因以立在新的文明基础上。蒸汽机被视为工业文明温床，印刷术于人类知识增长与传播之贡献，则堪言信息文明鼻祖。十五世纪德国古腾堡制成活字印刷，引发欧洲"媒介革命"，大大加速了科学及社会发展，至有"无古腾堡便无路德宗教改革"之说。宋早其五百年开启印刷时代，必从上到下、由内而外，方方面面给以深刻改变，惜今仍乏深入系统之详考。

其二"海上丝绸之路"。"海丝"中唐浮现，晚唐趋盛，蔚然大观

---

① 谷川道雄《中国中世社会与共同体》，上海古籍出版社，2013，页134。

则待宋代，赵构"偏安"东南后尤赖以为计。相较"陆丝"，"海丝"以前所未有的辐射面和便捷度，革命性地拓展了时代视野，不同人种、民族与文化的交流渗透暴增，两大口岸城市广州和泉州，甚至形成"獠夷"社区、试行"治外法权"此事表明文化异同已获明确认知和承认。曩往，六朝顾欢因释教东来提出"夷夏之辨"，其于"海丝"以来局面盖小巫见大巫矣。未始只有哥伦布式远涉重洋才能导致"地理发现"，"千帆竞发刺桐港"何尝不以反向方式，在中国奏其类似效应？此于宋人观念改变，乃至"民族国家"意识的激发，甚有推究必要。

　　上仅历史走势千头万绪中的两条。

　　论以大势，中国上古文明从夏商周至秦汉为一大结束。其后历魏晋隋唐，社会矛盾既不同于前，所面对"世界"更不复如昨。西周以至春秋，"中国"仍非特指，实仅居中之意，"皇天既付中国民越厥疆土于先王"①谓周自殷人得到和拥有了"天下中心"，意仅"中土"，地理方位名词而已。但跟随文明、社会发展与分化，"中国"开始渐向今义过渡。上古氏族部落纷争，渐被赋予文化抵牾冲突意味。所以《史记》述匈奴"其先祖夏后氏之苗裔也"②，原亦"中国"内部一部落，至秦汉则已以"蛮夷""鸟兽"视之，缘文明而分野的趋势立然。从这点讲，相对夏商周，秦汉以降"另起一行"，是一部"新中国史"。文明冲突来势愈强，界阈愈广。既有因地缘与周边种族的消长，更有文化传播打破时空的远程交集。抵于唐代，后者先后已现两次高潮，分别是佛教东传，和伊斯兰教、基督

---

① 《尚书正义》卷十四周书梓材，《十三经注疏》，中华书局，2013，页443。
② 司马迁《史记》卷一百十，页2183。

教跨海而至，世界三大宗教皆在中国完成"登陆"。故而宋之所处，乃中国首个完整面对"世界文明"的王朝。之前既未完全至此，也无从充分认识之。

就此有实际例证。南宋宗室赵汝适任职"提举泉州市舶司"，以工作之便广识天下远客，终以调研所得撰《诸蕃志》，记世界各国近六十，"道其风土，与夫道里之联属"[1]。中国"睁眼看世界"第一人以往多推魏源、林则徐等，实应溯至赵汝适。《诸蕃志》内容与质地时所罕见。其记叙世界的幅度，阿拉伯人差可比肩，而真确严谨远逊。如名著《天方夜谭》，最终定型成书既晚许多，且虽以奇闻博识开人眼界，传欧后掀起东方热，挑动探索欲，文体却类乎中国志怪小说，与《诸蕃志》理性史笔洵不能比。后者之真确精赅，不但当时他国著述不备，即在中国史撰内部也掀开新的一页。《四库全书总目提要》点评强调，以往官史此类记述重点为"详事迹"，《诸蕃志》则"详风土物产"。[2] 这个区别很大。"事迹"乃概貌，粗状情形，哪怕朦胧不具体。"风土物产"却不容含糊，一名一物皆须落到实处，指述确凿、明其所在。赵汝适独能做到，以大宋外贸口岸长官身份为保障，笔笔记述有确切"消息来源"，不复道听途说、辗转得之。从光怪陆离的《山海经》，到"详风土物产"的《诸蕃志》，正是中国"世界认知"变迁的写照。

历史的重要要求，也从中国内部提出。

秦汉以来虽为"新中国史"，然而那"新"字之眉目，仍感昧幽。

---

① 赵汝适《诸蕃志》序，《诸蕃志校释》，中华书局，1996，页1。

② 同上书，附录一，页225。

通常视"始皇帝"一创帝制，两千年即已定型，实际远不如此。后人固不妨以"中央集权"笼统言之，但围绕此区区四字终于做就其文，自启笔而成篇，疑难丛生，经历了长期摸索。从生产的组织与开展，到社会制度、政法配置的改进与修正，皆非一蹴而就。"百代都行秦政法"诗句不可囫囵以受，取历代《会要》披读，当知自汉迄唐，田亩、税赋、食货、民政、兵刑、官制、选举等，无时不变，缓慢而艰难地认识"中央集权"。"都行"云云，仅限称帝和郡县制这两个特征，而在诸多具体方面，不但秦与历代不同，代代也有轩轾。

例如文化的探索，就相当周折。所谓儒学一向居于"正统"，是常见的误识。自秦以迄宋兴，千余年实仅汉代居此位。汉代既亡，文化又失中枢，复掉落于淆杂。魏晋"尚通脱"、慕庄老，以与汉风相左，鲁迅视为"一个重大的变化"，"思想通脱之后，废除固执，遂能充分容纳异端和外来的思想，故孔教以外的思想源源引入"①。到了南北朝，北南佛教皆大畅行。"南朝四百八十寺，多少楼台烟雨中"虽堪愕眙，若跟北地比，竟又不值一哂。迄今两处最大石刻群，云冈与龙门，皆北朝遗存，而兼有塑像和壁画的莫高窟也自那时始建。今遍访南北朝旧迹或将讶然发现，儒家踪影寥然难觅，这正是文化面貌的反映。其后杨隋两代而终，科举以外文化上未及有太多作为。以下便是巍巍大唐。自古汉唐并称，人或谓凡事伯仲间，其实却只国势相像，文化出入盖如陵谷。李唐文化，盛在艺术一端，诗书画俱超往代，而于学术及思想表现平平。唐无

① 鲁迅《魏晋风度及文章与药及酒之关系》，《鲁迅全集》第三卷，人民文学出版社，2014，页525。

思想巨匠，无开山立派的大师，也无百科全书式通才。故其文化气象恢弘，却难称精纯，价值观尤堪言以"驳乱"。这从李氏以其姓附会老子信奉道教即可看出，待至武周篡唐，又为刻意打压李氏，转而礼佛。这番你来我往，足见当时最高统治者在至尚至要的信仰问题上，也是轻于去就，餍乎实用。知此，始可论韩愈何以称"文起八代之衰"。八代谓东汉过后，魏、晋、宋、齐、梁、陈、隋至唐。"文"在这里非通常所谓"文章"，而应理解为文明与文化。苏轼纪韩愈之功原话是"道丧文弊，异端并起"[①]，其所扭转者在此。后人颇以唐诗旖旎多姿，误识其文化面貌，忽视它直到中期仍风骨虚乏、无蹈厉之象，而这正是韩愈现身的原因。彼时他拈题"原"字，连做五文，正本清源："今也，举夷狄之法，而加之先王之教之上，几何其不胥而为夷也。"[②]吹响文化复兴回归号角。

文艺复兴以复古而文化履新，"古文运动"恰恰也是。中古世界东西两地不约而同，共举一旗，其巧合如此。韩愈九世纪初的"首义"，百多年后渐成巨流，席卷全宋，至十二世纪朱熹集大成，画上句号。这样，"华欧史迹如影随形"貌似有阙的一段亦获填补。与文艺复兴相同的情形，中国实有之，惟时代不直接对应元朝，而略早施展于宋。为着联想与比较之便，我们姑名以"中华文艺复兴"，戏拟为之，未必妥洽，关键在意义功能是否等同。

希腊旧牍触文艺复兴机杼，先秦古学则启宋儒襟怀。改宗后，希腊—罗马传统先遭排斥，继失典籍及语言。十三世纪初十字军

① 苏轼《潮州韩文公庙碑》，《苏轼文集》，中华书局，2016，页509。
② 韩愈《原道》，《韩昌黎文集校注》，上海古籍出版社，2014，页19。

陷君士坦丁堡，始与古典重新邂逅，而忽唤其思古之幽情。中华文化表面未闻其事，似乎代代延传，然而勿忘"焚书坑儒"。那区区数年两事距始皇崩不过七八年，文化损毁几至灭绝。迨及秦亡，天下书籍近乎荡然。私藏销诸秦火，官藏毁于战乱。汉初废"挟书律"，经几代征访搜求，以至幸赖"坏壁"意外发现，才惨惨淡淡重聚若干图籍，随之面临无穷无尽的真赝困扰。而且秦厄实不止于焚书，"书同文"所致割裂同样深巨。正字、搞文字改革，确是国家统一与集权宜有之举，本无可非议，然始皇目的不限于此，而欲借以断故国之思，泯精神余脉。平常或建设性的正字、文字改革，当有序为之，使新旧衔接，立新而不除旧。"书同文"却粗暴强推新字，尽灭昔日文痕。转眼间，汉人竟不识先秦文字，缘形称之"蝌蚪文"。即"太史世家"司马迁，亦不能识，而从孔安国学"古文"。须知所谓"古文"，无非数十年前旧物而已。又过三百年，东汉许慎终于整理出《说文》，"古文"烂摊子的收拾方告一段落。看过这些，自不能谓秦祸所致断裂较改宗基督教为轻。另外，秦虽二代溘亡甚是短命，但其文化阴影弥久难驱。汉虽"经典"复得，"古文"重新能识，文明似乎绝处逢生。其实"内伤"藏在深处，种种后患须历多个世纪方知究竟。西欧有待十字军东征，对过往无知大梦初觉；中国也是直到宋代，才真正认清秦祸的隐痛。朱熹说：

秦汉以来，道不明于天下，而士不知所以为学。[1]

① 朱熹《韶州州学濂溪先生祠记》，《影印文渊阁四库全书》第一一四五册，页641。

程颢说：

> 三代之治，顺理者也。两汉以下，皆把持天下者也。[1]

"顺理"即讲理、理性，"把持天下"则霸道与强权。虽然程颢说的是"两汉以下"，但分水岭显然在秦。宋儒认为，既经秦世，中国前后已被两种观念所割裂。朱熹还有一语，将这层意思挑之更明：

> 千五百年之间正坐如此，所以只是架漏牵补过了时日，其间虽或不无小康，而尧舜三王周公孔子所传之道，未尝一日得行于天地之间。[2]

此语写在十二世纪末淳熙十一年九月十五日，"千五百年"明自秦扫六合算起。所谓"尧舜三王周公孔子所传之道"未"一日得行"，即古典思想久失、现实益行益远。欧洲以"黑暗期"称中世纪，朱熹眼中秦后中国仿佛有以近之。通常很难认为这"千五百年之间"中国一片黑暗，它明显犹有若干"好时代"，如"文景之治""贞观之治"。朱熹却指为"只是架漏牵补"，充其量"小康"。当时便有愕然者，骇言朱熹"以汉祖唐宗贤于盗贼不远"[3]。朱熹何出此言，或许宋初

---

[1]　朱熹编《二程遗书》卷十一，《影印文渊阁四库全书》第六九八册，页102。
[2]　朱熹《答陈同甫》，《影印文渊阁四库全书》第一一四四册，页18。
[3]　陈传良《答陈同父三》，《影印文渊阁四库全书》第一一五〇册，页782。

石介一篇汉代评论，能代为回答：

> 汉革秦之祚已矣，不能革秦之弊，犹袭秦之政……噫！顺天应人，以仁易暴，以治易乱，三王之举也，其始何如此其盛哉！其终何如此之卑哉！三王大中之道置而不行，区区袭秦之余，立汉之法，可惜矣！①

原因在秦毒未肃。汉代秦"以仁易暴，以治易乱"，是很好的挽回，然却不曾深入清理秦弊，致未长成更好果实，"其始何如此其盛""其终何如此之卑"。宋人常将秦汉连带论说，对秦代否弃，对汉代则抱莫大惋惜。至其因由，他们认为汉代"士"负有很大责任。思想能力不足，深陷"破碎文义，以绚饰辞章而已"②窘境，造成中国未回正轨。矛头所向恰是汉学的特色与成就章句训诂。宋人责其钻牛角尖，虽重续旧脉，同时却使经典支离破碎，思想解读不充分、不到位、不恰切，且学风绵延后代，导致千年难有思想喷发。个中是非直到清中期仍起较大争端，包括民初梁启超在《中国近三百年学术史》序论部分，推崇汉清贬抑宋明，仍属余绪。此当另论，我们单讲汉儒勤力小学，相当程度出乎不得已。无论"焚书"造成的经典亡阙、真伪存疑，还是"书同文"带来的字形字义及训读问题，俱极浩繁，全力应对始能"传经"。汉人既将障碍渐次克服、艰难完成"传经"使命，已很出色，实无余力顾其他，后

---

① 石介《汉论》，《影印文渊阁四库全书》第一〇九〇册，页246—247。
② 《历代名臣奏议》卷一六五，《影印文渊阁四库全书》第四三七册，页560。

世思想乏而不振不宜诿之汉人。但宋儒指责汉代被动"袭秦",批判无力,这个问题确实存在。

总之朱熹基于两点,视"千五百年"为长夜漫漫。一、以秦为界,正道不传。二、汉学因其弊端,未起启明作用。顺此,我们也就其间中国的精神面貌谈其两种表现。从"虚"的方面讲,诸子时代旺盛的思想创造匿迹了,活泼进取的意气不见了,热忱高蹈的探问消失了。从"实"的方面讲,"三代"文明最重要结晶儒学停滞不前,孟子后再无深入,儒学在思想竞争中落了下风,明显不敌佛教,中国本土思想缺少主心骨。

结论是,破解之道在对汉学反动。汉人重小学,宋人要思想,乃旗帜鲜明的两条道路。体会汉称"经学"、宋称"道学""理学",已明两者方向之不同。直指思想突破创造,是宋儒的突出特征。王安石"他日傥能窥孟子,此身安敢望韩公"[1],明言己之所负在追赶孟子,而以人比其"当世韩愈"为小瞧。这并非轻蔑韩愈,仅因后者思想成就尚不足为标杆,而愿以孟子为真榜样。这抱负,实宋儒普遍共有。他们向往先秦砥砺激荡、自铸其说式胸襟,纷欲复其盛,停滞"千五百年"后中国终于再迎思想勃发期。

了解宋人思想成果前,需要回顾千年颓势何以此时一扫而空。

其初可谓"祸兮,福之所倚"。五代大战乱几令中国不救,宋室惩其教训,痛下决心,务尽一切、不惜代价为苍生开太平,情形见前《偃武》篇。而偃武另一面是"右文"。宋室力倡"文"之振兴,

----

[1] 王水照主编《王安石全集》第十册,附录王安石轶事,复旦大学出版社,2016,页240。

以与偃武相辅，犹恃双足以行：

> 自古创业垂统之君，即其一时之好尚，而一代之规橅，可
> 以豫知矣。艺祖革命，首用文吏而夺武臣之权，宋之尚文，端
> 本乎此。太宗、真宗其在藩邸，已有好学之名，作其即位，弥
> 文日增。自时厥后，子孙相承，上之为人君者，无不典学……①

"文治"在中国并非新思维，然奉行迫切坚决与真心实意，历来无
如宋朝。

凡事落在实处，方奏其效。当代邓公推"思想解放"，落实到
"尊重知识，尊重人才"。宋室尚文，也付之诸多政策取向。

首当其冲，明确尊儒。陈亮奏章曰：

> 本朝以儒立国，而儒道之振独优于前代。②

"以儒立国"四字，既入奏章，必有所据，陈亮不可信口而出。观
两宋君主，除玩国致亡的徽宗私下略耽道教，余皆恪行崇儒。如
此纯一，历代仅有。汉代不曾做到汉初用黄老，号称袭宋衣钵的明
代也徒有其表太祖成祖借儒学禁锢思想，武宗世宗则连续两任皇帝佞佛崇道，
清朝则视民族区别对待对汉人尊儒，对满蒙藏用萨满、黄教。宋朝心无
旁骛，一改意识形态数百年来的杂芜与游移，中国为之焕然一新。

---

① 脱脱等《宋史》文苑一，页12997。
② 李幼武纂集《宋名臣言行录》外集，《影印文渊阁四库全书》第四四九册，页826。

尊儒目的及本意，包含对士大夫价值观、地位、功用接纳倚重，对文明"正统"给予确认，以及凝聚、提升民族意识。这些点位，反映赵氏对其现实处境与历史使命有清醒的认识。最终，宋代思想的批判继承硕果累累，纯一尊儒厥为首因。

其二，朝纲文举武陟。"礼"以尊卑为外观和表象，今人知其上下先后即可，不必以"平等观"置喙。真宗间，曹利用自武途出身，"澶渊之盟"建功，进位宰臣。《东斋记事》载"曹利用先赐进士出身，而后除仆射，乃知进士之为贵也如此"①，是文尊武卑的典型案例。武人位极人臣，须"先赐进上出身"，否则名不正。就好比评职称先问学历资格是否齐全。出身非"正途"令曹氏毕生芥蒂难除，为此数与同僚争班序，触怒章献太后，终以抄没投缳死。②针对他的遭遇，余英时讲了截然相反的情形："汉初常以列侯为丞相，列侯则非有军功不能获致。所以汉武帝在拜公孙弘为丞相之前，只有破例封他为平津侯。"藉以对照，余英时认为"宋代进士正式取代了汉代侯爵的资格"。③未必直接这么看，但宋代"进士之为贵也如此"确甚醒目。名将狄青曾受韩琦折辱，恹恹所说也是"韩枢密功业官职与我一般，我少一进士及第耳"④。

其三，文臣与上书言事者免死。"太祖密戒"，《挥麈后录》《避暑漫抄》皆有载，而《宋稗类钞》最详。登基第三年，太祖密镌一

<hr />

① 范镇《东斋记事》卷一，《影印文渊阁四库全书》第一〇三六册，页581。
② 脱脱等《宋史》列传第四十九，页9705—9708。
③ 余英时《朱熹的历史世界》，三联书店，2013，页200—201。
④ 王铚《默记》，中华书局，1997，页16。

碑，封于太庙寝殿夹室，名"誓碑"。凡新天子即位及祭祖，由一不识字小太监引至，恭读誓词，"余皆远立中庭，不敢仰视"。因外人不能见，长久以来，"群臣及近侍皆不知所誓何事"。直到"靖康之变"金人遍掠大内，"门皆洞开，人得纵观"，情形始外传。碑高七八尺，阔四尺，刻誓词三行。其一有关保全和尊重柴氏子孙，其二"不得杀士大夫及上书言事人"，最后一行是"子孙有渝此誓，天必殛之"。南宋初，曹勋自金回，徽宗特命以此戒传谕高宗，"恐今天子不及知云"。高宗因以藩王意外嗣统，之前无缘见誓碑，故徽宗负有将祖训谕其知晓之责。① 此戒宣誓的精神二千年仅有，赵宋将其订为立国根基。

其四，君臣"同治"。《明夷待访录》："夫治天下犹曳大木然 …… 君与臣，共曳木之人也"②，比喻君臣是合作关系。又说："天下不能一人而治，则设官以治之；是官者，分身之君也"，"天子之位 …… 列于卿、大夫、士之间"，无由"君骄臣谄"，"丞相进，天子御座为起，在舆为下"是应有的礼数。③ 这些论述，后人视为理想愿景，殊不知宋人已在现实政治中坦然唱之：

> 帝王之道也，以择任贤俊为本，得人而后与之同治天下。④

---

① 潘永因《宋稗类钞》，《影印文渊阁四库全书》第一〇三四册，页216。

② 《黄宗羲全集》，第一册，页5。

③ 同上书，页8。

④ 《程氏经说》卷二，《影印文渊阁四库全书》第一八三册，页52—53。

睹此"同治"二字未免眼熟,从而想起清穆宗年号。时慈禧政变,将年号"祺祥"改"同治",所指却是两宫垂帘、帝后共治。从宋儒到慈禧,七八百年间中国权力认识就这样沧海桑田。其间朱明无疑起了最坏的作用,故当明亡,梨洲思痛责咎,重述"共曳木",本是拨乱反正,却骇世惊俗,有如痴人梦呓,遥不可及。而若时光倒流回到宋代,君臣"同治"并非口舌之快,凿然有其实。个中仁宗皇帝堪称表率,坚与士协心合力。仁宗名臣范仲淹句"先天下之忧而忧,后天下之乐而乐"妇孺皆知,其能道此,正是"政通人和"令士夫责任心使命感空前高涨所致。思想上,"道学"大旗张在庆历前后,亦"士气昂扬"一证明。随后神宗有过无不及,待辅臣彬彬以礼,与王安石尤为佳话,委心信任之外,引为"相知"、尊之"师臣"。[1]《熙宁日录》载有大量君臣对话与磋商,介甫畅所欲言,不掩喜怒,至当面指摘顶撞。王安石曾公开谈其"为臣"的主张:"虽天子而北面问焉,而与之迭为宾主。"[2]质诸《日录》,不仅说到做到,且有"当仁不让"的顽强,执拗体现"同治"之意。此风虽以仁宗、神宗为特著,而又非特例。曩往太祖太宗遇赵普即显此德,其余诸帝至少都能做到礼贤下士。其实,两宋找不出一位"乾纲独断"的强主,连恣于私欲的赵佶和冤杀岳飞的赵构也非为所欲为。宋代集权加强是事实,但帝王对于有商有量、避免专擅,颇能自警。此非宋朝皇帝人品好于别代,而是有"同治"理念的鞭策。

---

[1]　王安石《熙宁日录》,《宋代日记丛编》一,上海书店出版社,2014,页199。
[2]　王安石《虔州学记》,《临川文集》卷八十二,《影印文渊阁四库全书》第一一〇五册,页682。

余英时提出"以天下为己任"是"宋代'士'的一种集体意识",且指其基于君臣"同治"现实。[①] 今人谈宋制过于强调集权,实存偏颇。严耕望先生则分头讲以两点:"宋代相权大弱,而中央大权集于皇帝一身"[②],同时,"政治上皇帝虽集大权于一身,但皇帝与大小臣僚接近,有群臣轮对之制(轮流与皇帝讨论政事),群臣得尽所欲言,而祖训不杀谏官,不杀大臣,亦促使士气高涨,对皇权产生制衡作用"[③],合而论之始为宋制全貌。反观明代,不仅相位撤销代以内阁,形同君主秘书,且将谏官动辄当廷打屁股,待若婢妾,再不驯服酷刑杀头伺候 …… 遂知"集权""极权"之不同、宋制与明政之有别。

集权或"集中化的权力"[④],作为决策方式本无关善恶。创英国国教的亨利八世引领英伦迈向主权国家,还政天皇带来明治维新、废藩置县,皆集权之所致。集权是善是恶取决于有无制衡机制。十三、十四世纪英法"发展成了中央集权国家"[⑤]后,各自建立"由被统治者来限制王权的制度,在英国是议会,在法国是三级会议"[⑥]。1258年《牛津条例》规定议会"每年召开三次",而"作用已是多方面的:政治、司法、立法、财政。爱德华在写给教皇的信中甚至谈到,议会向国王提供法律意见,没有这样的意见,国王无

① 余英时《朱熹的历史世界》,三联书店,2013,页218—220。

② 严耕望《中国政治制度史纲》,页183。

③ 同上书,页181。

④ 朱迪斯·M. 本内特、C. 沃伦·霍利斯特《欧洲中世纪史》,页285。

⑤ 同上书,页287。

⑥ 同上书,页309。

权插手任何国内权利的调整"。① 法国三级会议亦"定期举行，并将在财政、行政甚至外交事务上对皇室进行监督"②。观今各国，率于中央集权同时辅以制衡机制，来兼顾高效与公正。

对宋朝集权的加强，亦应从实来论。彼时，加强初衷系惩五代之弊、解民危困，本为救世无疑。续观其后，权力虽向皇帝集中，却又扶植新兴士阶层崛起，在皇权和社会间为一桥梁，必要时加以反制。其能扮演这种角色在于两点。第一，相较世系贵族旧势力，士阶层直接来自平民，为平民一分子，政治、经济、社会各项利益与平民一致。第二，士阶层自有伦理体系，道义上终不阿附皇权反观奄寺之辈则明，合则相治，不合必诤。

因此，只讲宋代皇权加强，未察士阶层崛起，难握历史走向。欧洲向近代嬗变，端倪在"第三等级"因征税而崛起。中国无此线索，但中国士阶层亦欧洲所无。考其实际，同样相当程度体现和代表民意，切实发挥监督古人谓之"规谏"皇权的作用。士阶层雄张猛起以来，这一作用十分突出。以往"阶级论"一刀切，称皇帝"地主阶级总头目"，抹煞了许多东西。士与君权的颉颃，宋因"同治"之故，表现不很激烈，到了明代却明显是扞格几无宁日，"宫""府"相争盖为常态，晚明竟至水火、形诸对抗，皇帝近倖与东林互黑为"党"，你死我活，势不两立。若非异族入主之变，此番较量将激何变，盖不可料。不同地域与文明，历史路径不一，最忌刻舟求

---

① 克莱顿·罗伯茨、戴维·罗伯茨、道格拉斯·R.比松《英国史》，商务印书馆，2016，页180。
② 朱迪斯·M.本内特、C.沃伦·霍利斯特《欧洲中世纪史》，页390。

剑。未必中国也非待形成所谓"资产阶级"方足变革，"士"就不能有相类作用。其实宋及以后的广泛民间地带，"乡绅"于社会、文教、风尚等组织治理，益愈构成独立力量，影响乃至渐在官家之上。从朱熹建"社仓"、编"乡约"淳熙二年《增损吕氏乡约》实验，到明万历、泰昌、天启、崇祯、弘光间江南闾里自治隐约有形，进而洪杨作乱、清"中兴"竟以"乡绅"获之⋯⋯一浪高过一浪。惟中国变故实多，枝节屡生，矛盾每每被移，这种冲突与变革的释放始终难以穷形尽相。

无论如何，"以儒立国"造成士阶层崛起是悄然巨变。内藤学派归纳中国"近世之特征"，即以宋代"科举士人政治"昂然登台为突出标志：

> 平民凭着科举制度，大举参政，出现士大夫阶级，他们同时是文化人、官僚、地主和资本家，积极利用土地投资营利，也经营商业。①

"科举士人政治"的根本意义，在于宣告平民时代来临。这场平民大潮的种种表现，拟另文以叙，兹借谱牒暂窥一斑。唐与往代犹属帝室+贵族上层政治，故惟他们有谱牒。到了宋代，除帝系《玉牒》尚存，贵胄谱牒之学普遍衰落，而被"家谱"取代。家谱乃普通人自志家史的产物，中国人人得入一家谱，明己所出与子息，即自宋代始。两位文豪欧阳修与苏洵是自撰家谱体例之祖，所创

---

① 柳立言《宋代的家庭和法律》，内藤学派学说表，上海古籍出版社，2008，页7。

格式称"欧苏二体"而为后人依凭。"宋代士大夫族谱,私撰的不在少数。如《宋史·艺文志》著录有几十种……《玉海》称其书'自皇朝司马氏以下百官族姓,皆推源流,疏派别,志名字爵位,录世谱、家传及行状、神道碑之类'。"①南宋有人搜罗此类书,"得百二十三家,其阙遗尚多,未能有续裒集者。"②贵胄谱牒颓坠与平民家谱雨后春笋般出现,从不起眼的角度彰显时代豹变。我们尤当强调其时间点:十一世纪,这种躁动惟中国可见。欧洲因资产阶级有此萌芽,大致晚上二三百年。我们东邻,更得到江户末期始现"町人"翻身迹象戴季陶《日本论》。有此时间概念,方可体会为何内藤学派对"科举士人政治"深深眷注,视为人类新的曙光。

而思想乃现实晴雨表。凡当新阶层崛起、新时代启幕,思想创造均有卓异表现。周秦大变革之际,思想空前繁荣;两宋间思想意志,亦沛若江海。放眼中国古代,思想堪以"鲜花怒放"形容的时期只此两段。与秦汉以还本土思想乏弱成鲜明对照,宋代全程闪耀思想火花。起死人、肉白骨,创言立说,流派纷出,哲学体系巍然峙立,从而继诸子时代再造分水岭。之前中国之精神显未达于凝一,只宜逐代称之秦人、汉人、晋人、唐人;之后则无论朝代如何更迭,皆可谓"宋之子民"。举以切近之例,舒芜先生忆其民初幼年:"……我学理学的时候都读过,不记得读完没有,但确曾遵照他指曾国藩的教训,躬行实践,希圣希贤,甚至也打算置立《功

---

① 张富祥《宋代文献学研究》,上海古籍出版社,2011,页570。
② 转自上书,同页。

过格》，每天检查自己的善行恶行，善念恶念。"①是即宋儒所传方法，而九百年间逐代学童心灵人格皆以此塑。即在今日，塾学虽已久废，然而社会价值观乃至大众日常浑然不觉、近乎本能的行为意识，袭于宋人者俯拾即是。故钱穆先生一再论道，"迄于今千年以来，中国之为中国，依然如故，是惟宋儒之功"②，"不识宋学，即无以识近代也"③，"宋以前，大体可称为古代中国。宋以后，乃为后代中国"④，"近世之中国乃程朱之中国"⑤……

萃萃大者，近人名之"新儒学"。其由冯友兰二十世纪三十年代《中国哲学史》首申，复为陈寅恪、钱穆称引。陈氏谓："中国自秦以后，迄于今日，其思想之演变历程，至繁至久。要之，只为一大事因缘，即新儒学之产生。"⑥钱氏谓："宋儒可分先后两期……汇三派为一流，卓然成为一种新儒学。"⑦此说民国后流播海外，迨"文革"结束，返诸大陆益成热点。只是相较内藤思考，"新儒学"提出已晚二十余年，国内重视更滞后半个多世纪。这一时间差，真实反映着近代至当代中日文化和思想的客观距离。

① 舒芜《〈回归"五四"〉后序》，《新文学史料》1997年第2期。

② 钱穆《中国学术通义》，台北兰台出版社，2000，页190。

③ 钱穆《中国近三百年学术史》，商务印书馆，1997，页1。

④ 钱穆《理学与艺术》，《中国学术思想史论丛》（六），台北东大图书公司，1978，页213。

⑤ 钱穆《崔东壁遗书序》，《中国学术思想史论丛》（八），台北东大图书公司，1980，页291。

⑥ 陈寅恪《审查报告三》，《冯友兰文集》第四卷《中国哲学史》附录，长春出版社，2017，页355。

⑦ 钱穆《双溪独语》，台北兰台出版社，2001，页247—248。

　　"新"字凸显的是对先秦古典儒学革新改造之功。具体讲有双重建树：融合与破立。

　　关于融合。宋儒力扫精神中枢迷雾、重辟孔孟为正道，却并不抱残守缺，而知守能变。怀他山之石意识，熔秦汉后思想元素于一炉，使转助儒学探究，将它改铸成为"新合金"。其中，融释归儒为至要。佛教入华千载，久孚人望，且与世俗水乳交融。融释归儒顺应大众心理，可增儒学亲和度，改变其总是居庙堂之高、道貌岸然的模样。但这尚属其次，更重要的在于，佛教思想与方法能补儒学不足。陈寅恪说："两千年来华夏民族所受儒家学说之影响最深最巨者，实在制度法律公私生活之方面；而关于学说思想之方面，或转有不如佛道二教者。"[1] 此点十分关键。传统儒家思想作用，限在"宏大"和"公共"领域，包括陈先生上面所言"公私生活之方面"，实亦无关内心世界，仅为日常行为外部规约。常言说"满口仁义道德，一肚子男盗女娼"，颇足形容儒家惟能约束言行、难以深入人心之窘。传统儒家化人，约之以"礼"；长处在此，短处也在此。克己复礼虽造就外表谦谦君子，却缺"心"上功夫，难致灵魂觉悟。此恰佛教之所长，用信仰移易人心，自内而外脱胎换骨，"灵魂深处闹革命"。宋人视为启迪，乃勠力发掘经典之有关心性者。朱熹订《四书》，着眼修身养性主题，将先前不甚显要的《大学》《中庸》，置诸《论语》《孟子》之前，摆到第一、第二的位置，是儒家内在视点的重大调整，嗣后"格物致知""慎独""诚意"等内省之谈，重要性超过了礼义廉耻陈说。最终，宋代儒学发展出全新的"心

----

① 陈寅恪《审查报告三》，《冯友兰文集》第四卷《中国哲学史》附录，页355。

学"环节，声势益壮，转至中晚明竟成主潮，于思想个性解放极有力焉。说到融释归儒，就连"理学"名称实亦借于佛门，原为六朝佛徒所用，"高洁贞厉，理学精妙，固远流也"[①]，至是儒者自称"理学"，隐然将理论支点从"知礼"移诸"究理"。有学者称之"转向内在"[②]，若表为"向内转"似更明朗。相关话题很多，大如植入"体用"范畴、使儒家初建哲学本体论，小至语体之变朱子语效"讲经"弃文言……都是融释归儒的表现，或所引起的意义深远现象。本文因非专论，未暇尽以一一，从中暂划两个重点。第一，融释归儒灵魂在"归"，儒家本位未失，反因兼收博采而丰富与深入。第二，三教整合后"中国精神体系"正式娩出，不但千载不易，且输出日本、朝鲜、越南等地化育"东方文明"所谓"儒教国家""儒文化圈"实宋明始有其形，乃至全球化当下，中华立在世界民族之林，仍以赖之。

关于破立。"破"即拆除汉经学殿堂，闯出寻章摘句藩篱，使思想骋于广阔人生；"立"则开辟新伦理，为个体培植新人格，进以社会启蒙全面打造新规则新意识。宋人治学方法，彻底走出书斋案头解经，转重思想阐释发扬，强调结合现实、经世致用，力求圣贤之说发生改进社会与人性之作用。此乃汉宋根本不同，儒家学说和伦理真正深入民间社会全待宋后。宋学又一特色在极力打通义理与个体及实践之关系，促进能动性，使疏离抽象的箴规转成内在"有我"的心志，"六经注我，我注六经"，自主意志大兴，被动受教翻作自我发现。"人皆可以为尧舜"，当年孟子寂寂一语，

① 宗炳《明佛论》，《弘明集》卷二，《影印文渊阁四库全书》第一〇四八册，页35。
② 徐洪兴《唐宋之际儒学转型研究》，上海人民出版社，2018，页4。

忽如枯木逢春，绽其新芽。后有左派王学王艮心斋，竟以几不识丁之盐工乐学善悟，修成大师。他结合自身体会，作《乐学歌》："乐是乐此学，学是学此乐。不乐不是学，不学不是乐。"[1] 习道不复枯坐呆读，反倒心生欣怡。这样的人与事，断乎无见诸宋前。因了激扬主观，独立的意识以及不盲从、不墨守成规、不蹈故袭常和勇破权威的精神，便茁壮生长：

> "问良知一而已：文王作象，周公系爻，孔子赞易，何以各自看理不同？"先生曰："圣人何能拘得死格，大要出于良知同，便各为说何害？"[2]

> 夫学贵得之心。求之于心而非也，虽其言之出于孔子不敢以为是也，而况其未及孔子者乎？求之于心而是也，虽其言之出于庸常不敢以为非也，而况其出于孔子者乎？[3]

嵇文甫先生说："这种大胆的言论，正可和当时西方的宗教革命家互相辉映。他们都充满自由主义和现实主义的精神。大体说来，阳明实可算是道学界的马丁·路德。"[4] 而阳明见能至此，自是宋人"花径不曾缘客扫，蓬门今始为君开"。相较开思想新风，宋儒还

[1] 黄宗羲《明儒学案》卷三十二，《影印文渊阁四库全书》第四七五册，页517。

[2] 王守仁《传习录》，《王阳明全集》，上海古籍出版社，2014，页127。

[3] 王守仁《答罗整庵少宰书》，同上书，页85。

[4] 嵇文甫《晚明思想史论》，东方出版社，1996，页3。

有一项付出更值得大书特书——对教育投以很大精力，来促儒学普及和民众启蒙。儒家伦理渗入生活每个角落，至如"穿衣吃饭"一般，即縻乎是。他们分别办了两件事。一为"书院"。书院始见于唐，大兴于宋，以致形成"书院制度"。以前高等级教育，惟有官方太学，迫至书院建成，相当于出现"私立大学"，中国民办教育就此升级出深造的层面。宋代实现这一点，前提是大师辈出，吸引万千仰慕者从以受教，而饱学之士热心教育、愿以思想成果分享社会，这种主动性与责任感更属可贵。自宋迄明，书院对思想活跃与传播功勋极著，不特培养英才无数，甚至一度是社会变革策源地。二为"塾学"。此与书院恰处另一端，即低幼年龄教育。依《礼记》"古之教者，家有塾"，中国塾学起源颇早，但先前典范教材只有《千字文》，至宋突然大增，"三百千"里《三字经》《百家姓》皆出宋人，《名贤集》《千家诗》刘克庄、谢枋得原编，后人增订也是，可见此时塾学的发展突飞猛进。原因就是宋儒对幼儿教育寄予了特别关注。例如《三字经》，据传出诸王应麟手笔。如此饱学之士，肯耗心血、俯身亲为，替咿呀稚子编写内容精当、形式生动的课本，真正是将"启蒙"视为事业，而抱极高的热忱与责任。

宋精神文明成果终极体现，在社会信义、信仰与信念。我们知道有关资本主义兴起，马克斯·韦伯一改思路，指新教伦理是更内在的驱动力，伸张价值观或精神特质对于历史的意义，以纠唯物论之偏。但他却引中国为反证，声称恰因宗教缘故，中国无法导出资本主义。后一观点，晚近普遍认为"有修正的必要"①，东方

① 余英时《士与中国文化》，上海人民出版社，2014，页395。

学者讨论多多，尤以余英时《中国近世宗教伦理与商人精神》知名。作者明示目的即在与韦伯"误解"行"商榷"，而就后者因宋明史料之未稔所致罣漏指述具体。[①] 我们无意涉足相关讨论，惟从中国自身变化讲，"新儒学"后中国士绅富民阶级，其人格有新、觉悟有异，显而易见，《朱子家训》云"一粥一饭，当思来处不易；半丝半缕，恒念物力维艰。宜未雨而绸缪，毋临渴而掘井。自奉必须俭约，宴客切勿流连"[②]，缙绅摈排享乐，与清教徒不无共鸣。而东南重商之地，商户普遍拥有注重诚信、吃苦耐劳、兢兢业业民风，亦合任何市场信仰与道德。本文强调中国未必非与"资本主义"相比附，然于以上事实亦不应视而不见。

建题"中华文艺复兴"，敷以成篇，固有好事之嫌。但鄙意仅在借宋代轨迹，来探中国历史的可能走向。若有人胶柱鼓瑟，事事质诸欧洲文艺复兴，必欲二者无缝帖合，盖多余矣。比如后者最大收获在科学与科学精神卓然而立，此即中华所无。而中华为何未进于是，既属后话，更是别一题目，不必索诸本文也。虽然华欧历史关节每相投契，具体遭际终究有别，又何必圆凿方枘。至少，欧洲文艺复兴之初也是人文先变，"前三杰"俱系文人思想者，百年后始现科学曙光。变革都是由表入里、自浅而深，同时还得机缘相配。我们固不预判，宋世若得延续，进展必自人文抵至科学；然而，矢口否认这绝无可能，也未免妄自敢断。

① 余英时《士与中国文化》，页479。

② 朱用纯《朱子家训》，《蒙学经典三字经千字文朱子家训幼学琼林》，经济日报出版社，1995，页112。

庶民的胜利

《新青年》杂志第五卷第五号卷首登载李大钊《庶民的胜利》，就布尔什维克革命胜利及一战终结献以感言。文短且疏，惟标题极获人心。此五字，实古今一大文章。人类踵继相书，代有其新。刻下我就宋代平民大潮沉吟谋篇，也油然想起，而借以为题。

庶者，众也。"庶民"转作今语，便即"大众"。在中国，"大众"何时露以峥嵘，声音噪于瓦桁，文化擅其胜场，无疑宋肇其端。

具体可借城市文明观之。举欧洲相参照，是时彼之城市亚平宁较早称盛，其中米兰十一世纪初"人口虽然还不到2万"，却已是"西方基督教世界人口最多的城市"①，又过二百年"从大约2万涨到了10万左右"②，威尼斯、佛罗伦萨、热那亚等也"达到了10

---

① 朱迪斯·M. 本内特、C. 沃伦·霍利斯特《欧洲中世纪史》，页156。
② 同上书，页163。

万"①。以外如伦敦,"在12世纪末达到4万",又经百年"翻了一倍"②而仍未足十万。巴黎后来居上,1300年人口"逼近20万"。③这些便是欧洲屈指可数的"大都会"。然而宋朝呢?无论北宋汴京与南宋临安,人口规模均逾百万,而于欧洲皆能以一当十。遥想是景,不难绘出此时东西方市廛悬异的画面,从而拈其庶民社会碍难两同之分量。

这导致宋代有关城市的描述陡增群涌。此类篇什,前代有班固《西都》《东都》赋、张衡《西京》《东京》赋及《南都赋》、左思《蜀吴魏三都赋》等,零星可见,而皆状摹宫室规制抑或抒写帝王气象,不及市容,更无笔墨稍涉民间。迨至北朝杨衒之《洛阳伽蓝记》,才以接近散文的语态,依托佛寺故迹,对城市一般面貌有所勾勒,然意义仍仅限在史地层面。想要一览城市众生相,及其人声鼎沸、喧哗嚣扰情状,惟宋人笔下有之。此一方面代表性制作,我们都会想起《清明上河图》。那确是宋代街市最为直观的图景,然求其周详深细,却有更胜一筹者,惟非绘景,而为书籍。此类书集中出现在南渡后。既失北地,宋人满腹酸楚,于往日汴京繁穰追怀不已,遂有孟元老撰《东京梦华录》开城市书写先河。其后效者蜂起,从灌圃耐得翁《都城纪胜》、西湖老人《繁胜录》,而吴自牧《梦粱录》、周密《武林旧事》等,内容体例相仿,对象则由汴京转至临安。这当属世界最早的城市著述群,记叙为主,而于细

---

① 朱迪斯·M.本内特、C.沃伦·霍利斯特《欧洲中世纪史》,页182。
② 同上书,页185。
③ 同上书,页163。

节及脉络亦不乏研究的意味。

城市于人类有许多惊人的意义，只是习惯性生活其间的人们不能注意，更少予思索。

英人彼得·霍尔《文明中的城市》，突出强调城市骨血中含有"创新性质"和非凡"创造力"。此特质是空间属性所致。较之乡村，城市意味着更小的空间、更密的人口。"生活中很重要的一部分就在于寻找解决城市自身秩序和组织问题的方法，创造力也就由此而来"。城市规模每扩大一点，课题数量及难度都成倍增加，逼迫人们以空前和超乎想象的创造力加以解决。彼得·霍尔粗粗提及其中一些，"渡槽和下水道及地铁、收容所和教养所及监狱、法律规章"，是皆人间因城市而有的创制。他进而指出，勿以为这些仅仅有关工程技术或法律构设，所有实际课题都关乎"如何在城市更好地生活的方法"，亦即城市创新不能只问效率，且应体现和趋近"完善"，在解一时之难的同时顾及长远发展。① 城市就是这样不断为自己制造难题，然后绞尽脑汁、务臻其善使之克服的永恒创新基地。它催生的新生事物，无穷无尽，充天塞地。从自来水到发电厂，从信号灯到斑马线，从托儿所到养老院，从图书馆到电影院，从个人电脑到互联网，从摇滚乐到毒品 …… 乐此不疲，兵来将挡、水来土掩。

不仅如此。德国有民谚：

---

① 彼得·霍尔《文明中的城市》，商务印书馆，2017，页6—7。

　　城市的空气使你自由。①

城市意味着"解放"。与封闭、束缚背道而驰，是它与生俱来的秉性。虽然封闭束缚也会在城市中蠢蠢欲动，本质上则将徒劳。因为汇聚性与流动性，注定城市无法真正被封闭、被束缚。人可轻而易举被土地困住一辈子，却永远不会被城市所困。城市即变数，就是机遇以及随时随地遭逢意外。不独个体因城市而自由，社会亦将跟随城市化变得开放，二十世纪九十年代城市化兴起以来的中国可为此作证。

　　宋代城市文明前所未有的繁荣，正为人类标出了这样一个时代临界点。

　　从绘画到文字，人类从未如此凝神注目过城市生活。宋人有此态，实在也是被那全新、陌生的情景所惊诧以至惶惑了。《武林旧事》卷第六云：

　　　　浩穰之区，人物盛夥，游手奸黠，实繁有徒。有所谓美人局（以娼优为姬妾，诱引少年为事），柜坊赌局（以博戏关扑结党手法骗钱），水功德局（以求官、觅举、恩泽、迁转、讼事、交易等为名，假借声势，脱漏财物），不一而足。又有卖买物货，以伪易真，至以纸为衣，铜铅为金银，土木为香药，变换如神，谓之"白日贼"。若阛阓之地，则有翦脱衣囊环佩者，谓之"觅贴儿"。其他穿窬肤箧，各有称首。以至顽徒如

---

① 彼得·霍尔《文明中的城市》，第一篇"文化熔炉之城"扉页。

拦街虎、九条龙之徒，尤为市井之害。故尹京政先弹压，必得
精悍钩距、长于才术者乃可。都辖一房，有都辖使臣总辖供申
院长，以至厢巡地分头项火下凡数千人，专以缉捕为职。其间
雄猂有声者，往往皆出群盗。而内司又有海巡八厢以察之。[①]

是皆"城市犯罪"。城市趋盛，由简入繁，此为特征。城市犯罪的
复杂发达，与繁华度成正比。周密笔下临安，英国伦敦须至十九
世纪方具其状，使柯南·道尔有其素材去讲福尔摩斯故事。细看
临安种种至今不过如此，而它八百年前竟应有尽有，周密为之蹙
额疾首心惊肉跳自亦不免。其中临安治安，相较层出不穷的诈术
骗行、奸诡狡戾，尤能颠覆人心。农耕故态之纯净亡影无踪，混乱
暧昧竟使城市已不能事事明乎道德，从而黑白无间、警匪款通。"其
间雄猂有声者，往往皆出群盗"，临安此事，顾以芝加哥探员用毒
贩为卧底、FBI特工混入黑手党险成"老大"等现代实例，倒也不
足称奇，但那毕竟是周遭犹然一派田园牧歌的古代。未知临安居
民可怜抑或有幸，总之他们的生活，已过沉舟侧畔、先知春江之
暖，早早尝到了未来的滋味。

宋时市容之盛并工商百业、生活日常等，我们都且按下。一来
宋人书有详述，近人研讨亦复不少，都可取以径读。二来本文兴
趣并非描摹宋代城市样貌，而是探触其文化脉象。

宋社会之变，彰显于两大阶级现象。上有士阶层在统治结构

---

① 周密《武林旧事》，《东京梦华录（外四种）》，古典文学出版社，1957，页四四四 — 四四五。

中崛起，下则市人社会从民间急遽壮大。"市人"之词先秦已现，《吕氏春秋》《史记》等皆曾语及，但却有俟宋代才陡然攀升为热词。用上海人民出版社《文渊阁四库全书电子版》检索，《旧唐书》《新唐书》各仅十处，《宋史》则猛然逼近三十处。具体表现可借现实事件以觇——熙宁"变法"，青苗、募役两项都特将"坊郭户"列为征钱对象；尤其青苗钱，仅关稼穑，征诸"坊郭户"毫无理由。此必因全国城市人口已达相当规模，对敛财构成了实际重要意义，虽不合理，亦不顾矣。故知宋代社会已现全局性变异，马恩所讲"三大差别"之"城乡差别"初有显露，从以往单一的农民主体中，分化出了独立广泛的城市人群。

新兴市人生态，与农民根本有别。农民付出汗水于土地，收获作物，直接拥有生活资料。市人则不占有任何实物，或以技术、手艺"加工"实物增值而赢，或运用头脑与经验借实物的"买"与"卖"赚取差价，甚至完全无关实物，仅以各种无形服务搵食自奉。城乡谋生差异最终形诸货币——从农民的角度可全无仰乎阿堵，市人则不单依赖金钱，且视为最美之物。后者收入若仅为衣食等实物，实乃下选。他们真正需要的，非任何特定有形之物，而是握之非有补于暖、食之非有补于饱的"泉货"。这原本虚无的符号，可流动、可交换，市人所赖在此。其生存本质即"交易"，惟"交易"能呼吸，无"交易"则如死灰。不仅见诸所"入"，亦显现于所"出"；获取金钱，然后支出金钱；一面"挣钱"一面"消费"，一出一入都与金钱紧密绑缚。尤其"消费"，典型农耕生态无此概念，市人社会却以之为基础现实。这是宋代文化脱胎换骨的根由。根本来说，宋代文化变异非观念之变，纯属社会经济原因造就"消费"

硬需求，进而投射于文化的结果。恰因此，其所向披靡亦为任何观念与权威所不能敌。

文化的蜕迹，可总括于两点。一在分层，一为转向。

分层问题较简明，我们先说它。中国以往文化，层次单一，实仅贵族—精英这一层。虽然周初官方采诗犹于民谣相当注意，但随着"士"集团主导意识形成，对民俗文化加以屏蔽和过滤的倾向不断加强，"郑声淫"即是。到后来，文化垄断、层次单一日益严重，突出表现便是语言。现实口语虽已变迁，贵族—精英文化却强阻书面语随之以变，而固守古态，于是形成"文言"。所谓文言即书面成文之语，凡撰书为文，只能用它。树此壁垒以后，现实的活的语言被挡在书写之外，且贬损性地称之"白话"。中国书面写作与"白话"的天堑何时打破呢？就是宋代。虽然胡适先生《白话文学史》从很早时代讲起，但委实有"强说"痕迹，本意是为"五四"提倡白话文尽量找寻久远根据。如果就事论事，白话之兴只能以宋划界。这字面或语态之变，背后消息是社会文化开始分层。中国的文化生产及产品，从此区分服务对象、接受群体。某些由特殊阶级、教养与身份的人自赏，另一些则广及三教九流，以至贩夫走卒，亦有其精神食粮、视听之娱。这是"文化造反"。过去对社会层面的农民起义足够重视，对市民阶层的文化造反却欠缺认识。后者其实是宋代以来一个更加深刻的变化，随着话语权变动，雅文化一统江山摇摇欲坠，众声喧哗，隐然有多元迹象。

转向表现则较为繁复，光怪陆离、乱花迷眼。士文化秩序，诗文为正统，余兴寄诸琴棋书画"四艺"。舍此以外，壮夫薄而不为。偶俯身低就，稍染指新奇样式例如长短句，然界限分明，言志惟可入诗，词曲只吟风月，戏谑为之，姑以解颐。而当市人文化狂涛骤掀，种种藩篱随之七零八落。

风起于勾栏瓦肆。

宋代城市旧貌换新颜，在功能变化极大，古典的政治军事轴心意义转淡。无论汴京与临安，虽以国都而显赫，宫城却不复是鹤立鸡群、睥睨所有的存在，城市不断因社会演化划分为愈益平行的多样性空间，功能化趋向显著。孟元老对东都的忆述，此种态势一目了然。汴梁百业荟萃，已经形成各种专门街区，有金融专区、餐饮专区、药铺专区、杂货专区、青楼专区与定点夜市等等。其之所生，无一面向宫廷与官府，而皆以芸芸众生为对象。就此言，城市主角已非帝王显宦，业为市民大众。作为城市主人，他们不由分说将所好投向现实。新的文化景观遂尔浮现，内中最具代表性的盖即勾栏瓦肆。《东京梦华录》卷之二"东南楼街巷"：

> 街南桑家瓦子，近北则中瓦，次里瓦，其中大小勾栏五十余座。[1]

"勾栏"本建筑语，时人李诫《营造法式》曰"其名有八"，"楉槛""轩槛""阶槛"或"钩阑"等，皆系同指；[2]赵令畤《侯鲭录》卷七"栏楯"："殿上临边之饰，亦以防人坠堕，今言钩栏是也。"[3]故

---

① 孟元老《东京梦华录》，《东京梦华录（外四种）》，页一四。
② 李诫《营造法式》卷八，《影印文渊阁四库全书》第六七三册，页464。
③ 赵令畤《侯鲭录》卷七，《影印文渊阁四库全书》第一〇三七册，页402。

宋代城市娱乐场所称"勾栏",初乃指代用法,约即陈汝衡先生推想的那样:"场子四周围起栏干,用荆棘之类遮拦着,不纳钱的人不许闯入,这是'勾栏'的由来。"①然而因此闻名后,"勾栏"建筑语本义竟渐失却,完全衍为"声色犬马"之代名词。"瓦子"亦作"瓦肆""瓦舍""瓦市"等,它的意思宋人有具体解释:"瓦舍者,谓其'来时瓦合,去时瓦解'之义,易聚易散也。"②不一定是"瓦房",或为临时简易之草棚亦未可知,重心在"瓦"有聚散无定之意,以表这种去处的氛围情态。汴梁仅"东南楼街巷",便有"大小勾栏五十余座",规模十分可观,而它既非惟一,亦非最大。类似所在至少还有五处。这些宋代"百老汇"或"嘉年华",名头经久不衰。比如"桑家瓦子",百二十回本《水浒全传》就径直写到它:

> 两个手厮挽着,正投桑家瓦来。来到瓦子前,听的勾栏内锣响,李逵定要入去,燕青只得和他挨在人丛里,听的上面说平话,正说《三国志》,说到关云长刮骨疗毒。③

要么这说明《水浒》所源甚早,原作出诸宋人,施耐庵仅为润色者;要么便是"桑家瓦子"美誉长存,以至明初人们仍然耳熟能详、津津乐道。

声名远扬,隔代流芳,是因意义深远的文化转向在里面发生。

---

① 陈汝衡《宋代说书史》,上海文艺出版社,1979,页18。

② 吴自牧《梦粱录》卷十九,《东京梦华录(外四种)》,页二九八。

③ 施耐庵《水浒传》,江苏文艺出版社,2010,页1124。

每座勾栏瓦肆，那成群连片、鳞次栉比的棚子，所汇聚的一切彻底改变着中国人的精神生活及方式。其间样式品类，诸记所述应接不暇，兹据《武林旧事》为主一窥究竟。

"诸色伎艺人"条[①]下所及种类，大小计逾五十。每一种类，并附出色有声之名家。今依现在的理解，从行业区分可归为七个方面。一、戏剧；二、小说；三、曲艺；四、木偶皮影；五、脱口秀；六、魔术杂技；七、体育竞技。

戏剧。时谓"杂剧"，中国戏剧史杂剧这一页，是宋人而非元人掀开，此点人多有误。周密所列临安杂剧大腕，达四十余位。有些为本名，有些却是艺名，抑或观众以其所长而赠送的诨名。如"慢星子""锄头段""唧伶头""猪头儿"等，正如后世京戏名伶有谓"小叫天""麒麟童""芙蓉草"者。除了杂剧，还有"杂扮"，是一单独种类。参《梦粱录》"又有杂扮，或曰'杂班'，又名'经元子'，又谓之'拔和'，即杂剧之后散段也"[②]，可知或为戏剧小品，置于杂剧后上演，以遣观众余兴。擅作"杂扮"者亦近三十人，且更多以艺名或诨名出现。其中频见"乔""俏"字样，似乎这种节目，主要靠惟妙惟肖的摹仿性演技与戏谑俏皮的风格，博取看客。

小说。确言之当为"通俗小说"。中国最早的小说——稗史野记——乃文人余事，不为大众存在。真正视大众为对象的"通俗小说"宋代才有唐传奇仍用文言，惟当时传播与接受方式，非书面阅读，由说者口头说与人听，一如今天的评书。但现在评书被放入

---

① 周密《武林旧事》，《东京梦华录（外四种）》，页四五三——四六六。
② 吴自牧《梦粱录》卷十九，《东京梦华录（外四种）》，页三〇九。

曲艺范围，宋代我们却必须视为小说。首先，这就是中国"通俗小说"的初级阶段；其次，虽采用口头表演方式，说者却都有其创作文本，是即"话本"，而"话本"无疑为"通俗小说"的鼻祖。有三大品种，一曰"演史"，一曰"说经诨经"，一曰"小说"。"演史"专讲旧史传奇，"说经诨经"编排宗教故事，"小说"则铺述世俗生活。三大品种以后完全延续着，《水浒》《三国》自"演史"来，《西游》乃"说经诨经"余续，《金瓶》则为"小说"一路。临安勾栏瓦肆论以行业，"通俗小说"是最大群体和阵营，从业者甚至多过戏剧，三种艺人合计百十来位。

曲艺。宋时口头演艺统称"讲唱"。"讲"即小说，只说不唱或以说为主。反之另一类，依赖着音乐，借"唱"娱人。我特称之"曲艺"。曲艺，本应无曲不成其艺。今相声、评书、数来宝等都算曲艺，颇非其理。古代有乐无乐，根本是不同事物。例如古诗其实是歌，为文曰"撰"，赋诗曰"吟"，殊途歧路，实非一物，不像现代诗与文都只供纸面阅读。当时勾栏瓦肆中，"讲"与"唱"颇类文和诗，各吃一碗饭。而有乐有韵是更老的传统，故"唱"的品类较"讲"远多，有"唱赚""小唱""嘌唱""鼓板""弹唱因缘""唱京词""诸宫调""唱耍令""唱《拨不断》""清乐""吟叫"等等，皆特定声乐形式，惜具体样态今多不明，惟"诸宫调"因《董解元西厢记》而面貌尚存，"唱赚"则《都城纪胜》有所解释，"凡赚最难，以其兼慢曲、曲破、大曲、嘌唱、耍令、番曲、叫声诸家腔谱也"[1]，应是一人多能、文武昆乱不挡。余者仅可借名称揣测，不知

---

[1] 灌圃耐得翁《都城纪胜》，《东京梦华录（外四种）》，页九七。

"鼓板"是否与如今鼓书有其渊源？"弹唱因缘"是否如苏州弹词那样夹唱夹白？

木偶皮影。勾栏瓦肆两种较为综合的伎艺，一为"傀儡"，一为"影戏"，也即今天的木偶和皮影。从观众角度是戏剧，从制作角度是绘画造型，而表演者的功夫又有类杂技，或许幕后还有锣鼓师、拟音师等。一出节目如做到上乘，须汇聚多方高手。木偶另称"悬丝"，临安此中名家有"卢金线""张金线"等，盖以操作手法出神入化、丝丝入扣，乃至手中线绳有如金子制成得此诨名。除了形容其高超，或还指票房优、能赚钱，观众趋之如鹜。

脱口秀。《武林旧事》和《东京梦华录》都有"说诨话"，可见两宋间一直延续。"说诨话"意思清晰，为语言类搞笑方式无疑。会不会就是相声？应该不是。无论孟元老或周密，所列表演者皆独角一人，汴京为"张山人"，临安为"蛮张四郎"。后来形式中，与其说与相声有缘，不如说江浙独脚戏较为接近。清末独脚戏也独自说笑话、讲故事、学唱戏及方言，或东拉西扯掌故时事，至民国受文明戏影响，才变成两人或多人表演并形成固定剧目、依脚本搬演。宋朝"说诨话"则始终是单人的，且保持临时起意、即兴创作、自由发挥、信口开河特色不变，于今言之盖即"脱口秀"。临安还有一位方斋郎专事"学乡谈"，或与"说诨话"同类，惟特长是以方言土语为噱头。

魔术杂技。汉代谓之"百戏"，砖画可见其情形，翻腾平衡、抛丸顶罐等，但难知具体。在勾栏瓦肆中，各种项目及名称已指述明晰，且多延传至今。属于杂技的有"顶橦"头顶梁柱维持平衡做各种有难度动作、**"踏索"**高空悬索人行其上、**"上竿"**表演者徒手攀援高竿捷如猿猴；马戏有"教走兽""教飞禽虫蚁""捕蛇"，内有名"猢狲王"者，显然特擅驯猴；魔术有"神鬼""烟火""弄水"等，以及结合了魔术因素的博彩节目，如"头钱"_{"用瓦盆，内掷头钱，关扑钱物、衣服、动使。"}[①] 和"覆射"_{即射覆，覆器置物使人猜。}

体育竞技。英语称体育竞技为"游戏"，很合宋代情形。勾栏瓦肆大量"游戏"，在今都是体育竞技。如先前燕青故事中的"乔相扑"属于摔跤，同类又有"角骶"。前者是相扑始祖，而"角骶"则很可能是柔道前身。日本几乎所有非现代产物老根都在中国，且其历史文化以地缘之故，较能保存原态不生质变。"举重"亦宋人所乐见，方式为"掇石墩"等。"蹴球"即蹴鞠，国际足联认定的足球起源，《水浒》高俅擅之，而从汴梁到临安，勾栏瓦肆都有高手以此谋生。"射弩儿"_{射箭}同属热门，至有职业"女流"争锋其间。更特别的是"打弹"之戏，胡雪冈就宋代剧作《张协状元》第二出"蹴毬打弹谩徒劳"注云"打弹，用棒击毬"[②]，似与高尔夫、曲棍球、棒垒球相通，不知是否有其渊源。武术当然少不了，"使棒"即是，宋代最流行，王进、林冲两位教头与人比试皆用棒，临安个中翘楚一名"朱来儿"，一名"乔使棒高三官人"……

林林总总，将各种"奇技淫巧"过眼一回，今人也难免为之眩晕。但入勾栏瓦肆，何啻乎置身万花筒，故时人记之屡言以"繁胜""梦"，如同幻历。然繁华仅其表象，背后有坚实的社会内容为底蕴。我们知道诸多现代体育项目创自英伦，或经英人改进而

---

① 孟元老《东京梦华录》，《东京梦华录（外四种）》，页四〇。

② 胡雪冈《张协状元校释》，上海社会科学院出版社，2006，页15。

带动其兴起。仅球类中，足球、网球、乒羽、橄榄球、曲棍球冰球为其衍生物、板球棒球为其衍生物等皆是。根本原因，在工业革命推动社会解放，令英伦庶民文化勃兴称早，大众纷纷有其余兴余力投身所谓"游戏"。宋代勾栏瓦肆所现实亦类似景象，热火朝天的娱乐生活和五花八门的方式，令城市背景下的市人文化狂飙穷形尽相。

内中影响最深刻，以致将文化秩序兜底掀翻的，是小说和戏剧。此二者在世界范围普遍属于"近代艺术"，兴起时间多为十六、十七世纪，中国却自十一至十三世纪即已风起云涌。以小说为例，若未建立时间概念，很难以意识到中国一骑绝尘曾至何种地步。不妨依次对照：十八世纪英国小说顶尖作家菲尔丁，与同时期曹雪芹相比，艺术水准如何？十四世纪初至十六世纪晚期，中国连生《水浒》《三国》《西游》《金瓶》诸巨制，欧洲可有匹敌者？即便稍后《堂吉诃德》出现，其叙事之巧妙成熟能否等量齐观？继予前览，当宋代涌现《错斩崔宁》《碾玉观音》等生活气息浓郁、技巧细腻从容的短篇佳构时，欧洲"小说"之一物尚在何处？将这些问题逐一排开，分别稽诸事实，不难从时间轴上看清中外小说所处位置与状态。1827年1月31日歌德与爱克曼谈，言及某部中国长篇小说据信为明末清初《风月好逑传》时感慨不已，至云"中国人 …… 在我们的远祖还生活在野森林的时代就有这类作品了"[1]。引出歌德此语的，不过是中国的不入流作品。"野森林"云云，是诗人的夸张。当时欧洲应谓之田园时代，中国则已市井红尘万丈升起。欧洲小

---

① 爱克曼辑录《歌德谈话录》，人民文学出版社，1982，页113。

说发展滞后，原因惟在于此。小说戏剧之为"新兴"艺术，系社会变化所决定。社会条件未备免谈繁兴，犹禾苗之赖"气候"，否则无以萌蘖。故其于世界各地绽放有时、花开早迟，皆与城市发展、庶民社会觉醒保持同步。十七世纪莫里哀驱其大棚车领着剧团游走不同市镇的经历，说明了法国戏剧此时趋盛之缘由；而在海峡对岸莎士比亚早上数十年呼风唤雨，则无非是伊丽莎白一世重商主义令英伦市井繁荣稍占先机之故。

但也有例外。古希腊戏剧远早于中国，甚至印度戏剧也更古老，却都并无"庶民时代"支撑。古希腊戏剧虽曰公民文化产物，而所谓"公民"却只是广泛奴隶制下的少数阶级。印度戏剧多半以亚历山大大帝东侵传入，之后作为宫廷娱乐，演于宫廷亦为宫廷所豢养。长远来看，古希腊罗马戏剧昙花一现，制度一经解体，随之无影无踪，欧洲戏剧真正蓬勃与不衰，明显有待近代。印度戏剧起点虽早却后继乏力，不独成就为中国反超，社会影响的深度广度也不能相提并论。所以小说戏剧若要行之久远，最终仍以"庶民社会"为基石。

小说在中国，自《汉书》艺文志列为先秦一家，至此已有上千年。过往仅堪视为"史部"一种边缘或次要写作，而非体现反映新型社会文化的品种；有之，当自《汉书》"小说"被宋代"小说"替换取代算起。郎瑛《七修类稿》："小说起宋仁宗，盖时太平盛义，国家闲暇……"① 这里"起"字，是对新旧小说的区分，专就通俗

---

① 郎瑛《七修类稿》卷二二"小说"，《续修四库全书》一一二三·子部·杂家类，页155。

小说兴起而言。至于宋代通俗小说之萌芽，肯定要早一些，绝非仁宗朝始现。突出强调仁宗时代的意义，主要因仁宗接真宗之世，澶渊媾和成果日益显现，内则政治清明，国家一派晏然，经济、文化欣欣向荣，市廛殷阜景象极为显著。针对宋代城市发展进程，有作者说："北宋的城市人口占20.1%，如果以1亿人口计算，即有超过2000万的宋朝人成为城市居民。""作为对比，清代中叶（嘉庆年间）的城市化率约为7%，民国时才升至10%左右，到1957年，城市化率也不过是15.4%。"[1] 此说不孤，另有作者同指"北宋城市人口占全国的20%"，以致是整个古代"城市人口比例最高的朝代"，"农业税已经不再是主要的国家赋税，商税、专卖税占到了全国总赋税的70%"。[2] 以上数据未提出处，但似有共同来源。而这番突飞猛进，长达四十一年的仁宗时代自甚关键，"小说起宋仁宗"适与之相映现。考时人笔记，小说风行的谈资正是在此期间趋盛，被津津乐道。《东坡志林》："途巷中小儿薄劣，其家所厌苦，则与钱，令聚坐听说古话。至说三国事，闻刘玄德败频眉蹙，有出涕者，闻曹操败，即喜唱快。"[3] 梅尧臣的朋友吕缙叔，因识永嘉一僧"能谈史汉书讲说"，极为击节，而"邀余寄之"，特求梅尧臣赋诗相赠。[4] 前者讲顽童调皮家长生厌，辄掏钱打发他们去听小说；后者表明耽迷小说已从儿童到成人、自巷闾而雅士，遍世皆然。及

---

① 吴钩《原来你是这样的宋朝》，长江文艺出版社，2016，页263。

② 肖鹏《宋词通史》，凤凰出版社，2013，页994—995。

③ 苏轼《东坡志林》卷六，《影印文渊阁四库全书》第八六三册，页60。

④ 梅尧臣《宛陵集》卷五十三，《影印文渊阁四库全书》第一〇九九册，页381。

孟元老忆述东京诸色伎艺，通俗小说俨然已是勾栏瓦肆第一方阵，缘时推之必于仁宗时经历了一个快速发展。

可惜这一人类小说近代意义的发祥期，保留的作品相当有限。彼时统治阶级及富而有力者，对通俗文化不知珍惜，不屑藏存，故而绝大多数都自生自灭了。现经郑振铎先生认定："宋人词话今所知者已有左（右）列二十七篇之多（也许更有待发现；这是最谨慎的统计，也许更可加入疑似的若干篇进去）。"① 词话亦宋代话本一名称，《金瓶梅》还曾沿用。此二十七篇皆短篇作品，《错斩崔宁》《碾玉观音》和以王安石为主人公的《拗相公》即在其中。此外还有鲁迅列为"宋之话本"的《五代史平话》和"宋元拟话本"的《大宋宣和遗事》，以及程毅中先生称之"像是宋刻本"② 的《大唐三藏取经诗话》。这三件作品，按叙事容量可算长篇小说。话本原作存世情况大致如上。总之，短篇长篇俱备。若依这些幸存作品为凭，则宋代短篇小说明显比长篇优秀。《错斩崔宁》《碾玉观音》《拗相公》等极为成熟，即置明末冯梦龙"三言"之中亦不逊色。而从保存相对完整的《大宋宣和遗事》看，宋代长篇的结构较为松散，甚至情节与史料不分，写作方式夹生，更像说话人临场所用"脚本"，而非正式文学创作文本。也因此，《大宋宣和遗事》年代不会太晚，我个人信为南宋中早期作品，少许元代因素当如鲁迅所分析的"抑宋人旧本，而元时又有增益"③。

① 郑振铎《插图本中国文学史》，人民文学出版社，1982，页553。

② 程毅中《宋元话本》，中华书局，1980，页28。

③ 鲁迅《中国小说史略》，《鲁迅全集》第九卷，人民文学出版社，2005，页128。

通俗小说作品传世有限，所幸坊间热议，不乏谈说，而于野记留下一些概貌。除《梦华录》《武林旧事》所列知名艺人名单，还有其他材料。理宗端平二年成书的《都城纪胜》曰：

> 如烟粉、灵怪、传奇。说公案，皆是搏刀赶棒，及发迹变泰之事。说铁骑儿，谓士马金鼓之事。说经，谓演说佛经。说参请，谓宾主参禅悟道等事。讲史书，讲说前代书史文传、兴废争战之事。

这是有关通俗小说题材和类型的最早细分，共有"烟粉""灵怪""传奇""公案""铁骑儿""说经""参请""讲史"八类，相较北宋粗略三分的"演史""说经诨经"和"小说"，已深入情节构成去区分不同内容、风格、套路，从中可窥进化与传承。比如，"烟粉"隐约有言情身影，"灵怪"当启神魔小说，"公案"或即罪案和侠盗小说渊薮，"铁骑儿"应为《说岳》《杨家将》等武将传奇之先河，加上敷述世事沧桑的"说经"与"讲史"，西风东渐前中国小说类型无非如此，而宋代各有其形。惟一消失的是"参请"，当时禅宗特盛，机锋为人喜爱，遂有此趣味小说流行，时过境迁，渐而式微。此事值得关注。禅风日后发扬光大于日本，各方面无不习染，对整个日本文化具定型作用。其中，镰仓时代"佛教说话集"、室町时代"禅僧的文学"直接间接关乎小说，十三世纪末有无住和尚的《沙石集》，十四世纪前半有卜部兼好的《徒然草》等；后者"随着心境变迁的无价值的事"，写下二百四十三个片断，加藤周一教授认为已开意识流先河："在詹姆斯·乔伊斯发明小说'意识流'的描写之前，兼好的独创性并不为人所知。"① 如果宋代"参请"可得延续，中国小说面貌受何影响亦颇引人遐思。

以上情形截至南宋中晚期。又过四五十年，当王朝终末抑或元初，有奇书《醉翁谈录》面世。谓之奇书，因它专为小说而作，通篇只谈小说。以往涉述小说，皆为诸色伎艺之一种，而未有专书。《醉翁谈录》不仅是中国，只怕也是全球首部小说专著。是书中国久佚，日人长泽规矩也于本国意外发现，据说传自朝鲜，1941年影印出版。作者罗烨生平无考，有说宋人，有说元人。日本影印时题"孤本宋椠"，从书中若干字句口吻看，亦可断其年代为南宋终末至元初。

学者普遍看重它对小说的分类。这方面承接《都城纪胜》而有更新，亦为八类："有灵怪、烟粉、传奇、公案，兼朴刀、捍棒、妖术、神仙"②，前四种与《都城纪胜》同，后四种为新说。惟不知是罗烨重予分析界定的结果，抑或数十年来小说又有新动向。"朴刀""捍棒"字眼《都城纪胜》也曾出现，只是未单独划为类别，眼下拈出标识，莫非"武侠小说"脱颖而出，成为这四五十年一大热门？ 至于"妖术"与"神仙"，特别之处是明显与道教关联，似乎"说经"题材已从先前主述佛事渐渐移诸符箓巫觋之谈。

然而此书还有更高价值。《醉翁谈录》如其书名，一则以"谈"，一则以"录"。"录"即著录，八种分类后面旋举以篇名，使后人一知各类具体有怎样的作品，二可凭藉篇名反向理解分类。如《莺莺

① 加藤周一《日本文学史序说》，开明出版社，1995，页275。
② 罗烨《醉翁谈录》，《全宋笔记》第九编八，大象出版社，2018，页197。

传》《王魁负心》《卓文君》等在"传奇"之列，《杨令公》《青面兽》等在"朴刀"之列，《花和尚》《武行者》等在"捍棒"之列，《西山聂隐娘》等在"妖术"之列……颇便了解当时小说面貌。反观《都城纪胜》，只有分类未附作品，情形只能揣度。罗烨加以著录的作品多至一百余种，是迄今直接见诸宋人的最全目录。而且蒐其篇目以外，按类遴选若干重点作品，不惜篇幅，述其人物和故事梗概。如甲集卷二"私情公案"条下之"张氏夜奔吕星哥"，情节颇具人性光辉，言行尽显宋世风教。经这样保存下来的宋代小说情节梗概，或详或略，计有七八十条，原作俱已湮失，惟此可稍事瞻眄。从中看出宋代小说生活面宽广，角度多样，人情味浓，细腻腴润犹胜欧洲十七、十八世纪小说。这样的"录"，对小说史的研究自是弥足珍贵。

作者于"录"不遗余力，无疑有意而为之。他显已料到己之所阅迟早难存，心所不甘，预为绸缪，俾后人拾一叶、见枯荣。"醉翁"之意其在此乎？进亦形诸所"谈"，申白小说价值，见地直抵数百年后。这部分文字不多，仅甲集卷一《舌耕叙引》"小说引子"与"小说开辟"两篇，约占全书1/18，但特别重要，是理论的构建。初由八行诗句引出：

> 静坐闲窗对短檠，曾将往事广搜寻。也题流水高山句，也赋阳春白雪吟。世上是非难入耳，人间名利不关心。编成风月三千卷，散与知音论古今。

强调小说娱乐性和深刻性兼备，貌似鄙俗而骨格清奇，借虚构寓现实，寄兴亡于风月，总之赋予了很高意义。诗前特注"演史讲经并可通用"，亦即八行诗句所咏乃小说共性。嗣后展开论述：

> 夫小说者，虽为末学，尤务多闻。非庸常浅识之流，有博览该通"赅"通之理……烟粉奇传，素蕴胸次之间；风月须知，只在唇吻之上……只凭三寸舌，褒贬是非；略咤万余言，讲论古今。说收拾寻常有百万套，谈话头动辄是数千回。说重门不掩底相思，谈闺阁难藏底密恨。辨草木山川之物类，分州军县镇之程途。讲历代年载废兴，记岁月英雄文武……曰得词，念得诗，说得话，使得砌。言无讹舛，遣高士善口赞扬；事有源流，使才人怡神嗟讶。

视小说无所不包，无所不能，无所不至，既可上天钻地、呼风唤雨，也可入情入理、伺人心腹。末亦有诗，首句：

> 小说纷纷皆有之，须凭实学是根基。[1]

十四字而将小说两面性——以虚构伟力形同造物者，而内含缜密逻辑与理性——一举揭示。今人就小说艺术所能谈，不过如此。

虽然"醉翁"为小说价值不获人识大抱不平，此书其实却又是个反证，用它的着力鼓吹，反证小说在宋代深入人心。当时，通俗小说的确展现了奇异的征服力，被征服的不仅有罗烨本人，以

---

[1] 罗烨《醉翁谈录》，页195—199。

及梅尧臣朋友吕缙叔之类高雅人物，甚至皇帝亦未"免俗"。据载，高宗身旁便有一位擅长小说的内臣李绲[1]；李心传曰"睿思殿祗候李绲者，能讴词，善小说"[2]，徐梦莘亦谓"纲善小说，上喜听之"[3]。所不同者，上流社会私有所好，嘴上却回避称扬褒誉，不能如罗烨那般倾心言爱。原因有二，首先话本起于市井，价值与趣味全是市民的，程毅中先生曾言"宋元话本多数代表市民阶层的思想，明代拟话本则更多地渗透了封建文人的意识，显然有所不同"[4]，确实相比明代，宋代小说有更多市民原生态；其次更在于语言，语言是雅文化命脉，通俗小说甩开文言，援乌七八糟、猥陋俚俗的口语成文，贵人文士羞为同调。其实，白话经小说引入写作后，质地已异，凤凰涅槃。郑振铎先生对此论述极精，他稍稍回顾唐代"敦煌写经"即白话小说之初，"其使用口语的技能，却极为幼稚"的表现，继而写道：

> 但到了宋人的手里，口语文学却得到了一个最高的成就，写出了许多极伟大的不朽的短篇小说。这些"词话"的作者们，其运用"白话文"的手腕，可以说是已到了"火候纯青"的当儿，他们把这种古人极罕措手的白话文，用以描写社会的日常生活，用以叙述骇人听闻的奇闻异事，用以发挥作者自己的感伤与议

---

① 《建炎以来系年要录》作"绲"，《三朝北盟会编》四库写本作"绲"，而上海古籍光绪刻本《三朝北盟会编》作"纲"。

② 李心传《建炎以来系年要录》，页1715。

③ 徐梦莘《三朝北盟会编》，页1084。

④ 程毅中《宋元话本》，页28。

论；他们把这种新鲜的文章，使用在一个最有希望的方面（小说）去了。他们那样的劲健直捷的描写，圆莹流转的作风，深入浅出的叙状，在在都可以见出其艺术的成就是很为高明的。①

语言惰性是颇难跨越的天堑，文人雅士偏见，直到李贽、金人瑞时代才终于放下，转而承认白话写作同样高妙和富于技巧。

宋代庶民社会缔造的文化新生儿，不只有小说，还有戏剧。中国人精神生活的方面，实际来讲，宋以前尚处既无小说也无戏剧的时代，以后则一变至于被小说戏剧所统治。这是天翻地覆的变化，绝不亚于当代在电脑网络时代前后的跨越。小说和戏剧所辟启的精神空间，非"革命"不足形容。一切纵情其间、为所慰藉之人，与不知其滋味者，生命体验不可互语，全然身处两样世界。自彼两物大驾光临，中国断可谓洞天别开。其间小说所致幻变，因有文本可共，至今尚不难以体会。戏剧却因时空相隔，古人所受风魔与激荡，不免漫漶模糊。好在明代留有生动故事，可借以一窥"戏剧后中国"的情形。

在明代，生活离开戏剧已不可想象。二者水乳交融，致衍奇闻无数。李自成入北京，百官惧冠带惹祸尽予弃毁，几天后命投职名相见，须着官服，大家竟不约而同用戏服代替。弘光间，阮大铖"誓师江上，衣素蟒，围碧玉，见者叱为梨园装束"。钱谦益相好柳如是，也曾"冠插雉羽，戎服骑入国门，如《明妃出塞》状"。②

---

① 郑振铎《插图本中国文学史》，页554。
② 夏完淳《续幸存录》，《明季稗史初编》，上海书店，1988，页326。

《桃花扇》写朱由崧，短暂帝君生涯大半用于看戏，"圣驾将到，选定脚色，就要串戏"①，盖实录也。野史中，南京城破前一日，他在宫中闷闷不乐，太监问何故，答"梨园殊少佳者"②，遂传旨梨园入大内演戏，从午后演到凌晨，城外告急，拒不视朝，"以串戏无暇也"③，如此过足最后一把戏瘾，跨马离宫，无憾告别皇帝角色。

人生以痴戏而颠倒，是典型的宋后景象，之前无从寻觅。

言于是，不得不说中国戏剧确实独落人后。我们无论诗、文、画、乐、舞与小说，起点都不晚，间或早熟领先，惟戏剧生长略显迟俄。亚理士多德谈其精辟理论后千年，中国戏剧始正式有史。虽然"倡""优"字眼先秦已见，前二至前一世纪东方朔曾因"应谐似优""诙谐倡优"知名，却都不足证戏剧有形。乃至唐代"参军戏"仍以参军、苍鹘二角插科打诨，犹非严格代言体；梨园拜玄宗为始祖，所制仅霓裳羽衣之舞。货真价实的戏剧难产如斯，却于宋代"忽如一夜春风来，千树万树梨花开"，令人莫衷一是。有从中国文化内部溯其源者，也有归之于外来输入及影响者。郑振铎先生力主"输入说"，断言"完全是由印度输入的"，"印度的戏曲及其演剧的技术……输入中国，是没有什么可以置疑的地方"。④而在笔者看来，却应话分两头。一头是各种由来和条件酝酿到位，包括本国乐舞词曲演进渐可支撑戏剧肇兴，也包括印度与其他外

① 孔尚任《桃花扇》，人民文学出版社，1982，页161。
② 抱阳生《甲申朝事小纪》，书目文献出版社，1987，页367。
③ 计六奇《明季南略》，中华书局，2008，页211。
④ 郑振铎《插图本中国文学史》，页567—568。

来因素启迪与推动。另一头则"万事虽备，犹待东风"，这东风归根结底是社会土壤能够适合戏剧生长。前讲古希腊、罗马"公民社会"尚非庶民时代，却不可否认其文化确含公共集体属性，彼之戏剧一时昌盛以此为根。广而言之，这是华欧文化的根本差异。例如，西乐注重和声和弦、讲求声部的配比对位，就不只是音乐形式和技术体现，亦文化思维使然；反观中国，无论器乐声乐，皆独奏独讴为佳，"独坐幽篁里，弹琴复长啸"极是，合之则"呕哑嘲哳难为听"，原因即中国音乐本质上植根于个人个体，原未就协调配伍有何设定考量。此乃群愿文化非中国所长的直观例证，我们戏剧晚熟的命门也在于此。而随宋代市井兴旺、市人阶级崛起，命门终被打破。群愿文化喷薄而出，大众趣味与需求强劲现身，天然具有公众属性的戏剧遂尔忽兴。此脉络颇明，"完全是由印度输入"之说未免见木不见林，对主因有所失察。

城市催生市人社会，而市人亲手缔造哺育中国戏剧，是无可动摇的事实。但这草创期承继关系如何，尚待梳理。内中元杂剧乃灭金后承自金人，是没有疑问的。郑振铎说："杂剧的出现，最早不能过于金末（约在公元一二三四年之前）。又初期的杂剧作家，其地域不出大都及其左近各地。那末，杂剧是金末产生于燕京的，当不会很错。"[①] 这是就杂剧形态较成熟完整而言，故将时代断在金末。其次，由于郑先生强调元金间继承，以元杂剧作家集中出现于大都一带来证明金杂剧的母体意义，从而推导出"杂剧是金末产生于燕京"，无形中给人当时戏剧中心是金地、金代的印象。另如

---

① 郑振铎《插图本中国文学史》，页635—636。

顾肇仓先生主张"金代也有杂剧，与宋代相同"①，率谓宋金平行、不分主次，此观点为较多学者所持有。总之，此时中国戏剧源流关系颇含糊，虽有间接证据说明宋人在戏剧发展时序上处于前端，如"杂剧"名称首现北宋文献，以及王国维先生注意到的"《董西厢》多用宋人词调"②等，然而金人戏曲根本从宋地引入和移植的铁证并不明确。就笔者言，直至从程毅中先生书中见到"1126年靖康之乱，金兵占领了东京之后，曾向宋朝勒索诸色艺人共一百五十余家"③一语，进而征诸《三朝北盟会编》与《瓮中人语》，这才坚定了金人戏曲乃灭宋时从汴京掠夺而来的认识。

两书记述十分具体，情节亦较程先生所言更甚。时间为靖康二年1127正月二十五日至二月二日。近十天内，金人集中从宫廷和民间索要和搜捕汴梁艺人：

二十五日，索得"杂剧、说话、弄影戏、小说、嘌唱、弄傀儡、打筋斗、弹筝、琵琶、吹笙等艺人一百五十余家"；同时鉴于钦宗即位以来"权贵家舞伎内人""皆散出民间"，而责成开封府尹"勒牙婆媒人"从民间"追寻之"。④

二十六日，索得"教坊乐工四百人"，并据已得线索令开封府尹"悉捕倡优"，所获"莫知其数"。⑤

---

① 顾肇仓《元代杂剧》，作家出版社，1962，页2。
② 王国维《曲录》卷一，《王国维全集》第2卷，浙江教育出版社，2009，页67。
③ 程毅中《宋元话本》，页17。
④ 徐梦莘《三朝北盟会编》，页583。
⑤ 同上书，页584。

二十七日，索得"大晟乐工三十六人"。[①]

二十九日，押"百伎工艺等千余人赴军中"。[②]

三十日，又取"诸般百戏一百人，教坊四百人""帘前小唱二十人，杂戏一百五十人，舞旋弟子五十人"。[③]

二日，"再要内夫人杂工伎伶人内官等并家属"。[④]

经梳篦式反复搜刮，汴梁演艺界几无得脱，岂止"一百五十余家"而一概掳送北地。金国以其历史之轻浅，短时期杂剧忽至鼎盛，得诸掠宋无疑矣。

至是中国戏剧起承之序已然清晰：宋为端启，金接其绪，再传至于元。当然，金人功绩并不因而抹煞，彼处戏剧起初虽以掠宋有之，过后发展却是独立的成就，郑振铎先生所强调的燕京乃元杂剧母体的意义，仍然成立。

还有一关键处，尤须点到——以北宋灭亡为界，中国戏剧出现南北分野。在北自金杂剧演于元杂剧；在南则"杂剧"名称渐失，转与南方地理文化结合，变为"传奇"或"戏文"。后者又称"南戏"。早先因文献不足，多"认为宋元只有北杂剧，元明间才有南曲，而南曲是从北曲中变化出来的"[⑤]。现知完全错误。南戏为南宋旧物已然确定无疑，证据即中国现存最古的剧作《张协状元》。

民国九年1920叶恭绰游欧，于伦敦某古玩铺惊见《永乐大典》

---

① 徐梦莘《三朝北盟会编》，页586。

② 同上。

③ 同上书，页587。

④ 同上。

⑤ 钱南扬《宋元戏文辑佚》前言，上海古典文学出版社，1956，页2。

卷一万三千九百九十一，内有戏文三种即《张协状元》《宦门子弟错立身》《小孙屠》，亟购之归，先有传抄，十年后以题《永乐大典戏文三种》排印成书，学界称快。经众多学者研究，断《张协状元》出宋人之手，另两种为元作。

南宋戏剧从"杂剧"向"传奇"转变，中心在温州。南渡以来，浙闽粤沿海步入黄金时代，商贸因"海丝"高度繁荣，形成广州、泉州、温州等大都会。其中创立于温州的职业编演团体"九山书会"，"在继承宋杂剧表演技艺的基础上，终于使我国长期存在的泛戏剧（或初级戏剧）形态而蜕变、建构为成熟的戏剧样式"①。

胡雪冈先生考证"九山书会"曾做出四大贡献。一为"角色体制的建立"，"生、旦、净、丑、末（副末）、贴、外等七色俱全"，是即所谓"行当"，金元杂剧均不及南戏齐备。二为"曲牌体的诞生"，直到清中期皮黄京剧板式体出现，曲牌都是戏曲基本音乐样式，例如至今舞台仍有演出的昆曲。三为"温州腔的形成"，"唱"乃戏曲灵魂，"腔"则是唱的灵魂，以"腔"融合方言小调从而获得风格、韵味与魅力，这缘"腔"而立形态即由南戏确定。四为"唱、念、做、舞的综合"，西洋或话剧或歌剧或舞剧分取不同样态，戏曲却将各手段熔在一炉而为综合艺术体系，此亦经南戏定型。②以上四贡献，几涵盖中国戏曲所有。讨论"唱、念、做、舞的综合"时，胡先生曾分析一场景，"四十出张协离开京都'走马上任'，通过'合唱''不觉过了一里又一里'，走了四个圆场，便从京都到了

---

① 胡雪冈《张协状元校释》前言，页1。
② 同上，页2—3。

五鸡山，而时间则由白天转入'夜月辉辉'的夜晚"，指其已建"戏曲虚拟表演的艺术特色"。①

就此，戏曲史瞩目金元轻南宋的倾向宜有改变。虽然关、白、马、郑的成就足以景仰，但世事沧桑的影响不容小觑，燕京—大都这条线索，以王朝变更之故成为主线，而"九山书会"之类则随赵氏崖山蹈海渐灭没闻，钟嗣成《录鬼簿》以来，戏苑赫赫"名公"悉数隶籍北地，南部作者纷纷沦为"无名"之氏，以致作品埋没无闻，须数百年后在远隔重洋的某个角落再见天日。这是典型的文化兴衰为历史所主导的现象。然当重获发现时，人们却讶于"事实"与"所知"完全不同。中国戏曲奠基者绝非金元，而是宋朝以一己之力为它铺设完整框架。其间，北宋于其勾栏瓦肆，融合乐舞与曲艺，展开向代言体过渡的"泛戏剧"实验，是为北宋"杂剧"；南宋则在此基础上，于世界最大商都之一温州，完成和实现从"泛戏剧"向成熟戏剧样式的蜕变，是为"南戏"或"传奇"。

多年前，我还醉心古典戏曲研问时，曾注意"案头"之于"当行""本色"，向为戏曲论争焦点；进知戏曲作为庶民产物，创造动力来于此，从而始终以表演或舞台实践为轴心。此点自《张协状元》而梅兰芳从未改变，"文学"实居其末，虽然酸儒动曰词为诗余、曲是词余，戏曲真正进化却都在舞台草根实践者的才慧及努力。欲握戏曲发展规律，于此不容有失。"九山书会"可谓最好的证明，这由实践前沿无名艺术家组成的团体，各项创新变革都对戏曲体系定型至关重要。另从《张协状元》开场白"这番书会，要夺魁名，

---

① 胡雪冈《张协状元校释》前言，页3。

占断东瓯盛事"看，温州此类组织众多且彼此有竞赛，不但可以想见温州戏剧氛围浓厚，更可想见竞争中舞台尝试与突破不断。《录鬼簿》入传以"作者"为中心，取"有所编传奇行于世者"[①]；当然，中外戏剧史编写也普遍如此，俱以"作者"为中心。但我们勿忘中国戏曲非常特殊，"剧本剧本，一剧之本"，独于戏曲为不然，表演或舞台实践才是戏曲真正之"本"。戏曲自创生即非文人产物，而为庶民撒欢擅胜之场。宋代的演进，从头到尾呈现了这一点。

① 钟嗣成《录鬼簿》，《中国古典戏曲论著集成》二，中国戏曲出版社，1959，页104。

帝 与 王

杜牧咏秦之变，首句"六王毕，四海一"。王、毕宜品。六国既灭，嬴政特更尊号曰"皇帝"、称"朕"，而自居其"始"，以表"海内为郡县，法令由一统，自上古以来未尝有"[①] 伟业。此"皇帝"一物，之前不但中国无，全人类也从不知它存在。

全本《罗马帝国衰亡史》，译者就第三章"君主政体"一词注谓："罗马帝国的君主政体和我国的封建制度有很大的差异，无法相提并论。就拿皇帝来说，也不如我国那样专制，只能说是披着共和外衣的个人专政而已。"[②] 所言极是，惟"封建制度"字眼换作"帝制"始洽。

约晚两个世纪，罗马的共和制解体，诞生罗马帝国和罗马皇帝。然须知此处"帝国"与"皇帝"皆为汉字，且近代才用于罗马史。中国最早述罗马的《魏略》《后汉书》，于其君主皆用"王"而未用"帝"

① 司马迁《史记》秦始皇本纪第六，页161。
② 爱德华·吉本著、席代岳译《罗马帝国衰亡史》第1卷，吉林出版集团，2008，页50。

字，也不知近代是中国人抑或日本人率先改译如此。推想起来，大约近人立足全球史视野，鉴罗马共和制既亡，过后规模和治理明显有别于罗马旧王政，较近秦代以来中华面貌，遂借"帝国""皇帝"译之。虽然这相似性中国古人也抱同感，《魏略》和《后汉书》皆书罗马帝国以"大秦"，目作"西方之秦"，但"罗马帝国"与"罗马皇帝"名称确含一定误导。英文 Empire 帝国与 Emperor 皇帝所源，显是阿庇安 95—165《罗马史》序言所说，"他们称统治者为大元帅（imperators）[皇帝]"。①《不列颠百科全书》"Emperor 皇帝"词条：

> 在共和罗马（约公元前509—前27），imperator 指得胜的将军，他的军队或元老院这样称呼他。在帝国时代（公元前27以后），统治者通常把此词加在姓前为名，逐渐演化应用于他的职务。在中世纪时期，法兰克人和伦巴底人的国王查理曼于公元800年圣诞节在罗马由教皇利奥三世加冕为皇帝。②

"皇帝"本应作"大元帅"，于兹颇分明。考以历史实际，大元帅或大将军浮现，在军事强人凭藉武力威柄废黜共和、实行独裁。这是自盖乌斯·尤利乌斯·恺撒手上所成之事，尽管他一生只做过罗马的独裁者，却未妨后人以"恺撒大帝"相称。但我们却要心中有数，此处"皇帝"字样并无类似中国海内一统、万乘之尊的意义，只有一种力压群侪、大权独握之地位。从恺撒开始，个人专权取代经选

---

① 阿庇安《罗马史》序言，商务印书馆，1995，页13。
② 《不列颠百科全书》国际中文版，第六册，页55—56。

举产生且有任期的共和体制，成为罗马的新权力式样，并经屋大维正式延传，后者遂为"帝国"首位"皇帝"。前27年，经元老院提议，屋大维获得具神圣意味的称号"奥古斯都"，加上之前从其舅公那里继承的"恺撒"，全称"大将军·朱利斯·恺撒·奥古斯都"①。这才是"罗马皇帝"的本称。之后，诸帝皆称"奥古斯都"，又"从哈德良即位开始，'恺撒'用来称呼皇帝的第二号人物，被视为帝国的预定继承人"②，亦即在位者称"奥古斯都"，皇储称"恺撒"，亦有理解为"副皇帝"者。而在体制各方面，罗马帝国皆与秦式帝权有明显差别。例如皇位虽用世袭，法律上却仍经元老院走其"选举"过场，且从未形成中国那种"有嫡立嫡，无嫡立长""父以子继，兄终弟及"严密继承规范。最常见情形居然是"用领养或联姻的方式"③使帝系延续，恺撒传屋大维即已如此，过后"这个家族靠着收养的形式"传位，竟为"一百多年来的习惯"④。不知他们为何如此行事，总之制度既较粗疏，又明显有自相矛盾处。俟暴虐的康茂德皇帝遇刺身亡，帝位由禁卫军假"推举"名义掌控直至公然出售，便是制度不周的后遗症。此外，罗马行省制亦非真正的中央垂直统治，许多边远行省并无"郡县"之实，略近"羁縻"，充其量是殖民地。所以，罗马"帝国""皇帝"虽经翻译有之，名与实却都不能与中国帝制相比。

尽管如此，罗马帝国毕竟令欧洲首度结为一体，从而始终是

---

① 盐野七生《罗马人的故事》第6卷《罗马和平》，台北三民书局，2008，页28。
② 爱德华·吉本《罗马帝国衰亡史》第1卷，页59。
③ 同上书，页58。
④ 同上书，页61。

欧洲有雄心与野心者眼中丰碑，"帝国"样式与"皇帝"名号也在此意义上被心慕手追。八、九世纪，法兰克国王查理曼势力北抵波罗的海、南至亚得里亚海，稍稍有复罗马帝国往昔之盛，遂经教皇利奥三世加冕为"罗马人的皇帝"，重居"奥古斯都·恺撒"，是即"查理曼大帝"。又过一百来年，查理曼帝国分崩后东法兰克形成德意志王国，其王奥托一世亦由教皇加冕为帝，祖述罗马和查理曼大帝，建"神圣罗马帝国"。由于欧洲王室血缘交织极密，历来践其帝位者，德、意、奥、西、波西米亚、匈牙利、波兰诸地国王兼而有之，但德国人却以首创在己，独视"神圣罗马帝国"为"德意志第一帝国"。1806 年，存世甚久却十分松散、徒具其表的"神圣罗马帝国"为拿破仑取消。六十年后普鲁士王国统一德意志、再造帝国，称"德意志第二帝国"，复萌霸统欧洲夙愿而蹈亡于"一战"。又二十年，纳粹选举获胜，纽伦堡党代会上希特勒首以"第三帝国"指其"新德国"并着手征服全欧，纳粹党旗底色用"罗马红"今意甲罗马俱乐部球衣亦用此色，举臂礼乃罗马军礼，所呼"嗨，希特勒"亦自罗马口号"嗨，恺撒"而来 …… 这诸多勾连，皆因罗马帝国寝灭后欧洲一日未绝其梦，时欲重致一统，包括近代"帝国主义"一词也根植于对罗马荣光的憧憬。

梦想归梦想，"皇帝"在欧洲却终属稀有。罗马皇帝不宜与中国皇帝等视如前述，"神圣罗马帝国"即使极盛期亦未真正达成中央集权，诸帝拥名而已，于其领地外诸侯无管辖权。传统两强法英更是游离未与，自身有"王"无"帝"。法国至拿破仑始建皇帝名号；英国虽于十七世纪后广有美、澳与埃及印度等地，渐称"大英帝国"British Empire，但君主始终称"王"。中世纪接近全欧"皇帝"

地位的，非世俗君主，教皇或许近之。教皇本称 pope，拉丁语作 papa，即"爸爸"之发音，"源出希腊语 papas，意为'父亲'"。[①] 际兹欧洲裂国无数、莫能一统之时，惟罗马主教假教众领袖权威可号令天下，遂借意缀之，附会"皇"字尊为"教皇"。而彼时外界欲通欧洲，咸视教皇为代表，如忽必烈"命波罗弟兄二人使教皇所"，致书一函，"命他们赍呈教皇…… 大致命教皇遣送我辈基督教律，通晓七种艺术者百人来"[②]，赍书近代"由伯希和 (Pelliot) 在教廷档案中发现"[③]，此是教皇为外界所尊之证。但教皇虽凌乎众王却非真帝，这样的角色，西罗马帝国后，世俗欧洲其实没有。

古与"皇帝"字样沾连的，以外有俄罗斯大公于十五世纪拜占廷倾覆后自居东正教世界首领，续用"古代罗马的帝王称号 caesar"，称 tsar，"又拼 tzar 或 czar"，亦即沙皇。[④] 还有东亚日本，撮合神道教与中国皇帝概念，从"天照大神"和"皇帝"各取一字，称"天皇"。周作人于所译《古事记》注云："此种谥号系模仿汉族文化而设，自大化革新，始有年号，始于公元六四五年。"[⑤] 但具体年代未必如此，现多断《日本书纪》里的《大化改新诏》经改窜而成，较可信的依据应为 701 年《大宝律令》，小岛毅教授说"在这个时间点，天皇称号与年号也都齐备了"[⑥]，天皇名号创置于八世纪初

---

① 《不列颠百科全书》国际中文版，第十三册，页409。

② 沙海昂注、冯承钧译《马可波罗行纪》，上海古籍出版社，页11。

③ 同上。

④ 《不列颠百科全书》国际中文版，第十七册，页227。

⑤ 安万侣著、周作人译《古事记》，上海人民出版社，2018，页132。

⑥ 小岛毅《东大爸爸写给我的日本史》，北京联合出版公司，2016，页143。

已是"目前日本古代史学界的基本常识"①。

至是，有关帝制可得两个知识点。一、中国首见，率先形成。二、后起之别处，发育都不够充分，都有些残缺。归结起来，十足而彻底的帝制统治实仅中国完整建立。此于世界面貌关系甚大。欧洲加冕"皇帝"者多如过江之鲫，有效政体则为封建王政。中国在周代也是这种社会，却自六国被灭已与之告别，进入另一形态。而近数十年，我们却比附欧洲史分期，对秦朝至清朝的中国也用"封建社会"概念，复经学术和教育输送，使国人多不知中国之"告别"，造成历史认知一大不足。

二千余年中国所走道路十分独特。不单欧洲不同，连同处东方的日本亦自有别。后者虽于汉代与中国接触后渐构"天皇"系统，推衍神武为初代天皇、杜撰前660年为"皇纪"元年，却是纸面多于实际。隋唐之际采学中国，立法"天皇为一国之君，臣下不可复事他人"②，进推"大化改新"，"非改革不足以强皇室，非仿唐制不能以平内乱"③，降诏"以土地为国有，人民直属于天皇，罢世袭官吏"④，短暂建有"一统之中央集权政府"⑤。然不过数代，皇权旁落于权臣，"所谓天皇，实太政大臣为之耳"⑥。藤原氏衰，权柄复自贵族移诸武人。十二世纪末源赖朝击败平氏，创幕府制度、首任征

① 平泉澄著、梁晓弈译《物语日本史》，社会科学文献出版社，页102。
② 陈恭禄《日本全史》，页18。
③ 同上书，页19。
④ 同上。
⑤ 同上书，页23。
⑥ 同上书，页28。

夷大将军，日本从此为武家所统治。足利室町幕府初期有六十六国，到元龟、天正年间，蕞尔小岛竟有"三百个诸侯割据"①，天皇徒居名义至尊，政治、武力、财赋一切实权，尽操武家大名之手，直至"明治维新"。

"帝""王"之别下，世界图景约略如上。影响所及，则使社会发展与样态殊相其异。今以教育和学术误导，不知区分，轻率相混。常见国内字幕组将欧洲影视剧片国家君主译称为"帝"，近观德帕迪约所演《哥伦布传》原名《1492: Conquest of Paradise》，01：12：03处中文字幕于伊莎贝拉一世即作"尊贵的皇帝"，而这位哥伦布的支持者，虽日后外孙查理五世加冕为神圣罗马哈布斯堡王朝皇帝，本人当时却只是卡斯蒂利亚女王，与"皇帝"毫不沾边。这一字之差，在古可谬以千里。举左近之例，朝鲜受封中国天子、隶为臣藩，只能称"王"，宫阙城制亦以此自卑一格；日本却自有"天皇"名号，遣使如华"其国书曰'日出处天子致书日没处天子无恙'云云"②。内中不但朝鲜所受限制日本一概不见，而且三国间交往及历史恩怨，深受"帝""王"称谓掣肘，断不容误。

帝制有无与完备否，曾两度决定历史轨迹。纪元前后世界因之明显拉开差距；十八、十九世纪复以此别，拉开另一种差距。后者近在眼前，欧洲及日本，近现代转型因帝制轻浅而步履轻松，中国则以相反缘故羁绊深重。但是，如今往往知其一而不知其二，知近代中国被帝制拖后腿，不知古时曾领其惠。

① 涩泽荣一《论语与算盘》，九州出版社，2012，页25。
② 魏征等《隋书》列传第四十六，中华书局，1982，页1827。

　　且从"纯知识"讲起。某日于电视报道见南非行政区划称"省"，忽有所触。因想起日本直至近代仍称"国"无数，江户时代受儒学影响，始渐避用"国"字代之以"藩"，故当1869年版籍奉还、1871年废藩置县写作"藩"，但日本其实并无"藩制"只有领国制。复思当今全球，北南西东率曰"郡"曰"县"曰"州"曰"省"，这些名称在不少地方，短则数十年长不过几百年，惟中国早至二千三百年前。自兹迫至中古之世，设若中国人与日本人或意大利人相见，所谈"国家"迥不能通。后者口中之"国"，皆前者口中"州""府"而已，而前者所谓"郡""道""路"今省级行政区划之属，后者恐怕不知所云。续及种种设施，诸如官制、选举、学校、征榷、兵役、乡亭、治狱、邮驿等等，更将话不投契。

　　这都是随"皇帝"而有。

　　帝制或"中央集权"，中国历时太久以至麻木。欲重拾新奇，不妨变身马可·波罗，从中世纪"封建制"臣民的角度看中华帝国。藉之将讶然得见，彼时中国不特独享社会、经济及文化全面繁荣，且创新不断，就权力认识与规划、人才造就和选拔、社会系统架设等，遍予斟酌、每有鼎革，仅选举和台谏两项制度创新已足世人惊。今于帝制观感普遍为龙钟老迈、朽瘁疲敝，但那是帝制末期投影，而在幼年与壮年，并非这番景状。

　　帝制云何，以及为何中国惟一完全建成，需要溯及其始。

　　首先，"地大"乃一先决条件。中华导往"帝国"之路，拜广袤大陆所赐，心胸因此而宽，不以一隅所囿。中国哲人之祖老子，世传年代比孔子更早，所著《道德经》虽止五千言，粗予统计却见"天下"字眼出现六十次以上，远多于"国"，是彼时眼界已然如此。

设若弹丸之地，则必无以致。比如日本虽从中华学得"天下""天下人"说辞，并不真知其胸襟和底蕴。世界其他较古文明如西亚、埃及、印度，地虽不甚仄，却被沙漠、高山、海洋所隔断，除不便"交通"，复令部族猥多，难有天远地广、万物混同一统观。所以，中国早持"天下"之念、速有"四海一"现实，不独人力所致也。

次而是文明早熟。说到这一层，自然条件相近下的鲜明反差在欧亚间。它们同属一个大陆，气候、土壤与动植物出入不大，然而东边硬是比西头早慧，黄河、长江流域文明已星罗棋布、蓬蓬勃勃，西边主体仍处蛮荒，仅东南一角以邻近美索不达米亚而方兴，待彼各处初脱蒙昧，时间已至纪元后。这反差，至今并无让人信服的解释，但文明的不平衡着实长期制约了欧洲。鼎盛期罗马帝国，体量虽与同时期两汉相匹，所依托地带却主要是文明发育早的西亚、北非，"正统欧洲"区域占比甚少。如今欧洲虽将罗马帝国揽为己之荣光，后者基石却并非"欧洲"。而"欧洲"真正崛起的记号，恰恰是西罗马帝国覆亡。当时，蛮族作为罗马文明推翻者从历史登台入场，而东罗马之于拜占庭续命，实亦得益于彼处文明落差较小。以后西欧诸蛮族改弦易辙，欲复罗马往昔之盛，仍为文明不平衡所苦，令"神圣罗马帝国"宏愿难遂。

帝制由中国首创，里外似有必然。进察来路，也非突如其来。现皆视前221年为标志，是年齐王建被获，嬴政称帝，"改年始"[1]。帝制之始，于年份可有记号，历史认识却不宜以此为限。中国为这演变所做预备，渐进有历。如至关重要的"郡县制"，以为始皇

---

[1] 司马迁《史记》秦始皇本纪第六，页162。

所创则误。郡县最早作为"区域划分"名称，见于《周书》"作雒解"：

> 分以百县，县有四郡，郡有四鄙。大县城，方王城三之一；小县立城，方王城九之一。郡鄙不过百室，以便野事。①

周公平"三监之乱""作大邑成周"，时间约在前1040年，属西周早期。当然《周书》真伪存疑，郭沫若断其"可信为周初文字的仅有三二篇"②，作雒篇不在其中，清代早有学者以"周无郡"为由断本篇"是晚周先秦书无疑"③，故而我们暂不以为中国郡县起源之凭，不过，《左传》哀公二年"上大夫受县，下大夫受郡"④一语，间接证明中国郡县起初确如"作雒解"所说县比郡大"县有四郡"，而郡处县上是后来变化。无论如何，就算郡县萌芽没有周初那样早，春秋总不成问题。当时记载频见，如《左传》襄公三十年前543"绛县人或年长矣"⑤"赵孟问其县大夫"⑥、昭公二十八年前514"魏献子为政，分祁氏之田以为七县，分羊舌氏之田以为三县"⑦。《史记》秦本纪亦写"武公十年前687，伐邽、冀戎，初县之。十一年，初县杜、

---

① 《逸周书汇校集注》"作雒解"第四十八，页530。
② 同上书，李学勤序言，页2。
③ 《逸周书汇校集注》"作雒解"第四十八，[汇校]引郝懿行，页530。
④ 《十三经注疏·春秋左传正义》，页4682。
⑤ 同上书，页4368。
⑥ 同上。
⑦ 同上书，页4600。

郑"①，太史公亲口讲过所用史料惟《秦记》完好，故而武公事必出原始秦记。总之"春秋时，列国相灭，多以其地为县"②，中国郡县化始于春秋，秦置三十六郡不是开端只是收束，始皇创举非设郡县而是从全境取消封国，亦即"四海一"。

郡县制是表现，实质在观念。今谓"中央集权"，旧曰"大一统"，初由"统"字来，"统，纪也"，"引申为凡纲纪之称"③，到《春秋公羊传》发展成"大一统"之说："王者受命必徙居处、改正朔、易服色 …… 大一统也"，何休解之"令万物无不一一皆奉之以为始，故言大一统也"④。这观念在中国孕化颇久，郭沫若说将它彰此为理想的是孔子，而孔子源头在《尚书》："《帝典》、《皋陶谟》、《禹贡》三篇，特别是《禹贡》，可以说整个是这个大一统理想的表现。"⑤ 换言之，中央集权观念在中国萌生，远早于秦代和皇帝制度。

借机谈个小故事。日本最新大河剧《势冲青天》主人公涩泽荣一，明治初任职大藏省，欲效西洋创立邮政，初不知何以名之，但依俗语称"飞脚""飞脚钱"，后其下属自汉典查见"邮"字以示，此字日本过去竟"很少使用"，涩泽采纳后，定名"邮便"。可我们在中国溯觅其踪，却见《孟子》曾引孔子曰"德之流行，速于置邮

① 司马迁《史记》秦本纪第五，页123。
② 马端临《文献通考》第三册，页1907。
③ 许慎撰、段玉裁注《说文解字注》，浙江古籍出版社，2013，页645。
④ 《春秋公羊传注疏》，《影印文渊阁四库全书》第一四五册，页17—18。
⑤ 郭沫若《中国古代社会研究》，商务印书馆，2011，页99。

而传命"①。即便此语是假托孔子，至少战国已"置邮"莫可疑。由此知中日社会、制度与历史的悬殊。日本凡事师法中华而独于此字无用，以致孟子时代已行之事，日本直到明治维新仍付阙如。

所以，中国实现中央集权虽在前221年，酝酿与生长却有好些世纪。

但始皇功业与个人作用，并不因此冲淡。他许多倒行逆施为后世暴君作了"垂范"，笔者过往谈及惟有唾骂。然而，建成中国和人类首个大一统王朝，的确包含卓越眼界。当时他本人对此便有明确认知，知己所为乃何种事业与意义所在。改制后，大力鼓励群臣歌功颂德，遍刻石碑以纪。二十八年琅邪所立之碑，上写："维二十六年，皇帝作始，端平法度，万物之纪。"明指世间"法度"为之一变，历史从此开辟新纪元。这并非"自吹自擂"，从中国率先跨入中央集权，到晚近数世纪全球普遍行此架构，嬴政确系"作始"之人。这制度为何了得，碑文也头头是道，一一说在点子上——"上农除末，黔首是富"，生产将以农业为基础获空前发展，农民翻身有日、致富有望，假中世纪欧洲日本农民犹为领主之奴以观，立知帝制下中国"自耕农"之有福；"普天之下，抟心揖志"，统一的政权和国家将使社会团结成整体，从而爆发空前凝聚力；"器械一量，同书文字"，生产、交通、度量等工具采用共同标准规格及文字消除歧异，必大大推动社会发展与进步；"方伯分职，诸治经易"，职官与政府缘新式权力改革更变，使政治更见条理和效率；"节事以时，诸产繁殖"，集权将致诸业可引导有调控，政策

① 《孟子·公孙丑上》，《四书章句集注》，页229。

因时制宜、因事制宜，更利追求经济主动繁荣；"黔首安宁，不用兵革"，撤国除藩令战乱釜底抽薪，民无其忧，安享太平同时专心殖产……① 此皆《琅邪碑》所列功德，平心度之，并无一条言过其实。讽刺在于，嬴氏因其他倒行逆施而速败，并未领受其福。设若建此丰功之余，不去做焚书、禁言、禁学、以吏为师、粗暴灭古文、重赋苛役、求仙封禅等等歹事，不但秦祚久存可期，自己声望亦不难越乎一切"有道明君"。其实他距此仅仅一线之隔，那便是长子扶苏。当初坑儒、"发谪徙边"，扶苏切谏，若知悔有改而非驱之北监蒙恬于上郡，岂但亡羊之牢可补，死后江山又怎至落于胡亥、赵高一班妄人之手？

"百代都行秦政法"，骨骼已铸，历代增损而已。然而所谓"增损"却非修修补补那么简单。所损何须损，所增何宜增，不惟需要识见，也以无数生命为代价。帝制以来，中国劫波不断而屡仆屡起、起死回生，极言之皆因孔子作《春秋》。《春秋》的价值，不在就某言某行、某人某事给出具体义理和褒贬，而在高悬"以史为鉴"旗帜。《春秋》生《左传》，《左传》传《史记》，嗣后班、范、陈、房……华夏周流不止，王朝生生死死，惟"史鉴"传统扎根不倒。于是，凋残的败叶苦果，都化作肥料与种籽，催发新的生长。

将大国历史归诸一本书似乎匪夷所思，但那又岂是一本书而已，它令举世惟中国拥有史撰体系。当时中国与世界不同一眼在此。中国既将其独一无二建成，复置为政治设施，用作准绳，导

① 司马迁《史记》秦始皇本纪第六，页166—167。

引治政。类似之物现代为法治，而法治形成前普遍用宗教，惟中华"以史为鉴"，用史不用教。中国这一转变，于商周间发生。内藤湖南指出，"殷代有许多出身于巫的贤人宰相"，但是"那种在殷代地位显赫的巫职至周代已成为下等职务，民间也有了巫医的职业"，反之"史官在周代看来是特别显赫的职务"。[①] 直至汉初，仍残存史官政治地位奇高的痕迹，"在司马迁的时代，太史公的职位还在丞相之上，当然这并不意味着其官职的重要"。[②] 而孔子作《春秋》，则从个人角度进一步弘扬了这种重史的精神。事实证明，相较宗教，准酌于史是治理社会的更好依据，惩尤知所纠，教训落实处，而不虚蹈空论。

总之秦创帝制虽未一蹴而就，中国却能不断拗失补正，"摸着石头过河"，挺过各种考验。其间暗礁遍布，风云莫测，时陷樯倾楫摧之危，幸有"史鉴"系统发挥指南作用，使不偏航半途而废。如此难关迭克，渐出激流、履于平涛。

此刻便是宋代。中国帝制史，秦宋明显各为支撑点，一前一后，分拱两端。秦居首创，宋集大成。秦辟其时代一千年，宋亦有启后面一千年。

何以见得？ 有个显著标志。

"话说天下大势，分久必合，合久必分。"[③] 此《三国演义》开篇语也，复历数七国并于秦、楚汉并于汉、献帝后裂作三国，以为八

---

① 内藤湖南《中国史学史》，页73。

② 同上书，页146。

③ 罗贯中《三国演义》，人民文学出版社，1979，页1。

字之证。其后，晋继以五胡六朝，唐崩作五代十国，亦令"分久必合，合久必分"作为"历史规律"续获其验。故当罗氏立为叙事总纲，人皆谓能得历史秘辛。实际上，在《三国演义》创作的年代，这"规律"已从中国悄然退场，不复是必有劫数，惟距离未拉开，尚不能识。而今天我们则有十足把握宣布八字失效，中国大分裂"绝唱"明确定格在五代，之后"合久必分"断然已被"合久不分"取代。元、明、清、民国以迄当今，大一统牢不可破，分裂苗头纵现亦迅即熄灭，无力炽彰。明与清两个王朝终点，单视其分裂潜能，真不亚于汉唐之末，可是所有割据势力与企图，一概草草收场。中国的分裂于宋后绝迹，已是千年来显著而根本的变化。

这大结束与大开端，舍宋治别无依凭。是它弋获大宝于支离破碎，肩承前启后之任，彻查得失根由，方方面面革新鼎故，以整套制度筑永固之基。诚然，宋承唐末五代之疲，未能尽扫腥膻、混一宇内，但它却从自身细密反思，将教训熔在一炉，蝉蜕蛇解、刮垢磨光，将强汉盛唐未奠其安的中华大一统，于己手注塑成形。惜后人不能登高眺远，每将"弱宋"挂在嘴边。为此，本文特借回眸帝制演进纠驳其说，从全局角度还宋代一个应有历史定位。

很明显地，中国帝制诸多持续性危机于宋代解弭，变得百密不疏、铜墙铁壁。对此以往泛言"加强""强化"，既不确切也欠深入。应该说，从前221至960年，起嬴政讫赵匡胤，帝制探索的全程才尘埃落定。始皇帝的确只有"始"的作用，远未克其成；后面大约又用千余年，来将皇帝制度门道摸清。

商君曾指国有"六虱"，我们亦谓帝制深蕴"五蠹"。其行世以来，计生五大顽症——外戚、奄祸、强藩、权相和宵小。历代有齐发并至，也有轻重不一，总之不能尽除。前汉先显强藩之忧，后隐外戚之患。后汉则强藩、外戚、奄祸、权相四弊相踵，末年因外戚干政与宦官弄权内外交困，导致地方刺史趁乱雄起，而董卓、曹操坐大擅权，挟持天子，汉遂以亡。魏既代汉，司马氏复效曹家故伎，篡魏为晋。西晋惩之，崇隆同宗子弟以防"乱臣贼子"，而又亡于八王。到唐代，玄武门之变实质为强藩夺嫡，武后篡唐实质为外戚造反，中晚唐复因外戚杨国忠及韩国、虢国、秦国三夫人等与宦寺镇臣并乱，大唐一蹶不振。以上是宋前，宋后朱明除无够格之权相，其他一应俱全，而奄竖、宵小尤猖獗，永乐以还横行，一日未歇，外戚气焰亦时有所逞，宪宗万贵妃之万氏兄弟、孝宗孝康张皇后之张氏兄弟、熹宗乳母客氏等皆是，藩祸则有"靖难之役"及宸濠之叛。"爱新觉罗氏"[①]清王朝对各种前车之鉴颇为警觉，饶是如此，犹生"三藩之乱"，末叶慈禧几演武后之一幕，奄祸也有死灰复燃之势……总之，较大朝代除"非典型"蒙元其弊另论，五大痼疾都与帝制形影不离，而为膏肓之症。

然而独有一代，基本远离这些，近乎"五无"。不必说，那便是宋代。若非徽宗间有童贯、杨戬、高俅等人，"基本"二字甚至可以拿掉。有一件事极显不同。仁宗冲龄践阼，皇太后刘氏听政，"服衮冕以庙见"[②]。以她当时"福威"，似有机会"如唐武后故事"；有人果以此请，"太后读其奏，怒曰：'不作此负祖宗事！'裂而掷

---

① 近读香港开明书店2021年12月版《启功口述历史》，称"本没有这个姓，它是后人加改而成的"；兹从《现代汉语词典》附录《历代纪年表》。

② 王夫之《宋论》，页74。

之"①。太后未斥此人妄自揣测，而怒之将害己于"负祖宗"。"负祖宗"是关键。赵家掌权方式有变见下文，以往顺理成章的事现在行不通，即便刘氏愿效武则天，亦知不可为。就此船山评曰："夫汉、唐女主之祸，有繇来矣 …… 至于宋，而非其伦矣。"②

五大痼疾与帝制"本是同根生"，从自身逻辑而来。宋代既将帝制深化强化，同时又避开某些命中注定的劫数。正常讲，不合逻辑。

帝制，优势在权力集中，危险与灾难也在。偌大帝国，百足之虫，千头万绪悉归"圣裁"，史上未见如此巨大的权力。且不说那独坐龙床之人也是肉身凡胎，以至难保不愚呆昏聩，就算无比贤明圣睿，亦必不能独理，而必假以帮衬。此又如何？只能留待制度解决。而当制度尚未跟上，皇帝却需用人之际，彼属意于谁、信任者何，一目了然。自然是亲近之辈，诸如血亲、姻亲、贴身近侧等；帝制与五大痼疾所以"本是同根生"，即由此来。帝制早期汉代极典型，初以分封屏皇室，削藩后则转倚外戚、重用亲倖，如桑弘羊"年十三，幸得宿卫，给事辇毂之下"③，少年追随武帝，直至膺受当国之任。这样的用人思路，客观上确有其不得已。至隋唐，制度终于跟上。科举成定制，用考试公平选人，皇权终于不缺"齿轮""螺丝钉"。中国因帝制而有此创新，也算意外之喜。但抢才渠道既广，不等于皇权劣根性随以自除。无边权力集于一身，

①　李焘《续资治通鉴长编》卷一百一十二，页2615。

②　王夫之《宋论》，页74—75。

③　王利器校注《盐铁论校注》，中华书局，2019，页243。

必长贪欲，极易将公权视为私产。我国古代非无"公权"意识，《礼记·礼运》"大道之行也，天下为公"可证其有。但儒家既讲"天下为公"又讲"忠君"，本身自相矛盾。当时政治智慧，不足以设计兼顾集权与公正的兼美制度，指望道德从旁约束，自不能遏权力私欲。这是制度已备，皇权仍蹈各种旧辙的原因。我们于朱明观之极明，朱元璋鉴汉唐双双毁于奄祸，曾设严戒，"寺人祸国，其来久矣。我高皇帝有鉴于是，虽设中贵，止供撒扫。而衔不兼文武，政不侵外廷，衣冠不同臣僚"[1]，规定内侍毋许识字，置铁牌"内臣不得干预政事，犯者斩"[2]。然而太祖死才数年，成祖全都抛在脑后。原因不只是宦官助燕王谋反有功，更在于朱棣为皇位无忧必倚体己。反观朱元璋，知防奄祸，却以血亲藩王拱帝室，实质一也，都是将天下视为一姓私产。

职是故也，宋朝独能跳出五大痼疾窠臼，愈发使人好奇。

关键在"立国"之思，陈亮曾指"本朝以儒立国"[3]。此语正式写在奏章，显为国家政策引述，且表述端庄，明非个人之见。"立国"字眼，分量实重，断乎根本。惟过往对宋之于"儒"，主要从文化角度解读，其实它更是政治情形，有关权力设计和运行。

体现是，治国施政纯用士大夫。一切事务，从中央到地方、从经济到军事，完完全全交给士大夫，不让其他人插手。满朝上下，

---

① 曹参芳《逊国正气纪》卷二何洲周恕，《明代传记丛刊》第63册，台北明文书局，1991，页281。
② 张廷玉等《明史》职官三，中华书局，1974，页1826。
③ 《宋名臣言行录》外集，《影印文渊阁四库全书》第四四九册，页826。

只是皇帝与大臣打着交道，舍徽宗一朝几无"皇帝身边人"踪影，边事不用宗亲，内政疏离戚属，太监不倚、宵小远之，也不置鹰犬旁伺。这种单纯或"单调"相当罕见。

不必说，纯用士大夫得益于科举健全，然而实质不在此。

明朝人才培养选拔与宋无异，却对士大夫极尽钳制羞辱之能事，英宗、武宗、熹宗朝更将信任与实权彻底委诸走狗。清朝虽不刻薄至此，又因民族缘故而戒意深存，于汉臣职权设限、亲疏示别，并屡兴文字之狱。这两个后来者，取法于宋同时兑以权术，将翼护"家天下"置于首位。反观宋代，虽皇权提升、权力进一步向皇帝集中，"家天下"却未随之加重。的确我们可以多方说明宋代君权放大，却不能说国柄日益为皇帝私有，被他玩于掌心。极佳对照仍是明朝，中国皇帝至此真正变为极权人物，从心所欲，无法无天。从朱棣恣行诛戮、挥霍民力到朱祁镇、朱厚照、朱厚熜、朱翊钧、朱由校等任性胡为，难怪明遗民称他们"光棍"。宋代显然不是，宋代皇帝实际受各种限制，用权先须"合规"、继讲程序，权力集于皇帝不等于集于个人，主要只是国家层面集权强化。我们看其权力运行过程，也杂质锐减，不确定性降低，皇家主动屏蔽私人因素干扰。这样自限边界的集权，其实反有助"权为公器"。

宋室提升帝权，重心不是努力使其姓"赵"。"以儒立国"正反映着这方向与寄意的不同。纯用士大夫，初因"偃武"而来。武人坐大致天下靡乱：

> 本朝鉴五代藩镇之弊，遂尽夺藩镇之权，兵也收了，财

也收了，赏罚刑政一切收了。①

"收"，一是收归君上，一即收向文官。地方军、政、财、法各环节，皆由中央派文臣接掌。而中央改造也相同步，掌军令的枢密院，初犹以武人任之，"开宝九年，以曹彬为枢密使，领忠武军节度使，带节度自此始也"，过后"以文资正官充使"，最终"儒臣为枢使兼使相"成定制。②

"偃武"，后人不知为何差评累累。有怨其隳坏武力、致宋"积弱"者，有愤恨皇帝贪权、沮抑功臣者，却少见从当时现实出发，体念其拯民于水火的用心，更未察看收权武人后宋室努力使国家权力趋于正确的处置。

枢密院改造，绝不仅仅是诎抑武人。这机构唐代宗初创，"始以宦者为之"③，"宠任宦者，故置内枢密使，使之掌机密文书"④，其实是皇帝以私人侵宰相之权的产物。五代惩唐之失，"不用宦者，然徒知宦者之不可用"而转用"腹心"⑤，仍是权柄不离私近左右的思路。宋室收权武人，目的如在赵氏一姓，大可援唐旧例将它重归近倖，而却委诸朝堂正途士大夫。这是自有枢密院以来的一大变，明显使这要害部门正常化，纳入国家体制，不复隶于帝王之私。

---

① 《朱子语类》卷一二八，《影印文渊阁四库丛书》第七〇二册，页593。
② 马端临《文献通考》第三册，页1717。
③ 同上书，页1713。
④ 同上书，页1715。
⑤ 同上。

国家因唐、五季之极弊，收敛藩镇，权归于上，一兵之籍，一财之源，一地之守，皆人主自为之也。①

叶适所言，尽显宋政一统之极。然而"权归于上""皆人主自为之"的想法，其实古无例外，惟每每析至血缘、戚属、私人、走狗；宋代变化无非是，统统收归皇帝本人后，将所有旧势力排除于外，只分配到新兴职业官僚集团施行。这在权力认识上是有突破的。

突破即权力之防恰恰在亲不在疏、在近不在远。越将权力托诸私近之人，越适得其反。最终使皇帝架空以至国家取祸的，皆此辈。反倒是非亲非故，用规则与框架加以掌控的权力，不易生变。一直以来的误区终被察觉，但此事并非用某些人、不用某些人那么简单，而要有新机制。于是，官僚政治形成。

宋代是中国官僚政治的开端。虽然职官制度甚早，起码周代已以"官"治，却不能说已有官僚政治。官僚政治特征，在制度严密、程序规范，从而循规蹈矩、刻板僵化。情态倘未至此，即非官僚政治；包括欧美在内官僚政治显然也是近代制度趋于刻板的产物。中国从宋代开始现此情形。凡事有其一便有其二，循规蹈矩另一面，是有规可循、有矩可蹈。就此也可说，中国政治从宋代才变得讲究规矩、注重章法。

变化源自基于利益认同，而达成一种政治契约信托机制。士子经相关标准和程序遴选出仕前，已就权力合法性和整套秩序与官家达成共识，内含事君之道、为官之道和官家待臣之礼，彼此

---

① 叶适《始论二》，《水心集》卷四，《影印文渊阁四库全书》第一一六四册，页91。

信守，谓之"纲常"。"纲常"体现于官制，赋予官僚相应权力，保障他们应有的政治物质利益，同时附以监督考核机制，黜陟以序，任免以据，迁换以时，恒有法度。所有这一切，即是契约信托关系的基石。中国文官政治非自宋始，然而制度整饬确待此时。只见"权归于上""皆人主自为之"，不见体制健全及对政治契约的尊重，不足以言宋。宋代是特重"誓约"的朝代，信约以治、"集权"不"逾矩"、以万乘之尊而守则，可谓宋代特色。太祖戒杀文臣言官及与柴氏誓、与契丹盟，俱系"誓约"。而赵氏家风颇能如约，向有践守表现。其间徽宗毁约自亡，高宗很快纠正乃父所为，重回祖上路线再以缔约和金。后人笑其懦弱，却不知运用契约原是赵家习惯思路，无论对外与对内。

黄宗羲说，帝王嗜权出乎"以天下之利尽归于己，以天下之害尽归于人"[1]，然于宋代寻其迹，则为难事。宋隆崇帝权，初衷和冀待明显是终止战乱、防范分裂及使中央权威牢不可破，此意昭昭可鉴。围绕这些目标，它殚精竭虑、不遗巨细集权，"集"出了历史新高度。

地方。"知县""知府"等我们耳熟能详，至今日本还有"东京都知事"那样的职名。但人们或许不知，它历史不长，只是宋代产物。以前地方长官为"令"为"史"或"太守"，宋代渐不用，改"知县""知州""知府"。最早见于太祖建隆三年：

> 三年，始以朝臣为知县，其间复参用京官或幕职为之。（朝

---

① 黄宗羲《明夷待访录》，《黄宗羲全集》第一册，页2。

臣知县，自大理正奚屿、监察御史王祐等始。）①

起初像是临时举措，"知"字亦含此意；最终却推广开来，以"知"为正式官制：

> 分命朝臣出守列郡，号权知军州事 …… 文武官参为知州军事 …… 诸府置知府事一人。②

后来《醉翁亭记》"太守谓谁"是借用古称，欧阳修并非滁州"太守"，庆历五年对其处分为"出知滁州"③，在那里当"知州"。新旧官制之别，尽在"权知"。"权"是暂且、姑且；"知"是了解、使了解及主持某事。旧时"令""史""太守"等，明确赋予任职者以一方主政地位，"权知"则否，仅作为中央派出人员，代皇帝在某地暂理其事。目的无疑是削权，让地方变弱，"唐藩镇权重为朝廷之患，今日州郡权轻却不能生事"④。"这些知州、知府，本身另有官衔，都是中央官，带着一个'知某州某府事'的临时差遣，他的本职还是一中央官"，"若正名定义来讲，则宋代根本无地方官"。⑤对地方弱化，不止改"守"为"知"，又置通判，以及路无长官而设漕、仓、帅、宪四司，而于地方的吏治、兵权、财赋、司法各方面，

① 马端临《文献通考》第三册，页1909。
② 脱脱等《宋史》职官七，页3972—3973。
③ 谢旻等《江西通志》卷七十五，《影印文渊阁四库全书》第五一五册，页575。
④ 《朱子语类》卷一二八，《影印文渊阁四库全书》第七〇二册，页603。
⑤ 钱穆《中国历代政治得失》，九州出版社，2014，页86。

通通"达成上层机构集权之目的"①。

军令。朱熹批评枢密典兵,"枢密要发兵,须用去御前画旨下殿前司然后可发,若有紧急事变,如何待得许多节次?""本朝祖宗积累之深,无意外仓卒之变。惟无意外之变,所以都不为意外之防。"并举苗刘兵变为例,"苗、刘之事,今人多责朱胜非、吕颐浩,当时他也是自做未得"。②高宗被挟,正常环节打断,竟致枢臣无措手足。防来防去,最后使皇帝自悬险境,似乎好笑。然而我们却须注意它宁愿胶柱鼓瑟的用心 —— 一次发兵须四道手续:枢密院先拟计划上呈皇帝,获准后发还枢密院,枢密院再将已获旨意以军令形式交付殿前司,最后经殿前司下达执行,四环节缺一不可,所有手续有条不紊走一遍,军令方始合法。皇帝环节关乎有旨无旨,枢密院"出纳密命"③即领旨形成正式军令使发出,殿前司则"天下之兵柄皆在焉,其权虽重,而军政号令则在枢密院"④,纯为执行机构。从中可见,这套发兵程序不只将权力集于皇帝,更特重法度,连皇帝也不能甩开枢密院、殿前司径直行令,目的显然是密其规章,从国家层面防范武力失控。

相权。真宗、仁宗间名臣王曾,从副宰相做到宰相,以从政经历著《笔录》。内谈相制变迁:

① 严耕望《中国政治制度史纲》,页181。

② 《朱子语类》卷一二八,《影印文渊阁四库全书》第七〇二册,页592。

③ 脱脱等《宋史》职官二,页3797。

④ 马端临《文献通考》第三册,页1739。

　　旧制，宰相早朝上殿，命坐，有军国大事则议之，常从容赐茶而退。自余号令除拜，刑赏废置，事无巨细，并熟状拟定进入。上于禁中亲览批，纸尾用御宝，可其奏，谓之印画，降出奉行而已。由唐室历五代，不改其制。抑古所谓坐而论道者欤！国初，范鲁公质、王宫师溥、魏相仁溥在相位，上虽倾心眷倚，而质等自以前朝相，且惮太祖英睿，具劄子面取进止，朝退各疏其事，所得圣旨，臣等同署字以志之。如此则尽禀承之方，免误之失，帝从之。自是奏御浸多，或至旰昃，啜茶之礼寻废，固弗暇于坐论矣。于今遂为定式，自鲁公始也。①

“旧制”即宋以前情形。帝相早朝相见，共同议事，赐茶而退。之后宰相自拟政令送宫，叫“熟状”；皇帝阅可用印，叫“印画”。“其实是宰相出旨，只求皇帝表示同意就算”②。宋代却变“熟状”为“劄子”，进呈的只是“草案或条陈，而不再是定旨出命的定稿”③；旨出，宰辅署名走其形式，过去皇帝与宰相商量着来，“坐而论道”；现在宰相只提建议，“面取进止”，皇帝拿主意，宰相奉命行事。礼遇亦损，“啜茶之礼寻废”，宰相的尊崇不见，权力规格下降，“宫廷”独大。所以严耕望先生说“宋代宰相绝对的只是皇帝秘书长之职”④，实已启明撤相位之门。当然，不同时期有不同表现，神宗改

①　王曾《王文正公笔录》，《全宋笔记》第一编三，大象出版社，2003，页266。
②　钱穆《中国历代政治得失》，页80。
③　同上。
④　严耕望《中国政治制度史纲》，页184。

制相权转强，徽宗时蔡京"以太师总领三省，号公相"①，"公相领三省，则权侔人主"②，南宋则韩侂胄、史弥远一度强势。但这非宋政一般面貌，视乎帝王"有为"与"无为"；"无为"相权则轻，"有为"随帝王进取而相权转重。

宋以集权出名，但其思路又有"分权"。钱穆先生谈此视为缺陷，"宋代制度之缺点，在散、在弱，不在专与暴"③，将"散"与"弱"并提，暗示"散"系出于"弱"。其实，打散权力是主动追求，是加强集权的迂回形式。

地方政权易"守"为"知"，是分权。置通判直属中央，与知事均礼、诸政同署并负监督之责，是分权。路无元首、漕仓帅宪四司分领众务，还是分权。

军令备四道手续，是分权。同样，"诏中外所上书疏及面奏制可者，并下中书、枢密、三司中覆颁行"④，也是分权；这里规定帝旨须经合法程序发布以生效，后来南宋宁宗初登基闹得沸沸扬扬即为此。监察御史吴猎奏：

> 陛下临御未数月，今日出一纸去宰相，明日出一纸去谏臣，昨又闻侍讲朱熹遽以御札畀祠一种政治贬抑，中外惶骇，谓

① 李心传《建炎以来朝野杂记》甲集卷十，《全宋笔记》第六编七，大象出版社，2013，页157。

② 点校本《宋会要辑稿》职官一，上海古籍出版社，2014，页2961。

③ 钱穆《中国历代政治得失》，页81。

④ 脱脱等《宋史》本纪第五太宗二，页86。

事不出于中书，是谓乱政。[①]

径出手诏，未经中书，非制，所以吴猎敢言宁宗"乱政"。

而分权一揽子体现，在中央机构改造。"《春秋》之义，尊上公谓之宰，言海内无不统焉。"[②] 宰相称"宰"，由来在此。"民政、军政、财政及其他一切行政权，宰相无不综揽。"[③] 随着宋代架构重设，这一页彻底翻过。范镇描述为，"古者冢宰制国用，今中书主民，枢密主兵，三司主财，各不相知"[④]。亦即政权归宰相、军权归枢密、财权归三司，确乎化整为零，以致严耕望先生以"几可谓三权分立制"[⑤] 来形容。

当然，此"三权分立"非彼"三权分立"。宋以皇权单方面分割臣权，民主政治则将权力整体拆分，使其多维。但至少有分权思路，而且目标相同 —— 借分权为制衡。元丰改制，"议者欲废密院归兵部"，被神宗否定：

> 帝曰：祖宗不以兵柄归有司，故专命官以统之，互相维制，何可废也。[⑥]

---

① 脱脱等《宋史》，列传第一五十六，页12086。

② 马端临《文献通考》第三册，页1405。

③ 严耕望《中国政治制度史纲》，页185。

④ 脱脱等《宋史》食货下一，页4353。

⑤ 同上。

⑥ 同上书，职官二，页3800。

精髓即"互相维制",赵氏颇得其要。先前真宗说"且要异论相搅,即各不敢为非"①,亦是此意。

权力有制衡,上下改制皆为此。台谏变迁,尤具"互相维制"之考量。唐时御史台"属门下省",为宰相属官,"每宰相入内平章大计,必使谏官随入,与闻政事"。宋左右谏议大夫,原先名义上分隶门下、中书,然其人选渐不许宰相过问。"庆历初,诏除谏官毋得见任辅臣所荐之人","靖康元年,诏宰执毋得荐举台谏,当出亲擢,立为定制"。及至高宗,谏院彻底独立,"诏谏议大夫不隶两省,别置局于后省之侧"。②钱穆先生于其效果讲得生动:

> 于是谏垣遂形成与政府对立之形势。谏官本是以言为职,无论什么事什么地方他都可以讲话,不讲话就是不尽职,讲错话转是不要紧。而且这些谏官阶位低,权柄小,只是些清望之官,本来就挑选年轻有学问、有名望、有识见、有胆量、能开口的才任为谏官。他们讲话讲错了,当然要免职;可是免了职,声望反更高,反而更有升迁的机会。所以宰相说东,他们便说西。宰相说西,他们又说东。总是不附和,总爱对政府表示异见 …… 这一风气,是从宋代始。这也算是清议。③

相当于"替政府设立了一个只发空论不负实责的反对机关"。我们

---

① 李焘《续资治通鉴长编》卷二百十三,页5169。
② 马端临《文献通考》第三册,页1436—1437。
③ 钱穆《中国历代政治得失》,页84。

参考性地用于民主政体的反对派，似大差不离。宋之谏官，"以立异为心，以利口为能"，"所以使人厌也"[1]，议事"至于再三，或累十数章，必行其言而后已"[2]，"事无当否悉论之，必胜而后已"[3]。国家养这批人，专门鸡蛋里挑骨头，以致某些时候"有宰相奉行台谏风旨之讥"[4]。

这种"清议"无民选代议制背景，与现代反对党的相似度皮毛而已，但那毕竟是千年前，政坛这般"异论相搅"，不独对当道者掣肘添堵，也让诸多决策面临质询，尽量降减政治风险，总是一番开明气象。

自古，人类自我治理主要共历三模式：神治、人治、法治。它们基本为递进关系，立足法治、否弃人治理所当然，法治确胜人治百倍；而法治形成前，相较神治，人治则为更优模式，其善果较著已由古代中国发展所验，宋便是它臻乎其极的顶点。但"人治"积极面，及自我怨尤纠遏能力，也就到此为止；途穷路绝，欲更前行非另起炉灶不可。这是宋代作为历史转折点的意义所在。它从"人治"内部，摸着了秦以来老大难问题命门，调整权力结构，避其崩乱覆辙，将帝制推至一个千年泰然期。然其集权之思后遭区别对待，利乎君权独大者，得继承发展，对君主有形无形之约束则徒具其表，以至不顾明代上演很多这类活剧。于是，"权归于上""皆人

---

① 马端临《文献通考》第三册，页1438。
② 脱脱等《宋史》列传第一百一，页10897。
③ 同上书，列传第四十四，页9607。
④ 同上书，列传第一百六十七，页12311。

主自为之"，从宋代一种权力程序，演变为明清赤裸裸独夫家天下，"人治"从此遍体脓疮，惟待溃破迸焱。就这点论，宋之于帝制中国，虽可谓其"最好时代"，却也开始走向"最坏时代"。

象 刑 惟 明

"唐虞象刑惟明。"[①] 世传尧舜"画衣冠，异章服以为戮，而民弗犯"，"画象者，其衣服像五刑也"。[②] 人犯死罪，不用真刑，但将彼人绘于图形或制偶裹其服刑之，已足抑恶。这难以置信。不过"象刑惟明"四字关键不在"刑"，而在"明"，即法镜纯平，静如止水，不起一丝涟漪，以表我华夏于法以"惟明"为理想与根本。

国外现代派剧作，布莱希特《高加索灰阑记》1944因改自元人《灰阑记》，在中国备受欢迎。据考，《灰阑记》故事并非中国原创，乃所罗门断子事，经蒙古西征东传，再由元人移为中国朝代与人物。就此言，布氏改编可谓西方"出口转内销"，然其所瞩目确在中国文明及人性。梅先生子梅绍武介绍，1935年布氏于苏联睹梅表演后认为，中国戏曲"比较健康"，"和人这个有理智的动物更为相称"，

---

① 扬雄《扬子法言》卷第十，《诸子集成》第七册，中华书局，2015，页二六。
② 马端临《文献通考》第八册，页4881。

"已被提到理性的高度"。① 改编自是受此触动，他从中国题材中挑选了一个办案故事，李行道原题《包待制智赚灰阑记》，"智"乃贤明之意，而故事发生在宋代，主人公是中国公正执法的象征包公。

此或属赶巧，布氏应非对宋代法制有专门兴趣，我们从自己角度则可别有所悟。中国戏曲剧目凡涉司法公正几皆派在包公名下，是显著现象。自从元人开始着力塑造包公为理想大法官，这叙事便深入人心，以至近代，正净一行竟因包公别名"黑头"，演员若不习得全部包公戏不能出科。

宋史本传中，包拯并不以"断案"事迹为突出；包拯成"包公"，几出民间附会与想象。但这样的附会想象并非凭空而至，宋代司法确有相应表现，去容纳、承托这种故事。包公一类人物，宋代不仅有其实例，且真实事迹更精彩。曾因极度热播创下收视纪录的《大宋提刑官》，主人公宋慈即是一位突出代表。宋慈，先后任广东、江西、湖南提点刑狱官，相当于如今数省大法官。其以司法实践及专业素养撰《洗冤集录》，为世界首部法医学专著，较西人早三百五十余年。可惜《大宋提刑官》虽令宋慈家喻户晓，创作意识手法却偏文艺化，不能显宋慈在职业上的精确、理性、严谨，以及宋代司法审密之状。

理宗淳祐七年1247，《洗冤集录》竣稿刊行。时已南宋晚期，此成果是宋代法制经长久实践而趋成熟的产物。能走到这一步，极为不易，所由之路与酌夺、裁取、递嬗情形很可一观，我们在此粗梳线条以供了解。

---

① 梅绍武《父亲梅兰芳》，文化艺术出版社，2015，页443。

唐末五代，不光武力涂炭生灵，法制也是重灾区。无法无天，人民深受其虐。最黑暗时，军阀杀人为乐，不乏"赵思绾好食人肝"等残忍之例参见《偃武》篇，而那属于极端表现，较普遍情形是"藩镇跋扈，专杀为威，朝廷姑息，率置不问"①。"专杀"即死刑判决不俟核准，任意施行。割据势力以此挑战中央权威，中央政府则听之任之，法度彻底紊失。

故当宋初，百废待兴，而视重建法制为重中之重，世所诟病的"收兵权"也关乎此。建隆三年962二月丁卯：

> 上谓宰臣曰："五代诸侯跋扈，多枉法杀人，朝廷置而不问，刑部之职几废，且人命至重，姑息藩镇，当如此耶？"乃令诸州自今决大辟讫，录案闻奏，委刑部详覆之。②

藩镇拥兵自重，"兵权"之中含"法权"，欲重建法制，必先解兵权。

死刑终审收归刑部，继而改组地方。"太祖始削外权，牧伯之阙止令文官权知莅"③，地方上所有位置，从知州、通判、判官、推官到录事参军、司法参军、司理参军等，逐渐改由中央直派朝官兼任，俾地方司法上下环节遵承国法、畅行无阻。

"既又令诸州录参与司法掾同断狱"④，这是对死刑以下地方可

① 脱脱等《宋史》刑法一，页4967。
② 李焘《续资治通鉴长编》，页63。
③ 点校本《宋会要辑稿》职官四七，页4265。
④ 马端临《文献通考》第八册，页4975。

决之狱也立审验机制，杜绝专擅，"内外折狱蔽罪，皆有官以相覆察"①。并严行问责，"吏一坐深，或终身不进，由是皆务持平"②。

而根本之着在立法。"委刑部详覆"死刑翌年，命判大理寺窦仪主持完成《重定刑统》三十卷，也即《宋刑统》。"重定"指其基本沿用唐《大中刑律统类》，时因迫切匡时济世，未暇从容厘定而致此。另将本朝从实践形成的律令"凡一百六条，编为四卷，曰《新编敕》……诏与《刑统》并刊行"③。因此，宋法实际由法典与朝廷敕令两部分组合而成，所带来的问题详后。彼时战争尚未结束而立法先行，是欲尽快恢复法制，拯民于水火。"是后，削平诸国，州府皆颁下之"④，对止暴戡乱切实发挥了作用。

之后十年出头统治期，太祖多方展现对司法的重视。一、"亲录囚徒"⑤。二、司法官员"尤严选择"⑥。三、以"天下无冤民"⑦嘱有司，仅开宝三年至八年，五年间"诏所贷死罪凡四千一百八人"⑧。四、加强管理，命监狱"五日一检视"使保持整洁，在押犯人"贫不能自存者给饮食，病者给医药"，尤其狠抓"毋淹滞"⑨即案件无积压，并以此为官员考核硬指标。

---

① 脱脱等《宋史》刑法一，页4967。
② 同上。
③ 马端临《文献通考》第八册，页4976。
④ 同上书，页4977。
⑤ 脱脱等《宋史》刑法一，页4968。
⑥ 同上。
⑦ 脱脱等《宋史》刑法一，页4968。
⑧ 马端临《文献通考》第八册，页4977。
⑨ 同上。

太宗继位，治法益勤。"亲录京城系囚，遂至日旰"，臣工谏劝勿"劳苦过甚"，辄谓"狱讼平允，不致枉桡"，惟感欣慰，"何劳之有"。针对理狱乃有司琐事，帝王不必亲为之说，答以"朕意则异乎是"，"朕恨不能亲决四方之狱"而不限于"亲录京城系囚"，以示躬亲有特殊意义。这是姿态，以身作则，树立榜样。此后，宋代皇帝也都作为必修课，凡"祁寒盛暑或雨雪稍愆"古人重视"天人感应""辄亲录系囚"，"后世遵行不废，见各帝纪"。①

又花大气力于创制。

太平兴国六年，将太祖"毋淹滞"明确于"听狱之限"——重大案件四十日，一般案件二十日，小案件十日，不够逮捕条件的案件"毋过三日"。遇"决狱违限"，责任官员要书面依法详细说明。四十日以上未结案，一律奏帝亲裁。因证据不全、真犯在逃与不明未获而不能结案，"所在以其事闻"，由地方当局或机构出面解释。②制订听狱之限，指向于久拖不决多有隐情，诸如懒政、不作为，甚至作威作福、玩法苟且，以致草民久陷囹圄、生不如死。

太祖时，诸州讯囚"众官共视"，各官同审，以防专擅。久之冗烦，乃行简化。雍熙三年，"始用儒士为司理判官"，为州级专职法官，案件"申长吏得判乃讯囚"，知州准予立案，即付判官单独问狱。寻虑独理或存枉断，"置刑部详覆官六员，专阅天下所上案牍"，以核诸州之狱。继又"置御史台推勘官二十人"，刑部"审"，御史台"察"。当刑部就某案提出重大疑问，"则乘传就鞫"，

---

① 脱脱等《宋史》刑法一，页4969—4970。
② 同上书，页4968—4969。

中央派员前往调查。每次派出，例行陛辞，"帝必临遣谕之曰：'无滋蔓，无留滞'"，不要牵连、不要拖延。调查结束回，"必召问所推事状，著为定令"，从中提取有补于司法者，颁诸诏令。[①]

"帝又虑大理、刑部吏舞文巧诋"，认为仅刑部详覆仍不周密，遂"置审刑院于禁中"，直属皇帝。并将案件终审程序调整为，"凡狱上奏"亦即上报到中央的案件，先送审刑院登记、用印，发付大理寺和刑部，处理毕上奏，下审刑院详议，"裁决讫，以付中书省，当，即下之"。简略示之即：

审刑院→大理寺、刑部→皇帝→审刑院→中书省→结案

"盖重慎之至也"。听狱之限相应改动为，"凡大理寺决天下案牍，大事限二十五日，中事二十日，小事十日，审刑院详覆，大事十五日，中事十日，小事五日"。结案期限不变，大体将原天数分割一半给审刑院。[②]

地方新设置则有"淳化初，始置诸路提点刑狱司"，在相当于省级层面设大法官，也即后来宋慈多次担任的职务。其管内州府，所有案件每隔十天上报一次，提点刑狱官发现问题或疑点，"即驰传往视之"。遇州县"稽留不决"或"按谳不实"，对当事长官加以奏劾，佐官及小吏许就地便宜处置。不久，太宗不满其成效，"诸路提点刑狱司未尝有所平反，诏悉罢之"。真宗景德四年"复置"，

① 脱脱等《宋史》刑法一，页4971。
② 同上书，页4972。

之后终宋不废。①

　　法律修复功在太祖，司法流程框架则由太宗范铸。他们一致重视的是防止冤情、加强公正。刑部决大辟、亲录囚徒，以及置刑部详覆官、御史台推勘官、审刑院、提点刑狱司，皆为此。真宗时，又提出"故事，死罪狱具，三覆奏，盖甚重慎，何代罢之"疑问，命有司就其沿革检讨奏复。最终，以古制可致"淹系"毕竟古今案件数量远为不同而"不果行"。②真宗退求其次，"以京师刑狱多滞冤，置纠察司"，专纠失渎职，希望从这角度进一步减薄冤情。③

　　顺着同样思路，真宗着重严格法官遴选和能力考察。法官人选问题太祖、太宗已关注，具体手段完善则待真宗。太宗端拱二年十月曾有"御札"，命御史台在朝臣和京官范围内公示：

　　　　有明于格法者，许于阁门自陈，当议试可，送刑部、大理寺充职。④

初及于"试"。具体做法，只知审刑院详议官选人"试断案二道，俱通，则便令赴职"⑤，其他不明。真宗继位，翌年正式下诏：

　　　　审刑院详议官，自今宜令大理寺试断案三十道，取引用

---

① 脱脱等《宋史》刑法一，页4971—4973。
② 同上书，页4975。
③ 同上书，页4976。
④ 点校本《宋会要辑稿》刑法一，页8274。
⑤ 同上。

详明、操履无玷者充任。①

考试内容为完成三十案例裁判，如法律适当、谙于成例、参用周详且个人品质和过往履历无瑕疵，可以通过。宰臣张齐贤提出，从原来只试二案猛增为三十案，难度过大。真宗却坚持说："如此，则求人不精，何以惩之？"②

审刑院作为论谳中枢与最终环节，其详议官试取独苛，而以外法官考试稍予放宽：

> 六年十二月，诏："自今有乞试法律者，依元敕问律义十道外，更试断徒已上公案十道，并于大理寺选断过旧案条律稍繁、重轻难等者，拆去元断刑名、法状、罪由，令本人自新别断。若与元断并同，即得为通。如十道全通者，具状奏闻讫，于刑狱要重处任使；六通已上者，亦奏加奖擢；五通已下，更不以闻。"③

一共二十题，分问答题与应用题两大部分。十道法律条文是问答题，十道徒以上重罪审断属应用题。后者取自大理寺已有裁决且较复杂、不易拿捏的真实案例，适当变化，将原线索、特征隐去，以保答题人独立断处。若与实际原判不谋而合，可得满分，奏闻

---

① 点校本《宋会要辑稿》刑法一，页8274。
② 同上。
③ 同上。

皇帝后安排到重要岗位。通六案以上为良好，亦可留用。只通五案不合格，被淘汰。

景德二年三月，再定大理寺断官和刑部详覆官两个岗位的选用程序。试断案五道，"遣官与二司互考"。亦即大理寺选官由刑部监考，刑部选官由大理寺监考，盖防迁就也。最终审刑院奏请"差官与刑部、大理寺交互考试"不变，将断案改为三道，"通二道者为合格"，"诏从所请"。[1]

以考试录取国家公职人员，中国所创。而宋代法官须在此基础上再经专业考试授职，就像如今教师、编辑、医疗、律师、财会等行业于相应学历外另取"职业资格证"。考试合格，还有"政审"，以合"操履无玷""历任无赃滥"条件。所以宋代做官门坎，法职最高。

选人如此之苛，一度令法官有缺人之窘。"初，审刑院、刑部、大理寺皆阙属官，累诏朝臣保任及较试，皆不中选"。但真宗拒不松缓尺度，"刑罚所施，益资乎审克；议谳之任，当慎于选抡"，只是责成有司尽力发掘人才，"咨乃仕进之流，能明科律之要，各宜自荐，式协旁求…… 应京朝官有闲习法令、历任无赃滥者，许阁门进状，当遣官考试。"[2]

成为法官不易，做法官更难。压力大，多有知难而退、以谋他就者。为此景德元年四月特诏"御史台、刑部、大理寺推直、详覆、详断官年未满，诸处不得辄有奏举"，规定法务官员任期未满不得

① 点校本《宋会要辑稿》刑法一，页8275。
② 同上。

"奏举"。显然，当时此类人员时因"惮于案谳"而私下运作工作变动。[1] 大中祥符三年四月，权判大理寺王秉式为此专门打报告："本寺官属多避繁重，自今望令权详断官未替，不得别求任使。如实不明法律，委在寺众官体量以闻，方许外任。正详断及检法官年满，亦俟替人，方得出寺。"大理寺的权详断官为临时岗位，"以半年为限"，任期只半年，然因吃力不讨好，竟难找到接替者，故特请允许强留，期满不离任，除非寺内同意放人，正职详断官、检法官也须找到新人选方得离开。得旨"从之"，足见用人窘迫。[2]

不仅是苦差，约束也多。大中祥符八年规定："京官充大理寺、刑部职任及御史台主簿、三司检法官，不得便服街行及市肆下马。委御史台纠察之。"[3] 但凡出门在外，来到公共场合，法职人员只许身着官服。这是防言行举止不检点，使国家形象受损，以及暗行苟且。可见京城花花世界，大概与此群体无缘。征歌逐色、斗鸡走犬、出入娱乐场所，这些放浪形骸之事，他们很难去做。

地方"复置"提点刑狱官，同样规定"州郡不得迎送，相与聚会"。大法官于管内工作外，一切避嫌。不受宴请，不能往还，以防司法藏污。进从管理上明确，提点刑狱官考核不归地方。"内出御前印纸为历，书其绩效，中书、枢密院籍其名，代还考课，议功行赏"，中书省、枢密院造册，档案建于中央，用皇家特制表格记录填写表现。俟离任解任，还将行最终鉴定。若有"刑狱枉滥不能

① 点校本《宋会要辑稿》刑法一，页8275。
② 同上书，页8276。
③ 同上书，页8277。

摘举，官吏旷弛不能弹奏，务从畏避者"等表现，"真以深罪"。①

太祖恢复、太宗创制而真宗治吏，以谱宋法三部曲。风貌已具，骨格有塑，之后主要转而解决具体问题。首当其冲是这样的困扰：

> 仁宗天圣四年，有司言："敕增至六千余条，请命官删定。"从之。②

我们已知宋法由法典与敕令组合而成，法典固化，敕令则随时间变迁和增多。太祖"建隆初，《编敕》四卷，才百有六条"，太宗太平兴国间增至十五卷，十余年后淳化间又"倍之"亦即逾于三十卷。俟真宗继位的咸平初年，敕令总数竟已多至一万八千五百五十零五条。③

其原因，刘挚道得明白："用一言而立一法，因一事而生一条。"膨胀无止境，往往"续降者，半岁一颁，无虑数帙"，每隔半年新颁一批再增数卷。④这是大麻烦。法律本宜"立法简明，当使人通晓"，今却"细碎烦多，难以检用"。不特用法不便，且势不能免其牴牾，使具体执法莫衷一是。"比者议法之官，于敕令意有疑，或不取看详旧卷参照，多以臆见裁决"，官员无奈，几至以主观理解判案。⑤

故而真宗时，首次大刀阔斧删敕："芟其繁乱，定其可为敕者

---

① 马端临《文献通考》第八册，页4980—4981。
② 同上书，页4993。
③ 同上。
④ 同上书，页5003—5004。
⑤ 同上书，页5003。

二百八十有六条"①。此处疑脱一"千"字。其下文提及删后卷数"总十一卷",太祖时四卷已有一百零六条,眼下十一卷却未足三百条,显有误。而仁宗宰相王曾曾讲"咸平中,删太宗诏令,十存一二",前知太宗时敕令积至一万八千余条,以"十存一二"计算,删后亦应一两千条,不会只有二百来条。

咸平删敕才十来年,大中祥符间又见新增"千三百七十四条"。逮至真宗驾崩,总数重回六千以上。②于是仁宗登基,也做同样的事。"下诏中外,使得言敕之得失"。天圣七年刊修毕,分隶《编敕》《附令敕》两书,共一千一百余条,于明道元年颁行。③此后,神宗熙宁初年、哲宗元祐初年,俱曾重修敕令。但从来增而减、减而增,例如神宗一朝,"熙宁敕令视嘉祐则有减,元丰敕令视熙宁则有增"④,反反复复,顽固如牛皮癣。

由此逼出一物。为化繁于简,神宗推出"敕、令、格、式"四体分类:

> 法令之书,其别有四,敕、令、格、式是也。神宗圣训曰:"禁于未然之谓敕;禁于已然之谓令;设于此以待彼之至,谓之格;设于此使彼效之,谓之式。"⑤

---

① 马端临《文献通考》第八册,页4993。
② 同上。
③ 同上。
④ 同上书,页5002。
⑤ 洪迈《容斋随笔》,敕令格式,页382。

熙宁二年修《敕式》，"始分敕、令、格、式为四"①。法律文献按此编辑归类，"凡入笞杖徒流死…… 丽刑名轻重者，皆为敕"，"约束禁止者，皆为令"，"命官庶人之等，倍、全、分、厘之给，有等级高下者，皆为格"，"表奏、账籍、关牒、符檄之类，有体制模楷者，皆为式"。②当代学者说："从今天法律体系的角度看，似乎是敕相当于刑法民法规范，令格式则相当于行政法律规范。"③此虽未改法条增减不定，但总算检索有绪。南宋孝宗时又作改进，以同一事类因敕令格式不同散在各篇，较难检用，改为"随事分门修纂"④，以事分门，从而形成《条法事类》新式样。

　　无论如何，宋初立法匆促而叠床架屋，始终是根本困扰。神宗修敕"盖谓律不足以周尽事情，凡邦国沿革之政与人之为恶入于罪戾而律所不载者，一断以敕，乃更其目曰敕、令、格、式，而律存乎敕之外"，律与敕令两层皮，且后者实际渐成主干。历次改元，敕令法条"以后冲前，以新改旧，各自为书，而刑书浸繁"，浸繁尚属其次，新旧衔接协顺尤甚烦扰。例如高宗时，诏以仁宗法度为基础，"将《嘉祐敕》与《政和敕》对修"，同时于"熙宁、元祐、绍圣法制，无所偏徇，善者从之"，几朝法条相衡，才修成《绍兴重修敕令格式》百二十卷及《看详》类乎案例汇编六百四卷，耗力极大。⑤

① 马端临《文献通考》第八册，页5002。

② 洪迈《容斋随笔》，敕令格式，页382。

③ 杨渭生等《两宋文化史研究》，杭州大学出版社，1998，页313。

④ 汪圣铎《宋史全文》卷二十六下，页2227。

⑤ 马端临《文献通考》第八册，页5012。

另一遗留问题是太祖所要求的"毋淹滞"。其本意实嘉，防官吏玩怠致民沉冤，太宗为此明"听狱之限"，亦有促法制。然不承想，从中却滋生形式主义和造假，"比年官吏希求恩赏，治狱者务作狱空"。朝廷对如期结案、做出"狱空"成绩的官吏给予荣誉和奖励，"故事，法司断绝，必宣付史馆狱空，降诏奖谕，或加秩赐章服"，结果却"冒赏者多"。有将囚犯移至狱外他处以致逃逸的，有违法逼供强行结案的，有胡乱发落量刑失当的，甚至吏人趁机卖法为奸。所以熙宁初正式禁止"妄作断绝""奏狱空"，"以断绝乃常事，不足书，罢宣付史馆"，不再降诏奖谕。①

宋代司法主体为刑部、大理寺。

刑部所掌最全最多。刑法解释与运用的监管、诉讼的审查、地方上奏案件、赦宥裁决及公布、官员平反与复职以及监狱等，皆所司。首要职责是"断案"，即判决；宋代法定罪名有十二大类，"律所不该，以敕、令、格、式定之"，这些都由刑部衡度。遇地方上因特殊情形例如口岸市舶所生犯罪，刑部要"折而为专法"。对用法不恰当、有疑点以及情可矜悯而法不中情的案件加以研判，撰写报告进奏。对朝廷命官违法案件处理经过全程监督。对京城范围内死刑案件逐一审覆，对地方已判死刑案件则随机"摘案检察"。对大理寺、开封府以及军方殿前马步司所属各监狱负检查之责，"纠正其当否"。对申冤诉枉，从情与法两个角度酌核定夺，以决是否原宥、减罪、释放直至平反昭雪。②

---

① 马端临《文献通考》第八册，页5010。

② 脱脱等《宋史》职官三，页3857。

大理寺初不决狱，"凡狱讼之事，随官司决劾，本寺不复听讯，但掌断天下奏狱，送审刑院详讫，同署以上于朝"①。"州郡疑狱许奏谳"②，地方不明存疑的疑难案提交大理寺，由其出具意见，交审刑院进一步处理，所形成的结论由两司共署奏帝。此时，大理寺是单纯的复核机构。神宗时，因开封府以及国家监狱待决案积压严重，"囚逮猥多，难于隔讯，又署多瘦死，因缘流滞，动涉岁时"，乃变"大理寺谳天下奏案而不治狱"之旧，设大理狱，使自行断案。③

以外，太宗所设审刑院、真宗所设纠察司，曾独立于刑部、大理寺。熙宁官制改革，两部门"悉罢归刑部"④，故《宋史》述宋司法沿革，将它们视为刑部历史一部分。

宋人自谓"国家立法，议罪最为详备"⑤，极重难案和疑案，法律精神也从这方面表现最充分。神宗时有一案沸沸扬扬，百官重臣及皇帝本人悉数卷入，很能反映"议罪"如何"详备"。

先是，熙宁元年新诏："谋杀已伤，按问欲举，自首，从谋杀减二等论。"嗣后山东登州地方民妇阿云，母丧间被嫁韦姓男子，"恶韦寝陋，谋杀不死"，然后自首。大理寺、审刑院定其死罪，然以母丧被嫁违律，奏请"贷之"，亦即虽应论死而实际获刑则相当于死缓或无期。好像合理入情，然而却起好大一场争执。阿云父母

① 脱脱等《宋史》职官五，页3899。
② 洪迈《容斋随笔》，奏谳疑狱，页384。
③ 脱脱等《宋史》职官五，页3900。
④ 同上书职官三，页3858。
⑤ 马端临《文献通考》第八册，页5106。

官，登州知州许遵提出，"当减谋杀罪二等，请论如敕律"，认为阿云符合新诏减罪条件，根本不能以死罪论。《宋刑统》对谋杀罪视被害人区分其层面，若是朝廷命官或"周亲尊长"单独一个层面，以外通称"诸谋杀人者"。后类案件判罚有三等："徒三年、已伤者绞、已杀者斩。"[①] 亦即分处三年徒刑、绞刑和斩刑，具体即未构成伤害处三年徒刑、致伤处绞、致死处斩。许知州坚持阿云符合"按问欲举，自首"情节，应"减二等"，也就是按三等判决的最低等"徒三年"定刑，现判决则虽予免死、未遵新诏，所以不正确。抗诉提出后，神宗鉴于原判由大理寺和审刑院做出，乃另付刑部作为第三方另审，而"刑部断如审刑、大理"，维持了原判。许遵继续不服，要求在更高层面讨论。于是，神宗命司马光、王安石"同议"。这时，意见发生分裂—— 司马光认为三法司量刑恰当，王安石却力主应从许遵。分歧有二，一是阿云能否适用"自首减二等"，一是此案究竟应按《宋刑统》有严格区分的"谋杀伤""故杀伤""过失杀伤"何者来断，又就"谋为伤因、不为伤因"争执不下。御史中丞滕甫建议"再选官定议"，于是范围扩大，命翰林学士吕公著、韩维和知制诰钱公辅参与讨论。这三人写成报告，就新旧律敕作一番疏说后强调，"律所以设首免之科者，非独开改恶之路，恐犯者自知不可免死，则欲遂其恶心至于必杀。今若由此著为定论，塞其原首之路，则后之首者，不择轻重，有司一切按文杀之矣。朝廷虽欲宽宥，其可得乎！"据之提出"臣等以为宜如安石所议便"。得此奏，神宗作决断，"制曰：'可'"，采纳了王安石意见。然而大

---

① 《重详定刑统》卷一七，《续修四库全书》八六二·史部·政书类，页125。

理寺、审刑院、刑部所有的法官们却不顺从这一结果，坚持己无过错，"皆以公著等所议不当"。神宗宽容，不因有旨而强压，"又诏安石与法官集议"。双方"反复论难""益坚其说"，持续一年谁也说服不了谁，"争论纵横，至今未定"，其间"敕出而复收者一，收而复出者一"，旨意改了又改，后来委实难获共识，终依王安石之议，将反对意见以"不报"处之，按"自首减二等"强行结案。①

此案搅动廷议岁余，不无党同伐异因素，但各方皆为捍卫法律公平与公正。司马光不满改判"终为弃百代之常典，悖三纲之大义，使良善无告，奸凶得志"，王安石及其拥趸则信改判能得法律"开改恶之路"本意，"举首加额曰：'数百年误用刑名，今乃得正'"。② 各自关切皆在公平公正，惟着眼点不同。而那正是司法难点所在，激争方显求法的深入与严谨。同样，神宗皇帝"朝令夕改"，数次收回成命，亦非胸无定见，而是给予争论更多容留空间。包括当时对疑案的处理程序和方式，也让人印象深刻：不同部门独立按覆，各自研判，仍存歧议，则放至更广层面和范围去讨论，使意见自由而充分展开，不加钳制。这不过是普通民女案件，而慎重如此，确能表现宋代司法之严谨。

严谨常见于情法分寸拿捏。"民以罪丽法，情有重轻，则法有增损"，难免发生"情重法轻，情轻法重"两种偏差，凡此"旧有取旨之令"，一律由皇帝本人终裁。③ 阿云服母丧被嫁，就是可予

①　马端临《文献通考》第八册，页5097—5100。
②　同上。
③　同上书，页5103。

考虑的"情轻"事由。庆历间，有九岁男童将人打死，依律当斩当时拟罪尚不区分成年未成年，而仁宗皇帝"以童孺争斗，无杀心，止命罚金入死者家"。[1] 元丰间，某叶姓男子因兄私通己妻，先杀其兄，继杀兄子，本州"以情理可悯为上请"，审刑院亦拟准判，这次神宗却"以妻子之爱，既杀其兄，仍戕其侄"，实悖天理人伦，不许贷罪。[2] 对情理两端精斟细酌，克求执中。但现实中官府出于求稳，容易如狼似虎，用法惟苛，"情重法轻则请加罪，而法重情轻则不闻奏减"，为此崇宁五年重申："乐于罪人而难于用恕，非所以为钦恤也。自今遵旧法取旨，使情法轻重，各适其中，否则以违制论。"[3]

宋代刑罚，《宋刑统》规定了五个大类：笞、杖、徒、流、死。笞杖属肉刑，殴体示惩，由上古鞭刑演变而来，"薄刑用鞭扑"，"鞭作官刑，犹今之杖刑"，至隋"以杖易鞭"，之后再分为笞与杖。笞是用偏软具弹性之物捶挞，杖则以硬棍击打。轻罪笞、重罪杖。具体刑具曾有变化，"汉时笞刑用竹，今时则用楚"，楚即荆条，不知荆条较箟条孰更痛苦，但"苦楚"之词想从荆笞而来；笞具形制未详，杖刑则因严重许多极易致命，宋代出台有国家标准："长三尺五寸，大头阔不过二寸，厚及小头径不得过九分"[4]，神宗时复鉴"杖之长短广狭，皆有尺度，而轻重无准，官吏得以任情"，专就重量补充规定"毋过十五两"。[5] 另外，杖刑又分脊杖、臀杖，只

① 马端临《文献通考》第八册，页5096。
② 同上书，页5105。
③ 同上书，页5103。
④ 同上书，页4976。
⑤ 同上书，页4994。

能施于背部或臀部，"不得过臀"，击打腿部脚腕等处，否则极易断折。徒是苦役，"徒者，奴也，盖奴辱之"，剥夺自由尊严，拘以役使。流即流放，以里程别其轻重，有二千里、二千五百里和三千里三等。《宋刑统》里的死刑，只有绞和斩；轻者处绞，重则处斩。[①]

其实还有一刑隐在条文间。笞、杖、徒、流四刑的司法解释，都夹有"赎铜"及其具体数目，法条《问答》也提到："笞以上、死以下皆有赎法。未知赎刑起自何代，《书》云'金作赎刑'，注云'误而入罪，出金以赎之'。"[②]"赎铜"，就是缴纳相应数量货币折以贷罪，只有死刑不准用"赎"。所以宋代明载法典的刑罚，总共应为六种。

而王安石当政，曾欲恢复某些已废古肉刑。韩绛、曾布奏："先王之制刑罚，未尝不本于仁，然而有断支体、刻肌肤，以至于杀戮，非得已也。盖人之有罪，赎刑不足以惩之，故不得已而加之以墨、劓、荆、宫、大辟。"他们认为"刑轻不能止恶，故犯法日益众，其终必至于杀戮，是欲轻而反重也"，建议在死斩、绞与流、徒间，重启刖足、宫腐两刑。乍看，似乎他们铁腕变法，欲借酷刑树威，其实不是这个原因。"今大辟之目至多，取其情可贷者，处之以肉刑，则人之获生者必众"[③]；他们建议，有些按现行法律本应判死之罪，

① 此处引文除另注外，均见《重详定刑统》卷第一，《续修四库全书》八六二·史部·政书类，页10—11。
② 同上书，页11。
③ 马端临《文献通考》第八册，页4998—4999。

视轻重改处刖、腐，以减死刑数量。集权统治都在意指标，指标好看很重要。太祖要求"毋淹滞"，以致监狱强制清零作为政绩体现，即是。而对帝王喜欢挂在嘴边的"仁政"，死刑数量自更敏感，所以王安石一党想用古肉刑替代一些死刑。

死刑在宋代，似给人以激增印象。仁宗天圣初，刑部侍郎燕肃奏：

> 唐贞观四年断死罪二十九，开元二十五年才五十人。今天下生齿未加于唐，而天圣三年断大辟一千四百三十六，视唐几至百倍。[1]

嘉祐五年，判刑部李绖又言"二岁之中，死刑无虑二千五百六十"，年均亦超千例。[2] 类似记录包括，嘉祐七年"断大辟千六百八十三人"[3]，英宗治平二年"断大辟千八百三十二人"[4] 等。

进究实情，却有出入。哲宗元祐元年闰二月范纯仁奏，上年岁奏大辟"死者止二十五人"，本年尚未百日"死者乃五十七人"[5]，意即本年死刑异常增多，已现"滥刑"迹象。而宁宗嘉泰二年，刑部侍郎林栗奏：

> 嘉泰改元，一年天下所上死案共一千八百一十一人，而

---

[1] 马端临《文献通考》第八册，页4994。
[2] 同上书，页4996。
[3] 同上。
[4] 同上。
[5] 同上书，页5102。

断死者才一百八十一人。①

以上"死者"，即每年死刑实际执行数目，皆数十例至一百多例。为何前文动辄过千？细看林栗所奏，实亦了然，例如当年受理死刑案件总数一千八百一十一人，最终执行则为一百八十一人。前文笼统所称"断大辟"某某数，"断"之一字应是立案及审理数，并非最终量刑结果。大概为了迎合皇帝"慎恤"之心，有些官员刻意摆弄数字，造某种舆论，让皇帝有机会秀一秀他的好生之德。

社会人口与活动都在扩大，死刑数量有增实属正常，宋之于唐"百倍"不至于，二到三倍则不免。而皇帝"深怀悯伤"，就此表示他们的不安，以及臣子配合着做些文章，都是习惯动作。其中真宗、仁宗有意回归"凡决死刑，京师五覆奏，诸州三覆奏"古制，但当认真讨论可能性，却进行不下去。宰相王曾奏复，"天下皆一覆奏，则必死之人，徒充满狴犴而久不得决"②；以今罪案之高发，哪能从容如古制？明显不现实。包括韩绛、曾布的设想，一番辩论后，也"迄不果行"。

减少死刑，终究是"花边新闻"。宋代真正的重磅事件却是，一面试图减少死刑，一面又发生"划时代"的黑暗现象——凌迟入刑。

《清史稿》刑法志：

> 凌迟之刑，唐以前无此名目。《辽史刑法志》始列入正刑

---

① 马端临《文献通考》第八册，页5019。
② 脱脱等《宋史》刑法一，页4975。

之内。宋自熙宁以后，渐亦沿用。[①]

此中国独见之刑，时间来路粗略如上。

细抠史实，辽代虽首入"正刑"，却非原创。之前早已现身，始作俑者，北齐文宣皇帝高洋也，《隋书·刑法志》所谓"齐文宣之轻刀脔割"[②]，高洋乃至亲自行刑，"意有不快，则手自屠裂，或命左右脔噉，以逞其意"。[③] 而北朝个别暴君所嗜，到下一乱世五代十国已周行遍见。南宋中叶，陆游奏请罢停凌迟：

> 五季多故，以常法为不足，于是始于法外特置凌迟一条。肌肉已尽而气息未绝，肝心联络而视听犹存。[④]

指五代为凌迟之源。但五代凌迟仍属"法外"，虽有之，却"无此名目"，未敢将它合法化。但习惯却可成自然，乱世酷暴之举，终由契丹辽朝，从"不守通规"的"淫刑"[⑤]，堂而皇之纳于法典，并且得到了黼黻宋朝的响应。

凌迟在宋，同为"正刑"。《文献通考》："凌迟者，先断斫其支体，次绝其吭，国朝之极法也。"[⑥] 然而它何时与如何入刑并不确知。

---

① 赵尔巽等《清史稿》刑法二，中华书局，1977，页4199。
② 魏征等《隋书》志第二十，中华书局，1982，页696。
③ 同上书，页704。
④ 陆游《渭南文集》卷五，《影印文渊阁四库全书》第一一六三册，页345。
⑤ 薛居正《旧五代史》志九，中华书局，1976，页1971。
⑥ 马端临《文献通考》第八册，页4995。

宋初必无，《刑统》只有绞和斩。但《清史稿》称"熙宁以后"才有，亦非。元修《宋史》载："御史台尝鞫杀人贼，狱具，知杂王随请脔刳之，帝曰：'五刑自有常制，何为惨毒也。'"[1] 这是真宗景德四年1007的事。王随既请"脔刳"，必是之前有行。而真宗薄以"惨毒"后，追颁一诏："捕贼送所属，依法论决，毋用凌迟。"[2] 从真宗持反对态度看，凌迟入刑绝非他的所为。既非太祖又非真宗，那么只能始于太宗。

真宗禁用，何时予以恢复的呢？ 仁宗天圣六年1028：

> 如闻荆湖杀人祭鬼，自今首谋若加功者，凌迟、斩。[3]

"杀人祭鬼"是以活人为牺牲献于鬼神。这极恶的巫风，当时两湖一带猖獗，非重典不足逼退，于是凌迟拣起，用于首要和积极分子，但严格限定为特罪特刑，他罪毋得滥用：

> 获劫盗，虽情巨蠹，毋得擅凌迟。[4]

两条均系帝诏。是时仁宗年幼，未亲政，诏出章献明肃皇后。1007年禁弃，1028年恢复，凌迟消失二十一年再度入刑。此后终宋未废，

---

① 脱脱等《宋史》刑法一，页4973。
② 脱脱等《宋史》刑法一，页4973。
③ 马端临《文献通考》第八册，页4995。
④ 同上。

而于神宗时期扩大化：

> 凌迟之法，昭陵仁宗以前，虽凶强杀人之盗，亦未尝轻用。
> 自诏狱神宗设既兴，而以口语狂悖者，皆丽此刑矣。诏狱盛于
> 熙、丰之间，盖柄国之权臣，藉此以威缙绅。①

"柄国之权臣"即王安石、吕惠卿等，看来他们对此刑推广有重要
影响，所以《清史稿》视"熙宁"为宋代凌迟的分水岭。反对、非
议也有，陆游即亟请禁绝，斥之"感伤至和，亏损仁政，实非圣世
所宜遵也"，"国家之法，奈何必欲称盗贼之残忍哉！"② 然诗人之
心，人每不同。陆游所代表的呼声很是微弱，就像如今不赞成废
除死刑者占多数，当时凌迟的必要性似亦众望所归。陆游就曾提
及，凌迟支持者认为，对于杀人且将受害者肢解的恶性案件，"非
凌迟无以报也"。总之，辽宋凌迟既入"正刑"，"元、明至今，相
仍未改③，上世纪初1905才由奄奄一息的清政府宣布从《大清律例》
中删除。

　　然却勿因凌迟，指宋法趋向野蛮。借恐怖刑罚控扼犯罪，为
古代一般思维，令人发指的酷刑举世并存。从古腓尼基、亚述、埃
及、波斯到希腊和罗马，所普遍采用的十字架刑，煎熬痛苦就不亚
于凌迟。起码到十五世纪，欧洲酷刑种类与残忍度也一直在发展。

---

① 马端临《文献通考》第八册，页5001。
② 陆游《渭南文集》卷五，《影印文渊阁四库全书》第一一六三册，页345。
③ 赵尔巽等《清史稿》刑法二，页4199。

这方面，人类文明惟待资本主义兴起，方才洗心革面。此前整体上，中国宋代法制文明已最可观，而于理性、精审与实证，多方有所进化。

司法检验是突出例证。《洗冤集录》自序首句："狱事莫重于大辟，大辟莫重于初情，初情莫重于检验。"[①] 条理分明，而客观精神一目了然。此非凭空而来，必认识、经验与技术手段一一到位，始进于是。《洗冤集录》自总论而具体伤情死状，验辨条目多至五十余类，蔚然可观，俨若司法检验百科全书，凡曾读过，对它被视世界法医学"诞生"标志[②]，咸感实至名归。某些旧有刻板认识，如受制于儒家"身体发肤受之父母"、中国解剖学无以开展等，则不能不随之瓦解。

> 夫人两手指甲相连者小节，小节之后中节，中节之后者本节，本节之后肢骨之前生掌骨，掌骨上生掌肉，掌肉后可屈曲者腕，腕左起高骨者手外踝，右起高骨者手内踝，二踝相连生者臂骨，辅臂骨者髀骨，三骨相继者肘骨，前可屈曲者曲肘，曲肘上生者臑骨，臑骨上生者肩髃……[③]

以上，卷之三《论骨脉要害去处》条下数句而已。类似陈述，连篇累牍、绵绵不绝，于人体骨骼、皮肤、组织、部位，及正常、异变

---

①　宋慈《洗冤集录序》，《洗冤集录译注》，上海古籍出版社，2014，页1。

②　同上书，译注者前言，页1。

③　同上书，卷之三，页80。

性状之别，备尽其详。读之，不但可知宋代验尸官必谙解剖，而且国家已将司法检验工作明确置于专业、精准的人体解剖前提下。

《洗冤集录》的法医学成就，有兴趣可以深究。本文因侧重宋代司法宏观面而更关注它另一部分，亦即全书之首的《条令》①。它是宋代司法检验法规条例汇合，原散见在三百年各朝敕令格式，宋慈聚而置于开卷，为己著特备"国家标准"对勘。在作者，这是职业意识、治学规范之体现，我们后人则可透此方便一览宋代司法检验面貌、考量及水准。

"应验""复验""免验"之规定。"诸死人未死前，无缌麻以上亲在死所 …… 并差官验尸。""缌麻以上"是五服之内，"并"是一律。一切死亡，只要发生时死者身边无五服内亲属，概属"应验"。严格尤在"未死之前"，五服内亲属必须死亡前即已在场，否则亦须尸检。从中可见对生命一丝不苟，及宋代司法检验工作之充分与繁重。难怪宋慈经几任省级大法官，厚积成其硕果《洗冤集录》。对于"复验"对象，规定是"囚及非理致死者"。涉及两种情形，一即任何非正常死亡，二当死者为囚犯时。凡此范围内，都至少行二次以上检验。"非理致死"，复验必要性不言而喻；而囚犯死者必复检，是因这些人身陷囹圄，其死亡必查是否事故，或有无枉法隐情。概括起来，宋代尸检仅五服不在场正常死亡病死老死验一次，以外俱须复检。也有免检规定，首先不言而喻限于正常死亡，在此前提下三类情况适用：一、"同居缌麻以上亲，或异居大功以上亲，至死所而愿免者，听"；与死者共同居住的五服内亲属，或

---

① 宋慈《洗冤集录译注》，页4—7，下引不赘。

非共同居住但是五服内血缘相较近者"大功"以上，要求免检应准许。二、普通居民死者，如当地僧道头面人物"寺观主首"出面，"保明各无他故者"可免检，此亦适用于无"法眷"之僧道死者。三、官员病故，除"寺观主首"应"保明无他故"，另须所居客店和邻居，及若干其他居民共同具保，审查后"听免检验"。

检验文书之规定。验尸使用国家统一文书格式，提点刑狱司"依式印造"。初验和复验各一式三份，依《千字文》"天地玄黄宇宙洪荒……"逐字编号，如"天"字号、"地"字号、"玄"字号等，加盖印章，发各州县备用。遇检验，预填执检人、事由、日期等栏，交予被差者。验毕"从实填写"，一留州县，一付死者家属，一上报提点刑狱司。文明进步，一物领先而处处超前，这是直观一例。此完全得诸造纸和印刷两大技术。对古代惟有设身处地，方能体会到位，例如有纸与无纸。设想一下，当书于绢帛之上，虽寥寥数语亦将耗去一位织女数个时辰劳作，文书怎能不极为珍侈？纸的发明，瞬间将奢费变为廉价易得，有纸无纸绝然两重天。当中国已可随意用纸，欧洲书写虽不用帛，但其羊皮纸亦甚昂贵，类乎宋朝的司法文书制度岂便于行？即有意行之而徒恃手书，又何保文书之不伪？所以宋创此制端的是得天独厚。统一的国家文书，不但使司法检验规谨章严，且具可溯、可稽、可究诸优长，从而大大有利司法抑制苟且和提升透明度。

检验时限与差官之规定。接检验指令，限两个时辰内差官，夜间除外。验毕，文书当日上报。凡复验，于初验日内就要发出请官申请书。州验尸，司理参军任之；县派尉相当于公安局长，无县尉依次差遣主簿相当于秘书长、县丞相当于副县长直至县令本人。死者为囚犯须避嫌,州差司理参军以外官员,县则"牒最近县"于邻县请官。普通的回避原则,受差官与死者应为"无亲嫌干碍之人"。县级复验,均自邻县请官,同时请官公文不许描述或暗示死因。只有邻县相距百里以上,才由本县自行复验。又县外请官,不得越过无桥梁江河及涨水中的大湖或"牒独员县",免致延误。验尸原则上应差文官,"州县检验之官,并差文官,如有阙官去处,复检官方差右选"右选指武官,"如边远小县,委的阙文臣处,复检官权差识字武臣"。这是因为武人一般不识字,不识字则难谙律令,从而造成检验有乖于法。

"违制"问责之规定。"应验而不验"、"受差过两时不发"、验而"不亲临视"、既验而"不定要害致死之因"或"定而不当"、遇他县请官不应、缺官"而不具事因申牒"或预先探得"牒至"借故推托,以上皆属"违制"即违反法律制度、命令和规定。凡检验失误,导致定罪与事实出入,不在"自首觉举"范围。检验结论不正确,命官杖一百,小吏与行人即仵作,为尸检提供服务和打杂按"一等科罪"。初检复检官吏,不可接触行人,不得泄露"所验事状",否则"各杖一百"。涉受财枉法,最高处绞刑。凡"违制",禁以"过失"论——宋代公职人员"过失"曰"公事失错","谓缘公事致罪而无私曲者",处罚较轻,主动自首还可"原罪"赦免——司法检验的"违制",一律不适用"过失"。宁宗嘉定十六年,针对以往初验"致罪已出入者,不在自首觉举之例",复检失实"则为觉举,遂以苟免",进一步改为"看详命官检验不实或失当"也"不许用觉举原免"。

其他。影响司法检验真实性、客观性的因素,不止腐败玩职,还有人为故意,宋代一并虑及。尤于无指纹、DNA、数码影像等技术手段条件下，"妄指他尸""诈病及死、伤受使检验不实者"等情形颇知防范，规定分别治以诬告、诈妄等罪。比如，亲属"至死所妄认者"杖八十，因妄认致他人被捕且于囚禁时死亡，则"加三等"。

十至十三世纪，一国司法检验法规，巨细靡遗、近乎百密，宋朝之外安有其例？

2000年起，CBS推其多季系列剧《CSI》中译《犯罪现场调查》。出品以来，久为名作。过往侦探或推理的模式被击碎，"神探"们的头脑和智慧风暴神话遂尔作古，刑侦惟实证与科学为准绳则牢牢树立。《CSI》之立意与内容，源于如今司法检验所体系性地达到的高度，制作方对此允执其中，务求严谨、专业，剧情兼顾趣味与学术，而力避趣味性有损学术性。第一季第十集39：00处葛瑞森与组员莎拉言及某案：凭藉苍蝇麇集这法医学意义上的"第一现场目击证人"，"那位调查者找到了凶手，于是……"——此时莎拉接过话头："也就有了法医鉴定学，在公元1235年的宋朝。"他们所谈，显为司法鉴定界一项"常识"抑或"公认史识"。"1235年的宋朝"，即理宗端平二年，恰系《洗冤集录》积累素材、酝酿腹稿之时。我按图索骥，果于卷之二《疑难杂说下》篇，找到了那桩案件：

> 检官指刀令自看："众人镰刀无蝇子，今汝杀人，血腥气犹在，蝇子集聚，岂可隐耶？"左右环视者失声叹服，而杀人者叩首服罪。[1]

---

[1]　宋慈《洗冤集录译注》，卷之二，页38。

由此，不但知葛瑞森、莎拉所谈为《洗冤集录》，并知其被世界司法鉴定学认定"有"此学问之"始"。

而宋慈与《洗冤集录》这样领先时代的奇人奇书现身，宋司法文明为因，宋慈与《洗冤集录》是果，有其因方有其果。宋法端要，高宗时刑部一名中层官员，总结极好：

> 国家谨重用刑，是以参酌古谊，并建官师。在京之狱，曰开封，曰御史，又置纠察司以讥其失。断其刑者，曰大理，曰刑部，又置审刑院以决其平。鞫之与谳，各司其局，初不相关，是非可否，有以相济。及赦令之行，有罪者许之叙复，无辜者为之湔洗，内则命侍从馆阁之臣置司详定，而昔之鞫与谳者，皆无预焉 …… 大理寺少卿二人，一以治狱，一以断刑；刑部郎官四人，分为左右厅，或以详覆，或以叙雪，同僚而异事，犹不失祖宗分职之意。本朝比之前世，刑狱号为平者，盖其并建官师，所以防闲考核，有此具也。①

"官师"即众士百官，借指丰多、周全、广泛。宋法与宋政思路相通，特色在多层多维。所谓"祖宗分职之意"，所谓"上下相维，内外相制"②，权力分开，事务分开，由是法得端平，而闲有防、核可考。

----

① 李心传《建炎以来系年要录》卷一百七十五，页2890。
② 汪应辰《论刑部理寺谳决当分职割子》，《历代名臣奏议》卷二百十七，《影印文渊阁四库全书》第四三九册，页227。

　　但一切只能就当时相对谈其优，以外无须美化。局限不会消失，如刑讯逼供、挟私虐囚等应有尽有。北宋雍熙间李元吉案，"巡卒系缚拷治，谓之'鼠弹筝'，极其惨毒"①。此不知何刑也，闻名已足胆寒。南宋理宗朝，方当宋慈写《洗冤集录》之时，《宋史》记"天下之狱不胜其酷"，官吏"类皆肆行威福，以要馈遗"，"擅置狱具，非法残民，或断薪为杖，掊击手足，名曰'掉柴'；或木索并施，夹两胫，名曰'夹帮'；或缠绳于首，加以木楔，名曰'脑箍'；或反缚跪地，短竖坚木，交辫两股，令狱卒跳跃于上，谓之'超棍'，痛深骨髓，几于殒命"。② 我们绝不可以讳言，《洗冤集录》之下还有这等现实。

　　归根结底，"法制"≠"法治"。宋有前者而与后者判若天渊，法虽繁蔚，仍是人治国家。古来万国皆有法，但非有法即行法治。法制只是治国工具手段，法治却为别样立国精神和原理。任何统治都借法律实施，惟近代法治国家才将统治自身锁入法律之笼。"以法治国"犹可借法残民，"循法而治"才真正落实到法治。然人于"以法治国""依法治国"未必知区分，它们发音相同，仅声调有别，易于相混，而字义之别实不可轻心。法治国家，法度岂止为民而设，法律制订者与执掌者更得俯仰其间，不稍自纵以越雷池半步。梁启超反思近代中国不足有三，"制度"居第二。这当中，法制未进于法治，显然最关键。

---

① 脱脱等《宋史》刑法二，页4986。
② 同上书，页4996。

茶

弗洛伊德博士坚信，人类行为基于两种驱动力：性欲，以及对死亡的恐惧。如说这看法儒家早已言之，人或眙愕。然而"饮食男女，人之大欲存焉"，岂不正是此意？"男女"即"性欲"，"饮食"则关乎活命或对死亡之抵拒。

有关饮食，中国好像更重后者。"民以食为天"，"饮"则轻描淡写，圣人仅作"一瓢"谈。这不过因为食难饮易，水随处可得，吃食却常隐断绝之忧。一旦面临地震等绝境，将发现无任何进食、仅靠补充水分，犹可延活数日，而知"饮"为生命最后一缕阳光。

总之，文明植根本能。正如"男女"衍至婚姻、家庭、权力、艺术，"食"引出用火、种植、驯化、烹饪，"饮"同为文明创造的诱因。从初取自然之水，进有酒精饮料，再到五花八门非酒精饮料，"饮"今已为生活方式、精神方式，乃至可代表与区分民族、阶级、教养及审美。

人类杯中物，酒以外，数千年煌煌之选莫非三者：茶、咖啡与可乐。可乐是美国医药家所创，咖啡出诸北非阿拉伯，茶则无人不知无人不晓,乃地道中国产物。它们共同处,一是风靡整个人类,二是皆曾改变历史。

茶兴,对中国历史举足轻重,本文固欲观乎此。展论之前,容移视线,先借两事稍窥其世界影响。

英人既握海上霸权,取代早期强者荷兰、葡萄牙,将太平洋西岸至印度洋的贸易加以垄断。趾高气扬之余,意外吞一苦果。与华贸易,茶叶理所当然居最大宗货品之地位,而其输入则使英国民众难以自抑染此嗜好,茶饮之好从上流社会到平民,渐不可一日无之。顷有钦差林公,布告缴烟,曰:一旦大清封港关停贸易,英人不得茶,"即无以为命"。[1] 是虽骄矜,却反映出中国奇货之可居。反观英方出口,既乏堪相匹敌之物,复以清国口岸种种限制而陷巨额逆差,白银因而滚滚东流。鸦片战争前资料表明,1837年7月1日到1838年6月30日,此一年中,广州对英出口总额一千二百五十八万余元[2]合三百一十余万英镑,其中茶叶九百五十余万元,生丝约二百万元,两者占比高达百分之九十二,茶叶几居八成。[3] 而同年英对华出口,三大类主要商品,棉花与制造冶金业两类合计二百二十余万镑,若非另一大类货品,逆差将达九十万镑。此令英方一举扭转贸易失衡之物,正是臭名昭著的鸦片。是年输

---

[1] 林则徐《谕各国夷人呈缴烟土稿》,深圳市档案馆编《明清两朝深圳档案文献演绎》,花城出版社,2000,页952。

[2] "元"是银洋面值。当时清朝唯一通商口岸广州,外贸用币为银洋。多来自墨西哥。民间也称番面钱、鹰洋等。银质,每元重七钱二分左右,约四银洋折合一个英镑。

[3] 《拉本德、斯密斯、克劳复致巴麦尊》,严中平辑译《英国鸦片贩子策划鸦片战争的幕后活动》,《近代史资料文库》第四卷,上海书店,2009,页101。

华总值三百三十余万镑，尽抵中方对英出口总额且有余。[①]在中国，鸦片久属非法，然却为民间刚需，"粤东沿海奸徒出洋贩卖鸦片"、西南诸省隐秘种植等状屡禁不止[②]，以及吏治宽黩，都使烟患愈演愈烈。唯利是图的英商趁机疯狂运贩，女王陛下政府则见利背义、姑息纵容，最终酿成导致中国"千年变局"的鸦片战争。刨根掘柢，最初不过是几片绿叶，将不可一世的大英帝国逼于乞助鸦片扳其劣势的窘境。

近代因茶而起的重大事件不只有鸦片战争。之前一幕，更彻底重写了世界秩序。1773年，英国通过《茶叶法》，以助东印度公司在北美殖民地倾销茶叶。早前，殖民地已因"茶叶税"而普遍不满，人民愤其"没有代表而有税收"，视为巨大不平等。围绕两件茶事，一税一法，年底形成抵制运动。建"波士顿茶党"Boston Tea Party[③]，提口号"只要自由，不要茶叶"[④]，旋生"波士顿倾茶事件"。12月16日，茶党约六十余人"乔装打扮成莫霍克印第安人，登上了茶船。他们镇定有序地将342箱茶叶（价值约1万英镑），倒进了波士顿港的海水中"[⑤]。六十余年后，中国"虎门销烟"情景似与之相仿。而英帝国反应也如出一辙——"惩一儆百"，厉予报复。翌年，英议会连续通过四项制裁法案。殖民地人民怒不可遏，斥为

① 《约翰·莫克维卡致巴麦尊》，严中平辑译《英国鸦片贩子策划鸦片战争的幕后活动》，页136。
② 萧致治、李少军整理《鸦片战争前禁烟档案史料补辑》，同上书，页2—6。
③ 卡罗尔·帕金、克里斯托弗·米勒等《美国史》，东方出版中心，2013，页240。
④ 艾伦·布林克利《美国史（1492—1997）》，海南出版社，2009，页118。
⑤ 卡罗尔·帕金、克里斯托弗·米勒等《美国史》，页240。

"不可容忍法"Intolerable Acts[1]。反抗益形激烈，终致1775年4月19日，列克星敦镇打响第一枪。是役，虽不过一场"小战役"，但事后"美国人会坚持说，在那里打响的第一枪就像是'震惊世界'的枪声"[2]。它是独立战争的不朽开端。枪响处，一个全新国度"美利坚合众国"，自新大陆，缓缓而至。

由于茶叶，资本主义霸权撬开老中国之门；也因茶叶，一个新型国家浴血而生。

茸嫩树叶改变全球的神奇故事，若予浓缩，约略如上。

溯之于初，茶当然是从中国走出而遍于全球。然若以为自然物种的茶树乃中国独有，却为误识。1815年，英军上校拉第尔报告印度阿萨姆的山民，多从当地采集野生茶叶以饮用。同样情形亦见于缅甸。1823年，另一位有着植物学爱好的驻印英军少校R. 勃鲁士，于其闲暇投身山林，从事植物调查，亲眼目击野生茶树存在。之后，彼兄C.A. 勃鲁士致力于将野生茶树引种于茶园，顺从多地寻获野生茶树，计有一百二十处，"C.A. 勃鲁士归结指出，缅甸和印度的'野生茶产区，自伊洛瓦底江至阿萨姆以东之中国边境，绵亘不绝'。"[3] 这已证明，天成而非人工栽植的野生茶树，非中国仅见。

此曾令中国茶学家普遍不安。二十世纪七八十年代，"掀起了一股茶树原产地讨论热"，捍卫中国与此物种独一无二的关系，以

① 卡罗尔·帕金、克里斯托弗·米勒等《美国史》，页240。

② 同上书，页247。

③ 朱自振《茶史初探》，中国农业出版社，1996，页11。

阻"故意歪曲事实，诋毁中国是茶树原产地的形象"之企图。然而这草木皆兵的批判，据说"在国外并没有找到多少对立面"。针对中国地位的挑战，不仅声音稀薄并且无足轻重，除旧殖民地个别政客、军官起哄，无正儿八经植物学家介入。[①]

显然，中国茶学家神经略显敏感脆弱，群起反击大可不必。野生茶树与人类"历史"范畴内茶树互不相干，后者事实极为清晰，无人可夺中国对它的唯一持有权。

一切物种从自然态而人类物产必经驯化。举如动物中马、牛、羊、猪、狗、鸡，植物中麦、稻、果、蔬、棉、茶，皆是。这不仅为发现之旅，更是反复试验的认知之旅。虽然十九世纪以还，渐从中国以外发现野生茶树存在，但它们直到那时在当地仍保持野生形态，恰恰证明数千万年来始终只是默默作为"上帝"造物，未经文明触动与眷注，自不能撼中国的"茶树原产地的形象"。茶的种植起源或经人类驯化的茶树，完全为中国所拥有，不是能否争议，而是无从争议。后来世界各地出现的茶产，无论宋明时期的日本还是较晚的印度、非洲，其茶种皆可溯源于中国，种植技术与制茶工艺同样如此。

世界茶学第一书陆羽《茶经》，指"茶之为饮，发乎神农氏"[②]，目前尚属不能考证之说。神农之世为传说中的"三皇时代"，大约距今五千至六千年前。据说，神农氏教民播五谷而为农神，尝百草一日身遇七十毒被奉药祖，茶也被编作故事的一部分。这叙事

---

① 朱自振《茶史初探》，页6。
② 陆羽《茶经》六之饮，《茶经（外三种）》，上海古籍出版社，2014，页40。

目前难言可信，却仍有意义。意义在于神农叙事中出现了"茶"。我们知道对神农的讲述起自战国秦汉间，故而虽然神农未必有其人，战汉已知饮茶则可谓彰明甚著。这一时期，约当前五世纪初至前三世纪末。至少，将中国以及整个人类茶史开端定位于此，是不成问题的。

不只托赖一番传说，还有极可靠证据。中国首部字书《尔雅》，据典颇出《楚辞》《庄子》《吕氏春秋》等，由此知上限不早于战国。又从汉文帝已设《尔雅》博士，知下限不迟于汉初。而在《尔雅》"释木"类别，已有"荼"的古字。近人疏之：

> 《尔雅·释木》："槚，苦荼。"原有旧注，出自汉初犍为舍人（郭舍人）之手，惜已无存，今存注文，当以晋人郭璞所注为最古："树小，似栀子，冬生叶，可煮作羹饮。今呼早采者为荼，晚取者为茗，一名荈，蜀人名之苦荼。"[1]

"荼"即那个古字。今将"如火如荼"念作"如火如茶"必受奚落，殊不知反而是还其本原。顾亭林说，"'荼'字自中唐始变作'茶'"[2]，就此曾于《音学五书·唐韵正》细加考证。我们从陆羽所列唐代茶诸种别称，也看到与《尔雅》及郭注一脉相承：

---

① 林鸿荣《茶事探源》，《中国农史》，1994年第13卷第2期。

② 顾炎武著、黄汝成集释《日知录集释》卷之七"茶"，上海古籍出版社，2014，页175。

其名，一曰茶，二曰槚，三曰蔎，四曰茗，五曰荈。①

因此中国何须奢谈"神农尝百草"，稳稳当当断茶史起点位于战汉，即足久远。此较世界别处，至少已早一二千年。

饮茶在中国具体为何地发端，抑或陆羽所称茶史"神农氏"当属何方人氏，亦应了解。《日知录》广征博引，详考粹取，卒云：

唯虎杖之蒤与槚之苦茶不见于《诗》《礼》，而王褒《僮约》云"武都买茶"，张载《登成都白菟楼》诗云"芳茶冠六清"，孙楚诗云"姜桂茶荈出巴蜀"，《本草衍义》"晋温峤上表，贡茶千斤，茗三百斤"。是知自秦人取蜀而后始有茗饮之事。②

从文献角度，将茶在中国的来历梳理确切。结论是，战国蜀民始识于茶且饮之，迨秦王取蜀设四川郡，再由蜀中传诸全国。陆羽"茶者，南方之嘉木也"句后，具体提及"其巴山峡川，有两人合抱者"，也从实物角度，指蜀中茶树最古。

中国开化既早，人又灵慧，兼以上天钟爱，诸多机缘促成几样物产，使我们赖以久盛。这当中，秦汉以来生丝与丝织品及宋元以来瓷器，都是佼佼者。另一物产也应如此，惜稍不逢时。张骞凿通西域，到了东汉，战乱阻塞，丝路不畅，而造纸术恰于此时成熟，遂难顺利西传。纸的传播方向在东，先入越南与朝鲜，

---

① 陆羽《茶经》一之源，《茶经（外三种）》，页5。
② 顾炎武著、黄汝成集释《日知录集释》卷之七"茶"，页176。

过后日本亦以朝鲜为介而有纸，却主要都不形诸"出口"，因技术外泄使上述国家得以自产。造纸最终西传，中国史书居然无载，线索仅见阿拉伯史料。玄宗时大唐与阿拉伯"大食"爆发怛逻斯之战。高仙芝败，不少唐人被俘，据云"在其中找到了造纸工"，于是造纸术"由战俘们从中国传入撒马尔罕"①，"阿拉伯世界的第一个纸厂便于751年在中亚的撒马尔罕建成投产"②，随后巴格达以及北非埃及、摩洛哥也相继建厂，并从中东再传欧洲。作为一项重大专利，造纸术几未为中国"出口创汇"，良可惋怅。不过，我们宝物清单很快却又添浓墨重彩一笔——茶兴，既是国内税利新的聚宝盆，也大大扩展了外贸优势。茶"兴于唐，盛于宋"③，而帝制中国恰于此时步至鼎盛，其间关系非浅。茶叶经济确如新鲜血液，令唐宋容光焕发，甚至洗心革面，而为少数几个影响了历史走向的中国物产之一。

但在长成"经济"以前，尚有一番跋涉。战国已知饮茶，唐宋始云兴盛，是从自然到社会皆侯缓进。

首先，饮茶习俗与茶的种植须待蔓延。受地理与气候条件限制，茶传播路线单一，未尝北向，自西向东顺江而下，先从巴蜀至荆楚，进抵下江。史料寻踪，西汉湖南出现"荼陵"地名，即今茶陵县，陆羽引《茶陵图经》曰"云茶陵者，所谓陵谷生茶茗焉"④，

① 卢嘉锡总主编、潘吉星著《中国科学技术史·造纸与印刷卷》，科学出版社，1998，页563。
② 同上书，页564。
③ 陆廷灿《续茶经》卷上之一，《影印文渊阁四库全书》第八四四册，页674。
④ 陆羽《茶经》七之事，《茶经（外三种）》，页68。

明因产茶得名。而这时候，长江下游仍无有茶迹象。等到三国东吴，江东茶却已大兴。以上时间和经过，次第分明、一目了然。

社会层面也须铺垫，而中上阶层的推动很是关键。"君子之德风，小人之德草。草上之风，必偃。"古代乃"自上而下"的社会，不单权力在上，文化、财货、风气等无不是。如果茶饮始终是村俗野好，盖难成为社会系统现象，进而整体带动经济。中上层有钱有闲，求深嗜精，从而陟升茶的认知，使饮茶从简单实用注入精神礼仪内容，乃至对周边器用的开发亦具点化作用。

就此不能不知，茶在唐宋为经济热土前，先于两晋成为文化热点。苗头初显于东吴。末帝孙皓对近臣"密赐茶荈以当酒"[1]，是首个与茶相勾连的帝王。说明东吴宫廷业已储茶、帝王日有此用。继东吴浸润宫廷后，茶在西晋开始成为雅人深致，而有"茶文学"发端。文人竞相咏茶，现存左思《娇女诗》、孙楚《出歌》、张载《登成都白菟楼诗》、杜育《荈赋》诸作。不过，西晋中枢毕竟在北，虽高士题品，知茶者仍属少数，从《世说新语》任瞻字育长事可窥。任瞻在北"甚有令名"，"一时之秀彦"，即这等人物，对茶仍极陌生。其初过江，建康一众"时贤"，在石头城为他接风；"坐席竟，下饮"，酒后拜茶，任瞻所问"此为茶？为茗？"竟不知茶茗异称而同物。[2] 随晋室南渡、大量士族南来，茶在上流社会才广泛传播，茶文化又获提升。六朝之际，茶不独文人所好，亦染佛、道，转有宗教意义。如刘宋元嘉高僧法瑶，住持武康小山寺，每以茶

---

① 陈寿《三国志》卷六十五吴书二十，中华书局，2014，页1462。

② 余嘉锡《世说新语笺疏》纰漏第三十四，中华书局，2007，页1069。

代饭。[①] 道家名人陶弘景则曰:"苦茶,轻身换骨,昔丹丘子、黄山君服之。"[②] 既与宗教相融,茶事遂被赋予修身悟道功能,精神属性更进一阶,以后东瀛打通茶禅、发展为"茶道",根由在此。当时,又因南北分裂、夷夏相抗,茶还隐含文明之别。经学家王肃祖籍琅琊,原在东晋为官,后北还。他在南养成两种爱好,莼羹与品茗。一俟北归,立改所好,狂赞羊肉和酪浆。人问"茗何如酪",答"茗不堪,与酪为奴"。[③] 言中滋味细品乃知。北不饮茶,转称南人为"茶人",含怪诞贬损之意。《洛阳伽蓝记》亦载一事。北魏永安间,梁降臣陈庆之急患怪病,中大夫杨元慎自告奋勇替他驱邪:

> 元慎即口含水噀庆之曰:吴人之鬼,住居建康 …… 语则阿傍,菰稗为饭,茗饮作浆 …… 乍至中土,思忆本乡,急手速去,还尔丹阳。[④]

讽陈庆之水土不服是体内久附厉鬼,操佶屈聱牙之吴语、吃米饭、喝茶,皆厉鬼作怪。总之,急病是体内厉鬼过度"思乡"所致,因此咒它速速撒手,放过陈庆之,自己滚回丹阳。言下之意,南人言行如"鬼",这自是丑化与敌视。杨元慎所谓"鬼",我们通常也称"神魂"。的确,茶已是六朝南人神魂一因子,以致须臾难离。

---

① 陆羽《茶经》七之事,《茶经(外三种)》,页60—61。
② 同上书,页65—66。
③ 同上书,页66。
④ 《洛阳伽蓝记校释》卷二城东景宁寺,页92。

它之被贬为"吴人之鬼",是南北分裂所致。一旦重归统一,则将植入全中国人体内,地无南北都落实为"开门七件事"之一。

所以到唐代,昔日北人眼中有如鬼魅的茶,终于席卷全华。唐巩固了隋的大一统局面,启汉以来又一盛世。其间,农业发展使粮食充足,而粮食充足则为富余物用腾出空间,茶种植迅速扩大。武宗初年,盐铁司奏"江南百姓营生,多以种茶为业"。[①] 大约同时,李商隐说泸州"作业多仰于茶茗,务本不同于秀麦"[②],"务本"已从种粮悄然易为种茶。懿宗咸通间祁门县,周遭"千里之内业于茶者七八矣,由是给衣食、供赋役,悉恃此"。[③] 这些报道来自晚唐,而茶骤至炙手,约在中唐宪宗"元和中兴"时。杨晔《膳夫经手录》有条重要史料:唐代极品蒙顶茶,元和前,一束帛难购上佳者一斤;因需求突然旺增,人争而致之,物稀为贵,竟致假货泛滥。

> 是以蒙顶前后之人,竞栽茶以规厚利,不数十年,间遂新安草市,岁出千万斤。[④]

"新安草市",为当时四川另一茶产地,"与蒙顶不远,但多而不精"[⑤]。此云元和以来蒙顶茶火爆,不但本地竞相栽种,也有大量新

---

① 王钦若等《册府元龟》邦计部(十二)·山泽第二,凤凰出版社,2006,页5603。

② 李商隐《为京兆公乞留泸州刺史洗宗礼状》,《全唐文》卷七百七十二,《续修四库全书》一六四七·集部·总集类,页134。

③ 张途《祁门县新修阊门溪记》,《全唐文》卷八百二,同上书,页546。

④ 杨晔《膳夫经手录》,《续修四库全书》一一一五·子部·谱录类,页524。

⑤ 同上。

安茶假冒蒙顶充斥市场。这就是唐茶突然风起云涌的瞬间。之后约五十年，到杨晔所处的大中年间，茶叶贸易遍地开花，形成十大主要产出集散地。除真伪相混的蒙顶茶达千万斤级别，今江西一带有"浮梁茶"《琵琶行》"商人重利轻别离，前月浮梁买茶去"，湖北一带有蕲州、鄂州、至德茶，湖南一带有衡州、潭州茶，福建一带有"建州茶"，皖南一带有歙州、祁门茶等，各至数十万、数百万斤不等。①

茶事既兴，朝廷旋予征税。兴前征之无物，故向无茶税，既兴遂征以取利。这是茶在经济领域分量转重的标志。德宗建中三年782九月，判度支赵赞以办置"常平轻重本钱"名义，请征诸税。"从之，赞乃于诸道津要置吏税商货，每贯税二十文，竹木茶漆皆什一税一，以充常平之本。"② 这是有史以来，"茶""税"二字首次相连。但所征用常平钱名义，尚非专门茶税，茶仅为诸多应征对象之一。且此举扰民过甚，"而怨讟之声，嚣然满于天下。至兴元二年正月一日赦，悉停罢"③，持续不到二年。又过十年，诸道盐铁使张滂奏：

> 伏以去岁水灾，诏令减税，今之国用，须有供储。伏请于出茶州县，及茶山外商人要路，委所由定三等时估，每十

① 朱自振先生依据《膳夫经手录》制《唐大中前后茶叶产销表》，颇便一览，见《茶史初探》页54。
② 刘昫等《旧唐书》本纪第十二德宗上，页334—335。
③ 刘昫等《旧唐书》志第二十九食货下，页2128。

税一，充所放两税。①

惯例遇灾减税，而减后国用不敷，于是张滂提议专设茶税，以补"两税"减免所致亏空，"诏可之"。《旧唐书·食货志》就此写："贞元九年正月，初税茶。"②《春秋》宣公十五年"初税亩"三个字在中国被目为历史性转折，《旧唐书》显然有意拟之。德宗贞元九年也即公元793年，中国正式诞生单一茶税，也是人类首个专门的茶税。以此为基础，渐有整套"茶政"，茶事一跃为国计要务，"既以立额，则后莫肯蠲，非惟不蠲，从而增广其数，严峻其法者有之矣"③。

但这仍属"初级阶段"。茶"兴于唐，盛于宋"。唐可言"兴"，"盛"犹未至，欲观以"盛"，惟瞻乎宋。宋代茶法极其繁复，朝廷数经变化，挖空心思，花样迭出，既欲效益最大化，复图长远可持续，茶对国家经济断可谓利害攸关，所以宋代茶政非"纷纭"不足以言，若要讲清只能去写专著，这里姑缘主线，简述其发展演变。

唐文宗置榷茶使，"徙民茶树于官场，焚其旧积者，天下大怨"④。榷即专卖，但文宗虽首榷，唐代主要还是征税。入宋则颠倒，榷为主，税辅之。我们当代有词"统购统销"，宋代榷茶也是，主要产茶区从产到销实行国家全面垄断。宋初，置六榷货务、十三

---

① 刘昫等《旧唐书》志第二十九食货下，页2128。
② 同上。
③ 马端临《文献通考》第一册，卷十八征榷考五榷茶，页501。
④ 同上书，页502。

场。前者是全国茶叶总经销，后者类乎"国营茶场"。榷货务总部在京师，茶叶各主产区设分部。具体是：一、"诸州所买茶，折税受租同山场，悉送六榷务鬻之"①，实行国家统一收购；二、"令商旅入金帛京师，执引诣沿江给茶"②，茶商至京师预纳茶价、换得茶引，然后于六榷货务就便选择提货点、取回实物；这样，茶商全部资金，悉数流向国库。十三场都在江淮，这是宋代"口粮茶"主产区，其茶叶生产完全国有化。茶农编为"园户"，"山场之制，领园户，受其租，余悉官市之"③；园户所产茶，部分以收租方式上缴，租外余茶也只准卖官家，包括用以折其他税课的茶叶，都只许售与"本场"，不得另寻买主。总之，十三场即便一根茶毛，也归国家所有。但六榷货务、十三场并未覆盖所有，"天下茶皆禁，唯川峡、广南听民自买卖，不得出境"④，川广用"税"不用"榷"，茶可自由买卖，限制只是"不得出境"。

为保茶禁，颁布如下法令：

> 太祖皇帝乾德二年，诏民茶折税外，悉官买，敢藏匿不送官及私贩鬻者，没入之，论罪；主吏私以官茶贸易及一贯五百，并持仗贩易为官私擒捕者，论死。⑤

① 马端临《文献通考》第一册，卷十八征榷考五榷茶，页503。
② 陈均《皇朝编年纲目备要》卷第一，中华书局，2006，页19。
③ 马端临《文献通考》第一册，卷十八征榷考五榷茶，页503。
④ 同上书，页505。
⑤ 同上。

严厉惊人。后来太宗太平兴国二年，"重定法，务轻减"，降至死罪以下。但从太祖专诏，我们能够体会茶事对于国用的分量。

太祖、太宗、真宗三朝，茶法率如上。仁宗初仍其旧，到嘉祐四年1059宣布废除榷法，改行通商法："罢十三场六榷货务"①，"园户之种茶者，官收租钱，商贾之贩茶者，官收征算，而尽罢禁榷，谓之通商"②。新法下，种茶者只缴"租钱"注意是"钱"、茶商只纳税，朝廷从茶叶产销过程彻底退出，茶业完全市场化、货币化。这可谓宋代经济一次"改革开放"。新政推出，有内外两个必然。其一，"嘉祐四年，天下无事，仁皇慨然一切弛禁"，此"天下无事"主要指庆历二年、三年宋先后与辽、夏达成撤兵和议，两大边患相继弛解，茶事原来所负的军国重担遂得卸肩。其二，茶叶长期国有国营弊病百出，包括品质粗劣、成本高昂、时而积压严重时而生产萎缩、园户"破产逃匿者，岁比有之"③等，榷法导致茶业每况愈下有目共见。华山先生名作《从茶叶经济看宋代社会》就此列出一表：

	买茶原额	至和中实买数
淮南路	8，650，000 斤	4，220，000 斤
江南路	10，270，000 斤	3，750，000 斤
荆湖路	2，470，000 斤	2，060，000 斤
两浙路	1，279，000 斤	230，000 斤

---

① 陈均《皇朝编年纲目备要》卷第十六，页358。
② 马端临《文献通考》第一册，卷十八征榷考五榷茶，页509。
③ 毕沅《续资治通鉴》宋纪五十七，页1357。

福建路	393,000 斤	790,000 斤
总　计	23,062,000 斤	11,050,000 斤

至和为嘉祐之前年号。概括起来，截至变法前，"观此表可知各路减产额总计在一半以上"[①]。榷茶不仅打击茶农积极性、造成严重减产，使"县官获利无几"[②]，朝廷收入微薄，还有各种损耗，"而辇运糜耗丧失，与官吏、兵夫廪给杂费，又不预焉"[③]，若一并计入，毋庸置疑榷法当如三司所说"获利至少，为弊甚大"[④]。榷法改通商的国家茶业前后收入对比，《梦溪笔谈》卷十二皆取"最中数"载有详细数据。禁榷时年入一百九万四千九十三贯，其中六十四万九千六十九贯为国营"净利"，四十四万五千二十四贯为"税钱"；"通商后"年入一百一十七万五千一百四贯，其中三十六万九千七十二贯是"茶租"收入，以外八十万六千三十二贯悉为"茶税"收入。[⑤]整体同比增7.4%以上，且是国库直入部分，尚未计算通商法带来的其他经济效益和社会效益。关于后者，《文献通考》语曰："自此，茶不为民害者六七十载矣！"[⑥]只此已知仁宗庙号所以为"仁"。

所谓茶不为民害"六七十载"，指仁宗末和英宗、神宗、哲宗

① 华山《从茶叶经济看宋代社会（上）》，《文史哲》，1957年第2期。
② 毕沅《续资治通鉴》宋纪五十七，页1357。
③ 脱脱等《宋史》志第一百三十七食货下，页4496。
④ 同上。
⑤ 沈括《梦溪笔谈》，《全宋笔记》第二编三，大象出版社，2006，页98。
⑥ 马端临《文献通考》第一册，卷十八征榷考五榷茶，页507。

这些年。至徽宗，复又重新为害。赵佶继统，安生约两年，亦即未改元的元符三年与仅一年的"建中靖国"之年。此时他有贤明气象，但当崇宁改元，骤然即变。是年，蔡京拜相。这位蔡元长乃极能折腾的主儿，他与赵佶相濡以沫，在以后二十余年生事无数，盐法、茶法、钱法，变着花样翻新。单单茶法，就有三次变革。第一次是拜相伊始的崇宁元年，废通商法、"依旧禁榷"，"选官置司，提举措置"，"禁客人与园户私相交易"[1]，完全恢复国家垄断。仅隔三年，又出新法。此次思路清奇，一面废除刚刚恢复的国家垄断、允许商农交易，一面强化茶农户籍管理，将他们姓名、数目编造入册，严加管控。背后关键是"茶引"。嘉祐通商完全市场化，茶商向茶农购茶，然后直入市场自由销售，政府只从中抽税。崇宁四年蔡京新花样却是"以引榷茶"，茶商先赴官府购买茶引，取此凭证，再赴茶园，与茶农交易后须将购茶事实经官府查验、核准，茶货方可入市。其实就是许可证制，茶引即茶叶交易许可证；此许可证无关质量、市场管理，目的仅在搞钱。更恶劣的是，既购许可，销售环节茶税照旧，分文不少。"以引榷茶"纯属空手套白狼，新开一大财路。严格园户管理，意义正在于此 —— 茶农只许与已获"许可"的茶商交易，否则将治罪："诸园户五家为保，内有私相交易者互相觉察，告赏如法。即知而不告，论如五保不纠，律加一等"[2]，竟以连坐峻法罪之。政和二年第三变，是在崇宁四年茶法基础上的精细化，就茶引印造、发卖、勘验、时限、使用以及涉法惩

---

① 《宋会要辑稿》食货三〇，页6671。
② 《宋会要辑稿》食货三二，页6699。

处出台极周密的规定；至是，茶引已成另一种"事实货币"，不以钱名而有其实，朝廷相当于借茶务增发货币，而整个茶政则等于朝廷平白得到一家资金雄厚的银行。

"至蔡京始复榷法，于是茶利自一钱以上皆归京师。"[①] 三变茶法，核心即利皆归上。嘉祐通商让利于民，官不尽得；徽宗奢靡自雄，蔡京窥其意，遂复榷法以济。然如百年经验所示，榷法一手包办有天然弊端，故而复旧三载，蔡京亦弃，转而想出两全其美之策，既能并取卖引、商税两大厚利，又将榷法固有损耗甩脱干净，使转嫁于农户和商户。从来"奸臣传"里人物不尽名实相副，蔡京则非浪得虚名。茶法三变间，他着实诡智过人。其子蔡絛日记记载，当初蔡京"始说上以茶务，若所入厚，专以奉人主"[②]，拍胸脯承诺，最终果践所言。

《萍洲可谈》云，崇宁以降，世人"目茶笼为草大虫，言其伤人如虎也"[③]。但这不满仅限民间。蔡京用多种盘剥术将北宋推至亡国，己亦"谴死道路"，朝廷于其茶法却不"因人废言"。"建炎渡江，不改其法"[④]，"中兴循其法"[⑤]。分别行于东南和四川的南宋两套茶法，皆准蔡京思路。这倒也自然，从朝廷角度看，蔡京的确设计出了令茶政效益最大化的完美方案。王应麟曾具体言及："崇宁以后，岁入至二百万缗，视嘉祐五倍矣"；政和又较崇宁增倍"岁

---

① 马端临《文献通考》第一册，卷十八征榷考五榷茶，页507。
② 同上。
③ 朱彧《萍洲可谈》卷二，《全宋笔记》第二编六，页161。
④ 李心传《建炎以来朝野杂记》甲集卷十四，《全宋笔记》第六编七，页245。
⑤ 王应麟《玉海》卷一百八十一，《影印文渊阁四库全书》第九四七册，页660。

收四百余万缗"；而南渡后孝宗"淳熙初收四百二十万"，稳定保持于较高水准。[①]附带指出，这里"四百余万缗"未具年份，也许只是政和二年第三次变法前的数字，而华山先生广征史料制成《宋代茶利收入表》[②]，显示第三次变法后的政和六年，仅"东南六路"川陕不在内茶利即达一千万贯，视"四百余万缗"一倍有余，是整个两宋时期国家茶政入账最高纪录。蔡京之于皇室有功一目了然，难怪绍兴三十一年十月丁卯：

> 诏：蔡京、童贯、岳飞、张宪子孙家属，令见拘管州军并放，令逐便。用中书门下省请也。于是岳飞妻季氏与其子霖等，皆得生还焉。[③]

这是高宗退休前，对曾受打击的几位臣子释放的"推恩"信号。岳飞的名字与两大"奸臣"并排出现，令人不适。而在高宗，只是透露心中对哪些人曾经受到的处置感觉抱歉。他既想到了岳飞和张宪，也想到蔡京、童贯。前两位易于理解，岳飞事件是因与金媾和、解诸将兵权，唆使秦桧所锻冤案，高宗对他们之为祭品，自是心知肚明。后两位则有些奇怪，蔡京与童贯都是"靖康之难"罪人，非高宗朝事，照理说高宗犯不着心生恤念，对其网开一面。不过，当我们发掘了蔡京三变茶法"优异业绩"后，对此亦非无从理解。

----

① 王应麟《玉海》卷一百八十一，《影印文渊阁四库全书》第九四七册，页660。
② 华山《从茶叶经济看宋代社会（下）》，《文史哲》，1957年第3期。
③ 李心传《建炎以来系年要录》卷一百九十三，页3252。

这为某些后事埋下了伏笔。岳家先是香烟得续，然后冤案彻底平反；孝宗时，蔡京遗骸也获准落叶归根，从"谴死"地潭州迁回老家仙游。

茶法跌宕起伏，只是茶在宋代呼风唤雨身姿的一侧影。

从经济态势讲，茶是新经济温床。有茶与无茶，茶兴与未兴，盖将前后中国一分为二。华山先生说："中唐以后商业的发达，茶叶生产的发展是一个非常重要的原因。"① 这是由于，传统经济"自给自足"，生产以自用为目的，产品除缴赋纳租，剩余差可自奉，不作为商品进入"交换"，"耕"与"织"皆是，茶则将这局面根本打破。茶的生产，初即不为"自给自足"。若为自饮，专业茶农显属多余，一家一户穷其一年，茶叶消耗微不足道，恃茶为生的专业茶农必将产品售诸市场，换取别物。因此，当这行业在中国出现，便意味着一种纯粹以"交换"为目标的生计应运而生，而将自古以来的"自给自足"格局打破。近代欧洲，是机器生产突破了"自给自足"，从而触发商品大潮，茶在中国跃上经济舞台实有此意味，虽然深度与广度远不能与工业革命比，但是，宋代茶叶年产约五千万斤、折合米价约值一百万石②，一种商品属性生产如此放量性增长，在商品经济本属寥廓的中古，应说是惊世之变。

茶对商品经济的推动，不光在其生产自带商品属性。显而易见，茶叶供需存在天然矛盾：生产有地域性，需求则无地域性；而随需求蔓延增长，矛盾落差还不断加大。有效解决必待两者，一

---

① 华山《从茶叶经济看宋代社会（下）》，《文史哲》，1957年第3期。

② 同上。

是"贩",一是"运"。"贩,买贱卖贵者。"①"买贱卖贵"原由在
"有""无",助通有无,居中取利,是即商贾生存之道。"自给自
足"格局下,物用多系自得,较少用着"贩",但茶叶完全不同,
种植与生产为地域所限,使它注定离不开"贩"。所以茶兴对于商
业繁荣所起作用相当惊人,历史上或仅贩盐可比。宋代城市化达
到了空前的高度,而茶便是其兴奋剂。在汴京,茶叶市场无疑处
于整个商业的焦点位置。王安石行市易法之前做市场调查,茶市
是主要调查对象。由于发育充分,汴京茶市已初步形成兼并垄断
之势。茶铺茶坊遍布宋代城市,不仅直接以茶生利,还带动餐饮、
娱乐、社交等周边消费。茶商必经的南北要冲,有新的市镇形成
和诞生 …… 这都是因供需矛盾而生的贩茶所致改变。除了"有"
与"无",还有一对矛盾是"远""近",也即空间距离。中国幅员
辽阔,虽然宋朝版图偏小,北南西东亦各千里之遥。故而茶兴必
关乎"运",对所有相关问题设法解决。对此,我们关注重点并非
一眼可见的运输工具与技术 —— 虽然茶兴的确对造船、船闸、桥
梁等的建造有所推进 —— 而是某些较隐匿的方面。"运"的实质是
"流通"。货品从甲地流往乙地,非单纯空间上挪动,还融合许多
市场因素,诸如官家抽税、资本筹集、现金流动、物流仓储损耗与
成本计算等等,最后卖到消费者手里,每两茶叶所含信息业经"流
通"反复变写,表面上其物未变,内里则经商品流通过程打造成为
焕然一新之物。考虑到产销规模,宋茶的"运",对经济的深刻影
响应在于此。我们知道纸币发明与川茶远程贸易有关,同样,官

---

① 许慎著、段玉裁注《说文解字注》,浙江古籍出版社,2013,页282。

方贩运凭证"茶引"也是利用茶叶产销空间差，来掌控茶务和茶利。而"运"对茶业、茶市枯荣的直接决定作用，则有这样的例子——学者孙洪升从《嘉泰会稽志》查见，宁宗时绍兴州县所产茶，有以售当地为主，也有相反；其中规律是，外销愈大，产量愈高。例如会稽与余姚，以总交易数24240斤和14900斤分居销量冠亚军，外销比例各达96.2%、97.99%。而嵊山、诸暨、萧山、上虞、新昌诸地，总交易斤数最多五六千斤甚至只有数百斤，外销比例高可50%，低则为零。[①] 这些数字，鲜活显现外销空间攸关茶叶生产，"运"得出去市场方广，仅在本地消化，生产即陷萎缩。

私人资本介入聚拢，是宋茶值得关注的动向。茶利丰厚以及茶叶生产特殊性，都是刺激私人资本投入的原因。之前讲榷茶制，知宋代对茶叶种植、生产、营销行国家垄断，但这不是全部，十三场以外政策不一。例如当时福建，只划定少量茶园国有，余皆私营。《东溪试茶录》引丁谓所记真宗建溪情形："官私之焙千三百三十有六，而独记官焙三十二。"[②] 国营茶园仅占零头，虽然私营规模不匹官营，但数量之多，亦足想见私人资本对茶业的趋之若鹜。这当中，不乏巨商。四川未行榷茶以前，私家"茶园人户多者岁出三五万斤"[③]。华山先生惊问"制造五万斤茶的茶园和茶焙要用多少工人？要多少工本？"[④] 他计算了一下，"要制五万斤茶就须要用一万一千

① 孙洪升《论唐宋时期的茶商资本》，《农业考古》2004年第4期。

② 宋子安《东溪试茶录》，《影印文渊阁四库全书》第八四四册，页656。

③ 吕陶《奏具置场买茶旋行出卖远方不便事状》，《净德集》卷一，《影印文渊阁四库全书》第一〇九八册，页6。

④ 华山《从茶叶经济看宋代社会（上）》，《文史哲》，1957年第2期。

个工，六七十万缗，折合米一千石。"① 显已不能目为小作坊。而达这种规模，似非个人之力所能致，宋代资本的来源与运作，使人浮想联翩。

较大资本，定为扩大生产而来。而扩大生产，必然规模用工。由此宋代出现"大量雇佣工人"，这绝对是小农经济所不见的景象。当时文献明确写为"佣身赁力"，此四字与马克思的"雇佣劳动"定义完全一致："资产者用货币**购买**工人的劳动，工人是为了货币而向资产者**出卖**自己的劳动。"② 文献中具体描述是，"皆是他州别县浮浪无根著之徒，抵罪逋逃，变易名姓，尽来此佣身赁力，平居无事，则俯伏低折与主人营作"③，显即除了自由"一无所有"的无产者。华山先生强调，这些茶工所得彻底工人阶级化，即"工资也货币化了"。"建州官焙中的雇佣工人，工资是每日七十文"，"四川彭州私焙中的雇佣工人，工资是每日六十文，口食在外。"④ 无奈时代太早，这"雇佣劳动"的晨光熹微，史料仅存只言片语。但无论怎样审视，"雇佣劳动"现身于宋可谓无疑，中国乃至世界的初代"资本家"，兴许孕育于茶。

不单生产方式、经济成分因茶而变，还有金融随以翻跹。有关蜀人首创纸币，具体讲，四川为茶兴之地，更是唐宋茶贸中心之一，大宗茶贸对于改善远程结算手段的迫切性是纸币发明的关键原因。

---

① 华山《从茶叶经济看宋代社会（下）》，《文史哲》，1957年第3期。

② 马克思《雇佣劳动与资本》，《马克思恩格斯选集》第一卷，人民出版社，1973，页352。

③ 文同《奏为乞差京朝官知井研县事》，《丹渊集》卷三十四，《影印文渊阁四库全书》第一〇九六册，页758。

④ 华山《从茶叶经济看宋代社会（下）》，《文史哲》，1957年第3期。

苏辙曾有两句话，一句明指纸币诞生与茶关系最密：

> 蜀中旧使交子，唯有茶山交易最为浩瀚。

另一句报道川人对纸币之欢迎、追捧：

> 旧日蜀人利交子之轻便，一贯有卖一贯一百者。[①]

炙手竟逾金属币，溢价一成。茶贸引发的金融现象，还有"交引"。因辽夏长年边患，为措军资，朝廷以茶叶为重要代偿物。"商人输刍粮塞下，酌地之远近而优为其值，执文券至京师，偿以缗钱，或移文江、淮给茶盐，谓之折中。"[②] 这就是茶引，由茶叶贸易所派生的有价凭证。与后来蔡京禁止茶引买卖、转让不同，它曾经允许交易。输粮商人在京取得茶引后，如不愿江淮官场提茶，可就地出售。这样，"在京师便出现了一种专做交引生意的大商人，他们开着'交引铺'，大做交引的投机生意"[③]。我们兴趣在于，茶引交易是"投机"。其中情形非常复杂，既有当局为诱使更多物资输往己处，而滥予滥增茶引数量；也有输边之民因对市场陌生无知，手握茶引心里发虚而急于变现，"得券则转鬻于茶商或京师交引铺"[④]；

---

① 苏辙《论蜀茶五害状》，《栾城集》卷三十六，《影印文渊阁四库全书》第一一一二册，页397。

② 李焘《续资治通鉴长编》卷三十，页687。

③ 华山《从茶叶经济看宋代社会（上）》，《文史哲》，1957年第2期。

④ 脱脱等《宋史》食货下五，页4483。

有眼光的投机家则从其间牟利，压低价格收购茶引，之后或自行取茶贩之，或将茶引高价转售茶商。茶引投机与今天股市无贰，乃至还有期货意味。投机造成茶引集中，进而提货难兑，空持茶引实物"指期于数年之外"①，"券之滞积，虽二三年茶不足以偿"②，反过来又使茶引价格波动。

从生活、从经济、从财政，小小树叶带给我们惊异已甚多，然而，却都还不是茶在宋代的头等意义。

前面凭藉茶引，已知茶被用作杠杆，导引输粟边塞。因此，对边防具有支撑意义，是间接的军用物资。六榷货务、十三场关乎国防供给保障，所以宋室对之行禁榷，严控其产销。但茶对宋代的战略意义，不仅在输边；它的更重要体现，是两个曾经有着特殊联系的字眼："茶"和"马"。马对古代军事的价值显而易见，从作战到运输都举足轻重，机械化和石油对现代战争有何意义，马在古代绝不逊之。历来"夷夏"用武，前者优势未必在"兵强"，实出"马壮"。农耕汉地，不怎么产马，诚一短板。然而天佑华夏，恩赐以茶。自有此物，缺马短板立刻改观。许多年后西洋"英夷"为中国茶恼羞成怒，许多年前西北"腥膻"亦于中原茶欲罢不能。此神奇之叶，一经有染莫可释怀，而上天偏设地域之限。于是，缺马"中国"与无茶"夷狄"，形成奇特互补。自晚唐起，茶马交易长期为边贸支柱，"茶马古道"骤然传名。宋人尤知奇货可居，精明地加以利用。宋初蜀茶不禁榷，许自由买卖，只规定不准出境，以确保流往境

---

① 脱脱等《宋史》食货下五，页4480。
② 同上书，页4483。

外之茶，概由国家掌控用于换马。以至非茶贸易，也设法使更利茶马。太宗时，有司奏"戎人得铜钱，悉销铸为器 …… 望罢去，自今以布帛茶及它物市马"①，从之。本来，宋钱和茶同样抢手，禁钱转易实物，一举两得，既防铜钱外流，又增茶叶销量而换回更多胡马。出于地理原因，川茶是茶马主力，《能改斋漫录》谓之"蜀茶总入诸蕃市，胡马常从万里来"。线路自川抵陕，朝廷置官，"提举川陕茶马，运茶抵陕"，将川茶强迫性地用于市马。量过大，"蜀人苦之"，怨声载道，苏辙等反映此情后，司马光派人调查，结论是"得马为利，运茶为害"，为此奏请"置铺兵官运茶，以宽民力"，不惜动用军队稳固茶马贸易，"行之未几，公私果以为便"。②神宗间，特设茶司和马司，分置成都、天水，专办茶马，可见重视。之后沿革，南渡"关陕既失"，时任四川都转运使兼提举成都等路茶事并提举陕西等路买马的李迨，建议将川秦两地茶司马司"合为一司"，称"都大提举茶马司"③，总揽"凡市马于四夷，率以茶易之"④之职。宁宗嘉泰间为改善买马质量，复"分为两司"⑤。从头至尾，茶马皆宋国政。

以上"荦荦大者"，巍然高端。而从普通人角度，越是微屑的日常，越能看出茶在宋代无所不至。

① 李焘《续资治通鉴长编》卷二十四，页559。
② 吴曾《能改斋漫录》卷七蜀运茶马利害，《影印文渊阁四库全书》第八五〇册，页632—633。
③ 脱脱等《宋史》列传第一百三十三，页11593—11594。
④ 脱脱等《宋史》职官七，页3969。
⑤ 同上书，页3970。

作为特殊消费品，除去直接商品价值，茶的次生价值极其丰富。今称服务业为"第三产业"，若在中国稽其历史，茶的贡献允居第一。饮茶实非解渴，而关休闲，为坐谈、陪伴、游憩、交往之凭，许多社会新情景从中汩汩而出。宋代市井，茶几乎是最大平台，托举了方方面面。逢酒必茶、无茶不食，勾栏瓦肆啜茗听书，花街柳巷因茶添雅 …… 林立的茶楼、茶肆、茶坊，为宋代城市打造出非古典的气质。现今中国城市，成都最以休闲闻名，而它恰恰遍地茶馆，是岂偶然？众所皆知世上茶事起蜀中，成都如今遍地茶馆必系古风。可惜宋代成都缺一位孟元老，为它写自己的"梦华录"，我们姑借东京转窥。

东京街市，处处有茶。宣德楼周遭，街东"李四分茶"，"街北薛家分茶"①。朱雀门外，"东西两教坊，余皆居民或茶坊"②。潘楼东街巷，"茶坊每五更点灯 …… 至晓即散，谓之'鬼市子'"，"又投东，则旧曹门街，北山子茶坊，内有仙洞、仙桥，仕女往往夜游，吃茶于彼"③。马行街往北到封丘门，"至门约十里余，其余坊巷院落，纵横万数，莫知纪极，处处拥门，各有茶坊酒店"，常"至三更"而"提瓶卖茶"，"盖都人公私荣干，夜深方归也"。④ 连东京餐馆也借茶生财，"大凡食店，大者谓之'分茶'"，实际是较大食店，而却缘茶以称，丰筵称"吃全茶"、斋食称"素分茶"⑤，店内专售小

---

① 孟元老《东京梦华录》，《东京梦华录（外四种）》，页一二。
② 同上书，页一三。
③ 同上书，页一五。
④ 同上书，页二〇 — 二一。
⑤ 同上书，页二六 — 二七。

菜的厨子"谓之'茶饭量酒博士'"①。

汴京封丘门前"约十里余"茶坊酒店"处处拥门",其景颇盛；但比临安，却又寻常。临安本茶乡，近水楼台，茶事滋漫盖至不可方物。先看细节，《都城纪胜》："大茶坊张挂名人书画，在京师只熟食店挂画，所以消遣久待也。今茶坊皆然。"挂名人书画不为出售，而是引顾客驻足赏玩，延长其消费。东京茶坊犹未用此，今则"皆然"，显然投入增加、更上档次。另一细节，临安茶坊"冬天兼卖擂茶，或卖盐豉汤，暑天兼卖梅花酒"，已经多种经营，以茶串起其他生意。② 真正的奇观是这一段：

> 茶楼多有都人子弟占此会聚，习学乐器，或唱叫之类，谓之"挂牌儿"。人情茶坊，本非以茶汤为正，但将此为由，多下茶钱也。又有一等专是娼妓弟兄打聚处；又有一等专是诸行借工卖伎人会聚行老处，谓之"市头"。水茶坊，乃娼家聊设桌凳，以茶为由，后生辈甘于费钱，谓之干茶钱。提茶瓶，即是趁赴充茶酒人，寻常月旦望，每日与人传语往还，或讲集人情分子。又有一等，是街司人兵，以此为名，乞见钱物，谓之"齪茶"。③

俨然娱乐中心。经营者为引顾客"多下茶钱"，脑洞大开，将茶楼

① 孟元老《东京梦华录》，《东京梦华录（外四种）》，页一六。
② 灌圃耐得翁《都城纪胜》，《东京梦华录（外四种）》，页九四。
③ 同上书，页九四—九五。

生生办成 CLUB。买欢者在此调谑，艺人借以做场，掮客于彼聚首，至有"包打听"为生者，提茶瓶做掩护传递消息情报，还有公人衙役借吃茶会客接头，暗行索贿……众生百相，临安茶坊岂止"茶"字可了，而就是一个缩微了的小社会。读之，忽念起老舍先生。他写了一辈子社会，末了觉得中国人生最佳场景，莫过"茶馆"。耐得翁似抱同感，只是他笔下的光怪陆离、殊形诡色，却来自 1235 年[①] 以前的中古之世。想到这一点，不由人心生恍惚。

原拟也写写宋茶的雅，比如茶与诗、文人与茶。眼下意兴阑珊。既睹茶在市井所搅滚滚红尘、活色生香，那些风雅已觉平淡。非画蛇添足添一句，只想说宋代好些滋味泡在"茶"中，此时经济与社会都因茶而焕然一新。

---

① 《都城纪胜》作于是年。

揽　宋

　　谢榛："登高有惠远，揽胜即庐山。"①《品宋录》用点位缀成，刻下收尾，宜有一文登高揽宋胜。

　　国人于宋，既以大一统朝代视之，又打心眼里不能为它自豪骄傲——无复大唐之盛、屡对敌卑躬、签"辱国"条约、南渡后仅存半壁江山……不满者每薄之"积贫积弱"。

　　但这"贫弱"之宋，却为帝制后最长寿皇朝。起公元960年，讫公元1279年，头尾三百一十九年。以外主要皇朝，李唐二百八十九年、朱明二百七十七年、满清二百六十七年，短如嬴秦、杨隋、蒙元各止一十六年、三十七年和九十七年。两汉虽排在宋朝前面，拢共四百零五年，吹毛求疵讲是两个朝代。一来刘秀嗣统已非帝绪自然存续，二来中间还夹着王莽新朝及更始帝的十六年。北南两宋则疆域有异，权柄分毫未移，高宗直祧钦宗，

---

①　谢榛《九日方晦叔同登北城楼兼示真上人二首》，《四溟集》卷二，《影印文渊阁四库全书》第一二八九册，页651。

旬月就位无缝对接。自不含水分言，这三百一十九年，才真是帝国寿命之冠。

长寿并非运气好。三个多世纪无大动乱，动荡惟见于徽宗时、南渡初。徽宗"有为"致生宋江、方腊，逮于亡国江南、两湖匪盗也一度趁乱蜂起，然皆区域作乱，没有席卷全国。应该指出，二千年间宋是仅有的未以全面起义而终的大朝代。秦陈胜吴广、汉黄巾、隋瓦岗、唐黄巢、元红巾、明闯献、清洪杨，无不一呼百应、倒海翻江，黎民百姓满怀"时日曷丧，予及汝偕亡"的决绝争相"从贼"。宋竟例外，蹈亡非出民怨，纯因外侵。

换换视角，"弱宋""贫宋"隐然"好宋""良宋"。见仁见智，决诸评判支点。我之选点，一在民祉二在文明，是否有增民祉、有促文明，是我所持历史善恶。"揽宋"将绕此展开，先讲宋朝这国家的总体，次及器物与精神文明各方面表现。

总　体

宋朝创立，意味着一场大战乱终结。这战乱历时不甚久，破坏与残酷则属空前。首先破坏对象乃中华文明宝珠唐朝，其次此番不同于列国纷争、民族攘夺，纯属武力失控，非理性更著，法度荡然、兵匪合体，生灵涂炭尤甚。

底定大乱虽曰厚德，却非宋朝主要功业。不少朝代初建，都曾拯民于水火，却未必如宋朝那样真诚记取教训，肃慎求治。这一点，汉、唐、清相对较好，也不及宋。我国忽视反思的老毛病，独宋得克服。宋世不仅从反思中来，且全程不弃，时刻以史为鉴、勤于善于反思,可谓宋代最大光辉。正因此,它从政治到文化脱胎换骨,不仅自身受益,也造福整个中国历史,帝制告别"分久必合,合久必分"宿命,五代成为绝响,大一统从此不废,人民少受流离,文明不致濒亡,久安格局实由宋启。

唐末祸乱根由是节度使建制,后果则由群雄并起予以表现。所幸赵氏敉平之后,将其斩草除根。若非如此,尚有另一潜在与可能的情态,此情态虽未真实发生,却可借"近譬"得知。隋唐之际,正俟开化的"倭国"采学中华,开始实质性国家建构,修其国号"日本",天皇居"天子"之位,行中央集权统治。经平城京奈良而迁平安京京都,权柄渐移贵族辅臣,"摄关政治"形成,藤原氏独揽朝纲。迨其衰,本为天皇"走狗"的武人脱颖而出。平氏、源氏相继崛起,渐不能制。最终,源赖朝创镰仓幕府,扶桑就此投入"将军"怀抱,沿军国主义一去不回。日本这番转换,与晚唐、五代、宋初大体同期,经过走向亦颇相类。惟一不同,日本武人胜出而中国武人铩羽。结果有别,固因两国历史积累迥异,然依唐末武人逞凶之状来论,中国当时前景同属叵测,终未同轨而南辕北辙、益行益远,关键在宋。宋不止结束割据,更于建政后果决偃武,令武人操柄征候刚刚露头即彻底掐断。设若无宋,唐末之祸仍可再演,中国百姓未必不会掉入日本那种"苦盼太平"的轮回。

偃武,为国之武力自上而下整体改制。从中书枢密对持文武二柄,到多层发兵程序及礼遇上卑武右文,尤其府兵改募兵,兵由国养、兵农分开最是釜底抽薪。大军阀土壤基本铲除,拥兵自重基本无望。亿万农民不复怀裹粮为兵之忧,专心稼穑。东瀛出人头地视戎行为捷径,中国则谓"好铁不打钉,好男不当兵"。两种世态，良可深思。宋出国资募"旷犷之民"为兵，治军同时，兼戢世乱。从效果看，不仅民间少有作乱，也无严重军变。高宗苗刘哗乱，未见处置如何有力，叛军已难自继。南渡一段时光，置之任何朝代俱必风雨飘摇，宋却稳如泰山，稍后解兵权，手到擒来，诸将俯首莫敢抗命。至少内保平靖方面，偃武全功尽收。

批评者振振有词，无外乎难御外侮。对辽对夏全部纳币求和，与金交恶军败如山倒受册以解，其末终被元灭。表面诚如是，事实却非看上去的那样简单。辽夏两患宋未落下风，相持而已，化干戈为玉帛是审时度势主动为之。真正溃败仅宣和、靖康间，徽宗咎由自取，背义图辽，失信于金，内以近倖宵小统军，上下相瞒，颓折固宜，不足为宋军实力之证。同是宋军，高宗时虽士气久挫、绝然低谷，但当宗泽、岳飞、韩世忠、吴玠吴璘兄弟等出为帅，却从力支不倒渐渐稳住阵脚，进而互有胜负。兀术南下西进，俱悻悻而返，虽曰不服水土，宋军战力不输自亦有验。待至蒙元征宋，宋军堪称劲旅的真相终凿其实。是时，蒙古铁骑纵横宇内，风扫残云，独于平宋磕磕绊绊、苦不得手。战争自1234年一直打到1279年，几近半世纪、历经三大汗，耗死窝阔台，蒙哥命丧钓鱼城一说病故，一说宋军箭毙，终由忽必烈克其功，而蒙古同样颇伤元气，蒙哥死后"蒙古之内乱，自此而萌"[1]。彼时寰球东西，能与蒙古打到这份上只有宋军。就此看，偃武实未"自毁长城"，宋屡与人和并非武力不济，而因思路有异。至少真宗、仁宗、高宗三位皇帝息事宁人思路偏向务实，将民生置首位算经济账，认为息兵款

---

① 柯劭忞《新元史》本纪第六宪宗，开明书店，民国廿四年，第一五页。

房，解百姓重负及生命之忧完全值得。

变革发乎武事，成于文治，最亮眼处是与士同治。宋政大体保持这一特色，帝制历来"五蠹"竟尔泯息，实属惊人。虽从后人眼光，不免抱有更高期待，但就各皇朝之间比，宋政无特别黑暗角落，总体清明，堪言历来仅见。与士同治的深远意义，在于促进士绅阶层崛起壮大，为社会中坚，居在皇权民众当中为一桥梁，这利于国家达成更好的组织与更有效的协调。一个社会是否具有建设性，不取决于对抗，而取决于调和。对抗你死我活，两败俱伤，是社会无能与穷途末路的体现。永不走到这地步，各种矛盾冲突都有办法化解，各种利益能予适当调和，是相对和善、有序并且保持希望的社会。近代民主便基于调和论，"共和"即调和，降减对抗、包容多元、损有余补不足。其所以迄今未现颓势，并非马恩预言有误，而是对固有或旧有弊端偏颇，随时修正所致，是用调和规避冲突并获利的生动实例。与士同治，亦含类似思路。皇权不求万姓俱为一己私产，不再防民如防贼，有所忌、有所让，接受来自平民的士阶层为其代表，表达意愿、共定国是。宋代权力注重程序、多维互制、异论相搅等特色，都初步透露新方向，展现未来眼光。续予探索，不一定非有"第三等级"，兴许也可摸索出良性政治形态。可惜后起的元、明、清三代，民族危机与独夫专制交相羁绊，中国不进反退。

"文以世变"。宋世焕然一新，于文化上有极佳表现。朝代有大小，时代亦然。而二者未必重合；大朝代不都是大时代。真正大时代，必因社会深层勃然欲蜕而令文化幡然生变。古代欧洲堪言大时代者仅二，前为古希腊，后即"文艺复兴"。无独有偶，中国遥为呼应，堪言大时代者亦唯二而已：先秦和唐宋。这第二个大时代，始于唐终于宋，唐出涓流、宋成江海。宋文化与中国历史上下前后的关系，无论深度广度皆较"文艺复兴"有过无不及。自深度言，理学放兴、三教合流是思想体系重生再造；自广度言，庶民文化巨浪不啻为社会精神大解放。放眼中国史，如此重大的文化变革，先秦有一纪，唐宋再创一纪，又千年"五四"或生第三纪，或许谈不上而留待观察。

生产力显著提升带来两个重要转折。一是经济重心进一步且实质性南移；一是商品经济趋近繁荣。肇变始自唐，至宋成定局。赋税泰半倚靠南方，不特米、帛、盐传统三大产，新兴物产如茶、瓷、纸等无不南国为盛，还有市舶、造船等俱皆如此。就此顺带说说南宋造船业发达，不特饱有商业巨利，且东亚历史险为之改写。忽必烈第二次征日，因获南宋海军胜算大增。降将范文虎率三千五百战舰遮天蔽日而来，若非"神风"庇佑导致"船为风涛所激，大失利""十存一二"[1]，日本列岛恐为蒙元所吞。而经济重心的整体南移，大运河无疑是形象代言。元统一全境后，费十年之工凿通此河直达京杭，已属必然。从此，中国权力在北、殖产在南的格局千载不替，而追溯其由，不能不说南宋一百五十年统治期间对南方经济的有史以来最大开发，具一锤定音作用。与此同时，宋代经济迅速步入商品化通道，很多现象是过去所没有的。"两税法"从征物而征钱，加快了经济货币化，无论国家岁入或百姓日常，"钱"的意义日益突出，而茶叶、瓷器等明显偏于商品属性的大宗生产，反复推动市场机制摸索，从没有哪个朝代像宋代这样，需

---

[1] 宋濂等《元史》本纪第十一世祖八，页233。

要处理如此复杂的金融与市场管理问题。

在长久承平和经济发展双重背景下，宋朝人口持续增长。美国有汉学家据其研究认为，"尽管目前可用的统计数据本身不无可疑之处"，但宋代人口"翻了一番大概是可信的"，"在1100年之后超过了一亿"。① 不止数量，更显深意之变在人口比例与分布。"坊郭户"大增，传统"四民"已不足涵盖宋代社会，并出现新的生存方式和样态。从事运输、雇工、卖艺者游走各地，散而复聚，聚而复散，至有新城镇纯以商业原因形成，这周流不止的景象刷新着农耕中国面貌。

问题顺之而来：宋朝究竟趋于保守，还是仍然崇尚创新？ 现代猛批程朱，给人一种印象，似乎中国自两宋转向保守僵化。这不是真相。宋代理学、道学开启理性思维，与明清经由八股将其异化为士子精神奴役工具，其区分论者不可不察。实际上，在宋代理学背景下，探索与突破遍及政治、经济、文化与科技，创新之花满枝绽放，成就远超往代。理学本身即中国哲学和思维方式一次变革性创新。人类纸币与最早的金融信用体系，为宋人所创。白话文在宋代兴起。宋画开启绘画新纪元，精博足藐当世。中国近古最可自豪的两大产品茶和瓷器，皆由宋人完成开发和推往全球。宋乃信息文明萌蘖，出版昌盛，阅读推广，知识传播空前提速。还有大众娱乐文化兴起，小说、戏剧和曲艺是其标志，游乐场所遍布城市角落，文化"教化"概念被"生产"概念取代，意义深远。科技方面，"四大发明"宋有其三，罗盘、火药确切始于是，印刷术则雕版普及在宋、

① 马伯良《宋代的法律与秩序》，中国政法大学出版社，2010，页46。

不久又由毕升发明活字。这些妇孺皆知，宋代其实还有许多惊人而渐被遗忘的发明，例如"时钟"。后当西洋传教士携来此物，无数国人叹其奇巧，殊不知"在宋代时钟机构的关键部件擒纵器已经发明"[1]，发明人是北宋苏颂字子容，1020—1101……

类似问题还有开放程度。民族冲突尖锐，夷夏论调转强，不意味着宋人排外。从市舶贸易看，宋朝对正常经济文化往来持完全开放态度。贸易是自由的，也是对等的。何谓"市舶"？这字眼本身完全立足市场，没有政治含义，华商夷商自由交换，朝廷只管立则、抽税、督理，不作其他干预。从"市舶"变"朝贡"，才是"开放""封闭"分野。明廷出于虚荣、自大、自闭，创"朝贡"贸易体系，将中国彻底拖向封闭。反观宋朝，不论东洋西洋，远来蕃客只要奉法守信，皆受接纳与尊重，甚至形成独立社区，行一定自治，依其信仰、文化与习俗在华生活和处理纠纷。回想第二次鸦片战争竟因洋商依约准予"带同所属家眷"在广州居住不得而酿战火，不能不喟数百年来中国心态迥殊！南宋晚期蒲寿庚事，尤为开放襟怀之证，这位阿拉伯巨商提举泉州市舶司竟达三十年。总之，既无明之海禁，亦未锁国如清仅广州一门户，封闭这口"锅"宋人不能背。

以上是这国家的基本面，欲知其详，可看更多具体层面。

城　市

我们先由城市层面作下潜探察。

---

[1] 李约瑟原著、柯林·罗南改编《中华科学文明史》，上海人民出版社，2014，页348。

城市是文明特殊产物。提到它，通常联想到财富和繁华，那是直观与浅显一面，其实城市所含意蕴远为幽长。

日本学者加藤繁率先提出，唐宋之间发生了从坊市分离封闭型城市向街市一体开放型城市的转变：

> 唐代的长安，日没时就关闭坊市的门，禁止街路通行，日出时开放坊市的门，听许街路通行。这种情况，在《唐律疏议》杂律上"犯夜"条记得很详细。而且，这种制度，无论都鄙，一律通行。[①]

唐代"城"与"市"实际是割裂的，前者因政治和军事目的居本位，后者则为附庸，受到空间和时间双重限制，用"坊墙"分割，闭启以时。而宋代：

> 从北宋仁宗时起，坊的制度就废止了，因此，商店就移到街头，面临大街营业，于是，从北宋末期一直到南宋，商店在各个都市到处开设得很多，都在临街装饰店铺，招诱顾客，并且随着坊制的崩溃，禁止夜间营业的命令也自然废止，就成为不问昼夜，买卖自由；这就是说，北宋中期以后，对于商业的场所的时间的限制已经撤除……[②]

[①] 加藤繁《唐宋时代的市》，《中国经济史考证》第一册，商务印书馆，1959，页284。

[②] 同上，页286—287。

《梦粱录》之临安可证：

> 杭城大街，买卖昼夜不绝，夜交三四鼓，游人始稀；五鼓钟鸣，卖早市者又开店矣。[1]

二十世纪三十年代，加藤用壮观的词汇为之命名"坊制崩溃"，绘其况味："都市制度上的种种限制已经除掉，居民的生活已经颇为自由、放纵，过着享乐的日子了…… 居民的种种欲望强烈起来…… 又这种变化和政治、军事、文学、美术等的关系，也必须加以考察"。[2]

自由、放纵、享乐、欲望…… 加藤正是如此定义宋代城市之变，而我们可将它简化于一词：解放。"坊制和市制的破坏，使得行政上对住居和商业的限制解除"[3]，大量人口拥入城市，追逐财利、谋生、寻找各种机会，城市令宋代社会释放出了不同于以往的能量。

《行都纪事》述临安"俞家园"一带变化：

> 俞家园，在金井亭桥之南。向时未为民所占，皆荒地，或种稻或种茭，故因以园为名。今则如蜂房蚁垤，盖为房廊屋，巷陌极难认，盖其错杂与棋局相类也。[4]

---

[1] 吴自牧《梦粱录》，《东京梦华录（外四种）》，页二四二。

[2] 加藤繁《宋代都市的发展》，《中国经济史考证》第一册，页277。

[3] 梁庚尧《南宋城市的发展》，《宋史研究集》第十六辑，"国立"编译馆（台北），1986，页647。

[4] 陈晦《行都纪事》，陶宗仪《说郛》卷三十上，《影印文渊阁四库全书》第八七七册，页625。

农耕文明"沧海变桑田"，城市文明则"桑田变街区"。改革开放后国人对此习以为常，而宋代竟也经历同样景象。今人常叹城市"寸土寸金"，当时与王安石、苏轼唱还的诗僧清顺也写有"城中寸土如寸金"[①]诗句。乃至房地产过热、楼市调控这种现代课题，宋代也已面对。孝宗初年，新登进士袁说友奏：

> 顷岁，朝廷两下蠲减房金之令。盖欲取有余以惠不足，细民受赐诚为弗轻。再减之后，今已八年。而有力之家新创房廊，悉皆高定赁值，以备将来裁减，都城新屋尤倍他州。臣愿陛下特降诏旨，应内外房赁已经再减之后，其新造赁屋不曾经减者，并照前来指挥三分减一，则间阎细民欢声洋溢，立可召和，无不均受厚恩矣。[②]

城市租金涨涨不休，朝廷连续两次下令减抑，而上有政策、下有对策，房主们的对策是，将新建房屋租价先行抬高以避损，因此袁氏请将新房出租价格在原基础上再减三分之一。这是鲜活史料。从中知宋不仅有楼市"过热"，而且是普遍情形，"都城新屋尤倍他州"，临安尤甚而已。

台湾梁庚尧先生1981年的论文《南宋城市的发展》，学界认为就宋代城市作了"竭泽而渔式"[③]研究。作者从浩瀚文献搜集数据，

---

①　清顺《十竹轩》，厉鹗《宋诗纪事》卷九十一，《影印文渊阁四库全书》第一四八五册，页731。

②　杨士奇《历代名臣奏议》卷三百七，《影印文渊阁四库全书》第四四一册，页550。

③　包伟民《宋代城市研究》，中华书局，2015，页306。

再加以统计，提供了宋代城市发展的扎实报告。成果一在城市规模，一在城市化率。

关于城市规模。梁氏搜得三十一座城市的户口数，据以依次划为四级，"第一类是五万户以上的大城市"，"第二类是五千户至五万户之间的次级城市"，"第三类是一千户至五千户之间的一般城市"，以及"居民不满一千户，可以归纳为第四类"。[①]"以每户五口计"[②]，"大城市"人口五十万以上，"次级城市"人口二万五千至二十五万之间，"一般城市"人口五千至二万五千之间，小城人口不足五千。参考欧洲史料，十一世纪初，"西方基督教世界人口最多的城市"米兰，人口"还不到二万"。所以欧洲第一大城米兰，若置于宋，仅列第三级别。南宋五十万人以上城市有临安、鄂州治武昌、成都、泉州四座，五万至三十余万人则有建康、吉州、潭州、汀州、镇江、台州、潮州、抚州等八座。这是梁先生从史料获得确切数据之例，一定有其他城市因资料欠详未列其中，例如温州与广州，这两座城市我们从侧面知其规模相当可观，梁文不予提及，应该只是无法考证它们的准确户口。

南宋城市分档，梁先生将临安与鄂州、成都、泉州并称"大城市"，即五十万人以上级别。而我认为，临安似应独居一档标为"特大城市"，因其规模远超五十万人之故。梁文"表五"据《咸淳临安志》卷五十八"户口"条，载其"城市户口"一八六六〇，合人口九十三万余。这是最审慎的评估。各种资料显示，临安人口远不

① 梁庚尧《南宋城市的发展》，《宋史研究集》第十六辑，页672、676、683、685。
② 同上书，页676。

止此。《武林旧事》"以三十万家为率"^①，《都城纪胜》则谓"百万余家"^②。依每户五口计算，前者人口数一百五十万，后者则惊人地逾乎五百万人。也许野记不足凭，但是，《咸淳临安志》卷五十三"城南厢厅"条引孝宗至宁宗间郑湜文，记"幸今治平，中外绥靖，众大之区，编户日繁，南厢四十万，视北厢为倍"^③。"厢"是宋代城市区划，相当于如今市内某区。"南宋临安府城内八厢，城外原设城南、城北二厢 …… 南宋末期城外又分设为四厢"^④。简言之临安一直在扩张，旧城原有八厢，随着向外扩张，新区又添四厢。《咸淳临安志》"户口"条所载，想为旧城八厢编户，未及新城。郑湜所记则为新区南北厢，其中南厢编户四十万，而"视北厢为倍"，即北厢编户二十万，两厢相加应为六十万户，合三百万人。我们知道郑湜生平处于十二世纪中叶至末叶，《都城纪胜》则作于1235年，时间又过去三四十年，其云"城南西北三处，各数十里，人烟生聚，市井坊陌，数日经行不尽 ……"^⑤，明显比郑湜"南厢""北厢"多出一个"西"字，正是这期间临安市区的新蔓延。总之，综合各种头绪，临安实际人口变化是：城内八厢基本保持九十万人左右，城外新区先于南宋中期新增三百万人，末期再增百万，最终总数达到灌圃耐得翁所记"百余万家"的五百万人规模，令人咋舌！

　　关于城市化率。梁庚尧一共搜集到十四座城市"全区户数"和

---

①　周密《武林旧事》，《东京梦华录（外四种）》，页四五二。

②　灌圃耐得翁《都城纪胜》，《东京梦华录（外四种）》，页一〇〇。

③　潜说友《咸淳临安志》卷五十三，《影印文渊阁四库全书》第四九〇册，页569。

④　包伟民《宋代城市研究》，页79。

⑤　灌圃耐得翁《都城纪胜》，《东京梦华录（外四种）》，页一〇〇。

"城市户数"的两方面详尽数据，由此计算出人口比率，从而准确反映它们的城市化水平。这十四座城市，城市人口比率最低者2.9%，最高达到多少？竟然有46.1%！具体是，超30%有五座，10%～20%有七座，10%以下仅两座。这些城市均自史料随机浮现，未经甄选，凡两项数据兼备的城市梁先生尽其所阅应录尽录。因此，这十四座城市完全可以代表南宋城市化率的基本情况：全国一多半地方城市人口比率至少超过了10%，高于30%的地区则逾三分之一。

很难想象这是截至十三世纪七十年代的中国图景。1978年我离开出生地合肥时，其人口未超六十万。当时省会以下，安徽较大城市有安庆、芜湖、铜陵、马鞍山、蚌埠、淮南、淮北，人口多为三四十万。而据地图出版社数据，1975年安徽全省人口"3，124万"[1]；粗粗计算，是时安徽较大城市与诸小县城平均城市人口比率大致为10%～15%。应该说七百年间几无变化，抑或反过来说，七百年前宋代已提前处于二十世纪水准。其间意味，凡对人类社会史略具时间概念，即不难予品咂。

重 商 倾 向

重农抑商，是中国古代经济基本理念，大一统帝制下尤被强化。农业是中央贡赋主要来源，是国防征伐基石，对集权统治意义重大；商业则反之，民必分利争利于官，从而财富流向个人，焉

---

[1] 《知识青年地图册》，地图出版社，1975，页174。

得不"抑"?

宋代却不续行此策,而有所转变。王安石变法,约可用"重商"二字相表述。八大新法,泰半涉商;有以借贷理财,有让官府径直化身商业钜子垄利。虽然荆公究非商业奇才,变法不获成功,但着眼点已然在商。宋人不冥顽执着"重农抑商",包括王安石的反对派亦不屑以此老生常谈作为攻击武器。宋代即使未曾旗帜鲜明地批判、抛弃农本商末思想,至少不刻意推崇或强调它。宋代经济早就表现出容商取向,欢迎甚至主动追求商业活跃与发达。刚刚谈到的宋代城市抛别坊市分离封闭形态、迈向街市一体开放形态即是,仁宗时期市场化茶政又为一例,更突出的例子是允许土地交易流转、使它商品化。

所谓宋代"重商",指重视、尊重直至给予一定的倚重,至少从之前排抑转为能容。这由来于两个认识变化。

首先,不抵触藏富于民。宋朝想要与民休息,乐见民间有生气,诸多政策着眼让利,使百姓财富增长、生活有奔头,来打造承平之世。

其次,统治思路从桎梏调整为解纾。宏观层面,宋中央集权视往代加强,微观管理反趋松弛,社会"流动"特征显著,商品流通加速、货币经济活跃、人员流转频繁,以为较宽松环境有利兴旺。

以上认识清晰深入。仁宗康定元年1040,欧阳修上书谈及"商贾"问题,可供了解宋人认识水平:

> 自汉以来,尝欲为法而抑夺之,然不能也。盖为国者兴利日繁,兼并者趋利日巧,至其甚也,商贾坐而权国利,其故非他,由兴利广也。夫兴利广则上难专,必与下共之,然

后通流而不滞。然为今议者，方欲夺商之利，归于公上而专之，
故夺商之谋益深，则为国之利益损。[1]

兴商必让利，"与下共之"，方能致广、"通流而不滞"。抑禁之策"夺
商之利"，虽欲利悉归公，却适得其反，"夺商之谋益深，则为国
之利益损"。文忠公言商说"让"，是士大夫自觉站在民间立场的
体现，而赵氏显然也能接纳，于是有加藤繁所说"从北宋仁宗时起，
坊的制度就废止了"那样一番变革。

农本商末观念淡化，是宋代历史转型明显标志。而淡化非颠
覆，宋对农业仍极重视。王夫之盛赞仁宗"其有大德于天下者，航
海买早稻万石于占城，分授民种"，提醒人们引入早稻是宋代最辉
煌成就，足可媲美后稷，史家断不该"略记其事而不揄扬其美"。[2]
宋代实未就农商厚此薄彼，只将以往君权利益至上观念下对二者
区分本末、有所扬抑，变为一视同仁。这除了较为理性均衡，也是
勇敢的探索尝试。事实证明，一视同仁令农商并进、比翼双飞，不
仅农本观危言耸听的商必伤农、国本动摇情形并未发生，朝廷反因
商兴而税入大增。

梁庚尧先生指出："唐代已经在商人必经之地征收商税，但是
唐代商税收入不可考，可能为数不多。"[3] 入宋截然另一景象，商

① 欧阳修《通进司上书》，《文忠集》卷四十五，《影印文渊阁四库全书》第一一○二册，
  页349。
② 王夫之《宋论》，页79—80。
③ 梁庚尧《南宋城市的发展》，《宋史研究集》第十六辑，页647。

税收入一直猛增。宋初太宗年达四百万贯，神宗熙宁十年翻一番，来到八百余万贯。梁文表一汇集了从北宋到南宋多地商税数据，其中，临安府从十八万三千贯增至四十二万贯，镇江府从三万九千贯先后增至二十万六千贯、三十三万六千贯，常州从六万四千贯增至十三万五千贯，江阴军从四千贯增至四万一千贯，绍兴府从六万六千贯增至十万五千贯，庆元府从二万六千贯增至七万六千贯，华亭县从一万贯增至六万一千贯，兰谿县从八千贯增至一万二千贯，汀州州城从五千贯增至六千贯，潮州从三万贯增至三万五千贯。增幅不一，但一律增长，除极少数地区微增，其余都成倍增长，高者竟达十倍之上。

商盛不限于"内循环"，还有广阔"外循环"，越洋发散。前者已由北宋张择端大师，将汴京喧腾熙攘之景分享后人，后者登峰造极的况味惜无张择端第二，将南宋万国辐辏奇观留诸丹青。好在犹有一物为证，那就是罗盘。本来，这发明实不属宋，中国堪舆家们早将其用于风水。但它从迷信用具化身航海利器，以罗盘伟名载入文明史册，的确归功宋代。何欤？ 市舶勃兴之所致。航海用罗盘，证据首见于北宋末年。《萍洲可谈》："舟师识地理，夜则观星，昼则观日，阴晦观指南针。"[1]此书最早版本为徽宗宣和元年1119，至少，此时中国船只已用指南针辅助航海无疑；而那必是长期、大量越洋商贸，持续发生所诱发的结果。宋代海贸规模，《萍洲可谈》曾就广州市舶描写如下："海舶大者数百人，小者百余人，以巨商为纲首、副纲首、杂事，市舶司给朱记。"可容数百人的"海

---

① 朱彧《萍洲可谈》卷二，《后山谈丛 萍洲可谈》，中华书局，2007，页133。

舶"，显系远洋货船。重要的是，它们并非如我们通常自甘形秽想象的那样，都是来华蕃船，作者明确写到其中包括出洋的宋船："北人过海外，是岁不还者，谓之'住蕃'。"[1] 当年不能返国、必须"住蕃"，这是宋船海路关涉北印度洋季风环流之明证。巨大海舶加上季风环流，宋人出海贸易跨越万里、远渡重洋显而易见，那便是我国将罗盘从看风水引向航海的原因。一言蔽之，没有宋代市舶，即无罗盘用于航海。若不惧"夸张"，你还不妨说，没有宋代市舶兴许难有"大航海"时代。罗盘航海是因宋代市舶而生、继经宋船传诸阿拉伯、进而被西欧所掌握；追根溯源，端由起于宋代外向型经济。由于外向型经济，宋朝与当时已知世界，呈双向开放状态。上述宋人放洋经商经年不归，夷人来华同样如此，"诸国人至广州，是岁不归者，谓之'住唐'"。华人住蕃，可长达"十年不归"，在华蕃客亦然。于是广州形成"蕃坊"，"海外诸国人聚居，置蕃长一人，管勾蕃坊公事"，广州人种汇聚，"广中富人，多畜鬼奴"，流行雇佣洋夷，"绝有力，可负数百斤。言语嗜欲不通，性淳不逃徙。亦谓之野人，色黑如墨，唇红齿白，发鬈而黄"。[2] 这还是北宋末年情形，广州色彩斑斓已如许，俨若现代开放都市，逮于南宋必更无以复加，人谓宋世"周流天下"信不谬也。只可惜出洋的宋人想为清一色商贾及夫役，没有文人，无事著述，"住蕃"所历未留记载，不知是否如广州"夷獠"一般，也在他国形成社区 —— 如是，便即"唐人街"之起源矣。

① 朱彧《萍洲可谈》卷二，页134。

② 同上书，页134—135。

重商，疏通了经济血脉，促进了社会流动，推动了城市发展，这些从表面一眼可见。而更潜在、实质之变是孕育一些新生茸芽，为新的现实作铺垫。王安石设市易法，曾让吕嘉问做调研，"取问客旅、牙行人，自来买卖与今来市易务买卖利害如何，各令供状"，得如下反映：

> 兼并之家，如茶一行，自来有十余户。若客人将茶到京，即先馈献设燕，乞为定价，此十余户所买茶更不敢取利，但得为定高价，即于下户倍取利以偿其费。[①]

"兼并之家"即市场引领者。汴京茶叶行这样的角色十余户，他们手握价格控制权。之如此，必已在货源、场所、销售渠道、声誉多方积成优势地位。换言之，经长期竞争，在优胜劣汰规律支配下，宋代商品经济已自然而然长成垄断现象，强者恒强，大鱼吃小鱼，原始积累凶残面目初步显露。"垄断"这可恶之事，若处欧洲十九世纪那种阶段，确应批判、设法遏止；然当十二世纪宋代，却应侧重考虑它对旧关系的超迈和对新关系的营构。此时汴京，不惟"茶行人状如此，余行户盖皆如此"[②]，资本能量涌动于各行各业。很大程度上，王安石变法是受这些市场先行者启发和触动，试图凭借权力取代之，以市场公平为旗号，由市易务暗夺"兼并之家"，"今立市易法，即此十余户与下户买卖均一，此十余户所以不便新法

---

① 李焘《续资治通鉴长编》卷二百三十六，神宗熙宁五年七月丙辰，页5738。

② 同上。

造谤议也"①，实质是用权力挤压资本、纵官府豪取市场，事实证明有违自由竞争，令汴京繁荣受了伤害。

生 活 方 式

中国的日常生活，宋是分水岭。基本生活情态以前为一种，之后新开一面。我们如今生活与前者关联已少，而与后者水乳相融。

对此，现实有借镜便于一比。二十世纪四十年代，日本席地居处仍较普遍，中国反而不见。原因即彼生活方式习得于唐，天皇派大量遣唐使将整套生活方式搬往东瀛，唐末五代战乱，遣唐中断，遂无踵中国后续之变，宋时虽生交往，却限民间海贸，只做生意，不当学生，是以席地之风唐后中国隐失，日本反得延续。

中国从宋代起，全面步入高坐时代。重要角色乃一新式家具：椅子。读《水浒传》，都对梁山泊那第一把"交椅"印象深刻。稍稍有心的读者，因而以为椅是宋代才有。其实不是。木器鉴赏家张德祥先生说"椅子名称始见于唐"，只是尚不常用，"椅的名称不普遍，人们仍习惯称椅为床"。但唐代有椅，证据充分。"唐太宗像和唐明皇像中，已绘坐椅，并呈圈椅形状"。② 这也回答了过去我对御座被称"龙床"的困惑。后来椅的身影增多，唐时帝王坐下有椅，而到五代，南唐画作《韩熙载夜宴图》里，赫然可见两位贵族

---

① 李焘《续资治通鉴长编》卷二百三十六，神宗熙宁五年七月丙辰，页5738。

② 春元、逸明编《张说木器》，国际文化出版公司，1993，页37。

安然坐于靠背椅。只是仍属稀物，豪门有之，普通居家犹乏其踪。

宋代向高坐的转变却在所有阶层铺开。《清明上河图》呈现令人激动的一隅：河边临街酒馆，敞开的店面开间，成套摆着桌与条凳，客人相向而坐对酌，或俯身桌前对着街景发呆。注意那是条凳，最简陋廉价的坐具，与四十年前我们街边小店毫无二致。就连闹市和下里巴人去处，也有条凳可坐，低坐时代可谓一去不返。中国家具随之彻底换代，几案被高桌取代，卧具由榻变为床，高坐物品雨后春笋，形制百变，圈椅、靠背椅、交椅、躺椅纷至沓来，方凳、条凳、圆凳应地而设，以至典美瓷质绣墩以及亭廊供凭栏而坐的"美人靠"现身园林 …… 如今人若"穿越"回唐，起居须加适应，回宋则少有暌违之感，生活方式划然两分。

民生之本，衣食并称。我国四季分明，暑寒交替，天热犹可熬，天寒无所遁，故旧时人民无妄丧生每指"冻饿而死"，冻实为生命一种最现实的威胁。富贵者有狐与貂，他们不惧寒冷；而广大庶民，就算未至赤贫，隆冬时节惟衣葛麻。言于是，不能不提到一样天赐之宝：棉。它价廉不贵，且可种植，如同稻麦一样日趋丰广。无棉之前，一入冬季，贫者挣扎死亡线上。有棉以来，亿万苍生得以暖体，活命无数。所以，天生此物确可谓专以庇护普罗万众。中国何时迎来有棉时代？曩多指元朝，是蒙古西征传入。二十世纪八十年代初，漆侠先生作《宋代植棉考》，十年后再写《宋代植棉续考》，完整考证了华棉始于宋。

宋人所记，多作"木棉""吉贝"。这两个名称曾使人误认为它们不是草本棉。《辞海》"木棉"词条："落叶大乔木，高达30—40米。""吉贝"词条："马来文 Kapok 的音译。亦称'美洲木棉''爪

哇木棉'。木棉科。落叶大乔木，高达30米。"① 但《新疆百科知识
辞典》"吉贝"词条则说："多年生木本亚洲棉。汉以后在印度进化
为草本亚洲棉，后传入我国云南、广西、广东、福建等地，劫贝、
劫波育、古贝、家贝、迦波罗均为其音译。南北朝时新疆已有以此
织成之布。"② 印度所进化的草本亚洲棉，中国以"吉贝"等多种近
似音译之，这是关键补充，因知宋代"木棉""吉贝"并非传统"乔
木"，而是从印度传入的草本亚洲棉。

漆侠先生从史料中找到了宋棉为草本的明证：

> 木棉，二三月下种，秋生黄花，其实熟时，皮四裂，中
> 绽出如绵。以铁梃碾去其子，取绵，以小竹弓弹之，卷为筒，
> 就车纺之，自然抽绪，织以为布。

引自《资治通鉴释文》。作者史炤，绍兴三十年"年几七十"③，"当
生于元祐末年而终于孝宗时"④。漆侠就这段记载指出："从木棉的
形态，到种植以至织成布，与棉花毫无二致。"⑤ 的确，无论植物学
形态，还是种植、收获、采摘、加工制作，乃至"弹棉花"这独特
情景，以及参考宋人"吉贝木如低小桑枝"、"闽广多种木棉树，高

---

① 夏征农主编《辞海（生物学分册）》，上海辞书出版社，1987，页544。
② 蒲开夫、朱一凡、李行力主编《新疆百科知识辞典》，陕西人民出版社，2008，页
 250。
③ 冯缙云《资治通鉴释文序》，史炤《资治通鉴释文》，光绪五年刻本。
④ 陆心源《重雕宋本通鉴释文叙》，同上书。
⑤ 漆侠《宋代植棉考》，《漆侠全集》第7卷，河北大学出版社，2008，页99—100。

七八尺"等其他记载，都能断为草本棉，绝非"落叶大乔木"，"果内纤维无拈曲，不能纺纱，但耐压，不易被水浸湿，可作救生圈填料和枕芯、垫褥"[①] 的木棉。

华棉始于宋，改变了植棉入华来路的认知。以往指蒙古西征为契机经陆路入华，始于宋则截然不同。宋棉发生路线与西、北两面无关，起点恰在最南端，先登陆海南，进而广与闽，进而两浙路、江南西路。漆文就此征引大量史料，如：

> 志阳（即崖州）与黎獠错杂，出入必持弓矢。妇女不事蚕桑，止织吉贝。

> 今所货木绵特其细紧者 …… 海南蛮人织为巾，上出细字杂花卉，尤工巧。

由南不由北，意味着棉花落户中国是"海丝"果实。前面提到南北朝时新疆曾现棉织布，若为史实，反而说明陆路非植棉引入途径，或许早就有了棉织品贸易，却迟迟不曾引种。引种记录，一直等数百年后"海丝"昌盛，方随商船万桅从印度洋越海而来，现于海南。海南所以成为中国植棉前哨站，显因地理位置处于中国与"西洋"的最前端。由此想起棉圣黄道婆，她恰是一位海南"土著"。以前历史课本强调其"元代"身份，而《辍耕录》原文是：

---

① 夏征农主编《辞海（生物学分册）》，页544。

> 闽广多种木绵，纺绩为布，名曰吉贝……国初时，有一
> 妪名黄道婆，自崖州来，乃教以做造捍弹纺织之具，至于错
> 纱配色、综线挈花，各有其法。[①]

这里有几处重点：第一，所叙为"国初"亦即元代初年事；第二，元初植棉与纺棉仍以闽广为马首，显示当时棉业仍然南盛于北；第三，黄道婆身跨宋元，且主要是宋人，从入元后称"妪"知其大半生经历在宋。故而，黄道婆故事与其说属于元代，不如说更多反映着宋代成就，她所掌握的技艺应归之于宋，"元代黄道婆"之称实有误导。

我们祖先终有棉衣可穿，其时为宋。朱松作诗《吉贝》[②]，反映了这个现实。朱松，"朱子之父也"[③]。诗云："炎海霜雪少，畏寒直过忧。"江南虽少霜雪，天寒却甚可畏，凡在此过冬者必抱同感；紧接此句，"驼褐阻关河，吉贝亦可裘"，是说北地既失，原来边牧所产驼衣不复可得——然而千幸万幸，棉衣可代皮裘；顺之形容世人对棉花收成的殷盼："投种望着花，期以三春秋，茸茸牧氄净，一一野茧抽"，及市场走俏之状："南北走百价，白氎光欲流"；以下，更从某一侧面直接描述宋人衣棉的具体事实："缘江列貔貅。裁襦衬铁衣，爱此温且柔"，"江"指边防，南宋前线部队冬季发放棉袄，衬于铠甲内，不仅暖将士躯体，也呵护肌肤，使他们相对舒适。

---

① 陶宗仪《南村辍耕录》卷二十四，中华书局，1997，页297。
② 朱松《韦斋集》卷三，《影印文渊阁四库全书》第一一三三册，页461。
③ 纪昀等《四库全书提要》，同上书，页426。

说罢衣，再谈食。宋代饮食文化，绝然亮点。《梦华录》《都城纪胜》《梦粱录》《繁胜录》《武林旧事》等记生活琐事，尤对饮食津津乐道，甚以为矜，极事渲染。中国美食此时一跃至于无所不备，百年承平、城市发达、生活有闲，皆其由。最突出而使人惊讶的，是几乎后代所有馔品，无论食材、种类或烹饪方式及手法，宋已应有尽有，重返千年，无人须为口腹之餍存何担忧。

兹据《梦粱录》所述[①]，就南宋餐饮业予以鸟瞰。它包括四大类。

一类曰"酒肆"或"酒楼"，属豪华高档去处。"店门首彩画欢门，设红绿杈子，绯绿帘幕，贴金红纱栀子灯，装饰厅院廊庑，花木森茂，酒座潇洒。但此店入其门，一直主廊，约一二十步，分南北两廊，皆济楚阁儿，稳便坐席，向晚灯烛荧煌，上下相照，浓妆妓女数十，聚于主廊椸面上，以待酒客呼唤，望之宛如神仙"，餐具则"俱用全桌银器皿沽卖"。《武林旧事》亦写"酒器悉用银，以竞华侈，每处各有私名妓数十辈，皆时装袨服，巧笑争妍"[②]。此处看馔贵乎精绝，"虽十客各欲一味，亦自不妨"[③]。

一类曰"分茶酒店"，略低一档，然亦有品。"诸店肆俱有厅院廊庑，排列小小稳便阁儿，吊窗之外，花竹掩映，垂帘下幕，随意命妓歌唱"，但相对疏放，"虽饮宴至达旦，亦无厌怠也"。比之精绝，这里菜品五湖四海、驳杂恣肆，吴自牧文不加点、书不胜书，实在过于丰多，就连此刻我们欲加摘引，亦觉无从措手。姑且这

① 吴自牧《梦粱录》，《东京梦华录（外四种）》，页二六三—二六九。
② 周密《武林旧事》，《东京梦华录（外四种）》，页四四二。
③ 同上。

么说，如今任何食客，无论多么见多识广，尽阅天下吃食，来到宋代的"分茶酒店"，也没有他找不到的品类。

一类曰"面食店"。此"面"狭义，专指面条。现在南方犹如此称，"吃面"即吃面条。历来中国所发明吃食，伟大无过此物。虽然饺子名头渐渐更响，但对世界影响实不比面条。在东邻日本，面条乃日常居家之物，饺子则仅"中华料理"可吃。就连万里之外意大利人也欣然接受，转以"意面"为其美食代表。这一切源头，或许都是宋代"面食店"。面条之显赫与繁复，使人目瞪口呆。仅吴自牧所列店售种类，即有猪羊盦生面、丝鸡面、三鲜面、鱼桐皮面、盐煎面、笋泼肉面、炒鸡面、大燠面、子料烧虾膘面、耍鱼面、菜面、熟韭笋肉淘面、大片铺羊面、炒鳝面、卷鱼面、笋辣面、笋菜淘面、蝴蝶面、血脏繁体 "臟"非"髒"面、素骨头面……还有不少以某某"基子"为名的"基子面"，似为专门一类。上述种种，有些至今我们惯熟与常吃，但陌生的也不少，似已失传，莫非宋代面条丰多犹胜于今？当然，"面食店"不只售面条，也卖其他酒菜，家常大众为主；重点是"此等店肆乃下等人求食粗饱，往而市之矣"。

最后一类"荤素从食店"。下以小字注曰"诸色点心"，盖即今之"小吃店"，或外国所谓"快餐店"。"市食点心，四时皆有，任便索唤，不误主顾"。重在快捷、方便。琳琅满架、目不暇给。中国一切名小吃，这里一应俱全。诸如月饼、鲜花饼、油酥饼、酥皮烧饼、丝糕、栗糕、枣糕、姜糖、粽子、汤元、薄脆、豆团、麻团……单说包子类，以前从《水浒传》见"人肉馒头"，未免以为宋代虽有包子却较粗鄙，真正情形却是宋代包子早已精制细作、百花齐放，水晶包儿、笋肉包儿、虾鱼包儿、蟹肉包儿、生馅馒头、煎花馒头、假肉馒头、裹蒸馒头 …… 靡不有之。就此非得说说宋代"从食"一词。"从食"显指速食或携食，吴自牧言之"就门供卖，可以应仓卒之需"，含义相当明确。大家知道，普遍来讲"速食"是人类生产生活到一定阶段后的产物，宋代餐饮服务却已形成这种专门店，而彼时历史指针还仅仅指在十至十三世纪。

　　不可一日无茶之人，会对宋代尤感舒心。饮茶之风普及，很是方便。女史扬之水曾说："茶事只是社会生活之一端，但在《全宋诗》与《全宋词》的范围里检阅其详，却不能不惊讶于它的丰富。"[①] 她以诗词为凭，考察宋代文人雅士浸茶之深。其实，茶也已是普通民众"开门七件事"之一。临安市面，茶坊茶肆不仅是新兴产业，甚至有聚合的趋势，向商业和文化综合体发展。人们以茶相聚，或习乐器或教曲赚，艺人假以做场，乃至有一家"黄尖嘴蹴毬茶坊"专供"足球"爱好者谈球切磋。于是，随消费群体与文化，茶楼有所分化、出现不同选择。《梦粱录》中，有五家茶楼是一类，"盖此五处多有吵闹，非君子驻足之地也"；又有四家为另一类，"皆士大夫期朋约友会聚之处"。至少在城市，茶已影响宋代社交，成为文化分层和多层的推手。还带来了其他悄然的变化，吴自牧回忆"绍兴年间"茶楼"用银盂杓盏子"，而"今之茶肆 …… 止用瓷盏漆托供卖，则无银盂物也"。莫非南宋末年变穷，以致用不起银器了么？ 当然不是，这里隐含了制瓷的进步。南宋末年瓷质更精，瓷盏滋味、温度、口感远胜成共识，银具因而淘汰。[②]

---

① 扬之水《两宋茶诗与茶事》，《文学遗产》，2003年第2期。

② 吴自牧《梦粱录》，《东京梦华录（外四种）》，页二六二。

宋代生活最可亲切的是"休闲"二字。如今生活若抽去此一内容，盖不成其为"生活"。宋代以前虽非全无，吟诗、抚琴、手谈、游冶等聊以视此，但都属于少数人，与万千庶民无关。眼下讲宋代"休闲"，则恰恰是就普通人而言。勾栏瓦肆数不清的游娱，百分之百为"下里巴人"拥有。以一介平民而求生活丰富多彩，这体验只能从宋代开始获得。电子游戏问世前，中国最流行游戏一是象棋一是麻将。中国象棋究竟起源本土还是传自印度于兹不论，但那独有兵种"炮"必是宋代产物。从象棋的"炮"又想起爆竹，这中国独有之乐亦宋代始具。"爆竹声中一岁除，春风送暖入屠苏。千门万户曈曈日，总把新桃换旧符。"诗眼即"爆竹声中"，那是千年来最具代表性的中国形象。我们新年所以是"春节"，春节之有"年味"，乃至所有"新桃换旧符"——婚嫁、造屋、开张——等等喜庆时刻，皆在噼剥作响的"爆竹声中"。顺带讲讲宋代节日，热衷休闲的宋人对过节情有独钟。《武林旧事》卷三集中介绍宋代节日文化，除春游西湖、钱塘观潮等地方风俗外，每年固定节日有寒食清明、端午、乞巧七夕、中秋、重九重阳、冬至，直至春节。可以说，如今的法定传统节日，宋代全部定型。除此以外，他们还有其他节日，例如农历四月八日佛诞日"浴佛节"和七月十五日"中元节"佛家称"盂兰盆节"，这两个宗教节日如今不过，在宋皆为盛事。

科 技

1585年，欧洲有新书初版，书名《新发现》，总结了当时西人眼中文明影响最重大的事物：

> 以下列次序列举伟大之发现与发明：（1）美洲，（2）磁罗盘，（3）火药武器，（4）印刷机，（5）机械钟，（6）愈创木（guaiacum），（7）蒸馏法，（8）丝，（9）马镫。[①]

李约瑟评曰：“吾人已知其中至少六种（2，3，4，5，8，9）系直接导源于中国。”他还补充指出，第一项发现美洲，中国“作为船尾舵及罗盘之故乡”自有贡献，以及蒸馏法“事实上为希腊与中国古代所共知者”。在此，我们则将李约瑟未予强调的方面加以突出：上述伟大中国发明，除马镫外，全部出自或垂成于宋人。

　　这是工业文明兴起前夜，西方所评人类顶尖发现，而宋朝几乎囊其所有。难怪李约瑟就中国科技史钩沉稽古之后得出这样的结论：“每当人们研究中国科学史或技术史的任何特定问题时，总会发现宋代是主要关键所在。”[②] 具体如水利工程方面，李氏庞大研究团队运用其难与比拟的文献征考能力，最终落实的成果数据对比，宋代“至少有496项”成果，“而唐代只有91项”，是后者五倍以上。[③]

　　科技与工程跨越式发展，归根结底在于生产推动。对宋代发明创造呈井喷感觉不解，只须打量一下宋代的生产力，即可释然。

---

①　李约瑟《中国之科学与发明》第八册，台北商务印书馆，1977，页15。
②　李约瑟原著、柯林·罗南改编《中华科学文明史》，页043。
③　同上。

梁庚尧先生曾举两例，一是船闸的发明，一是造船的规模。

> 宋代以前，船舶经过运河水位不同的河段时，是以人力或牛力拉挽过堰，至北宋初期，船闸发明应用，以闸门的启闭控制水位的升降，船舶航行运河因此远较从前便利，载重量也为之增加。[①]

从中清楚看见，船闸发明纯属生产增长所致，物产丰多逼迫人们想方设法破除运力瓶颈。而水运改进，进而提高了造船能力：

> 北宋末年海船大者可容二千石，到南宋末年，则二千石只能算是中等海船，大者容量可至五千料（也就是载运粮食五千石）；北宋航行运河、长江的内河船只，容量大者为一千料，而至南宋，已有二千石的江船。[②]

印刷术、火药、罗盘举世闻名。在此之外，宋代还有大量后来鲜为人知的科技成就，我们曾提及苏颂发明的时钟擒纵器，而那是沧海一粟。兹据《中华科学文明史》有选择地罗列如下：

沉箱："一种工人在水面下工作时乘之不漏水的装置"，也即最早的潜水器。

《**营造法式**》："中国建筑工程的经典著作"，涵盖多种技术。

[①] 梁庚尧《南宋城市的发展》，《宋史研究集》第十六辑，页663。

[②] 同上。

喷火器："将许多箭放在马车上同时射击"。

人痘接种："生物科学被用来造福人类。宋代出现了许多著名的医生 …… 新发现 —— 种痘术（现代种牛痘的前驱）也得到了推广"。

数学：涌现大数学家秦九韶、李冶、杨辉等，"他们使中国的代数学达到了当时世界的最高峰"。[①]

测量学："十字仪早在11世纪（即宋代）就已经为中国人所知"，后来"很可能是通过希伯来人""从中国传到欧洲"；沈括以其"尝为守令图"的经历，详细描述宋代"以二寸折百里为分率"的测绘方法，称可"毫发无差"；"中国的制图学家们在11世纪末就已经像近代炮兵测量中所做的那样采用了罗盘方位的方向"。

地质学：朱熹说"尝见高山有螺蚌壳，或生石中。此石即旧日之土，螺蚌即水中之物"，正确指出海底"渐渐隆升而变为高山"的地质演变过程，反观西方，"直到三个世纪后，亦即达·芬奇的时代，西方人还认为，在亚平宁山脉发现贝壳的事实说明，海洋曾一度达到了这个高度"；还提出"冲积"概念，沈括说"其泥岁东流，皆为大陆之土，此理必然"，"已充分认识到詹姆斯·赫顿在1802年所叙述并成为现代地质学基础的这些概念了"。

石油：这现代能源之首，宋人不单发现，且由《梦溪笔谈》命名为"石油"，沿用至今。

化石：《墨客挥犀》和《梦溪笔谈》均以"半化为石""悉化为石"作出准确描述。

---

① 　上据《中华科学文明史》页043—044。

硫黄火柴：宋初即有，南宋则制成商品市售，"1270年马可·波罗在杭州时，市场上肯定已开始出售硫黄火柴"，欧洲却到"1530年以前"仍无火柴可用。

暗箱原理：宋人对"暗房里的小孔成像现象""进行了大量的实验"，《梦溪笔谈》载有详尽实验方法，这是照相技术的滥觞。

光学镜片："刘跂在1117年去世之前，在《暇日记》中提到这样一件事，与他同时代的史沉和其他一些法官在办事时都使用各种各样的水晶放大镜，以此来帮助阅读一些不易看清的文件"。

走马灯："12世纪时，宋代学者范成大和姜夔在诗中描写了这样的景象，点亮走马灯后，灯里马的影子就像在飞奔"，"这个装置体现了独立影像连续快速运动的原理"，"是现代电影的另一开山鼻祖"。[①]

以上吉光片羽，不成系统。但也有宋代科学富于系统性的例证：**地理学**。

近世西方崛起，系因"地理大发现"。传教士东来，所携之物独以两样为炫；机械钟之外，便是高精度地图。它们分别代表人类对时间与空间的综合知识水平，洋人恃此为傲，诚有其理。但这是明清间事，退至宋代，情形却将反转。

宋代《禹迹图》，"是当时世界最杰出的地图"。原图已佚，仅存石刻，藏在西安碑林博物馆。刻成于1137年绍兴七年，绘图年代则推断为"1100年以前"。采用先进的网格制图法，"比例尺是每格相当于一百里"，黄河、淮河、汉水、长江、珠江各大水系，包

---

① 上据《中华科学文明史》页449—519。

括主要支流在内，精度堪比现代地图。

乃至制成"带有科学性质的立体浮雕地图"。沈括"奉使按边"，为便皇帝与宰相察看真实地貌，"始为木图"，"以面糊木屑写其形势于木案上"。这种创新被充分肯定，"诏边州皆为木图，藏于内府"。

就此说说沈括。我们知道他，通常因记录活字发明有功，但他的价值逾此实多，涉猎众多科学领域，不仅兴趣广泛也身体力行。所谓中国古无百科全书式科学人物，在沈括这里并不成立。

单讲"国家地理"，不考虑"世界地理"，在此层面，当时各国与宋朝不仅有先进落后之别，甚至不可比。宋朝初建，朝廷即命卢多逊"重修天下图经"，经几代人努力，"到1010年已完成的不下1566卷"。除此浩大国家工程，还有太宗、真宗间"职居馆殿，志在坤舆"[1]的乐史，以己之力独撰《太平寰宇记》二百卷，山川、湖泽、城邑、关塞、亭障、名胜、祠庙、陵墓、风俗、物产、人物、艺文及沿革靡所不述，"盖地理之书，记载至是书始详"[2]。历史地理学中国独创的方志，亦于宋形诸完备；"宋末以前，这类地方志的总数就已达到220种"。[3]

人　文

谈完科技，继观人文。两宋在人文方面的成就，显然更为辉煌。

---

① 纪昀等《四库全书提要》，《影印文渊阁四库全书》第四六九册，页1。

② 同上书，页2。

③ 以上引文除另注外，分见《中华科学文明史》页439、450—451、424。

对此，我们先自艺文入手。笔者本业原是文学，之前除去曾在《庶民的胜利》中谈过宋代的小说、戏剧，并未从整体角度给宋代文学一个描述，姑借"揽宋"补之。

中国文学史，某种程度上是体裁迁换史。

我国首位纯以文学原因载入史册的个人是屈原。他在楚国开创一种文体，《离骚》是其代表作，因名"骚体"，也就是后来的"赋"。但屈原在世从未自称"赋"，最早用"赋"为名的是荀子，荀子终老于楚，他作有《赋篇》，从这儿"骚"渐转称"赋"。汉代，"赋"是统治性文体，此后直到六朝保持全盛。从中产生的作家，屈、荀以外有宋玉、唐勒、司马相如、扬雄、班固、张衡、王粲、曹植、潘岳、陆机、左思、江淹、庾信等等。昭明太子所编中国首部《文选》，几乎便是"赋选"。其流风余韵唐宋犹在，王勃、杜牧、苏轼俱有佳篇，然后作者渐稀。

继之兴起的是格律诗。"唐代以后，诗分为两大类：（一）古体诗；（二）今体诗。古体诗是继承汉魏六朝的诗体；今体诗是唐代新兴的诗体。今体诗在字数、韵脚、声调、对仗各方面都有许多讲究，与古体诗截然不同。"[1] 说起此变化，端倪在南朝。"南朝文学界极重要的发明为四声。"[2] 而四声所以得到研究，则由佛教东传引发："四声何以发明于南齐永明之世？ 按四声的发明是善门沙门与审音文士合作的结果。"[3] 总之这音韵学上的跨越，极大刺激了汉语

---

① 王力《诗词格律概要》，北京出版社，2002，页1。
② 万绳楠整理《陈寅恪魏晋南北朝史讲演录》，贵州人民出版社，2012，页307。
③ 同上书，页308。

诗律，促成平仄、韵脚、字义与择词全面求精，一下将中国诗歌美学提至空前的水准。

尔后长短句。此番变起民间。唐世升平，伎乐发达，民间伶人乐师擅多种曲调，词随音乐节拍而长短参差，与格律诗五、七言整齐句式判然有别。他们献艺歌馆妓院，为客佐酒。其间自有文人墨客，觉其可爱戏为染指。中唐起李白、白居易、刘禹锡等已加尝试，晚唐五代益见流行，至宋则风头盖过近体诗。因起自民间、寄迹青楼，长短句多被目为"小道"，主诉儿女私情，内容格调受限。然而不得不说宋词之柔情与佳景丽境，就融入生活、结合普通人性言，已胜唐诗。试从当代举一例。邓丽君毕生唱片，1982年《淡淡幽情》最是瑰宝。这张专辑齐集华语乐坛一时大贤，以深湛纯正民族乐思为古诗词谱曲配乐，从头至尾对邓量体裁衣，极致发扬她演唱技艺与风格的中国天分。因而在华语流行歌中国古典美的表现上，迄今无出其右，将来或也不再被超越。只是，通常人们粗知《淡淡幽情》为邓丽君所唱古诗词，不会注意曲目具体出处。在此明确一下：全辑歌十二，无一唐诗，悉为长短句；次而，除南唐李煜三首外，都是宋词。我们不能设想，当初邓丽君与诸贤谋划未曾考虑选用唐诗。什么原因，使得最后有词而无诗？对此，大家但将所读唐诗宋词略加回味，再分别想象它们与当代流行乐思想感情孰相融洽，应不难以颖悟。

词为诗余，曲则词余。元灭宋，取长短句以代的是"曲"。元人除将"曲"用作杂剧元素，也单独以为诗体，即"散曲"。在这特殊的时代，正统高尚的"诗"或缠绵细腻的"词"都不合时宜，都失去吟咏情致，惟有"曲"之式样能够贴合心境和世态。"曲"与长短句外观相近，貌似仅曲牌或音乐上有不同，其实精神质地迥然。长短句浅吟低唱、细予拿捏，"曲"却奔放、泼辣、尖锐、坦白、俚俗。是"九儒十丐"、了无顾忌与束缚的现实所造就的特定产物。

明代文学，很长时间与这时代一样缺乏活力与亮点。惟中期以来，随王学横空出世，突进异样光彩。其于文体的显现，后人概括为"小品文"。从公安三袁到竟陵钟、谭，再到明末张岱、陈继儒，直至清初冒襄、吴伟业、金人瑞、李渔等，树起了一面周作人所称的古代"新文学"旗帜。

汉赋、唐诗、宋词、元曲、明小品，是即沿体裁迁换一路而来的中国文学史。王国维括以两点，一曰"一代有一代之文学"，一曰"后世莫能继焉者也"。[①] 就像竞技场的相争，诸多项目决出冠军，各擅所胜、独步天下，别人使出浑身解数也是甘拜下风。宋以长短句，无疑揽有一项"单项冠军"。犹如格律诗，后人无论如何作不过唐人，长短句也是宋人专利，之后数百年作品无数，却难传佳音。

以上，却只是引子。宋词在中国的意义和分量，即与文学再遥远、再不关心，也无人不知，何须笔者多舌？这里，其实想借"单项冠军"进至"全能冠军"之议。我国文学诸多"单项冠军"有目共睹，然而有无"全能冠军"？如有，又当花落谁家？

先说"散文"。这字眼今古有别。今之"散文"义狭体殊、格调卑弱。古时但以"文"称，诗外无所不包，且历来寓意高古，是文学"风骨"所在和担当。中国文学这一重要而基本的体裁，先于先秦形成高峰，孔子之简约、老子之诡瑰、庄子之恣逸、孟子之善

① 王国维《宋元戏曲史》，上海古籍出版社，1998，页1。

辩，无不穷其所美。然而骈偶以来，文道日隳，除史撰犹存风骨，文人徒擅辞藻、无病呻吟。这情形持续很久，苏轼称之文衰八世。是谁起身奋力将它打破？ 当然是韩愈韩昌黎，时在公元八世纪末。韩愈又得同志柳宗元，一起倡导"古文"，还有张籍、李翱、皇甫湜等弟子追随。但是古文虽在唐代开先河，论成就韩柳孤雁出群，"八大家"宋有其六，后者收获更著。态势上，八世之衰是由宋人彻底结束。文质上，唐文气度恢宏、力透纸背，宋文则与个性结合深笃，更重自我表达，情怀更剀切、更鲜活。宋人对"文"的追求与理解，唐人有所不至，后世所受影响也较深。如欧阳修的认识："凡士之蕴其所有而不得施于世者，多喜自放于山巅水涯外，见虫鱼草木、风云鸟兽之状类，往往探其奇怪，内有忧思感愤之郁积，其兴于怨刺，以道羁臣寡妇之所叹，而写人情之难言。"[1]中国文学史上，这"写人情"提法，言所未言，道所未道。又如苏轼的认识："有为而作，精悍确苦，言必中当世之过，凿凿乎如五谷必可以疗饥，断断乎如药石必可以伐病。"[2]倡导为文必切当世，也是空谷足音。取宋文以诵，百态千姿，通透自适，更有自由气息，已开明人性灵风。

中国并重诗文，宋代与唐携手，继先秦再缔文章盛世，自为"全能冠军"之争添其砝码。但仅此犹不能胜出，"唐诗＋韩柳"和

① 欧阳修《梅圣俞诗集序》，《文忠集》卷四十二，《影印文渊阁四库全书》第一一○二册，页332。
② 苏轼《凫绎先生诗集叙》，《东坡全集》卷三十四，《影印文渊阁四库全书》第一一○七册，页482。

"宋词＋欧苏"两个组合，旗鼓相当，难分伯仲，最多平手。然而胶着之际，宋阵中却又杀出一拨人马。来将何人？ 小说、戏剧是也！ 我们切不可忘记，宋代文学已不复文人一统天下，还有波澜壮阔的通俗文学、庶民文学！ 虽然欧、苏文学观颇展未来眼光，但跟使用簇新白话文、讲述平民悲欢离合的小说戏剧比，又何足道哉！ 作为小说戏剧开山祖，或世俗文学拓荒者，宋代此种建树，堪令惟李杜诗篇、韩柳文章可矜的唐代俯首避让，文学"全能冠军"舍宋其谁？

若此仍不足服众，我们再搬艺术为奥援。中国美术正宗，仰乎书画两端。其中书道，论个体钟王居至尊，论时代唐宋是双峰。唐以楷书绝尘，有欧颜虞柳四大家；宋以行书傲世，也有苏黄米蔡四大家。粗疏论之，两边再成平手，总体或许唐人稍强一线。然当目光移诸绘画，则必曰宋人成其碾压之势。宋画丰采，我们业有专文不再赘，但不妨重温一下康有为的鉴断："敢谓宋人画为西十五纪前大地万国之最。"此非在中国内部比，而是放眼世界，从上千年维度所给的定位。

所谓"文艺春天"若于秦后求一例，全面看私以为宋较近之。

相较艺文，宋代还有一些人文建树，知者寥然，而非名声在外。此不足奇，那原属生僻冷门，自不能如诗文般家弦户诵，也不像书法或绘画一望可知。但恰是这些冷门生僻之学，更显宋世旨趣精深，于吾国吾族人文的价值也更重大。例如先前粗浅介绍过的汉学核心和基础经学，宋代斩获千年来最丰成果，以至我们的精神体系被领入新阶段。另外也曾提到，传统的谱牒学在宋代以"家谱"样式普及，不单是族群意识的重新构建，且对史学、伦理乃至

世俗生活形态等都有深远影响。此类人文新气象、新学问及新品类，宋代迭现且往往具有开创性，以下再举数例。

方志学：方志是我国史学和地理学的独特造物，于一地之历史沿革、山川风貌、物产、经济赋税、杰出人物等，全面蒐集记述，有"一方全史"之称，古代世界无论何处，绝无如中国这般详实完备的地方资料及数据，今日无人不知数据的重要，我们古代竟已深谙此道，只此一端，便知为何当时中国的社会治理独好。方志之学，在宋代有大飞跃。著名方志学家张国淦论曰："方志之书，至赵宋而体例始备。"换言之，方志作为一门中国之学，是在宋代定型，后皆沿用延续。所以如此，是赵宋官方就方志修撰订立制度。北宋初年，严格规定州府、诸路循不同时间造送图经，从而使方志编修纳为地方职责，持续开展。皇帝个人亦常对方志工作直接下旨，神宗皇帝就做出过这样的指示："壤地之离合，户版之登耗，名号之升降，镇戍城堡之名，山泽虞衡之利，皆著于书。"要求行政区域和等级的变迁、人口的增减、基本军事单位的分布、地理山川及税利实数，均得载明。朝廷规定路、府、州以上，方志定期编撰、重修，呈于中央，而路、府、州为完成此项工作，往往令其属县亦将各自资料上报提交，无形中促进了方志的发展下潜于县级。所以，方志之学于宋真正步入铺地展开、蔚然大观态势。虽然年月湮久，流散甚多，但据学者顾宏义不完全钩稽，如今可知的"两宋路、州（府、军、监）、镇（乡）志诸类志书合计存佚达一千零三十一种之多"。宋代方志不仅爆炸式增长，编撰思路、意识及原则尤杰出。南宋有作者总结出四要点：一曰定凡例，二曰分事任，三曰广搜访，四曰详参订。"定凡例"为编撰体系之考量，"分事任"为分工合作之细究,"广搜访"指调查深入充分之重要,"详参订"指资料数据查实审核之严谨。以此四要点,我们感觉宋代方志的编写完全是现代的,全非古人之所为。历来评价宋代方志"文约事备,文直事核",不务虚文,准确可靠,也即《四库全书总目》就《三山志》所谈"固亦核实之道",甚具科学态度或学术精神。①

类书:"类书"亦中国独有,至宋兀现高峰。所谓"类书",盖即某类图书总集成,而特征是国家之所为,如此浩大的规模,非借举国之力尽搜天下,不能汇为一版。而其意义,不仅是便人总览,更在于聚拢、珍庋文献,使之沿传不朽。大名鼎鼎、妇孺皆知的典范是明代《永乐大典》,它因毁佚于英法联军而令国人永怀憾恨。然而世上之有《永乐大典》,其创想遥启于宋,这一点似乎少有人知。宋朝建国不久,一种新的文化现象便应运而生 —— 大型类书勃焉忽兴,从《太平御览》而《太平广记》,而《文苑英华》,而《册府元龟》,纷至沓来,应接不暇。究其故,盖在赵氏极重文治,断不认为"马上得天下"而可"马上治之",而力倡读书,乃至鼓励武人知书,而诸帝率先垂范,太祖、太宗以下俱抱好学之志。以此背景,首部国家级大型类书《太平总类》问世,并由太宗亲自更名《太平御览》,特示帝王好读、悦读之姿。宋代四大类书,《太平御览》是五代以前所有文献的集大成,《太平广记》是野史、稗史的集大成,《文苑英华》则是诗文亦即如今称为"文学作品"的集大成,而《册府元龟》是政治往事、君臣故迹的集大成。《太平御览》《文苑英华》《册府元龟》各有一千卷,《太平广记》亦至五百卷。当时世

---

① 以上引文与史料俱自顾宏义《宋朝方志考》前言,上海古籍出版社,2010,页1—11。

界上，这是规模绝无仅有的文化工程。内藤湖南称赞，宋代统治者在其中展现了"一种综合所有事物"[1]的非凡气度。此脉络延续，乃有明代《永乐大典》及清代《四库全书》，而在各自时代，也都是世界图书中巨无霸般的存在。

目录学：目录学是我国长期图书搜集、整理、管理过程中所形成的著录解释学，广为人知的《四库全书总目提要》即属此列。起源应溯之于汉代刘向和刘歆，《别录》《七略》对秦火后书目重建卓有贡献。然而刘氏父子后，"很长一个时期内无人再为书籍写解题，直至宋代的《崇文总目》问世，书籍解题才得以复兴"。[2]《崇文总目》相当于宋代的《四库全书总目提要》或者说后者仿前者体例而来，"是北宋时期朝廷的文库目录"。仁宗间成书，参写者有欧阳修等文宗硕学。与类书兴起原因相同，目录学恢复，亦为宋代倡导读书治学之风使然。又因印刷术刺激，整个宋代藏书越级增长，不仅国家馆阁，民间也涌现大量藏书家。由此目录学被带动着从官学下沉至私学，是全新迹象。内藤湖南称晁公武《郡斋读书志》，"可以说是真正私家藏书目录的鼻祖"。而且形成流派，有沿用旧的解题模式晁公武即是，又有"不做解题的一派"。例如尤袤《遂初堂书目》专注于"记载书名和卷数"，"详细记录同一种书籍中存在几种不同版本"，以至"对现存书籍逐一予以片段地记录，对于内容相同但体例各异的书籍均予以收录，真可谓书籍的簿录"。[3]目录学发展还

---

[1] 内藤湖南《中国史学史》，页159。

[2] 同上书，页190。

[3] 同上书，页191。

有延展性，对学术引起连锁反应，例如考据学；从目录学角度对文献内容和版本比对辨别，以证真伪，这样的研究宋人开始大量去做，当其走向深入，即进阶为考据学。

金石学： 金石学就是中国古代的文物学，甲骨文发现前，中国已知文字载体，一为钟鼎一为石鼓，合之即"金石"。此学发轫于南北朝，尚无真正的大家，到宋代终于出现，头一位堪称大家的便是欧阳修。他著有《集古录》，汇集金石文千卷，可谓博渊，且不止搜阅广博，也深有研究，"其中附跋文以表达己见者有四百余篇"，后来其子欧阳棐以此为基础，又编《集古录目》十卷。欧阳修重视金石，不出于把玩，而出于金石可"作为史料使用者"之意识，完全是一番学术的眼光。其后又一大家，为李清照夫君赵明诚。他曾汇集二千卷金石文，撰《金石录》三十卷，可惜遭逢北宋覆亡，播迁之中，二千卷珍存损失惨重，仅余五百卷。明诚死后，残稿方由易安居士完竣，为其夫妇心血付出的见证。当时上层许多人都有此好，秦桧之子秦熺亦以此有名。金石学的发达，带来历史、文物研究实质性变化，从一味崇仰文献案牍，转而证诸实物。吕大临《考古图》是一个著名的例子。此书对古物有文释有插图，并详载发掘地、收藏者姓名等。它的一处考证，被春秋学名家胡安国用于自己的研究，形成了解释上的重大突破。

考据学： 我们知道，清代学术成就与特色在考据。考据学并不等同考古学。考古学通过发掘实物以求古代事实真相，考据学则主要是就现有的过往文献"去伪存真"，亦即"证伪"。大量遗留的史料，或种种被信为真实的旧说，因岁月久远之故甚至人为造假，而存有失实、错讹或瑕疵，对于知识与认识造成极大困扰。考据学家的工作是，凭藉渊博学识、客观求实立场和严谨治学方式，击穿假象、破解谜团、还其本原。中国古代文献考据学清人贡献最大，从辨伪、笺释、校勘、训诂多方面将历来的疑难基本廓清。然清人虽集大成，却非开创；这一学术路径开创之功，要归宋人。内藤湖南指出，"可以说从王应麟开始考证才具有了学问的形式"①，甚至说"清朝一代的考据学可以说大部分都是来自王应麟的"②。所以，乾嘉学派巨擘钱大昕为示己学祖述王应麟，特意为他编撰年谱，以彰其行。

以上五种学问，与现实关联少，民众日常不措意。但它们对中国人文的雕琢，其实入乎腠理。我们无妨陌生，却不可不敬重，起码应知宋代学术大为放兴，是我们历史上激动人心、光彩照人的时刻。

权力监督约束

权力设置可以考量开明程度，有无监督最显权力居心本意。除非特别暴戾，一般而言，政权为自身寿命和安全计，多以一定方式展开监督。台谏即属此类机制。之前谈宋政面目，我们曾分析台谏的变化，指缘"分权"求得"互相维制"，以减决策失误、施政不当，是宋代新思路。但台谏终属内部纪检，关起门来自察自纠，不向权力集团之外开放，民众无从直接参与对政府和官员批评弹劾，是典型的"官告官"。"开明专制"政权普遍喜欢此方式，虽有

---

① 内藤湖南《中国史学史》，页196。
② 同上书，页197。

纠错意愿及措施，原则与尺度却悉视自身利益来掌控。

古代"民告官"故事，周信芳先生有名剧《四进士》。背景设在明嘉靖年间，老讼师宋士杰代理一案胜诉，主审法官、八府巡按毛朋宣判毕，唤宋士杰上堂，言道：

> 宋士杰，你一状告倒两员封疆大臣，一个百里县令。以小犯上，难免无罪。念你年迈，发往边外充军。①

按此情节，明代民告官无论有据无据一概有罪，理由即"以小犯上"。此非事实，却反映了明清以来民间对威权日著的沮丧感受。在这两个朝代，"登闻"制虽予留存，实则聊以备之，民告官成功者几无，对百姓"越诉"制裁却日形严厉。

"登闻"，为我国古代独有的直诉设置。传说尧舜有"谤木"，"华表"即其美化象征物。周代设"肺石""路鼓"俾民诉冤。"以肺石达穷民"，"老幼之欲有复于上而其长弗达者，立于肺石三日"，"士听其辞以告于上，而罪其长"，以肃吏治。② 鼓亦类之，至晋武帝始名"登闻鼓"。北魏延用，世祖"阙左悬登闻鼓，人有穷冤则挝鼓"③。唐亦仍续，瞿蜕园先生为清人黄本骥《历代职官表》撰《历代职官简释》云："唐代于东西朝堂分置肺石及登闻鼓，有冤不能自伸者，立肺石之上，或挝登闻鼓。立石者左监门卫奏闻，挝鼓

---

① 1956年电影版《宋士杰》台词。

② 郑玄《周礼注疏》卷三十四，《影印文渊阁四库全书》第九〇册，页623—624。

③ 魏收《魏书》卷一百一十一刑罚志，中华书局，2013，页2874。

者右监门卫奏闻。"①

登闻，直达上听之意。胡三省注《资治通鉴》：

> 登闻鼓，令负冤者得诣阙挝鼓，登时上闻也。②

作用在"通下情"。遇各级官府不端，草民得凭此越级告御状。说明古代中国非无"民告官"渠道，惟不如现代行政诉讼法，就公民监督行政机关依法行使职权订以全面周密条款，而取夸张、突兀、特异形式，直诉于皇帝本人。其间百姓实存种种不便，朝廷实亦设以障碍，防"刁民"滋事、皇帝不胜其扰。唐律规定，拦驾、挝登闻鼓、投书三种直诉方式，"如有不实者，合各杖八十"③。试想平民非精细专业人士，疏忽挂漏在所难免，极易挑出毛病，去捱那八十大板。其次，一面许登闻直诉，一面又规定"诸越诉及受者，各笞四十"④，"凡诸辞诉，皆从下始，从下至上"，"谓应经县，而越向州、府、省"⑤。案子只能一级一级往上告，否则别的都不论，一律先领四十鞭刑。清代相仿："凡军民词讼皆须自下而上陈告，若越本管官司，辄赴上司称诉者，笞五十。若迎车驾及击登闻鼓申诉而不实者，杖一百；事重者从重论，得实者免罪。"⑥

---

① 瞿蜕园《历代职官简释》，黄本骥《历代职官表》，上海古籍出版社，1984，页144。
② 司马光《资治通鉴》卷第一百二十二宋纪四文帝元嘉八年，页3899。
③ 岳纯之点校《唐律疏议》卷第二十四，上海古籍出版社，2015，页383。
④ 同上书，页384。
⑤ 同上。
⑥ 《大清律例》卷三十，《影印文渊阁四库全书》第六七三册，页34。

故知登闻名义虽有，实际近乎摆设，并知《四进士》故事自有其真实性。虽然"民告官"告即"以小犯上"而有罪的情节不属实，是艺术夸张，但告官难度、风险及受刑可能，皆非杜撰。终究来说，我国古代权力监督约束"根本大法"，还是台谏制度亦即内部纪检，官员倒台、治罪率以谏官纠劾所致。

惟独宋代，风貌大不同。

初时，太祖所修《重定刑统》"诸邀车驾及挝登闻鼓，若上表以身事自理诉而不实者，杖八十"[①]，"诸越诉及受者，各笞四十"[②]，与唐无贰，以至逐字抄袭唐律。那是因为亟待恢复法制，未遑从容厘酌，遂取唐《大中刑律统类》稍事刊改而颁之。以后宋法经本朝实践，于《刑统》外，由历代帝王新增敕令加以完善，至神宗归为"敕、令、格、式"四体，这过程《象刑惟明》篇有谈。具体讲，宋代"民告官"之要点，一应以敕令而非《刑统》为准，二是其开拓多在太宗后。

《能改斋漫录》：

> 予按《资治通鉴》："魏世祖悬登闻鼓以达冤人。"乃知登闻鼓其来甚久，第院之始，或起于本朝也。[③]

此处"院"，关涉一些新的设置。先是太宗太平兴国九年，将受理

---

① 《重详定刑统》卷第二十四，《续修四库全书》八六二·史部·政书类，页168。
② 同上。
③ 吴曾《能改斋漫录》卷二，《全宋笔记》第五编三，大象出版社，2012，页27。

民间信函举报的"瓯院",改称"登闻院";随后真宗景德四年,以原管理登闻鼓的鼓司改登闻鼓院,再将登闻院改登闻检院。至此宋代受理"民告官",于中央层面形成"两院"为基石的体制。《续资治通鉴长编》载有其运转流程:"诸人诉事先诣鼓院,如不受,诣检院,又不受,即判状付之,许邀车驾,如不给判状,听诣御史台自陈。"[1] 民间进状,先由鼓院审核应否受理;不受,当事人可转赴检院再诉;仍不受,当事人得持两院文函径告御状;若两院都未给付结论,当事人还可至御史台反映陈述。总之,确保任何申诉皆有着落。相比前朝,改进重心在机构及其制度完善,"第院之始,或起于本朝也"强调的正是登闻从虚置而有形,原来摆摆样子、装点门面的鼓,演化为日常切实理事的"院"。

鼓、检院既受理,进状皆由皇帝亲断。史载太宗忙于亲录"遂至日旰""劳苦过甚",不是涂脂抹粉。此乃皇帝权责。有时也并非偷懒,的确事务缠身,以致顾不过来。如以勤政著称的仁宗皇帝,天圣五年六月,命晏殊等数人"看详转对章疏及登闻检院所上封事,类次其可行者以闻",立刻引来谏官范讽进言,"非上亲览决可否,则谁肯为陛下极言者"。[2] 即颇有玩忽之名的徽宗皇帝也曾表示:"中外臣僚士庶,并许实封直言投于登闻检院、通进司,朕当亲览。"[3]

鼓、检院受状,初有不可越级规定,但在实践中,宋朝渐渐

① 李焘《续资治通鉴长编》卷六十五,页1456。
② 同上书卷一百八,页2515。
③ 徐梦莘《三朝北盟会编》卷二十五,页188。

将它放开，变为无碍无阻。上引徽宗之诏，后面强调："虽有失当，亦不加罪。所有下项指挥，立便施行。敢有阻格，仍以结绝为名。暗有存留，并当肆诸朝市，与众共弃。"[1] 亦不加罪等八字，俨然作出言者无罪承诺。这是北宋末年的情况，抵及南宋续有进展，而始终朝向尺度放宽前行。

对此，孙逢吉《职官分纪》所述最详备。此书专讲截至宋代的中国古代国家行政沿革。其前载有哲宗元祐七年秦观序文，孙却为孝宗隆兴元年进士，故知秦序不可信，书当成于南宋中叶。从这时间点讲，里面的鼓、检院制度或为宋代较为定型之状。其云：

> 国朝鼓在宣德门南街之西廊，院在外门西之北廊，旧曰鼓司，景德四年五月改今名。凡文武臣僚阁门无例通进文字者、诸色人进状，并先经登闻鼓院。除告军机密事及论诉在京臣寮像，即依例实封。如进入后，审状有异同虚妄及夹带他事，并科遣置之罪。所论事重依格、敕施行，仍令进状人别写劄子，节略要切事件，连粘于所进。其余所进文字并先拆开看详定夺，或有原本文字照证，速牒合属司分取索。若事合施行，及所进利济有可观采，便通进。若显有违碍不可施行，即当日内告示本人知委。不识字者许陈白纸，据所论事件，判院官当面抄劄诣实口词。仍当日据收接到所进文状都数总数，逐件开坐行与不行因依，具单状闻奏。若进状并遇白纸人称鼓院看详不尽情理，即许经登闻检院进状披诉，仰检院详酌事

理。若鼓院所定不行为当，即具不具为当缘由，判押审状与进状人收执。如鼓院所定不当，即具不当事件并元原进状，缴连进呈。其收接所进大状，亦于当日内具都数开坐行与不行因依，单状闻奏。其披诉人，即时判审状给付，即许于御史台陈诉。其登闻鼓院、检院委实行遣不当者，方得接驾及缴所判审状披诉，当付所勘鞫。如披诉得实，判鼓、检院官必行朝典，如是虚妄，本人科上书不实之罪。[①]

描述甚是明细，提取如下：

一、投诉主体共计两类人。一为"文武臣僚阁门无例通进文字者"即被斥被免、失去奏事资格的旧官员，二为"诸色人"即社会上不论身份的所有人，后面"不识字者"与此相吻。

二、根据投诉内容，处理程序有所不同。属"告军机密事及论诉在京臣僚"，要"依例实封"，直接进呈皇帝。以外由鼓院先行"拆开看详定夺"，同时立即向涉事部门调取相关文件物证。投诉人不识字，许以"白纸"进状，由判院官当面录其口述。

三、所有投诉，鼓、检院必须当日出结果。审核通过即上呈，不通过则将原委明示投诉人。每天，两院皆须将所接文状总数与"行与不行"原由和依据，逐件写成报告上奏。

四、若鼓院不受，可至检院申诉。检院认为鼓院处理不当，要对不当作书面说明，连同投诉人原状一同进呈；认为鼓院无不当，则再付一纸予投诉人。投诉人仍不服，可再赴御史台申诉。若御

① 孙逢吉《职官分纪》卷十四，《影印文渊阁四库全书》第九二三册，页334—335。

史台认定两院"委实行遣不当",投诉人即获面驾权利,持两院判状直诉于皇帝本人,由皇帝亲付法司勘鞫。

五、投诉不属实追责区分两种情况。因"告军机密事及论诉在京臣僚"而直接实封进呈的,"进入后,审状有异同虚妄及夹带他事,并科遣置之罪",亦即只要已被进呈,经查有诈或违规,都将问罪。以外投诉则直至皇帝亲理的最后阶段,经查确有虚罔,方"科上书不实之罪"。实际上,后者先后要过鼓、检院和御史台三关,看详足防有诈,多数止于驳回,无涉治罪 —— 除非投诉人执意"接驾"而又所诉不实。

显然,宋时"民告官"之门敞得甚开。一议后复议、再复议,历经三个部门独立看详,官官相护可能性客观上较低。明《增广贤文》民谚"八字衙门向南开,有理无钱莫进来",至少宋代犹未至于。重要的是,三次投诉皆可不治罪,极大拉低了告官门坎,使宋成为平民最不怵告官的朝代。理宗时法官吴雨岩曾讲:

> 天下未闻有因诉吏而坐罪者,明知其带虚不坐,明知其健讼亦不坐,盖诉吏犹诉贼失物,终无反坐也。[1]

他以法官身份向我们保证,本朝从未有百姓因告官而获罪,哪怕经查实所告含虚、哪怕明知其人是热衷诉讼的"刁民"。时已南宋末年,如若属实,足可给整个宋代"盖棺论定"。他还透露之能如

---

[1] 中国社会科学院历史研究所宋辽金元史研究室点校《名公书判清明集》卷之十二,中华书局,2002,页460。

此的原因 —— 在宋代，民告官与失物遭窃报案一样，很寻常，是百姓正当权利，没人当作禁区。

"越诉"匡束也不断松解，南宋实已全面放开，越诉法获极大进展。从高宗至孝宗，广开越诉之门、遍订越诉之法，以彰"民事为急务""宽民为大计"。建炎四年九月，言官就"州县之吏，赃贪颇众"请此类事"许人越诉"，"从之"。① 绍兴元年十一月，知琼州虞沇就官场受贿严重，望凡此案听人越诉，上级"不即按治者，重行黜责"，"从之"。② 绍兴十八年十一月，为约束苛捐杂税，"户部再请乞许人越诉，诏从之"。③ 接二连三"从之"不绝如缕，越诉陡增，负责此类事务的最终部门御史台甚苦。绍兴二十七年，侍御史周方崇抱怨：

> 苟情理大有屈抑，官司敢为容隐，乃设越诉之法。而敕令该载者止十数条，比年以来，一时越诉指挥亡虑百余件，顽民反恃此以扰官司，狱讼滋长。望行下刑部，将一时许越诉指挥非《编敕》所载，并令敕令所重加删除，以省讼牒。④

此前敕令涉越诉仅十余条，近年猛增"指挥"一百来件，百姓纷纷据以提起诉讼，有司难以招架。他请求准诸《编敕》，命敕令所就

---

① 李心传《建炎以来系年要录》卷三十七，页707。
② 同上书卷四十九，页875。
③ 熊克《中兴小纪》卷三十三，《影印文渊阁四库全书》第三一三册，页1128—1129。
④ 《宋会要辑稿》刑法三，上海古籍出版社，2014，页8408。

近年"指挥"慎予审视,尽量删除。这呼吁颇引共鸣。大理寺丞魏钦绪说:"今有所讼至微,而辄以上闻者,又有冒臬而伏阙者,则越诉之法殆为虚设。"[1] 刑部侍郎王秬说:"州县顽民狃于健讼,例皆投牒省部,紊烦朝廷。"[2] 然而,越诉增扩并未扭转。学者统计,南宋平民越诉适用法条,最终多计七大类。一、私人产业受到侵犯;二、土地买卖涉嫌欺诈;三、官吏违法科税;四、政府强行抑配;五、乱立税场盘剥商人;六、官府违反规定役使百姓或增其负担;七、司法不公、贪贿、塞责。[3] 涵盖民生各方面。

"民告官"既为家常便饭,富庶之地民智卓尔,尤知用法律自卫。例如宋时江西,文教颖拔,"民告官"也最活跃。身为江西人的黄庭坚深有体会,言其风俗:"健讼之民,一不得气,诋郡刺史,讪讦官长。"[4] "一不得气"云云尤显生动。范成大《吴郡志》同样写洪州新建县民风:"俗健讼,好持吏短长。"[5] 赣人"健讼"不止单打独斗,甚至组织起来,采取集体法律行动。如孝宗淳熙五年,江州德安县"民以丞暴弱溺,群诉于漕台,迹状昭晰,丞竟罢去"[6],这次集体诉讼准备充分、水平很高,一诉遂致县丞罢免。

古时登闻多为申冤,宋代则非,意义远为广泛,核心在"通下

① 《宋会要辑稿》刑法三,页8410。
② 同上。
③ 郭东旭《宋朝法律史论》,河北大学出版社,2001,页341—349。
④ 黄庭坚《与运判朱朝奉书》,《山谷集》卷十九,《影印文渊阁四库全书》第一一一三册,页186。
⑤ 范成大《吴郡志》卷二十六,《影印文渊阁四库全书》第四八五册,页196。
⑥ 楼钥《攻媿集》卷一百一,《影印文渊阁四库全书》第一一五三册,页550。

情"。除诉冤、揭发，宋代登闻并可用于进言、请愿、自荐。经此，草民得以议政，就热点问题抒己见、表诉求，或以己才荐国求用。总之，登闻实际是于肉食者之外，开其言路才路。绍兴三十三年高宗禅位，孝宗登基诏书谓"自今时政阙失，并许中外士庶直言极谏，诣登闻检鼓院投进"① 即此意。真宗大中祥符九年，"大名府民伐登闻鼓诉秋旱，且言本部吏不纳其辞。"② 民众对大旱救灾有主张，有司不纳，就击登闻鼓径陈于帝。景德元年"开封府落解士人百余击登闻鼓，自陈素习武艺，愿备军前役使。上御便殿召试之，能挽弓者才三人，各赐缗钱，令赴天雄指使"。③ 事甚有趣，武举落第者百余击登闻鼓，自陈怀才，真宗亲试却只三位拉得弓，考官无误，未尝屈人，但真宗仍予录用发往军中，一来百余人请愿宜当妥置，二来边警方急，其投效国家之心颇可扶掖。

还有更奇葩的事。雍熙元年，"开封女子李尝击登闻鼓，自言无儿息，身且病，一旦死，家业无所付。诏本府随所欲裁置之。"④ 李姓民女因无男性继承人，居然请皇帝特许自主处理遗产，太宗也果真为她下了一诏。淳化四年十月，"京畿民牟晖击登闻鼓，诉家奴失黶豚一，诏令赐千钱偿其直"。百姓丢猪也击登闻鼓，事后太宗还专对宰相讲，"似此细事悉诉于朕，亦为听决，大可笑也"，但"推此心以临天下"，事情貌似细小，对百姓分量却未必为轻。⑤

---

① 李心传《建炎以来系年要录》卷二百，页3389。
② 李焘《续资治通鉴长编》卷八十八，页2021。
③ 同上书卷五十八，页1281。
④ 脱脱等《宋史》刑法一，页4969。
⑤ 李焘《续资治通鉴长编》卷三十四，页757。

因知重法律，宋人遇事颇诉公堂，于是带来全新业态。今世律师行业，美利坚最为称盛，人均拥有数目第一，原因即法治发达、凡事皆付之于法。无独有偶，讼学、讼师勃兴，恰也是中国宋代的特色，宋士杰式人物盖即此时崭露头角，讼事日繁，以致带动讼师学校或学会出现。《癸辛杂识》：

> 江西人好讼，是以有簪笔古时书吏装束之讥，往往有开讼学以教人者，如金科之法，出甲乙对答及哗讦之语，盖专门于此，从之者常数百人。此亦可怪。又闻括之松阳，有所谓"业觜社"者，亦专以辩捷给利口为能，如昔日张槐应，亦社中琤琤者焉。[1]

所谈二事。一个不出意外来自江西，由于"健讼"，江西开办了不少讼师学校，"往往"谓多而常见，规模大者至于"从之者常数百人"，教学专业正规，注重训练法庭对答、辩驳和造势之法。另一个在浙江，"括之松阳"指沈括家乡松阳县，此地有学社性质的讼师联谊会，经常切磋口才与论辩取利技巧。讼业兴盛，衬出宋代重法氛围；当代法学家陈景良谈此大感慨：

> 在中国，宋代的讼学与讼师初兴之时，它与上述其它因素共同构成了中国古典司法传统走向近代转型的机制，当时的中国古代司法既领先于西欧诸国，也在历史的转型中获得

---

[1] 周密《癸辛杂识》续集卷上，《影印文渊阁四库全书》第一○四○册，页83。

了与英国起点大致相同的机遇，若宋代以后的元、明、清诸朝抓着此一机遇，沿着宋代开拓的方向前进，中国的古典司法传统该早已完成了向近代的转换。①

评价非常高。宋代无疑正迈出历史关键一步，虽未必已抱觉悟，去打造全新法治社会，更多仍出传统的"圣王"治理观，但的确形成不小突破。对吏治腐坏宽下不尽仰内部纪检，转而引入监督约束，鼓励登闻，鼓励越诉，对失渎职不只以"违纪"论处，而衡之以"违法"、走司法程序、立案公开审断。不消说，这开明乃历来仅见，并无形中激励了社会讲法、用法意识。陈教授谓宋代"中国古典司法传统走向近代转型"，隐约星火熠然生辉。遥看十至十三世纪，人类惟大宋与英伦露其熹微；万不料日后两地消长，渐至不可言状。世事陵谷，抑岂如是！

汉学文化圈

当今世界缘历史、文明传承有"三大文化圈"之说。即基督教文化圈、伊斯兰教文化圈、儒教文化圈。我意"儒教"字眼稍不妥。虽从"教化"角度，儒家亦关乎于"教"，但终非以神祇信仰及崇拜为特征的严格意义之宗教。近见身跨韩日两国的金文京教授，于所著《汉文与东亚世界》名以"汉字文化圈"，及日本有学者"称之

---

① 陈景良《讼师与律师：中西司法传统的差异及其意义 —— 立足中英两国12—13世纪的考察》，《中国法学》，2001年第3期。

为'东亚知识共和国'"①，皆感相较"儒教"来得恰切。受此启发，稍易其辞，用"学"代"字"，突出精神价值体系意义，而称"汉学文化圈"。

此三大文化圈，耶教先于中世纪遍及欧洲，嗣经大航海扩至南北美洲、澳洲及非洲部分区域。伊教则当七至十五世纪，自阿拉伯半岛渐次漫卷地中海、印度洋沿岸、中亚。至于汉学圈不言而喻源头当然在中国，播散范围借陈寅恪先生之语盖即"北逾大漠，南暨交趾，东至日本，西极中亚"②。只论地域，耶教最广，伊教次之亦颇袤远；而汉学圈虽地域不及，却以人口优势睥睨二者。所以总体看，三大文化圈确可基本涵盖地球上全部的人类文明。

文明短长，并而决诸硬实力、软实力。所谓"硬实力"，如经济、科技、武力等，皆落实于具体数目，一则一，二则二，彰明至著，无可虚捏。"软"则相反，往往不可量化，效益与获利难于计算得出，而寓诸发散之态，以持久影响力通过历史长河绵绵不绝显其价值。二者抑可比于百米之争与万米长跑。硬实力角逐，瞬间发力或可折桂；软实力比拼则路遥知马力，须持久考验始分高下。史上以硬实力一时之强领先群侪，代有其雄。近五百年来，先是西班牙，后有英吉利，继而美利坚，均恃之而登世界霸主。以至一二大国，软实力盖不足论，仅凭硬实力的勠力惨求，也短暂居于"争霸"地位，纳粹德国或苏维埃俄国即是。此皆"短跑冠军"之例，惟跑赢一时并非跑赢长远。放眼远观，盛衰终在软实力。

① 金文京《汉文与东亚世界》，上海三联书店，2022，页159。

② 陈寅恪《隋唐制度渊源略论稿》，里仁书局，1979，页1。

武林过招，"硬功"难敌"内力"。软实力实即一种文明"内力"，虽然不形诸指标、不落实于统计，却是文明或国家间争优的永恒内驱力。马克斯·韦伯谓近世资本主义要端，不在工业与科技而在"伦理"，正是此意。假此以观东亚汉学圈各国，十九世纪中叶起为耶教圈所碾轧、倍尝折辱，百年过后却转抑为扬，纷拾梯升，日、韩、中国香港和台湾、新加坡、中国大陆及晚近越南，次第昌旺，较耶教圈至有后来居上之势。探其深层，不能不说惟在软实力，亦即某种深厚悠久的历史文明传承。

汉学圈生生不息之势世所瞩目，而若觅溯其初很难不聚焦于宋。

汉学圈精神价值核心是儒家，孔孟之学则创自先秦，此尽人皆知。其次，汉地文采宾服四夷、建跨国影响也远早于宋代，汉后胡人竞事"汉化"、唐时逸乎外洋而引东倭全盘照搬，皆甚显明。如此，何言汉学圈初始于宋？

个中端详，或宜借"他山之石"以观。近世欧美文明，被冠"基督教"名号以为标记，但二者关系实则并不完全互为表里。自传统论，基督教确是西方近代伦理温床，也蕴含佳妙未来若干种籽，但在未加改造、更革前，旧基督教不但难开新纪元，毋宁说反而是西方社会文化长久的桎梏。其褊狭、秽恶、病态得刘治，以担为开创历史新篇大任，厥乃文艺复兴之所为。故而马克斯·韦伯虽极力申倡基督教历史作用，但绝非空洞、抽象、含混地鼓吹，而是极明确具体地指于"新教伦理"，那正是被文艺复兴加以变革后的基督教。

不能说宋儒对传统儒家，做了新教之于旧基督教完全相同的事。毕竟，之前儒家不曾像中世纪基督教，被一个天主教会搞到那样朽腐僵化的地步。但是，宋代儒学变革仍与欧洲文艺复兴有很多相似处。不但所处时间和历史节点接近，连过程、内容及影响亦暗通款曲。经过宋儒一番批判整合，汉后千年以来思想被通盘审视，中华精神世界被重诠，一跃而为"新儒学"，打开了价值观的新方向……凡此《中华文艺复兴》篇已述，兹不再赘。

刻下强调，宋代儒学变革以其深刻性及成就，在外部世界引发连锁反应，且使儒家思想真正进入跨国传播阶段。

中国文明外输确曾于汉唐有其高潮。但一般不曾注意，此种输出偏在制度层面，如政治架构、官制配备、尊卑之序、财计策术等，而思想价值观几未含纳。简明以言，"四夷"虽效中国治体，却未引中国精神伦理为指南。

截至唐代，今所谓"儒教国家"皆未兴儒学。日本知尊孔子、教习儒术，有俟德川幕府建立后的江户时代，迄今只四百余年。相比之下，朝鲜半岛或更令人愕眙。其地极近中国，且古时已列中国藩属，依通常之想，自当早在儒家化内。但是，金文京明确写道：

> 目前所发现的高丽以前的训读资料全部是佛经，没有儒家经典。[1]

"高丽以前"为朝鲜史一概念。此地于中国明朝，由朱元璋赐国名"朝鲜"，改称之前即为"高丽"时期，时间约当中国宋元。换而言之，直至明朝建立，朝鲜半岛所翻译、传播的中国书全部是佛经，

---

[1]　金文京《汉文与东亚世界》，页112。

没有一本儒家著作！

　　是的，彼时中国外输之文化，几乎或主要是佛学，以外无非诗文歌赋，而中国思想正统与正宗的儒学，压根儿未入"外夷"法眼，从朝鲜到日本一概如此。虽然佛教确由中国发扬光大，但毕竟源出印度，我们很难掠人之美忝充华夏文明典范。反之，诸夷同样不视佛教为中国之光。金文京谈到，佛教在日本曾与"神道"结合，形成"梵和同类说""本地垂迹说"，目的"就在于借用印度的宗教权威，抑制中国的影响，保持日本的国体"。[①] 就此言，佛教的风靡对于中华文化在东亚建其领导权，并无实质意义。

　　中华文化领导权真正浮现，必俟儒家影响之普及。这是相当晚近的事情。日本在德川统一后有此格局，更早迹象是"战国"末期士族初现诵儒习尚；总之，无论如何不早于晚明。朝鲜因地理和政治关系与中国更密，变化略先于日本，方式也较直接和决绝——"朝鲜时代崇儒抑佛很快成为潮流"[②]，李氏王朝从官方订儒家为权威，奉作国家意识形态，发动排佛运动，瞬间彻底成了"儒教国家"。

　　日韩在相近时间去佛迁儒，舍宋代思想变革外，没有别的原因。金文京说"朝鲜采用朱子学以后佛教完全没落"[③]，清晰呈显了来路。客观上，这两个国家学习华夏"先佛后儒"，是东亚历史内外两种实际使然。公元前后、两汉之世，儒家一度振兴，然彼时诸邻尚际莽苍，不及或无力吸收。待其国家渐渐有形，华教却已沉坠。

---

①　金文京《汉文与东亚世界》，页54。

②　同上书，页112。

③　同上书，页113。

公元三至七世纪，一是蛮族侵乱，一是释氏风行，汉地正典不彰。兹撷史料数则以窥。《北史》王肃传：

> 自晋氏丧乱，礼乐崩亡，孝文虽厘革制度，变更风俗，其间朴略，未能淳也。[1]

《南齐书》魏虏传：

> 佛狸已来，稍僭华典，胡风国俗，杂相揉乱。[2]

《隋书》礼仪志：

> 开皇初，高祖思定典礼，太常卿牛弘奏曰："圣教陵替，国章残缺，汉、晋为法，随俗因时，未足经国庇人，弘风施化。且制礼作乐，事归元首，江南王俭，偏隅一臣，私撰仪注，多违古法。就庐非东阶之位，凶门岂设重之礼？两萧累代，举国遵行。后魏及齐，风牛本隔，殊不寻究，遥相师祖，故山东之人，浸以成俗。西魏以降，师旅弗遑，嘉宾之礼，尽未详定。今休明启运，宪章伊始，请据前经，革兹俗弊。"[3]

① 李延寿《北史》卷四十二，中华书局，2013，页1540。
② 萧子显《南齐书》卷五十七，中华书局，2012，页990。
③ 魏征等《隋书》卷八，中华书局，2014，页156。

故东坡指魏晋、南北朝、隋至唐中期，圣道遇"八代之衰"，而韩日脱离部落、建其国政恰在此时。职是故也，它们以华为师、大事迻译传习的对象，不能不是极盛之佛教。吾人今游日本，于其大唐泊来物惟见佛寺、佛像、佛经，即当时史况之写照。概以言，韩日习儒，于宋前几无所取，一切盖自宋儒来。是即为何朝鲜佛教转衰，不直接依傍孔孟，而以朱子学为发端。日本儒兴同援朱子为旗，朱子学是日本儒学绝对主流，遍地开花，有京师、海南、海东、大阪、水户多派 [①]。

至是颇明，东亚精神体系翻新，枢纽在宋。设非宋代变革，今世文明盖无所谓鼎足三分。纵便有之，抑为基督教、伊斯兰教、佛教，儒家汉学断不能居一维。宋前，东亚统一精神基础当属佛教；宋后，才彻底移诸儒家所主导的汉学。以上认识，须重重打上标记。它对中华与人类的意义怎样评价都不为过，至少"宛如再造"四字我们可不惮出唇。

以下具体借日本为例，来窥兴儒对其"再造"之处。

日本未尝如同朝鲜从官方订儒家为权威，但民间尤其是知识菁英，同样因儒学发生了千年级别的思想转向。过去对于日本文明的成长发展，我们有盲点。盲点在于，古代日本受惠大唐与今天日本成于"西化"，中国广为人知；然而，中间它因宋学所生变易，普遍知之既浅，更缺鲜明概念。从古代史讲，"黑船事件"前大和民族其实分别历经两次千年级别洗礼，即七世纪前后因唐学开其蒙昧，与十七世纪前后经宋学重塑精神和意识。二者转承，若觅

[①] 朱谦之《日本的朱子学》，人民出版社，2000，页175—497。

最大标志，便是扶桑一地从溺佛之国转为尊儒国度。这场大变起
江户之初而不断深入，迄幕末及明治维新，终于定型。朱谦之先
生《日本的朱子学》说：

> 儒教与随儒教而起的所谓"神道"，皆盛倡排佛思想。林
> 罗山以后如鹅峰、凤岗 …… 以及《儒佛问答》《儒佛或问》等
> 书的问世，使一般舆论倾向排佛，而山崎暗斋所著《世儒剃发
> 辨》，则倡神儒合一，排击佛教。元录时，神儒并兴，神道方
> 面如迹部良显（光海）、玉木正英（韦斋）皆作书排佛，以其违
> 背国体为言。良显的《排佛论》最流行。儒教方面则新井白石、
> 熊泽蕃山、伊藤仁斋、荻生徂徕皆反对佛教，徂徕以下如太宰
> 春台、山县周南也于其书中排佛。①

内中，"随儒教而起的所谓'神道'"一语，对日本史极重要。"神道"
者，天皇世系之说也。释教东输以来渐不振，待至儒家思想传入
才重归高蹈，并对近世日人国家观凝聚及增强有巨大影响，致幕
府垮台、天皇亲政、明治维新的"尊王攘夷"实由此来。日本幕末
之变，中国人常困惑于其西化同时而又"尊王攘夷"，这在我们看
来似相矛盾之处，却是日本跻登现代国家的两大关键，使它一面
走上脱亚入欧治国路线，一面守护了人伦与文化的东方特性。因
此谈及当代日本，除西化之激进及决绝，断不可否认，源出于宋
代的儒家伦理是另一精神支柱。

---

① 朱谦之《日本的朱子学》，页153。

　　总之，若谓奈良与平安京时代尽为唐风吹拂，那么江户以及直到它成为东京，则由宋雨所浸润。为了对此加深印象，我们再通过明末遗民大儒朱舜水的在日经历，窥其历程。

　　甲申国难后，舜水先生亡命至日，水户藩主德川光圀国的古字闻其名节，迎之事以弟子礼。此人即名演员中村梅雀在大河剧《葵·德川三代》中所饰每于片头发一番议论、充为"引场"的那个率性而略带喜感的人物。光圀公非等闲，其乃德川家康嫡亲之孙，水户藩则为可以入祧将军之位的"御三家"之一。舜水既为这等人物所重，学与德行不胫而走，就教者络绎于途，在日讲学二十余载，卒以八二高龄辞世。就其多年耕耘，梁启超先生讲有两段话。一段有关日本从佛国转为儒国：

　　　　舜水以极光明俊伟的人格，极平实淹贯的学问，极肫挚和蔼的感情，给日本全国人民以莫大感化。德川二百年，日本整个变成儒教的国民，最大的动力实在舜水。[1]

一段有关舜水、光圀师生之谊，为日本后变所播火种：

　　　　后来德川光国著一部《大日本史》，专标"尊王一统"之义。五十年前，德川庆喜归政，废藩置县，成明治维新之大业，光国这部书功劳最多，而光国之学全受自舜水，所以舜水不

---

① 梁启超《中国近三百年学术史》，东方出版社，1996，页101。

特是德川朝的恩人，也是日本维新致强最有力的导师。[①]

以朱舜水为点位，古代日本史与近代日本史连线成功，日本思想转向与宋代儒学变革的关系，同样连线成功。

舜水，明末诸生，去宋几近四世纪。就此而言，诚非宋学径直影响日本。但我们一不要忘记明儒直承于宋，其二日人当时确系先闻宋学美名、心慕向往，而后对遇舜水先生视为至宝。史料显示，舜水备受欢迎多因渴宋。许啸天辑《朱舜水集》卷三《讲学集》，清晰呈现日本学子提问大量针对宋儒，如"今贵国诸儒，贤于古人，而宋儒过于夫子、子贡"，"仆素宗宋儒，故平生之说话，往往效之"[②]等。日本之与宋代"文化失联"，一因中国五代内乱、"遣唐"之制随辍，二因蒙元两度东征、双方互为敌国，遂致三五百年暌隔。饶是如此，宋学之声仍遥播东洋，至明季益为思渴，终自朱舜水得一大师，补其数百年缺失。我们视鉴真东渡为唐学输日的崇高象征，而朱氏水户讲学对日本采纳宋后中国文明，实有同等意义。舜水在近代日本的声望，堪称"峨峨兮若泰山、洋洋兮若江河"。梁启超另文《清初五大师学术梗概》提及："前几年，日本人开舜水三百年纪念，非常热闹，可见其感化力之深，历久如一。"[③]又过百年，2000年，日本九州大学亦与复旦共举"朱舜水诞辰400周年学术研讨会"，没齿难忘之意明矣。

---

① 梁启超《中国近三百年学术史》，页101。
② 许啸天整理《朱舜水集》，知识产权出版社，2012，页94。
③ 见《朱舜水集》许啸天序，页2。

　　总之日本变向今世，嚆矢绝然在宋。谷川道雄教授曾介绍京
都学派史学宗师内藤湖南的观点：

　　　　他认为东洋史（包括朝鲜、日本在内的东亚史）其实就是
　　　中国文化的发展史。[①]

此语关键处不特在"中国"，还在"发展"。日韩受中国滋养世所熟
知，但视野往往囿乎"汉唐"，对彼如何被宋后"发展"了的中国文
化所范铸，则缺乏概念。这当中，除对外国历史隔膜，也有中国
人自身心态的缘故。多年来，我们对宋后总叹"今不胜昔"，以为
中华文明耀烨异域惟现于汉唐。事实恰恰并不如此。汉唐固甚强
盛，但若论外输及影响，尤其立足于当世文明分布与格局，宋明
作用其实盖过汉唐。

　　约以言，赵宋特异之处是，它虽未如汉唐般拓土辟壤，但却
为中华精神版图"开疆"建不世之功。今世文明三分天下而汉学有
其一，这座"精神江山"主要是宋儒打下。他人刀剑之所致，宋人
以笔成之。惜俗论惟知寸土得失为要，无窥精神领地拓展利泽之
久长，历来"弱宋论"即是这种近视眼光的表现。

　　社会、国家与时代优劣，世间嘴仗不亦乐乎，而无望彼此说服。
其实这何劳口舌，只须付诸生存验之。当允许且有条件选择，人
自愿厕身哪个国家、何种社会或怎样的时代，答案不请自至，且将

　　① 谷川道雄《〈中国史学史〉中文版序》，内藤湖南《中国史学史》，页6。

诚实无比。《品宋录》无非如此这般邀读者在古代的范围同品宋代。本篇既毕，点面并见，已可收笔。

旁　白代后记

《品宋录》十二篇，凡十"品"。依次为：南渡是非三篇；宋画、纸币、武力、精神思想、庶民文化、政体、司法与茶兴各一篇，终以《揽宋》篇煞尾，揽宋全貌，重点巡其城市、商业、生活方式、科技、文艺、权力监督约束以及对近世文明影响。都是我想予探寻的方面。此外，早先《古史六案》有《王安石变法》，还有《下西洋》涉笔宋代市舶、"海丝"，亦可视为本书"番外篇"。

笔者本行是文学。"插足"旧史，角度手法自有别于史学业内人士。以"品"字挈宋，即学院派所不宜，用来申请选题经费大抵行不通。语态尤不"规范"。当下正经史学论著，腔调趋同，文体少别，已是标准样貌，却非历来如此。古人写史颇重笔墨。《春秋》微言大义，伏采潜发，后世因知史有"书法"。史迁、班固、欧阳修等，皆文章绝顶高手，笔可生花。旧史风范与如今模板各存利弊，但写史婉转辞意，总不失为可选项。况读者口味各异，有喜欢晓白平铺，也有愿品言外之旨。而笔者文人出身，对文风难以无执。王昌龄说"属文之人，常须作意，凝心天海之外，用思元气之前，巧运言词"。方回说作文苦乐在于"濡墨引纸，无一字可人意；至其成也，无痕迹之可窥"。养此嗜好已久，颇难自抑，今番《品宋录》，语感复又生变。得失不明，喜厌由人，我自顺意而已。

脚踩文史两船多年，涉史字数竟较文学研究为多，眼下或告一段落。想写的题材都已写过，暂时不再有所计划。

2022年12月17日
疫中记于改堂

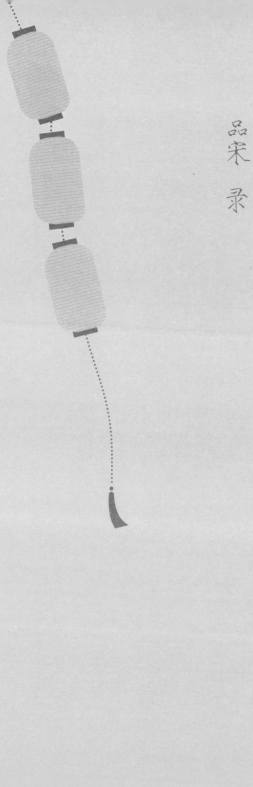

品宋录